源氏物語の伝来と享受の研究

菅原郁子　著

武蔵野書院

目次

凡例……vii
序　本書の構成と研究史概観……1
第一篇　専修大学図書館所蔵本の文献学的研究……31
第一章　伝冷泉為秀筆『源氏物語』桐壺巻本文の様相……33
一　はじめに……33
二　書誌・奥書……34
三　為経と為秀……40
四　為秀筆本の特色……45
五　おわりに……48
第二章　伝藤原為家筆『源氏物語』古筆切試論……53
一　はじめに……53
二　書誌・翻刻……54

三　仮名表記から見た書写年代……58
四　本文の性格……61
五　おわりに……64
第三章　菊亭文庫蔵『源氏物語』抜書六帖考……69
一　はじめに……69
二　書誌・翻刻……72
三　『万水一露』との関係性……79
四　『源氏物語』における琵琶伝授と菊亭家……84
五　画帖草稿の可能性……93
六　おわりに……97
第二篇　室町期における『源氏物語』本文の伝来と享受……101
第一章　伝正徹筆『源氏物語』の伝来と奥書……103
一　はじめに……103
二　正徹本の書誌……104
三　正徹本六種の奥書……107
四　奥書の連関性……118

五　おわりに——奥書から想定される書写経路——　122
第二章　正徹本の本文——国文研本・京都女子大本・慶應大本・書陵部本を中心に——　129
一　はじめに　129
二　本文校異の割合　131
三　桐壺巻の比較　136
四　国文研本の様相　140
五　おわりに　144
第三章　大内家・毛利家周辺の源氏学——大庭賢兼を中心に——　147
一　はじめに　147
二　大内家旧臣　大庭賢兼　148
三　賢兼の源氏学　154
四　おわりに　162
第四章　大庭賢兼筆『源氏物語』本文の様相　169
一　はじめに　169
二　賢兼筆本の書誌・奥書　170
三　賢兼筆本桐壺巻と正徹本の校合跡　174
四　おわりに　183

第五章　米国議会図書館蔵『源氏物語』の本文――麗子本対校五辻諸仲筆本の出現――　187
一　はじめに　187
二　古筆了仲による折紙の近似　188
三　LC本と諸仲本の共通異文　197
四　LC本・諸仲本・麗子本の連関性　208
五　おわりに　212
＊麗子本・諸仲本・LC本の桐壺巻翻刻対校一覧表　216

第三篇　近世初期における『源氏物語』享受　237
第一章　専修大学図書館蔵『源氏物語画帖』の詞書とその制作背景　239
一　はじめに　239
二　専大本の詞書　240
三　詞書伝称筆者の筆跡　247
四　専大本の成立時期　253
五　詞書のコーディネーター　254
六　専大本の制作背景　258
七　おわりに　265

第二章　『源氏物語画帖』の絵における俳画師野々口立圃の影響 …… 273
一　はじめに …… 273
二　俳画師としての立圃 …… 274
三　専大本の絵と『十帖源氏』の挿絵 …… 279
四　専大本の絵の特色 …… 286
五　おわりに …… 291
第三章　野々口立圃作『十帖源氏』の本文構造 …… 301
一　はじめに …… 301
二　『十帖源氏』の本文と和歌比率 …… 302
三　『十帖源氏』花散里巻の本文 …… 304
四　『十帖源氏』関屋巻の本文 …… 311
五　梗概化の継承 …… 317
六　おわりに――立圃の制作意図―― …… 320
結 …… 327
初出一覧 …… 337
あとがき …… 341
索　引 …… 345

凡例

一 『源氏物語』の本文引用は、新編日本古典文学全集『源氏物語』①〜⑥（小学館、一九九四〜一九九八年）に拠る。巻名・冊数・頁数を引用本文の末尾に記した。

一 和歌の引用は、『新編国歌大観』全十巻二十冊（角川書店、一九八三〜一九九二年）に拠り、適宜漢字表記に改めた。歌集名・巻数・部立・歌番号を引用和歌の末尾に記した。

一 本書で比較に用いた『源氏物語』の写本・版本は以下の通りである。一部実見した写本もあるが、既存の影印本、紙焼資料で最終確認を行った。本書中においては略称で明示することとする。

・(大) 大島本　『大島本　源氏物語』全十巻（角川書店、一九九六年）
・(明) 明融本　『源氏物語　明融本』第一・二巻（東海大学出版会、一九九〇年）
・(池) 池田本　天理大学附属天理図書館蔵『源氏物語』（請求記号：九一三・三六／イ九五）紙焼写真
・(飯) 飯島本　『飯島本　源氏物語』全十巻（笠間書院、二〇〇八〜二〇〇九年）
・(榊) 榊原本　『源氏物語　榊原本』全五巻（勉誠出版、二〇一二年）
・(穂) 穂久邇文庫本　『日本古典文学影印叢刊三―七　源氏物語』全五巻（貴重本刊行会、一九七九〜一九八〇年）
・(伏) 伏見天皇本　『伏見天皇本影印　源氏物語』全十四冊（古典文庫、一九九一〜一九九五年）
・(三) 日大三条西家本　『日本大学蔵　源氏物語』全十一巻（八木書店、一九九四〜一九九六年）

・（書）書陵部三条西家本　『宮内庁書陵部蔵青表紙本　源氏物語』全五十四冊（新典社、一九六八〜一九七九年）
・（肖）肖柏本　『源氏物語別本集成』全十五巻（桜楓社、一九八九〜二〇〇二年）、『源氏物語別本集成続』第一〜七巻（おうふう、二〇〇五〜二〇一〇年）
・（吉青）大内家本　吉川史料館（岩国市）蔵大内家伝来『源氏物語』
・（国徹）国文研本　人間文化研究機構・国文学研究資料館蔵『源氏物語』（請求記号：サ四／七五／一一）
・（京徹）京都女子大本　京都女子大学図書館吉澤文庫蔵『きりつほ』（請求記号：吉澤文庫／YK／九一三・三六／M）のマイクロ（国文学研究資料館蔵、請求記号：二四二／七二／七）の紙焼写真
・（慶徹）慶應大本　慶應義塾図書館蔵『源氏物語』（請求記号：一三二X／一五八／一）
・（書徹）書陵部本　宮内庁書陵部蔵『源氏物語』（請求記号：五五四／一四、複四〇三二）
・（為秀）為秀筆本　専修大学図書館蔵『源氏物語』伝冷泉為秀筆（請求記号：A／九一三・三／MU五六）
・（孝親）孝親筆本　専修大学図書館蔵『源氏物語』伝中山孝親筆（請求記号：A／九一三・三／MU五六）
・（大正）大正大本　大正大学附属図書館蔵「貴重書画像公開　源氏物語写本」の電子データ（http://www.tais.ac.jp/related/tais_library/lib_articles/lib_articles_genji.html）
・（尾）尾州家本　『尾州家河内本　源氏物語』全十巻（八木書店、二〇一〇〜二〇一三年）
・（高）高松宮本　『高松宮御蔵河内本　源氏物語』全十二巻（臨川書店、一九七三〜一九七四年）
・（吉河）吉川家本　吉川史料館（岩国市）蔵毛利家伝来『源氏物語』
・（御）御物本　『御物　各筆源氏』全五十四冊（貴重本刊行会、一九八六年）
・（陽）陽明文庫本　『陽明叢書国書篇　源氏物語』全十六巻（思文閣出版、一九七九〜一九八二年）
・（保）保坂本　『保坂本　源氏物語』全十二巻（おうふう、一九九五〜一九九七年）

・（国）国冬本『源氏物語別本集成』全十五巻（桜楓社、一九八九～二〇〇二年）、『源氏物語別本集成続』第一～七巻（おうふう、二〇〇五～二〇一〇年）

・（麦）麦生本『源氏物語別本集成』全十五巻（桜楓社、一九八九～二〇〇二年）、『源氏物語別本集成続』第一～七巻（おうふう、二〇〇五～二〇一〇年）

・（阿）阿里莫本『源氏物語別本集成』全十五巻（桜楓社、一九八九～二〇〇二年）、『源氏物語別本集成続』第一～七巻（おうふう、二〇〇五～二〇一〇年）

・（九大）九大古活字本　国立大学法人九州大学附属図書館蔵「九大コレクション貴重資料画像」『源氏物語』古活字本の電子データ（http://catalog.lib.kyushu-u.ac.jp/ja/search/browse/rare）

・（絵入）絵入源氏　専修大学図書館蔵『絵入源氏物語』承応三年版、五帙五十四冊（請求記号：A／九一三・三／MU五六）

・（首書）首書源氏　『首書源氏物語』第一～十六巻（和泉書院、一九八〇～一九八七年）、『首書源氏物語本文』上下巻（東京図書出版、一九四四年）

・（湖月）湖月抄　専修大学図書館蔵『湖月抄』三帙六十冊（請求記号：A／九一三・三／K・i六八）

一　右記の写本・版本の他、参考として用いた『源氏物語』の活字の翻刻本文、事典は以下の通りである。本書中においては略称で明示することとする。

・『大成』『源氏物語大成』全八巻（中央公論社、一九五三～一九五六年）

・『別本集成』『源氏物語別本集成』全十五巻（桜楓社、一九八九～二〇〇二年）

・『別本集成続』『源氏物語別本集成続』第一～七巻（おうふう、二〇〇五～二〇一〇年）

・『事典』『源氏物語事典』上下巻（東京堂出版、一九六〇年）

一　右記以外の出典に関しては、各章末に注記として掲げた。

一　（一オ一）とは、丁数・表裏（オモテ・ウラ）・行数を示す。つまり、（一オ一）は、一丁の表（オモテ）の一行目という意である。

序　本書の構成と研究史概観

一

本書は、古写本、古筆断簡、抜書、画帖、梗概書などのさまざまな形態の『源氏物語』の伝来や享受について、従来の研究成果をふまえつつ、発展的に考察を試みたものである。平安から江戸時代にかけて、『源氏物語』がどのように伝えられ、各時代の人々がどのように『源氏物語』を受け継ぎ、受け入れていったのかということについて解明する。

平安時代に書き写された『源氏物語』の原典は現存せず、成立当初からすでに何種類もの『源氏物語』が存在し、人々が精確に書写するという意思を持たなかったために、本文は混沌としていたと考えられてきた。(1) それゆえ、平安時代以降に『源氏物語』がどのように書き写され、伝えられ、変容していったのかを探ることは重要であると思われる。たとえ現存する資料が断片的なものであったとしても、検証を積み重ね、散り散りとなっている一つ一つを適切に位置づけていくことによって、『源氏物語』の新たな一側面を明らかにすることができるのではないかと考える。

二

第一篇「専修大学図書館所蔵本の文献学的研究」では、専修大学図書館所蔵の貴重典籍から、鎌倉、室町、江戸時代の『源氏物語』の伝来や享受の一端を考察する資料として、古写本、古筆断簡、抜書などのさまざまな形態の『源氏物語』について論じる。

専修大学図書館の歴史は、(2) 明治四十四年(一九一一)十一月に、創立者の相馬永胤、(3) 田尻稲次郎の還暦を祝した相馬・田尻記念文庫の開設に始まる。翌年の明治四十五年(一九一二)九月に文庫を拡張して校舎内(現在の専修大学神田校舎所在地)に図書館を開設、大正十二年(一九二三)九月に関東大震災で文庫は焼失するが、その翌年の大正十三年（一九二四）十二月に図書館を竣工、昭和十七年（一九四二）八月に図書館を新築している。その後五十年余りの歳月を経て、平成十年（一九九八）四月に専修大学生田校舎一二〇年記念館内に専修大学図書館（現在の本館）が開館し、平成二十四年（二〇一二）には一〇〇周年を迎えている。収容冊数は約二〇〇万冊（図書一八〇万冊、マイクロ資料二十万点）に及び、その中には蜂須賀家旧蔵本（二十四点一三二冊）、菊亭文庫蔵本（三四四八点）などの和書の貴重なコレクションも存在する。

第一篇第一章では、伝冷泉為秀筆『源氏物語』桐壺巻[4]（以下、「為秀筆本」とする）の本文の特質について考察する。為秀筆本は、昭和十六年（一九四一）に重要美術品[5]に指定されたもので、嘉禎二年（一二三六）に書写したとする藤原（吉田）為経による奥書を所持し、冷泉為秀によって書き写されたとされる『源氏物語』の零本である。その冒頭「いつれの御」（一オ一）に重なるように押された印記から、紀州家南葵文庫にいた書誌学者高木文氏旧蔵の写本であると思われる。為経筆の『源氏物語』は管見の限りでは現存しないため、為秀筆本は為経の奥書を持ち、高木氏旧蔵本であるという点で資料的価値のあるものであると考えられる。

為秀筆本の書写者は、烏丸光広の奥書によれば、冷泉為秀とされる。冷泉為秀[6]は鎌倉時代後期から室町時代前期にかけての歌人で、『源氏物語』の青表紙本作成に取り組んだ藤原定家の孫に当たる藤原（冷泉）為相の子である。為秀には子に為邦、孫で後に養子となる為尹がいる。二条良基に親しみ、足利義詮の歌道師範となる。暦応二年（一三三九）には正五位下に叙せられ、貞治五年（一三六六）に権中納言、応安四年（一三七一）に従二位となり、応安五年（一三七二）六月十一日に薨去する。為秀に和歌を学んだ人物の一人に今川了俊がいる。了俊の記した『落書露顕』[7]には、「一、愚老が冷泉家の門弟におもひ定し事は、為秀卿の歌に秋雨と云題にて／なさけある友こそかたき世なりけれひとり雨聞秋の夜すがら／此歌、如何侍しにや、心にしみて侍しかば、門弟に成侍しなり」とある。つまり、了俊が冷泉家の門弟となったのは、秋雨という題で為秀が詠んだ「なさけある」の和歌に感動したためであったと考えられる。さらに、第二篇で述べる室町時代の歌僧正徹の記した『正徹物語』[8]には、「一、為秀の／哀しる友こそかたき世なりけれひとり雨きく秋の夜すがら／の哥をきゝて、了俊は為秀の弟子になられたる也」とある。為秀の和歌の初句「なさけある」「哀しる」の多少の違いは見られるが、了俊が為秀の門弟になった理由について、正徹は了俊と同じ為秀の和歌を引用して指摘している。了俊は正徹の和歌の師匠であり、正徹は為秀の子為邦の実子で冷泉家第三代となった為尹に和歌を学んでいることから、為秀から了俊、そして正徹へという和歌享受の流れが見えてくる。

為秀筆本は、桐壺巻のみの零本である。同じく為秀筆とされる『源氏物語』の写本には静嘉堂文庫蔵の帚木・空蟬巻などがある。『事典』によれば、静嘉堂文庫蔵本の極札には冷泉為秀筆とあり、室町初期の写で、帚木巻は一面七行書、空蟬巻は一面八行書、和歌は改行二字下げ、系統は青表紙本で、奥入なしとあり、『大成』にも採用されている本文である。しかし、専修大学図書館所蔵の為秀筆本桐壺巻は一面十行書、和歌は改行一字下げであり、静嘉堂文庫蔵本の書誌とは一致しない。さらに、為経筆の『源氏物語』も現存していないことから、為経の奥書を所持し、奥入を持つ為秀筆本を探ることは重要であると考える。為秀筆本に関しては、すでに中田武司氏[9]によって書誌・本文の系統などが詳細に検証され、斎藤達哉氏[10]によって国語学的な観点からも論じられている。そこで第一章では、これらの先行論をふまえつつ、新たな見解を加えながら、為秀筆本の書誌・奥書・本文についての再検討を試みる。

第一篇第二章では、専修大学図書館所蔵の『源氏物語』の古筆切[11]について考察する。この古筆切は伝藤原為家筆とされる『源氏物語』総角巻の断簡零墨であり、『墨跡彙考』（縦三十七・五糎、横十九・二糎、厚さ六・五糎、両面折貼装一帖、断簡一一二葉所収）と称された古筆手鑑の中の一葉である。

『墨跡彙考』は、古書肆玉英堂（東京神田）の『玉英堂稀覯本書目』[12]に写真入り（表紙と五面「聖武天皇・光明皇后筆の切」「亀山院・曼殊院宮良恕親王筆の切」「後白河院・実相院宮義俊親王筆の切」「後花園院筆の切」「後光厳院・曼殊院覚恕親王筆の切」）で掲出されたもので、二〇〇三年より所蔵となった専修大学図書館貴重典籍の一つである。木箱入りで、蓋裏には「敬義堂図書印」と印記が見える。大きさは、横十九・二糎に対して、縦三十七・五糎と縦に長い短冊手鑑の形状であるが、短冊以外にも経巻や歌書などの断簡が多く貼られている。表紙は緞子装で四方隅に銀金具があり、その中央に金目地の題簽を貼り、「墨跡彙考」と書名する。本文料紙は銀地で、折本形式である。「墨跡」という書名ではあるものの、僧侶の筆跡が中心というわけではなく、聖武天皇・光明皇后の切から始まる手鑑の典型的な形式であり、歌切が多い。極札は計一一六枚で、古筆家（三枚）、神田家（一枚）、朝倉茂入（六十二枚）、藤井常智（一枚）、井狩源右衛門（四十九枚）の印章がある（残り五葉は、極印のない極札を持つ切が三枚、詳細不明の極札を持つ切が一枚、極札のない切が一枚である）。

『墨跡彙考』には、平安時代の散文作品に関わるものとして、室町時代の歌僧正徹が「うつくしき女房を几帳のかげに置きたる様なり」[13]と書体を評した伝後光厳天皇筆「するほどに」で始まる物語切、伝一条兼良筆『花鳥余情』（紅葉賀巻）の『源氏物語』古注釈書の切などが注目される。「するほどに」で始まる物語切に関しては、小山利彦氏[14]が『夜の寝覚』の散逸断簡ではないかと指摘している。伝一条兼良筆『花鳥余情』の切に関しては、西野強氏[15]が天理大学附属天理図書館『花鳥余情』との比較から考察している。このように、『墨跡彙考』には『源氏物語』周辺の切が散見されるのである。そこで第二章では、中世の源氏学の実態を探る上で重要な一断片であると思われる伝為家筆『源氏物語』の切に注目し、書誌・書写年代・本文について分析し、試論を展開する。

第一篇第三章では、専修大学図書館菊亭文庫蔵『源氏物語』の抜書[16]について考察する。

菊亭家[17]とは今出川家の別号であり、藤原北家閑院流、西園寺家の支流、家格は清華家である。四箇の大事（節会・官奏・叙位・除目）・有職故実・琵琶を家職とする。菊亭家は、西園寺実兼の四男である菊亭（今出川）兼季[18]（一二八一～一三三九）を始祖とする。兼季は元亨二年（一三二二）八月十一日に右大臣、嘉暦四年（一三二九）正月五日に従一位、元弘二年／正慶元年（一三三二）十一月八日に太政大臣となり、延元三年／暦応元年（一三三八）十二月十二日に出家、法名を覚静という。延元四年／暦応二年（一三三九）に五十五歳で薨去する。

「菊亭」の由来については、西園寺家領の一つの名に「菊亭」とあり、その菊亭を兼季が伝領したためであるという説、あるいは邸内に好んで菊を植えたことから菊亭右大臣と呼ばれたなどの諸説がある。『故実拾要』[19]によれば、近世では大納言までを菊亭、大臣以上になると今出川を称し、以後は両用され、明治以降再び菊亭に改姓されている。応永七年（一四〇〇）前後に、今出川家と後崇光院（伏見宮貞成親王）によって編纂された私撰集に『菊葉和歌集』[20]がある。後崇光院は今出川公直夫妻に養育され、音楽や和歌に親しみ、崇光院、栄仁親王の後を受けて伏見宮家を相続した人物である。『菊葉和歌集』には「従三位政子」の隠名で後崇光院の和歌も多数見られ、また、菊亭にちなみ残菊を詠み込んだ和歌（七五六～七五八番歌）も見える。『続史愚抄』[21]文永二年（一二六五）十月十七日条には、「次院渡二御菊第一入道前太政大臣実氏第撰集春部二巻続古今集未奏覧一已前也」とあり、『続古今和歌集』を詠進した院（後嵯峨院）が、奏覧の前に春部の第二巻撰集のために、兼季の曾祖父である西園寺実氏の邸宅である菊亭に行幸したとある。川上貢氏[22]は、この記述が「菊第（亭）」という邸宅の初見であると述べている。また、『続史愚抄』[23]延慶元年（一三〇八）十一月二日条には、「院。永福門院。新院等御同車幸二菊亭一西園寺大納言公顕第也」とあり、西園寺公顕の菊亭に院（伏見院）・永福門院（伏見天皇の中宮、兼季の姉）・新院（後伏見院）が行幸している記録が見える。西園寺公顕は兼季の実兄であり、この時、菊亭は実氏・公相・実兼を経て、公顕が伝領した邸宅であったことがわかる。その後、『続本朝通鑑』[24]延元三年（一三三八）十二月条には、「兼季愛レ菊。植二於庭一。故今出川有二菊亭別号一。後改レ庭為レ亭」とあり、兼季が庭に菊を好んで植えたため、今出川の別号として菊亭と呼ばれ、後に菊庭を菊亭と改めたという。劉洋氏[25]が指摘するように、菊亭という呼称は右記の記録類の記述によれば、兼季が菊を好んで植えたために菊亭と呼ばれたわけではなく、もともと菊の花が美しく咲く庭を持つ西園寺家の邸宅があり、そこは天皇もよく行幸されるほどの大邸宅であったことが窺える。兼季は兄の公顕からその菊亭を伝領され、代々邸宅とともに受け継がれてきた庭に菊を好んで植えていたと考えられるのである。

菊亭文庫の主な所蔵先[26]は、専修大学図書館、京都大学附属図書館[27]（一七三二件、一二三五七冊）、東京大学史料編纂所（五九二点）、東京国立博物館[28]（一一一件、七九七点）であり、この他、宮内庁書陵部、国立公文書館内閣文庫、四天王寺大学図書館恩頼堂文庫、神宮文庫、静嘉堂文庫、滝川市郷土館、東京都立中央図書館などにも所蔵が確認できる。

菊亭文庫とは菊亭家に関する文書類のことであり、専修大学図書館所蔵「菊亭文庫」は、専修大学創立九十周年に当たる昭和四十五年（一九七〇）に古写本類を選定して、「蜂須賀家旧蔵本」[29]（蜂須賀氏代理・松丸実氏から二十点一二七冊を購入し、その後古書市場から購入したものが加わる）とともに購入されたものである。「菊亭文庫」[30]は、当時専修大学文学部教授であった松田武夫氏、広田二郎氏らの推薦により、村口書房[31]（港区麻布）から購入されたものである。「蜂須賀家旧蔵本」及び「菊亭文庫」が購入されたのは、七海吉郎氏（当時専修大学商経学部教授）が図書館長を務めていた時期（昭和三十二年（一九五七）四月から昭和四十七年（一九七二）三月まで）である。七海吉郎氏は、『大成』にも採用された『源氏物語古注』（葵巻前半部）、通称「七海本」の旧蔵者である七海兵吉氏の子息である。反町茂雄氏の『紙魚の昔がたり』[32]によれば、池田亀鑑氏が七海本を購入した際の古書肆柏林社書店（文京区本郷）店主の古屋幸太郎氏とのやりとりが窺える。古屋幸太郎氏は、前述した村口書房の村口四郎氏とともに、古書店業界をリードした古老の一人である。田坂憲二氏[33]によれば、昭和四十四年（一九六九）、七海本は、『源氏物語古注』（葵巻後半部、遠藤武氏旧蔵、吉田幸一氏蔵、通称「吉田本」）と合わせて、松田武夫氏による略解題を付し、「源氏物語古注　葵巻二巻（七海本・吉田本の翻刻）」として出版されたという[34]。つまり、『源氏物語』に精通している七海氏、松田氏の在職中に「菊亭文庫」は購入されたことになる。

専修大学図書館所蔵「菊亭文庫」は江戸時代を中心として、鎌倉時代から明治時代にいたるまでの詩歌、雅楽、日記などの文書・典籍類を含め、目録によれば、一九四二件、三四四八点が収められている。主なものは、和歌写本、歌合、連歌、連句などの詩歌に関するもの八五七点、琵琶、篳篥、箏、横笛、太鼓、笙譜面などの雅楽に関するもの五三六点、宮中、国家行事、国郡卜定、改元、位階、宣旨、定書、法度、法律などの記録類九〇一点、江戸から明治期にいたる日記二三二点、持ち高、金銭貸借関係、祝儀、家例、家族、親族、家従といった家記三四九点を数える。

専修大学図書館所蔵「菊亭文庫」について、田中幸江氏[35]は「菊亭文庫目録」（二種）について翻刻し、『公規公記』を書写した今出川実種の功績について調査・研究を行っている。姫野敦子氏は「早歌」の新資料に関する菊亭文庫の『究百集』の翻刻・解説、田中圭子氏は薫物に関する菊亭文庫の「薫物故書」の翻刻・校異、古賀克彦氏は時衆に関する菊亭文庫の調査報告などを行っている。こうしたさまざまな貴重資料の中に、『源氏物語』の竹河・橋姫・宿木・浮舟・蜻蛉・手習巻の本文を抜書した六帖がある。そこで第三章では、この抜書六帖の書誌・翻刻を行い、『源氏物語』の古注釈書の一つである『万水一露』の本文との近似、菊亭家の家職との関わりなどから、その制作意図について考察する。

三

第二篇「室町期における『源氏物語』本文の伝来と享受」では、室町時代において活躍した正徹、大庭賢兼、五辻諸仲という人物が書き写したとされる『源氏物語』本文の伝来と享受について論じる。

第二篇第一章・第二章では、室町時代の歌僧正徹による奥書を持つ『源氏物語』の古写本の一つである正徹本の伝来や奥書、本文について解明する。

正徹[36]（一三八一～一四五九）は、室町時代の禅僧、歌人であり、幼名を尊命丸、俗名を正清、法名を正徹、字を清巌、庵号を招月（松月）庵という。備中国（現岡山県）小田郡小田庄神戸山城主、小松上総介康清の次男と伝えられる。本姓は紀氏であり、後に小田氏と改めた。応永二年（一三九五）頃、歌会にて、冷泉為尹・為邦、今川了俊らに会う。以後冷泉派の歌人としての道を歩むことになる。応永二十一年（一四一四）に出家し、東福寺の書記であったことから、「徹書記」とも呼ばれた。藤原定家に傾倒した妖艶夢幻な歌風は当時主流であった二条派から異端視され、将軍足利義教にも憎まれて、『新続古今集』にも入集しなかった。しかし、晩年には草庵に月次歌会を催し、招かれて諸所の歌会に出座し、将軍足利義政に『源氏物語』を講義するなど、冷泉派の歌人として重んぜられた。永享四年（一四三二）、今熊野の草庵が類火に遭い、二十歳以来の詠草二万数千首が灰となる。交友圏は極めて広く、高弟の正広らも多数擁していた。連歌師の宗砌・心敬などの崇拝者も多く、連歌に与えた影響は大きい。家集『草根集』、歌論書『正徹物語』、紀行文『なぐさめ草』、源氏物語の注釈書『源氏一滴集』などの著がある。新古今集時代の歌人の私家集をはじめ、『伊勢物語』『源氏物語』『徒然草』などの書写を行い、長禄三年（一四五九）五月九日、七十九歳で死去した。正徹は幼い頃より和歌に親しみ、「此道にて定家をなみせん輩は、冥加も有るべからず、罰をかうむるべき事也」(37)「叶はぬまでも、定家の風骨をうらやみ學ぶべしと存じ侍る也」と、和歌を志すものは定家の精神を学ぶべきであるというように、正徹は藤原定家の和歌の形式・精神を尊重し、冷泉家によく出入りしていた。ゆえに正徹は定家が作成したとされる青表紙本の原本や、その転写本に触れる可能性のあった人物ということになり、定家崇拝の正徹が書き写したとされる正徹本は『源氏物語』の本文研究において重要であると考えられるのである。

正徹本は現在、金子元臣氏蔵本（五十四帖）［金子本］、宮内庁書陵部蔵本（五十四帖）［書陵部本］、慶應義塾図書館蔵本（五十四帖）［慶應大本］、国文学研究資料館蔵本（五十四帖）［国文研本］、徳本正俊氏旧蔵本（五十四帖）［徳本本］、京都女子大学図書館吉澤文庫蔵本（桐壺巻）［京都女子大本］、大阪青山歴史文学博物館蔵本（蜻蛉巻）［大青歴博本］の伝本を確認することができる。『大成』によれば、金子本は戦火のため烏有に帰したとある。徳本本は『大成』に奥書の写真版を掲載しているものの、現在は所在不明の本文であり、中身を確認することはできない。

『源氏物語』の正徹本については、まず、野村八良氏(38)が徳本本の奥書について触れている。吉澤義則氏(39)は自ら所持していた正徹本について触れ、これは間違いなく正徹自筆本（京都女子大本）であるという。稲田利徳氏[40]は正徹という人物についての重厚な研究著書の中で、正徹本についても触れ、徳本本、書陵部本、金子本、毛利家旧蔵蜻蛉巻（奥書の一致から大青歴博本と思われる）について述べている。寺本直彦氏[41]は『大成』掲載の徳本本奥書について触れ、冷泉為相本によって校合された正徹本を正徹が正本と定めたのであろうと説いている。伊井春樹氏[42]は徳本本の奥書について、これは嘉吉三年（一四四三）に正徹が為相本と校合した正徹本の転写本であると述べ、吉澤氏の言う正徹自筆本（京都女子大本）の存在についても触れている。加藤洋介氏[43]は京都女子大本の本文の性格について言及し、肖柏本や三条西家本の本文との関わりについて論じている。久保木秀夫氏[44]は国文研本・徳本本・京都女子大本の桐壺巻の奥書を明示し、正徹と一条兼良の拠った為相本は同一のものだったのではないかと推定している。国文研本は、古書肆柏林社書店の古書目録第十四号（二〇〇二年四月）に掲出された新出資料である。柏林社書店は、池田亀鑑氏が『源氏物語』の古写本である明融本を購入[45]したとされる古書店で、柏林社書店の店主・古屋幸太郎氏は『紙魚の昔がたり』[46]にも登場する人物である。国文研本に関して、伊藤鉄也氏[47]は桐壺巻から紅葉賀巻の巻末に奥書があり、本の装訂などは阿里莫本に近く、本文（鈴虫巻）の性格は肖柏本や三条西家本などとの類似性が指摘される『首書源氏物語』の本文に最も近似するという。以下、詳しくは本論で述べる。そこで第一章・第二章では、五十四帖揃で現存する国文研本・慶應大本・書陵部本の三種、京都女子大本（桐壺巻）を中心として、正徹本の書誌・奥書と本文の性格を検証する。

第二篇第三章・第四章では、大内家・毛利家に仕えた大庭賢兼の『源氏物語』享受の背景を追い、賢兼が書写したとされる『源氏物語』の写本について論じる。

大庭（平）賢兼（生没年未詳、大永三年（一五二三）頃誕生か）は、桓武平氏・鎌倉氏の庶流である大庭氏を継ぐ人物である。大内義隆・義長に仕え、大内家滅亡後は毛利家に帰順し、毛利元就に重用された。『大内氏実録』[48]においいて、賢兼は「歌人」の項目に名が記されており、和歌を嗜む武将であったことがわかる。賢兼は元就の死後、剃髪して大庭宗分と称し、『宗分歌集』を作成する。元亀三年（一五七二）には『贈従三位元就卿詠草』（別称『春霞集』）という元就の遺稿集が制作され、その歌集からは元就と賢兼、『源氏物語』との関わりが窺える。

柳井滋氏[49]は『春霞集』における「源氏物語一部書写をはりし供養とて、賢兼勧進五十首の中に」という詞書に注目され、「この賢兼筆本の『源氏物語』は、桃園文庫旧蔵の本で、池田氏が加賀前司入道宗分奥書本と呼ばれたものであろう。…（中略）…大庭賢兼も吉見正頼と同じく、はじめ大内氏に仕え、後に毛利氏に仕えることになった部将であり、その文事愛好も大内の風を伝える点で共通していたようである」と述べる。池田亀鑑氏[50]は大内家に関して論じなければならない重臣の一人に賢兼の学問的業績を挙げ、大内家周辺の『源氏物語』に関わる文芸を重視している。柳井氏が指摘した「賢兼筆本の『源氏物語』」、さらに池田氏に「加賀前司入道宗分奥書本」と呼ばれた『源氏物語』（以下、「賢兼筆本」とする）は、現在、天理大学附属天理図書館に所蔵されている。賢兼筆本の書誌[51]には、平賢兼（大庭宗分）・藤原（内藤）護道筆、五十四巻揃で三十冊本、室町末期写、原寸縦二十五・〇糎、横十九・〇糎、袋綴、改装後補、毘沙門格子花橘織文紫表紙、本文は一面八行書、一行十五〜十七文字前後、和歌は改行二字下げと記されている。

賢兼筆本のもう一人の書写者である内藤護道（生没年未詳）は、賢兼と共に、池田氏が『源氏物語』研究史上に光芒を放つ大内家の重臣として挙げている人物である。米原正義氏[52]によれば、大内家の三重臣といえば、陶・杉・内藤氏であり、内藤氏の第一に挙げられるのが、大内政弘時代に連歌人として名を残した護道であるという。藤原氏秀郷流の一族であるとされ、内藤盛遠を祖とする。盛遠の子孫に盛貞、その息子に盛賀、盛貞の両名がおり、盛賀の孫が護道、盛貞の曾孫が興盛（一四九五〜一五五四）である。興盛は大内義興、義隆の二代に仕え、半世紀に渡って長門国守護代を務めた重臣であるとともに、文化人としての信望も厚かったようである。米原氏によれば、『尚通公記[53]』

永正十四年（一五一七）七月廿日条に「内藤源氏外題所望之間書遣之了」とあり、興盛が近衛尚通に『源氏物語』の外題を依頼している。つまり、興盛が所持する『源氏物語』があったということになろう。護道は長門国守護代の内藤正賀の子であり、陶弘護とともに文明十二年（一四八〇）六月に山口を訪れた宗祇の筑紫道の世話役を務め、宗祇や大内政弘と『何船百韻』に同座し、『新撰菟玖波集』にも入集している連歌の人であるという。護道は猪苗代兼載の『聖廟法楽千句』の談義を行い、肖柏の歌集『春夢草』にも登場し、連歌師として名を馳せていたことが窺える。

賢兼筆本明石巻奥書において、元亀四年（一五七三）六月十八日、賢兼も、「右須摩《ママ》明石両巻事新撰菟玖《ママ》婆集作者内藤内蔵助藤原護道筆跡也[54]」と記しているように、『新撰菟玖婆集』の作者として護道は周囲に認識されていたことが窺える。賢兼筆本には、須磨・明石巻以下、蓬生・薄雲・槿・初音・夕霧・御法・宿木巻の奥書に護道の名が見えることから、上記の九巻は護道の筆と思われる。護道の生没年は不明であるが、米原氏によれば、少なくとも文明十二年（一四八〇）には宗祇の世話役を務め、天文元年（一五三二）七月廿九日に宗祇正忌の追善連歌を張行したとあることから、一四八〇年から一五三二年までは生存していたと推測されている。その後、護道の書写した須磨・明石巻を賢兼が披見したものと考えられる。

井上宗雄氏[55]によれば、賢兼は大内家、毛利家の家臣であり、『春霞集』に元就との贈答歌が見えるほどの歌人であり、『伊勢物語』『源氏物語』にも関心が深かったという。米原氏[56]によれば、賢兼筆本桐壺巻の奥書には、永正十三年（一五一六）初の山口下向の際、宗碩が源氏物語講釈を行った記述があるという。伊井氏[57]は、賢兼筆本の奥書には正徹本や冷泉宗清（為広）本で校合したことが記されていると指摘する。正徹本や冷泉宗清本は冷泉家に関わる本文であり、正徹は冷泉為尹に和歌を学び、冷泉宗清は冷泉為秀の子為尹の曾孫に当たる。宗清本とは多々良興豊の懇望により、宗清が書写したものである。多々良興豊は、大内政弘の曾祖父弘世の子で、冷泉氏の祖（冷泉為相を祖とする冷泉家とは別）弘正を祖先とする冷泉興豊のことである（詳しくは第二篇第三章【三家系図】を参照）。さらに伊井氏は、

『源氏物語』の古注釈書である『原中最秘抄』『河海抄』『花鳥余情』『一葉抄』『弄花抄』などの諸説を「行間などに所狭しと付記された姿を呈している」と述べている。確かに賢兼筆本には、行間にあふれる程に古注釈書が書き入れられている。米原氏や伊井氏の指摘する宗碩の聞書は、大内家の家臣陶弘詮宅で行われたものであり、賢兼も目にする機会があったのではないかと思われる。和田秀作氏[58]は、古文書類から見える賢兼の活動を追い、文化的事績のみならず、賢兼が毛利家において行政・軍事・外交の面でも内側から支える役割を果たした人物であると述べる。西本寮子氏[59]は、賢兼筆本の奥書を明示し、元就と賢兼との関係性から、中世後期の中国地域における『源氏物語』享受を解明するための資料として、賢兼筆本の再評価を行っている。賢兼がいかに多種多様な『源氏物語』の本文を見る機会に恵まれた人物であったかということが想像されるのである。そこで第三章・第四章では、先行の研究成果をふまえつつ、大内家・毛利家の文化活動を支えた一人である大庭賢兼の文芸享受を再検討し、賢兼筆本の性格について分析する。

第二篇第五章では、米国議会図書館（Library of Congress）蔵『源氏物語』（以下、「ＬＣ本」とする）の本文の素姓について、伝五辻諸仲筆本との関わりから究明する。

ＬＣ本の本文調査は斎藤達哉氏、高田智和氏を中心に二〇一〇年から開始され[60]、その研究調査メンバーの一員として参加した。ＬＣ本は、米国議会図書館アジア部日本課（Library of Congress, Japanese Rare Book Collection）に二〇〇八年より所蔵となった『源氏物語』の写本[61]（LC control No.2008427768）である。全五十四帖揃、縦二十五・〇～二十五・二糎、横十六・八～十七・〇糎、木胎黒塗箱（慳貪蓋造提箪笥、高二十五・五糎、幅二十七・八糎、奥行二十一・〇糎、一基、一列二段）に収納され、その前蓋に「源氏　全部五十五冊／五辻殿諸仲御筆／外題三条西殿実隆御筆」と金字されている。装訂は列帖装（綴葉装）、料紙は鳥の子、題簽は朱色、表紙は濃青色（後補改装か）である。添えられた古筆了仲（一六五六～一七三六）の折紙によれば、本文は五辻諸仲（一四八七～一五四〇）、外題は三条西実隆（一四五五〜一五三七）の手によるものとある。

ＬＣ本について、伊藤鉄也氏[62]は、割注のような二行書を交えた特殊表記の和歌があり、一冊内での書写行数が一定せず、傍記の混入、丁裏の文字の転写など、表記上の特徴を持つことを指摘する。豊島秀範氏[63]も、特殊な和歌表記に注目され、『源氏物語』十三巻（須磨・明石・澪標・朝顔・玉鬘・胡蝶・蛍・野分・行幸・竹河・椎本・浮舟・蜻蛉）に渡る散らし書き（あるいは分かち書き）とでも言うべき和歌六十二首について明示する。特殊表記された和歌が多い登場人物は光源氏であり、その数は十九首であるという。光源氏に向けられた和歌も十三首と多いことから、光源氏と関わる特殊表記の和歌が三十二首（十九首と十三首）と圧倒的に多いことを指摘し、「それらは『源氏物語』の内容に寄せる一定の理解の上に立った配慮であったと言ってよい」と述べる。神田久義氏[64]はＬＣ本の特殊表記の和歌と冷泉家時雨亭文庫蔵『秋風和歌集』の書写方法とを比較し、『秋風和歌集』における「本を見開いた状態で、一首の和歌全体を読めるようにするための書写方法」と同じ表記方法の原理が、ＬＣ本にはあるのではないかと指摘する。斎藤達哉氏[65]はＬＣ本の仮名表記「ケハヒ」「カタハライタシ」の二語の字母表記の偏りと揺れについて論じている。「ケハヒ」の字母表記は「希八ひ」が二一二例、「カタハライタシ」の字母表記は「か多者ら」が五十例と圧倒的な偏りを見せ、「八」の字母表記は「八」と「者」の二つに揺れの多いことを指摘している。これらの先行研究をふまえつつ、第五章では、ＬＣ本の了仲の折紙との近似から、国文学者渡部栄氏が架蔵本との比較対象として重要視した伝五辻諸仲筆本との関わりについて考察する。

渡部栄氏（一九一三〜一九九一）[66]は国文学者、古文書学者であり、「北小路健」という名で執筆活動も行っていた人物である。福島県生まれ、東京文理科大学国文科を卒業、教壇生活、研究所生活を経て、著作活動を行う。昭和初期、玉井幸助氏、能登朝次氏、山岸徳平氏らに師事し、『源氏物語』の研究を行った。渡部氏の父親である渡部精元の死後、その世話になったという人が現れ、お礼として、「京都で古くから茶商を営んでいた自分の家に代々家宝として伝えられてきた源氏物語の古写本」を渡部氏の母に手渡す。それを渡部氏は父の形見の品として大切に所蔵していた。その『源氏物語』の奥書には、「はかもなき鳥のあとゝはおもへとも／わかすゑすゑはあはれともみよ」という従一位麗子の和歌や「以二京極北政所御奥書之一本一書二写之一畢」とあることから、後に本文研究の末、従一位麗子（京極北政所）の書写した「従一位麗子本（渡部氏は著書の中で「じゅいちいよしこぼん」とルビを付す）」の系統を伝える本文、いわゆる転写本であることが判明する。(67) また、渡部氏は島崎藤村の『夜明け前』の冒頭部分「木曽路はすべて山の中である」が、『木曽街道図絵』から借用したものであることを発見し、昭和五十九年（一九八四）に毎日出版文化賞を受賞する。主な著作として、『源氏物語従一位麗子本之研究』（大道社、一九三六年）・『源氏物語律調論』（文学社、一九四〇年）・『遊女　その歴史と哀歓』（人物往来社、一九六四年）・『木曽路　文献の旅』（芸艸堂、一九七〇年）などがある。

渡部氏の『源氏物語』本文研究の主軸となった従一位麗子本は、「麗子本」や「京極北政所本」と呼ばれ、平安時代末期に源麗子が書写したとされる『源氏物語』の古写本のことである。(68) 源麗子（一〇四〇～一一一四）は、村上天皇の曾孫、源師房と藤原道長の五女尊子との間の女、藤原師実の室である。従一位麗子本の存在は、『河海抄』において言及され、鎌倉末期に河内守であった源光行・親行の親子によって作成された河内本の基となった本文の一つであると考えられている貴重な写本である。そこで第五章では、ＬＣ本の書誌や本文の性格を検証し、渡部氏が架蔵の従一位麗子本との対校本文資料として重要視した、伝五辻諸仲筆本の本文と比較検討を行い、ＬＣ本の素姓を解明する。

四

第三篇「近世初期における『源氏物語』享受」では、近世初期の源氏絵や『源氏物語』の梗概書などを通して、当時の文人たちの文芸享受の一端について論じる。

第三篇第一章・第二章では、専修大学図書館所蔵の『源氏物語画帖』[69]（以下、「専大本」とする）を中心として、その成立時期や制作背景の可能性、詞書本文や絵の図様選択について考察する。専大本は江戸初期に成立、縦二十七・一糎、横二十・八糎、厚さ五・〇糎、全三帖（一帖に二十図ずつの計六十図）の片面折本で、詞書は飛鳥井雅章・愛宕通福・道晃法親王・日野弘資・清閑寺凞房・柳原資廉・中院通茂・中御門資凞・持明院基時・甘露寺方長の公家十名による寄合書であり、絵は狩野派の流れを汲む岩佐派の絵所によって制作されたものか、詳細は不明だが、『十帖源氏』の挿絵がモチーフとなっている。詞書には下絵が施され、絵には金泥がふんだんに用いられた豪華な仕立てである。専大本の絵が『十帖源氏』の挿絵をモチーフとしていることに関しては、すでに井黒佳穂子氏[70]が指摘している。源氏絵の享受史を追いながら、『十帖源氏』の挿絵がどのように変容し、専大本に取り込まれているかについて論じている。

『十帖源氏』[71]は江戸初期（承応三年（一六五四）頃成立、寛文元年（一六六一）刊行）に俳諧師野々口立圃によって作成された『源氏物語』の梗概書、いわゆるダイジェスト版である。野々口立圃[72]（一五九五～一六六九）は、名は親重、通称は庄右衛門（『寛文比俳諧宗匠并素人名誉人』）・市兵衛・宗左衛門（『俳林良材集』）、屋号は雛屋・紅粉屋（『滑稽太平記』）、雅号は立圃・松翁・松斎・如入斎、法名は日祐・松翁庵立圃日英である。先祖は累代の武士で、祖父野々口義親は藤原氏の諸司を勤めた後、丹後国桑田郡本目村に退隠する（『立圃追悼集』『俳林良材集』）。父の代に京都に移り、雛人形屋を創業したという。『難波の別』によれば、「我は都一条の町に生れ出て、四十余年物思ひくらせし身なりしが」とあり、京都一条で出生したという。早くから猪苗代兼与に連歌を、松永貞徳に俳諧を、尊朝法親王に書を、烏丸光広に和歌を、狩野探幽に画を学んだという。貞門七俳仙の一人でもある。

寛永八年（一六三一）年二月、松江重頼と『犬子集』の撰集に着手する。しかし、その後疎遠となった重頼が寛永十年（一六三三）正月、単独で『犬子集』を刊行、これに対抗して同年十一月一日、一門の句を増補した『誹諧発句帳』を刊行する。寛永十三年（一六三六）二月二十三日に俳諧作法書の嚆矢『はなひ草』が成立する。翌年正月晦日、父の『追善九百韵』を独吟興行し、刊行の際には「立圃」と署名する。この頃、入道したかと思われる。『滑稽太平記』によれば、寛永十七年（一六四〇）四十六歳の時、初めて江戸へ赴く。以後、江戸、京都、大坂、筑紫などへと居所を転々とする。慶安元年（一六四八）には九州へ向かい、翌年、秋月城主黒田長興と太宰府天満宮奉納の両吟「俳諧千句」を興行する。慶安四年（一六五一）四月上旬、初めて備後国福山藩に下向する。以後、寛文元年（一六六一）頃までの十一年間に渡って福山藩に仕え、俳諧を指南した。同年九月に『草戸記』、十一月に『俳諧作法』を執筆する。『隔蓂記』によれば、承応元年（一六五二）四月二十四日、金閣寺住持である鳳林承章を初めて訪問する。同年八月十二日、福山藩主水野勝俊参府のため福山を出発、立圃も福山から同乗し、扈従している。

承応三年（一六五四）、立圃が六十歳の時、『十帖源氏』は成立したとされている。万治三年（一六六〇）九月八日、後水尾院に立圃は自作の発句「十八番之発句合」二巻を奉献する。地下のものであった俳諧が堂上の人々にまで親しまれるようになったことが窺える。同年十二月、『源氏小鏡』の内容に俳諧の発句と絵を添えてさらに平易にした『源氏鬟鏡』が刊行され、立圃は「篝火も螢もひかる源氏かな」（篝火巻）と、一句を入集している。万治四年（一六六一）一月九日、天満の川崎二郎左衛門方孝宛返信に、立圃は、『十帖源氏』が出来たので持参したいこと、「源氏の絵」は知り合いを一、二箇所問い合わせるも、皆「大きニ候て」ご注文のようなものは無く、特別に「あつらえ」るなら可能であることなどを認めている。同年二月、『十帖源氏』をさらにコンパンクト化した『おさな源氏』が成立、刊行は奥書に「寛文元辛丑仲春立圃」とあることから、「寛文」と改元された後のことと思われる（四月二十五日から「寛文」となる）。同年四月、『十帖源氏』が刊行される（刊記には「万治四年卯月」とある）。

このように、立圃は貞徳門下の俳諧師として活躍し、『源氏物語』にも精通していた一方で、『画工便覧』や『画本手鑑』によれば俳画の祖とも称され、俳画師としても活躍していたことがわかる。

立圃の作品には、『休息歌仙』(73)や『十二枝句合』(74)などがあり、その名の通り、三十六歌仙がくつろぐ姿や、十二支の動物たちの飄々とした姿が描かれている。世俗にこだわらず、超然としたつかみどころのない立圃の生き様を垣間見せ、俳画を極めた遊び心あふれる立圃の手腕を伝えている。これらの作品の風趣は、専大本の絵にも見られる傾向で、土佐派の源氏絵などとは異なり、『源氏物語』の登場人物たちの心情そのままに表情豊かに表現されている。こうした独自の画風を立圃はどのように構築していったのか。それには鳳林承章の存在が大きいと考えられる。

鳳林承章(75)（一五九三～一六六八）は、勧修寺晴豊の六番目の子であり、鹿苑寺、相国寺の住持である。承章の叔母、勧修寺晴子は後水尾院の祖母、新上東門院であり、承章にとって後水尾院は三歳下の従甥にあたる。承章は後水尾院の厚遇を得、宮廷文化人として公家・武家・町人を問わず交流し、広い視野で寛永文化の繁栄を支えた人物の一人である。承章の文化活動は寛永十二年（一六三五）から寛文八年（一六六八）までの三十四年間にわたる自身の日記『隔蓂記』からその様相を知ることができる。

『隔蓂記』は金閣寺関係の基本資料であり、江戸の文化を知る上でも大変貴重な資料である。横谷一子氏(76)が指摘するように、和歌・物語文学（伊勢物語・源氏物語・平家物語など）・能・狂言などの近世以前の古典文芸、俳諧や歌舞伎などの江戸期以降の文芸記録も見え、承章自身も文人として、書画・造園設計・薬剤・茶・華・讃・鑑定・針灸などに精通していたようである。『隔蓂記』(77)によれば、寛永十四年（一六三七）九月十一日、承章は梅林能圓から『源氏物語』の講釈を受けている。梅林能圓(78)は記録類によれば、京都の北野天満宮・祠宮三家の一つである徳勝院の人であり、『源氏物語』の注釈書『紹巴抄（源氏物語抄）』を記した連歌師里村紹巴の門人であるという。紹巴は三条西家に出入りしていた人物であり、その門人である能圓から、承章は寛永十四年（一六三七）より明暦二（一六五六）年までの間に、計二十六回(79)に渡って『源氏物語』の講釈（桐壺・若紫・末摘花・紅葉賀・花宴・葵・賢木・花散里・須磨・初音巻）を受けている。

『隔蓂記』によれば、慶安五年（一六五二）四月二十四日、鳳林承章は初めて野々口立圃と会う。立圃は藪家の紹介で俳諧を好む承章に会ったと考えられる。これ以後、承章と立圃の俳諧を通じた交流記事が、『隔蓂記』には約八十箇所に渡って見えるという[80]。承章の多種多様な文化交流の中において、立圃は俳諧師として参加しつつ、さらに狩野派や岩佐派、俵屋宗達などの絵を見る機会を得て、自然と独自の画風を築いていったものと考えられる。

これらのことをふまえつつ、第一章では専大本を手がかりとして、堂上から地下人にまで及ぶ承章周辺の文人たちの動向の一端を紐解き、専大本の制作年代や詞書本文、制作背景についての可能性を提示する。第二章では、俳画師としての立圃に注目し、立圃の『十帖源氏』の挿絵をモチーフとした専大本の絵の図様選択について究明する。

第三篇第三章では、野々口立圃作『十帖源氏』の本文構造について分析する。

『十帖源氏』は、前述したように江戸時代初期に成立した『源氏物語』の梗概書であり、挿絵一三一図を含み、その名の通り、十巻の構成である。『十帖源氏』についてはまず吉田幸一氏[81]の重厚な研究がある。それによると、『源氏物語』のダイジェスト化は古くは鎌倉時代から行われ、江戸時代になってからも町人の手によって新たに多くのダイジェスト版が作られた。『源氏物語』の原文の雰囲気を少しでも一般庶民、女性や子供達にもわかりやすく簡単に伝えたい、との意向で制作されたものであるという。清水婦久子氏[82]は『十帖源氏』の本文は、寛永十七年（一六四〇）頃に刊行された無跋無刊記本『源氏物語』に拠るものだという。清水氏[83]は、『絵入源氏』や『湖月抄』などの河内本系統の本文を含む流布本とは異なり、三条西家本系統の本文を受け継ぎ、版本『万水一露』に近似している無跋無刊記本『源氏物語』を傍らに置いて、立圃はダイジェスト版を作成していたと推定している。今西祐一郎氏[84]も指摘しているように、無跋無刊記本『源氏物語』は一部識者の間で「素（す）源氏」と称されていた、柱刻や丁付けもなく、注釈や挿絵、刊記や付録もない、物語本文だけを刻した製版本のことを指す。湯浅佳子氏[85]は、『十帖源氏』は『源氏物語』本文を比較的丁寧に抽出し、平易な言葉に替えていると指摘する。中西健治氏は、(86)立圃がこれはと思う本文を単に摘録したのではなく、松永貞徳門下の重鎮として、原作の叙情的な場面を絵と共に簡潔平易に提供しようとしたのだと論じている。いずれにしても『十帖源氏』の本文の要約方法は判然とせず、どのような制作意図があったのか、究明すべき課題は多い。

そこで第三章では、『十帖源氏』の本文と、それが依拠したと思われる無跋無刊記本『源氏物語』の本文とを比較検討し、『源氏物語』を独自に抽出・改変した俳諧師としての立圃の制作意図について論じる。

本書を構成する各論考は、資料の閲覧や掲載のお許しを戴いた多くの図書館や博物館、研究所など、各所蔵機関のご高配により、完成させることができたものである。愛知県立大学長久手キャンパス図書館、出光美術館、吉川史料館（岩国市）、京都女子大学図書館、宮内庁書陵部、慶應義塾図書館、国文学研究資料館、国立国語研究所、国立大学法人九州大学附属図書館、天理大学附属天理図書館、東京国立博物館、東京都立中央図書館、東洋大学附属図書館（白山図書館）、米国議会図書館（Library of Congress）、ＭＩＨＯ ＭＵＳＥＵＭ、早稲田大学図書館の各機関の関係者の方々に、本書の各章に先立って深甚なる感謝を申し上げる。なお、専修大学図書館には調査の便宜を図って戴き、ご教示を戴いた。合わせて厚く御礼申し上げる。

注

（1） 阿部秋生氏『源氏物語の本文』（岩波書店、一九八六年）。阿部氏は、本文が混成した元々の大きな原因について、一つには『源氏物語』の原典が一本だけではなかったこと、二つには平安時代の人に『源氏物語』を忠実・精確に書写する意志がなかったことを挙げている。一つめの理由の依拠する所として、『紫式部日記』寛弘五年（一〇〇八）十一月の中旬頃、一日の御五十日の祝いから十七日の中宮内裏還啓までの間の記述に見える御冊子作りの場面を挙げる。阿部氏は①誰かの元から伝わった清書本、②道長を通じて妍子の元から伝わった草稿本、③中宮の元から伝わった清書本二種、があるという。つまり、『源氏物語』は原典の段階で二種類、または三種類が存在し、世に広まっていったと考えられる。また、二つめの理由として、従一位麗子の和歌「源氏の物語をかきて、おくにかきつけられて侍りける／はかもなき鳥のあととはおもふともわかすゑずゑはあはれとを見よ（『新勅撰和歌集』巻十七、雑二、一一九九番歌）」を挙げる。阿部氏は、この和歌について、書写した『源氏物語』の内容ではなく、幼い子が自分（麗子）に関心を持ってくれるかどうかに重きを置いていると説く。つまり、平安時代において、物語を書写することにはあまり興味や注意は払われず、そのため、『源氏物語』の本文に揺れが生じてしまったというのである。

（2）専修大学図書館ＨＰ「専修大学図書館の略史」に拠る（http://www.senshu-u.ac.jp/libif/lib）。

（3）相馬永胤は彦根藩士・相馬右平次の長男として嘉永三年（一八五〇）に近江国（現滋賀県）に生まれた。田尻稲次郎は薩摩藩士・田尻治兵衛の三男として同じく嘉永三年に京都に生まれた。その後、両者はアメリカ留学中に知り合い、目賀田種太郎、駒井重格らとともに、明治十三年（一八八〇）に専修大学の前身である専修学校を創立する。「〈史料紹介〉相馬永胤「巡回日記」」、瀬戸口龍一氏「日本における財政学の導入・構築と田尻稲次郎」（『専修大学史紀要』第四号、専修大学・大学史資料課、二〇一二年三月）を参照した。

（4）専修大学図書館蔵（請求記号：Ａ／九一三・三／ＭＵ五六）。

（5）『国史大辞典』第七巻（吉川弘文館、一九八六年、三一三頁）によれば、重要美術品は、昭和八年（一九三三）四月一日に施行された「重要美術品などノ保存ニ関スル法律」に基づいて国によって認定された、わが国にとって歴史上または美術上価値ある美術品類（国宝・重要文化財を除く）のことを指し、規定そのものは昭和二十五年（一九五〇）に廃止されたが、現在もその呼称が継承されている。

（6）冷泉為秀については、『公卿補任』（『新訂増補国史大系』第五十四巻第二篇、吉川弘文館、一九六四年、六六一～六六二頁）、『尊卑分脉』（『新訂増補国史大系』第五十八巻第一篇、吉川弘文館、二〇〇一年新装版、一八三・一九四頁）

に拠る。なお、井上宗雄氏「付録一　冷泉為相・為秀略年譜」（『中世歌壇史の研究　南北朝期』明治書院、一九八七年改訂新版、八五三〜八七二頁）も参照した。

（7）高梨素子氏校注『歌論歌学集成』第十一巻（三弥井書店、二〇〇一年、一〇八〜一〇九頁）。

（8）稲田利徳氏校注『歌論歌学集成』第十一巻（三弥井書店、二〇〇一年、一四七頁）。

（9）中田武司氏「為経奥書本　源氏物語「桐壺巻」に就いての考察」（『専修国文』第五十七号、一九九五年八月）。

（10）斎藤達哉氏「文字使用から見た専修大学本源氏物語「桐壺」（附翻字）」（『専修国文』第八十九号、二〇一一年九月）。

（11）専修大学図書館蔵古筆手鑑『墨跡彙考』（請求記号：A／七二八／B六三）に押された伝為家卿筆『源氏物語』の断簡。

（12）『玉英堂稀覯本書目　古典善本百品』第二六九号（玉英堂書店、二〇〇三年四月、一〜二頁）。

（13）注（8）に同じ。

（14）小山利彦氏「Collection Introduction 墨跡彙考」『SENSHU UNIVERSITY LIBRARY INFORMATION』第四号（二〇〇三年十一月）。

（15）西野強氏「伝一条兼良筆源氏物語注釈切の性格―天理本『花鳥余情』にみる推敲跡と新出断簡―」（『専修国文』第七十九号、二〇〇六年九月）。

（16）専修大学図書館菊亭文庫蔵［源氏物語古注断簡］（請求記号：一九四／第2函一四七／五―八）。

（17）橋本政宣氏編『公家事典』（吉川弘文館、二〇一〇年、一七四〜一七五頁）。

（18）菊亭兼季については、『尊卑分脈』「兼季公傳」（『新訂増補国史大系』第五十八巻第一篇、吉川弘文館、二〇〇一年新装版、一五八頁）、『公卿補任』（『新訂増補国史大系』第五十四巻第二篇、吉川弘文館、二〇〇一年新装版、三四六頁）、『国書人名辞典』第一巻（岩波書店、一九九三年、一九一頁）などを参照した。

（19）『故実拾要』巻第十一「清華」（『新訂増補故実叢書』第十、明治図書出版・吉川弘文館、一九五二年、四一〇〜四一一頁）。

(20) 大島貴子氏「菊葉和歌集」（『日本古典文学大辞典』第二巻、岩波書店、一九八四年、一一八頁）。

(21) 『続史愚抄前篇』一一（『新訂増補国史大系』第十三巻、吉川弘文館、一九六六年、三六頁）。

(22) 川上貢氏『新訂日本中世住宅の研究』（中央公論美術出版、二〇〇二年、二三二～二三三頁）。

(23) 注（21）に同じ（三九三頁）。

(24) 『続本朝通鑑』巻第一三二（『本朝通鑑』第十一、国書刊行会、一九一九年、三七九一頁）。

(25) 劉洋氏「日本における菊栽培の伝統と菊細工」（『二一世紀アジア学研究』第十一号、二〇一三年三月）。

(26) 『旧華族家史料所在調査報告書』本編1（学習院大学史料館、一九九三年、四九八～五〇三頁）、『全国特殊コレクション要覧』改訂版「菊亭文庫」の項目（国立国会図書館、一九七七年、一四〇頁）を参照した。

(27) 京都大学附属図書館ＨＰ・特殊コレクション「菊亭文庫」によれば、京都大学附属図書館蔵の菊亭文庫は、鎌倉時代から江戸時代にいたる歌道、音楽、家記、有職故実書、『源氏物語』『十訓抄』などの国文学書を含み、計二三五七冊からなる（http://www.kulib.kyoto-u.ac.jp/）。詳しい解説は『京都大学附属図書館六十年史』（京都大学附属図書館、一九六一年、二〇六～二〇七頁）にある。

(28) 東京国立博物館蔵菊亭家旧蔵書については、「東京国立博物館の蔵書　菊亭本の由来」（『国立博物館ニュース』第四四〇号、東京国立博物館、一九八四年一月）、福原紗綾香氏「《資料紹介》東京国立博物館所蔵菊亭家旧蔵書について」（『ＭＵＳＥＵＭ』第六二七号、二〇一〇年八月）に詳しい。

(29) 蜂須賀家旧蔵本の書誌については『専修大学図書館蔵　蜂須賀家旧蔵本目録』（専修大学、一九八四年）、専修大学図書館ＨＰ「コレクション紹介」、専修大学図書館職員飯島恵子氏のご教示などに拠る。「阿波の蜂須賀侯爵家の大口」と題する章（『紙魚の昔がたり』昭和篇、八木書店、一九八七年、一六五～一六九頁）に、昭和二十六年（一九五一）七月頃、阿波の蜂須賀侯爵家の品々を村口書房（村口四郎氏）、一誠堂書店（酒井宇吉氏）、柏林社書店（古屋幸太郎氏）、井上書店（井上周一郎氏）の四人で話し合い、代表して村口氏が買い取ることとなり、三田の網町の蜂須賀家本邸に出向いたとある。その際、「古屋氏言：量はトラック三台分もあった。あまり多くて、引き取って整理する広い場所が必要なので、たしか専修大学の一部を借りて……」「村口氏言：専修大学は僕の店の近くだったから、僕が借りた」（『紙魚の昔がたり』昭和篇（一六八頁））という逸話がある。その後、約二十年の歳月を経て、その時の一部が含まれているかどうか、詳細は不明だが、蜂須賀家旧蔵の品々が専修大学へ所蔵されたのである。

（30）菊亭文庫の書誌については、『専修大学図書館所蔵　菊亭文庫目録』（専修大学図書館、一九九五年）、専修大学図書館HP「コレクション紹介」、飯島氏のご教示に拠る。

（31）反町茂雄氏『紙魚の昔がたり』昭和篇（八木書店、一九八七年）に登場する村口四郎氏は村口書房の店主である。

（32）注（31）の『紙魚の昔がたり』昭和篇（一〇〇〜一〇一頁）によれば、池田亀鑑氏が購入した『源氏物語古注』葵巻（七海本）について、古屋氏とのやりとりなどが窺える。

（33）田坂憲二氏「七『葵巻古注』（水原抄）について」（『源氏物語享受史論考』風間書房、二〇〇九年、一三九頁）。

（34）「源氏物語古注　葵巻二巻（七海本・吉田本）」（『源氏物語研究と資料』武蔵野書院、一九六九年）。

（35）田中幸江氏「専修大学図書館蔵「菊亭文庫蔵書目録」解題ならびに翻刻（一）」（『専修国文』第七十六号、二〇〇五年一月）、同氏「専修大学図書館蔵「菊亭文庫蔵書目録」解題ならびに翻刻（二）」（『専修国文』第七十七号、二〇〇五年九月）、同氏「専修大学図書館蔵「菊亭文庫蔵書目録」解題ならびに翻刻（三）」（『専修国文』第七十八号、二〇〇六年一月）、同氏「専修大学図書館蔵「菊亭文庫蔵書目録」書名索引（稿）」（『専修国文』第八十号、二〇〇七年一月）、同氏「江戸期の菊亭家当主の日記『公規公記』について―今出川実種による蔵書整理と書写活動―」（『専修国文』第九十号、二〇一二年一月）がある。姫野敦子氏「専修大学図書館菊亭文庫の『究百集』」（『梁塵』第二十一号、二〇〇三年十二月）。田中圭子氏「菊亭文庫所蔵『薫物故書』翻刻と校異（上）」（『芸能史研究』第一七五号、二〇〇六年十月）。古賀克彦氏「専修大学図書館所蔵菊亭文庫の調査報告」（『時衆文化』第二十一号、二〇一〇年十月）。

（36）正徹については、野村八良氏『国文学研究史』（原広書店、一九二六年、二八二〜二八五頁）、藤原隆景氏「正徹年譜」（『国語と国文学』第八巻七号、一九三一年七月）、兒山敬一氏『正徹論』（三省堂、一九四二年）、三浦（松原）三夫氏「正徹」（『和歌文学講座』第七巻「中世・近世の歌人」、桜楓社、一九七〇年、二六一〜二八五頁）、稲田利徳氏

「正徹」（『日本古典文学大辞典』明治書院、一九八四年、三六五〜三六六頁）、島津忠夫氏「正徹」（『国史大辞典』第七巻、吉川弘文館、一九八六年、五六四頁）などを参照した。

(37)『正徹物語』正徹日記〈上〉（日本古典文学大系六十五『歌論集　能楽論集』岩波書店、一九六一年、一六六頁）。

(38)注(36)野村氏論に同じ（二八二〜二八五頁）。

(39)吉澤義則氏『源氏随攷』（晃文社、一九四二年、二七一〜二七三頁）。

(40)稲田利徳氏『正徹の研究　中世歌人研究』（笠間書院、一九七八年、一〇八〜一一〇頁）。

(41)寺本直彦氏『源氏物語受容史論考　正編』（風間書房、一九八四年、三四五頁）。

(42)伊井春樹氏『源氏物語論とその研究世界』（風間書房、二〇〇二年、九二五〜九二六頁）。

(43)加藤洋介氏「室町期の源氏物語本文―三条西家本と正徹本と」（『国文学』第四十六巻十四号、二〇〇一年十二月）。

(44)久保木秀夫氏「冷泉為相本、嘉吉文安年間における出現―伝一条兼良筆桐壺断簡、及び正徹本の検討から―」（『源氏物語の始発―桐壺巻論集』竹林舎、二〇〇六年）。

(45)石田穣二氏「解題」（東海大学蔵桃園文庫影印叢書　第二巻『源氏物語（明融本）Ⅱ』東海大学出版会、一九九〇年、七〇七〜七〇八頁）「池田博士が明融本九帖を入手されたのは、筆者の記憶も今は定かではないが、昭和二十六年のことであったかと思う。私の記憶では柏林社の主人が直接博士の自宅に九帖をもたらし、博士は即決で購入された」という記述に拠る。

(46)注(29)(32)を参照した。

(47)伊藤鉄也氏「新収資料紹介四十九　源氏物語　江戸初期写五十四帖」（『国文学研究資料館報』第五十九号、二〇〇二年九月、一〇頁）。

(48)近藤清石著・三坂圭治氏校訂『大内氏実録』列伝第十五帰順（マツノ書店、一九七四年復刻版、三一〇〜三一一頁）。

(49)柳井滋氏「大島本『源氏物語』の書写と伝来」（新日本古典文学大系『源氏物語』一、解説、岩波書店、一九九三年、四七六〜四七七頁）。

(50) 池田亀鑑氏「日本文学研究に於ける大内氏」(『文学』第二巻第十号、一九三四年十月)。
(51) 天理大学附属天理図書館蔵『源氏物語』(請求記号:九一三・三六/イ一四七/一)の紙焼写真、『天理大学図書館稀書目録 和漢書之部 第三』二三一六号(天理図書館、一九六〇年、三五九頁)を参照した。
(52) 米原正義氏『戦国武士と文芸の研究』(桜楓社、一九七六年、七〇〇~七〇二頁)。
(53) 陽明叢書記録文書篇第三輯『後法成寺関白記』二(思文閣出版、一九八五年、一一七頁)。
(54) 注(51)『天理大学図書館稀書目録 和漢書之部 第三』に同じ。
(55) 井上宗雄氏「中世における和歌研究・二 付大庭賢兼(宗分入道)について」(『和歌文学講座』第十二「和歌研究史」、桜楓社、一九七〇年、七八頁)。
(56) 注(52)に同じ(六六五頁)。
(57) 注(42)に同じ(九二二~九二七頁)。
(58) 和田秀作氏「毛利氏の領国支配機構と大内氏旧臣大庭賢兼」(『山口県地方史研究』第六十四号、一九九〇年十月)。
(59) 西本寮子氏「宗分「源氏抄」(仮称)成立までの事情—毛利元就との関係を軸として」(『国語と国文学』第七十八巻十二号、二〇〇一年十二月)。同氏「第四章 毛利一族の文芸活動—和歌・連歌・物語—」(『毛利元就と地域社会』中国新聞社、二〇〇七年)。
(60) LC本の調査プロジェクトは、国立国語研究所共同研究プロジェクト「仮名写本による文字表記の史的研究」(代表者:斎藤達哉氏、二〇一〇年三月終了)に始まり、人間文化研究機構の人間文化研究連携共同推進事業(平成二十二年度「海外に移出した仮名写本の緊急調査」、平成二十三年度「海外に移出した仮名写本の緊急調査(第二期)」、代表者:高田智和氏)の一部として実現したものである。LC本原本のアメリカ調査は、予備調査(二〇一〇年一月二十五日~二十七日)、詳細調査(二〇一一年一月二十四日~二十五日、二〇一二年二月一日~三日)の計三回が実施され、二〇一〇年、二〇一一年のアメリカ調査メンバーの一人として参加した。二〇一二年十二月に全巻(五十四巻)の翻刻を終了し、国立国語研究所HPより公開している(国立国語研究所「米国議会図書館蔵『源氏物語』翻字本文」(http://text

db01.ninjal.ac.jp/LCgenji/)）。また、原本画像は桐壺・須磨・柏木巻の三巻を米国議会図書館アジア部デジタルコレクションにて公開している（http://lcweb4.loc.gov/service/asian/asian0001/2012/2012html/20122008427768000toc.html）。

（61）ＬＣ本の書誌については、実地調査の結果と、高田智和氏・斎藤達哉氏「米国議会図書館蔵『源氏物語』について―書誌と表記の特徴―」（『国立国語研究所論集』第六号、二〇一三年十一月）に拠る。

（62）伊藤鉄也氏「米国議会図書館アジア部日本課蔵『源氏物語』の調査概要」（斎藤達哉氏・高田智和氏編『米国議会図書館蔵『源氏物語』翻刻―桐壺～藤裏葉―』（国立国語研究所、二〇一一年三月、一～五頁）。

（63）豊島秀範氏「アメリカ議会図書館本の和歌表記の特徴―和歌の一行散らし書きを中心に―」（『國學院大學大学院平安文学研究』第二号、二〇一〇年九月）。

（64）神田久義氏「米国議会図書館本『源氏物語』の書写形態に関する一試論」（『源氏物語本文の研究』國學院大學文学部、二〇一一年）。

（65）斎藤達哉氏「語の表記における仮名字体の「偏り」と「揺れ」―米国議会図書館蔵源氏物語写本の「ケハヒ」と「カタハライタシ」の表記」（小山利彦氏編著『王朝文学を彩る軌跡』武蔵野書院、二〇一四年）。

（66）渡部榮氏の数奇な人生については、北小路健（渡部榮）氏『古文書の面白さ』（新潮社、一九八四年）に詳しい。

（67）渡部氏所蔵の従一位麗子本源氏物語の経緯については、注（66）の北小路氏の著書（二三～二四頁、三〇・三八頁、八八～八九頁、一一四頁）、渡部榮氏『源氏物語従一位麗子本之研究』（大道社、一九三六年）に詳しい。

（68）『尊卑分脈』第六十巻上・第三篇（吉川弘文館、一九六六年、四九六頁）、『国書人名大辞典』第四巻（岩波書店、一九九八年、四八八頁）を参照した。

（69）専修大学図書館蔵『源氏物語画帖』（請求記号：A／九一三・三／MU五六）。

（70）井黒佳穂子氏『テキストとイメージの交響―物語性の構築をみる―』（新典社、二〇一五年）。

（71）渡辺守邦氏「十帖源氏」（『日本古典文学大辞典』第三巻、岩波書店、一九八四年、二七七頁）、「所収本書誌」（吉田幸一氏編『十帖源氏　上』古典文庫第五〇七冊、古典文庫、一九八九年、三九七～四一四頁）を参照した。

（72）野々口立圃については、木村三四吾氏「野々口立圃」（『俳句講座二』俳人評伝上、明治書院、一九五八年、一一三～一二五頁）、高木蒼梧氏「立圃」（『俳諧人名辞典』巌南堂書店、一九六〇年、一一頁）、米谷巌氏「野々口立圃年譜」（吉田幸一氏編『十帖源氏　下』古典文庫第五一二冊、古典文庫、一九八九年、四五三～四九四頁）、雲英末雄氏「立圃」（『日本古典文学大辞典』第六巻、岩波書店、一九八五年、二三一～二三二頁）、母利司朗氏「立圃」（『俳文学大辞典』角川書店、一九九五年、九六五～九六六頁）、石川真弘氏「立圃の書画幅について」（『俳画のながれ　りゅうほからばしょうへ』財団法人柿衞文庫・福山市立福山城博物館、一九九五年、七〇～七二頁）などを参照した。以下、同じ。

（73）柿衞文庫蔵『休息歌仙』については、柿衞文庫ＨＰの所蔵品紹介「立圃休息歌仙図」の解説を参照した（http://www.kakimori.jp/2007/06/post_7.php）。

（74）早稲田大学図書館蔵『十二枝句合』（請求記号：へ五／六〇九八）については、早稲田大学図書館ＨＰ「古典籍総合データベース」（http://www.wul.waseda.ac.jp/kotenseki/）の解説を参照した。

（75）鳳林承章については、『国書人名辞典』第四巻（岩波書店、一九九八年、三〇四～三〇五頁）、『寛永文化のネットワーク『隔蓂記』の世界』（思文閣出版、一九九八年）を参照した。

（76）横谷一子氏「『隔蓂記』にみる一町人の文芸と古典受容」（『佛教大学大学院紀要』第二十七号、一九九九年三月）。

（77）『隔蓂記』については、『隔蓂記』全七巻（思文閣出版、二〇〇六年）を参照した。

（78）承章と能圓との関わりに関しては、辻英子氏『在外日本重要絵巻集成』（笠間書院、二〇一一年、四三頁）に指摘がある。

（79）注（77）の『隔蓂記』の本文（一三九頁）、注（76）横谷氏論考中の『源氏物語』の講義録を記した表を参照した。

（80）小高敏郎氏「貞門時代における俳諧の階層的浸透」（『国語と国文学』貞門・談林の俳諧、第三十四巻四号、一九五七年四月）。

（81）吉田幸一氏「Ⅱ『十帖源氏』考」（『絵入本源氏物語考　上』日本書誌学大系第五十三（一）、青裳堂書店、一九八七年、一九四～二四四頁）。

（82）清水婦久子氏『源氏物語版本の研究』（和泉書院、二〇〇三年）。
（83）清水婦久子氏「版本『万水一露』の本文と無刊記本『源氏物語』」（『青須我波良』第五十三号、二〇〇三年三月）。
（84）今西祐一郎氏「江戸初期刊　無跋無刊記　整版本　源氏物語」解説（九州大学附属図書館「九大コレクション貴重資料画像」（http://catalog.lib.kyushu-u.ac.jp/ja/search/browse/rare））に拠る。
（85）湯浅佳子氏「立圃『おさな源氏』『十帖源氏』」（鈴木健一氏編『源氏物語の変奏曲―江戸の調べ―』三弥井書店、二〇〇三年）。
（86）中西健治氏「十帖源氏攷」（『立命館文学』第五八三号、二〇〇四年二月）。

第一篇　専修大学図書館所蔵本の文献学的研究

第一章　伝冷泉為秀筆『源氏物語』桐壺巻本文の様相

一　はじめに

本章では、専修大学図書館所蔵本の一つであり、伝冷泉為秀筆とされる『源氏物語』桐壺巻の本文[1]（以下、「為秀筆本」とする）について考察する。

冷泉為秀[2]（生年不詳～一三七二）は藤原（冷泉）為相の子である。序章でも指摘したように、『事典』によれば、伝為秀筆とされる『源氏物語』の写本には、当該写本の他、静嘉堂文庫蔵『源氏物語』（帚木・空蟬巻）がある。『大成』にも採用されているこの静嘉堂文庫蔵本と、専修大学図書館所蔵の為秀筆本は、書誌や形態などが一致しないことから、ツレではないと思われる。

さらに為秀筆本は、嘉禎二年（一二三六）に藤原（吉田）為経[3]（一二一〇～一二五六）が書写したという奥書を所持している。為経が書写したとされる『源氏物語』は管見の限りでは現存せず、為経が書写したとする嘉禎二年（一二三六）は、藤原定家が青表紙本を作成したとされる嘉禄元年（一二二五）から寛喜二年（一二三〇）に近い。『源氏物語』の本文を研究する上で、定家の曾孫にあたる為秀が書写し、為経の奥書を持つ為秀筆本について考察することは重要であると考える。そこで本章では、為秀筆本の書誌や奥書について確認・検証し、本文の実態を探ることとする。

二　書誌・奥書

為秀筆本については、すでに中田武司氏(4)による論考において、書誌、奥書、本文の校異や特徴、筆跡などについての詳細な言及がある。本章では、中田氏の調査以後に新たに発見された資料との比較検討を行い、新しい考察を加えてみたい。

まず、為秀筆本の書誌について明記する。為秀筆本は、桐壺巻のみの零本である。南北朝期写、箱入、縦十五・五糎、横十五・七糎の枡形本一帖で、料紙は鳥の子、列帖装（綴葉装）である。箱の表に「為秀卿／きりつほ」と墨書され、上蓋裏には貼題簽があり、「文中元年六月薨」と記されている。『公卿補任』によれば、為秀は文中元年（一三七二）六月十一日に亡くなっていることから、箱の蓋裏の貼題簽はそのことを示していると思われる。

為秀筆本の表紙
（専修大学図書館所蔵　以下同）

表紙は上記のように、全体は菱形紋の金襴で、兎の文様(5)が配されている。表紙の天地には、天に子持亀甲紋、地に波兎を連想させる波文様がある。表紙の中央に貼題簽があり、「きりつほ」と記す。見返しは金銀砂子である。

全五十二丁（遊紙、白紙を含む）、一面十行書、一行十三文字前後、和歌は改行一字下げである。朱合点や異本注記あり。墨付は本文四十三丁、奥書が四十四丁裏、四十五丁表裏、四十七丁表の二丁分に記されている。

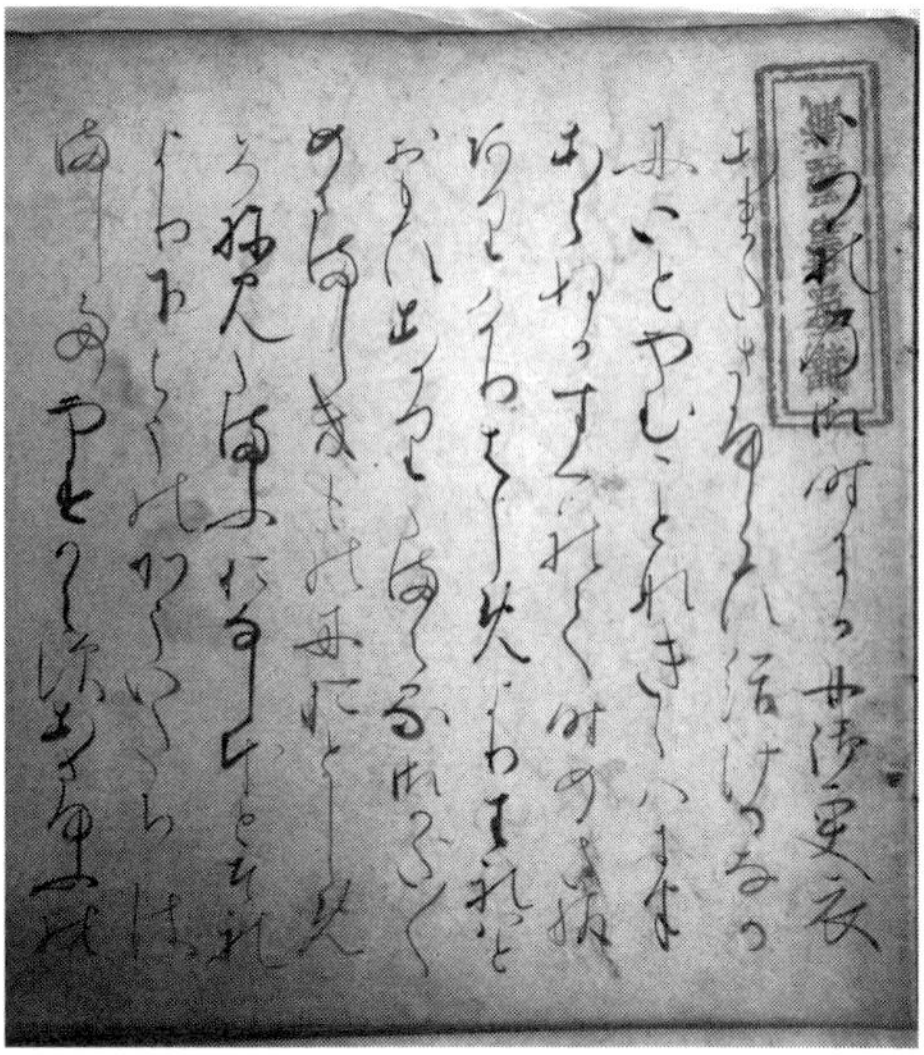

為秀筆本の冒頭部分（一オ）

為秀筆本印記

伝阿仏尼筆本印記
（東洋大学附属図書館所蔵）

蔵書印[6]は、墨付一丁表一行目の上部五文字「いつれの御」に重なるように、二重子持枠で押されている。下部に押印の余地があるのに、上部に押していること、天地逆さに二重に押されていることなど、不審が多い。一度天地逆さに押したものを、改めて正しい向きに押し直したものか。文字は五文字あり、最後の文字が「蔵」とあることが辛うじて読み取れる。

為秀筆本と同じように、冒頭部にこうした二重子持枠の蔵書印があるものに、東洋大学附属図書館所蔵『源氏物語』帚木巻[7]（伝阿仏尼筆）がある。帚木巻の墨付一丁表一行目の上部「ひかる源氏名の」に重なるように、二重子持枠の蔵書印「賜架書屋蔵（「屋蔵」は判読不可）」が押されている。書誌によれば、これは以前、東京飯倉にあった紀州家南葵文庫にいた高木文氏の蔵書印「賜架書屋」であるという。これが為秀筆本に押された印と酷似しているように思われるのである。

為秀筆本の蔵書印「いつれの」の「い」に重なる一文字目が「賜」に「蔵」が重なっているように見える。さらに、写本の上下を一八〇度反転させて見ると、「いつれの」の

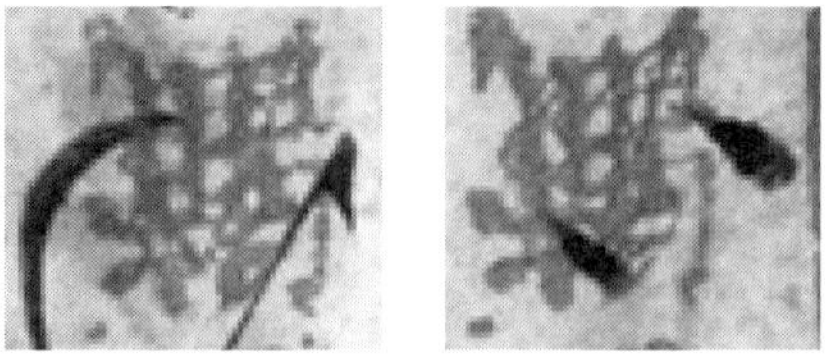

為秀筆本「賜」と「蔵」の重なる部分

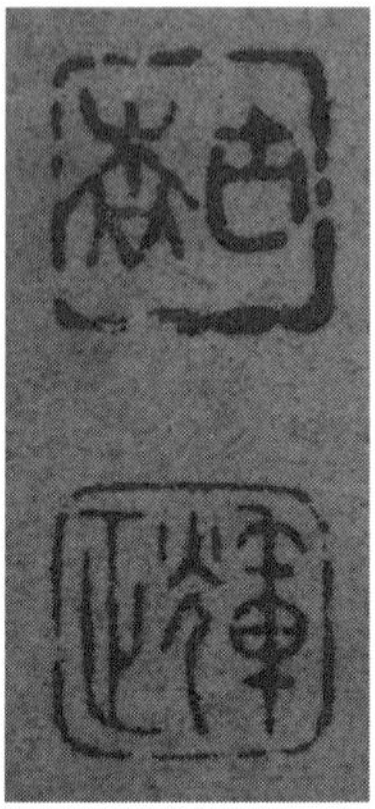

為秀筆本巻末の印記（五十一ウ）

「の」に重なる五文字目はやはり「蔵」に「賜」が重なっているように見える。為秀筆本と伝阿仏尼筆本を比較すると、筆跡は異なるため、ツレではないと思われるが、両写本はいずれも高木氏が旧蔵していた写本であった可能性が高い。この他、為秀筆本には図のように「古森」「輝正」（五十一ウ）の二つの角朱印があるが、詳細は不明である。

　次に、為秀筆本の奥書について見てみる。本奥書は前述したように、四十四丁裏、四十五丁表裏、四十七丁表の二丁分に渡って見られる。

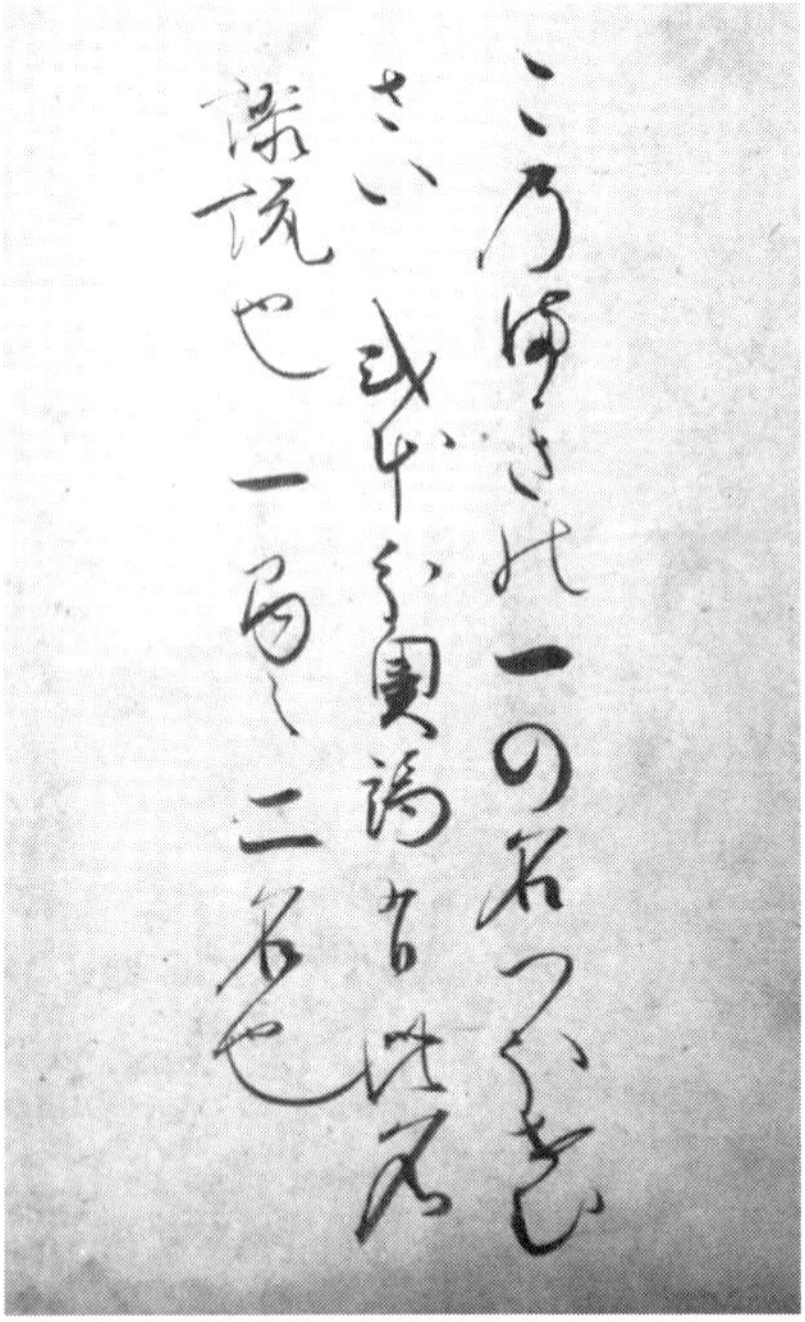

（四十四ウ）
このまきの一の名つほせむ
さい　或本分奥端有此名
謬説也　一巻之二名也

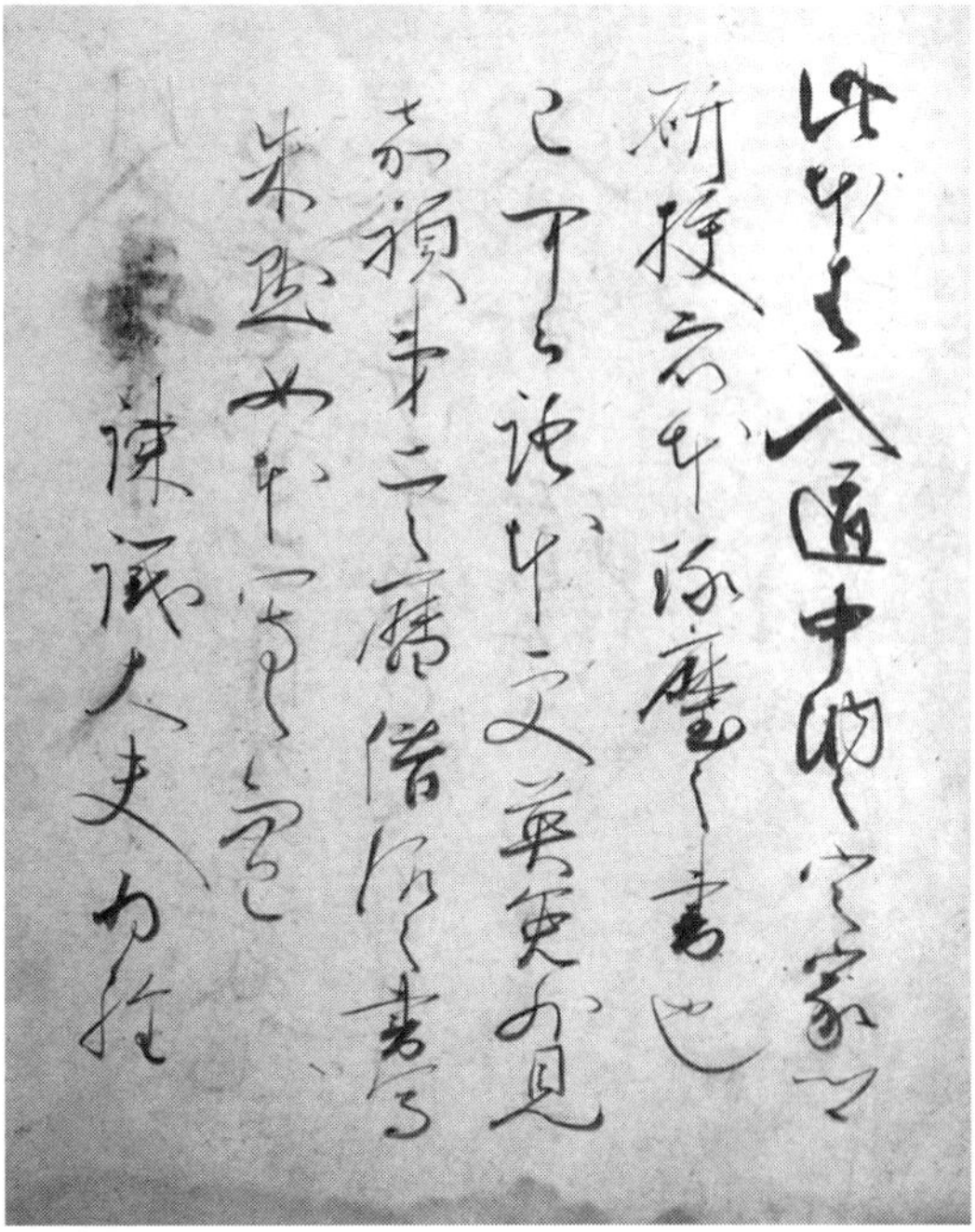

（四十五オ）
此本者入道中納言定家卿
研校之本琢磨之書也
己可云証本更莫免外見
嘉禎第二之暦借給之書写
朱点如本写之而已
諫議大夫為経

四十四丁裏の「このまきの一の名つほせむ／さい　或本分奥端有此名／謬説也　一巻之二名也」という表記は、『奥入』(8)の注釈「このまき　一の名　つほせんさい／或本分奥端　有此名　謬説也／一巻之二名也」にほぼ一致する。これは、為秀筆本が定家筆本の流れを汲むことを示唆するものであり、桐壺巻には「つほせむさい（壺前栽）」という別名があったことを示している(9)。

さらに続く、四十五丁表には、為秀筆本は、定家が校合した写本、すなわち証本と言うべきものがあり、それを嘉禎二年（一二三六）に借り受けて書写し、祖本にあった朱点をそのまま書き写したとする「諫議大夫為経」による奥書が見える。これが確かであるとすれば、為秀筆本は青表紙本（定家卿本）を伝える極めて貴重な一伝本であるということになる。

また、為秀筆本には「御座ひきいれの大臣」（三十七オ十）という本文の右傍記に「引入事注奥」とあり、引入の事に関する注を奥書に記したと明記されている。

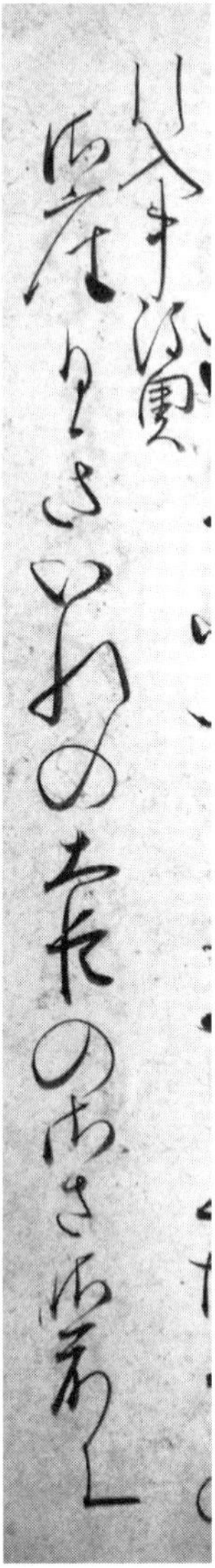

実際に、奥書を見てみると、以下のような記述が見られる。

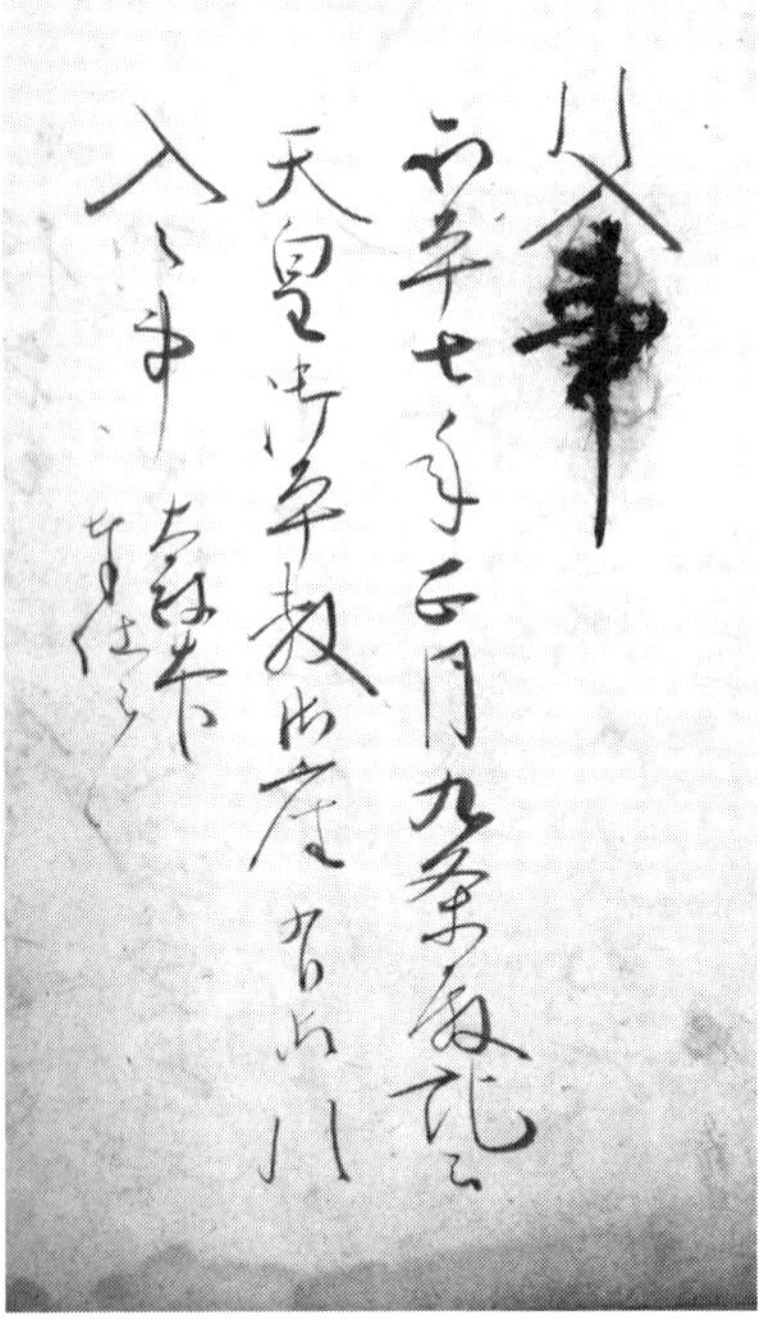

（四十五ウ）
引入事
＊〈不明文字〉を擦り消して「事」とナゾリ
承平七年正月九条殿記云
天皇御平敷御座有御引
入之事 太政大臣奉仕云

「引入」とは冠者（元服する者）に冠を被せる役のことであり、髪を冠の中に引き入れるところからこう呼ばれる。

「引入」の用例として、『九条殿記』承平七年（九三七）正月条の記録を引用している。中田氏は引入について、『奥入』に詳しく引かれているが、承平七年の引入の記述は『奥入』には見当たらないことを指摘している。確かに、『奥入』[10]には延長七年（九二九）二月十六日条の元服の記述が詳細に引用されているが、承平七年の記載は見えない。『大日本史料』によれば、承平七年正月四日に紫宸殿にて元服の儀が行われており、『日本紀略』[11]によれば、太政大臣忠平が奉仕している記述が見え、『御遊抄』[12]によれば、「加冠　摂政太政大臣貞信公《忠平》」と、引入大臣は忠平であると記されている。現存する『九条殿記』[13]には、承平七年の元服の儀の当日の記事がないため、引入大臣の記述を確認することはできない。忠平の酒宴などの記事はあるものの、元服や奉仕の記事は見当たらないのである。このことから、『九条殿記』承平七年正月の引入の記録は逸文の可能性があると考えられる。

もう一つの奥書を見てみる。

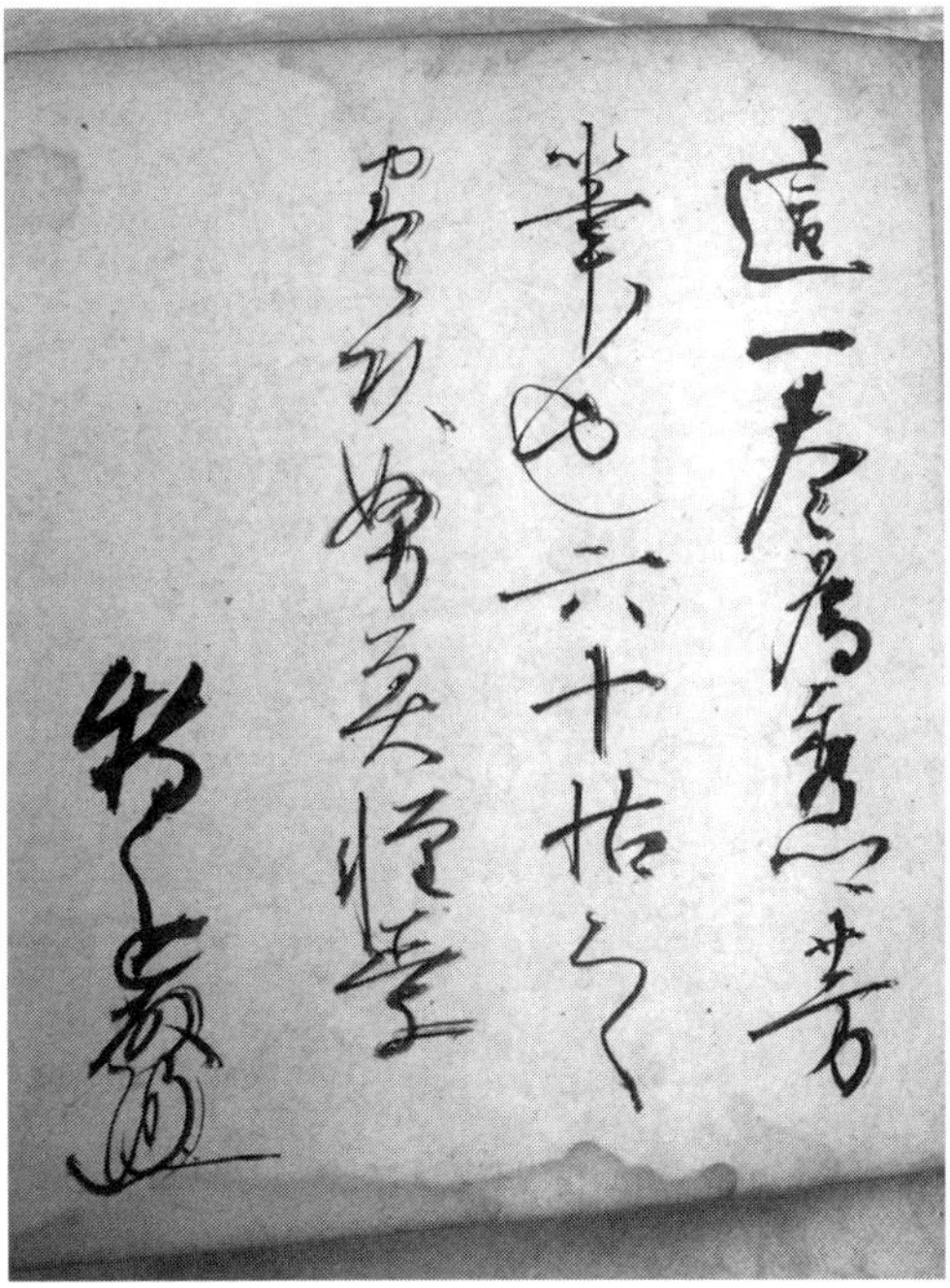

（四十七オ）
這一巻為秀卿芳
筆也六十帖之
巻頭努莫憚焉
特進藤（花押）

為秀筆本と伝えられる根拠がこの四十七丁表の極書である。中田氏は筆跡や花押から見て「特進藤」は烏丸光広であろうと推定している。「特進藤」という筆跡は、この他、国文学研究資料館蔵『新古今和歌集』[14]（伝大炊御門信量筆、請求記号：懐風弄月文庫九二―四一）の第四帖の巻末の奥書に見える。解説において、「特進」は烏丸光広であろうと推定されており、大ぶりな書きぶりが為秀筆本の極書と似ているように思われる。「特進」とは、『職原抄』[15]によれば「正二位　唐名特進　或上柱国」とある。『公卿補任』[16]によれば、光広が正二位であったのは元和六年（一六二〇）正月五日からのことであり、中田氏も指摘するように、この極書は元和六年以降に書写されたものであることがわかる。光広の極書によれば、為秀筆本は為秀によって書き写されたもので、「六十帖」からなる『源氏物語』の巻頭、桐壺巻を書写したものに間違いないということになる。六十帖が雲隠六帖などを含む意であるのか、天台六十巻になぞらえたものであることを指すのか、詳細は不明である。

このように奥書から見ると、為秀筆本は『奥入』の影響が随所に見られ、為経の奥書を持つ、伝為秀筆の貴重な『源氏物語』の写本と考えられる。

三　為経と為秀

では、為秀筆本の奥書に見られる為経と為秀について述べてみたい。

中田氏によれば、奥書に見える「諫議大夫為経」（四十五オ）とは藤原（吉田）為経のことであるという。「諫議大夫」とは、『職原抄』[17]によれば「参議　相当正四位下　唐名諫議大夫　相公　八座」とあり、「参議」のことを指す。『公卿補任』によれば、嘉禎二年（一二三六）、為経は二十七歳で参議正四位下に叙されており、奥書の内容と一致する。

吉田為経は（以下、次頁系図参照）、『公卿補任』『尊卑分脈』などによれば、吉田家の祖と言われる吉田経房の曾孫、

【為秀筆本・正徹本の書写関係者系図】(18)

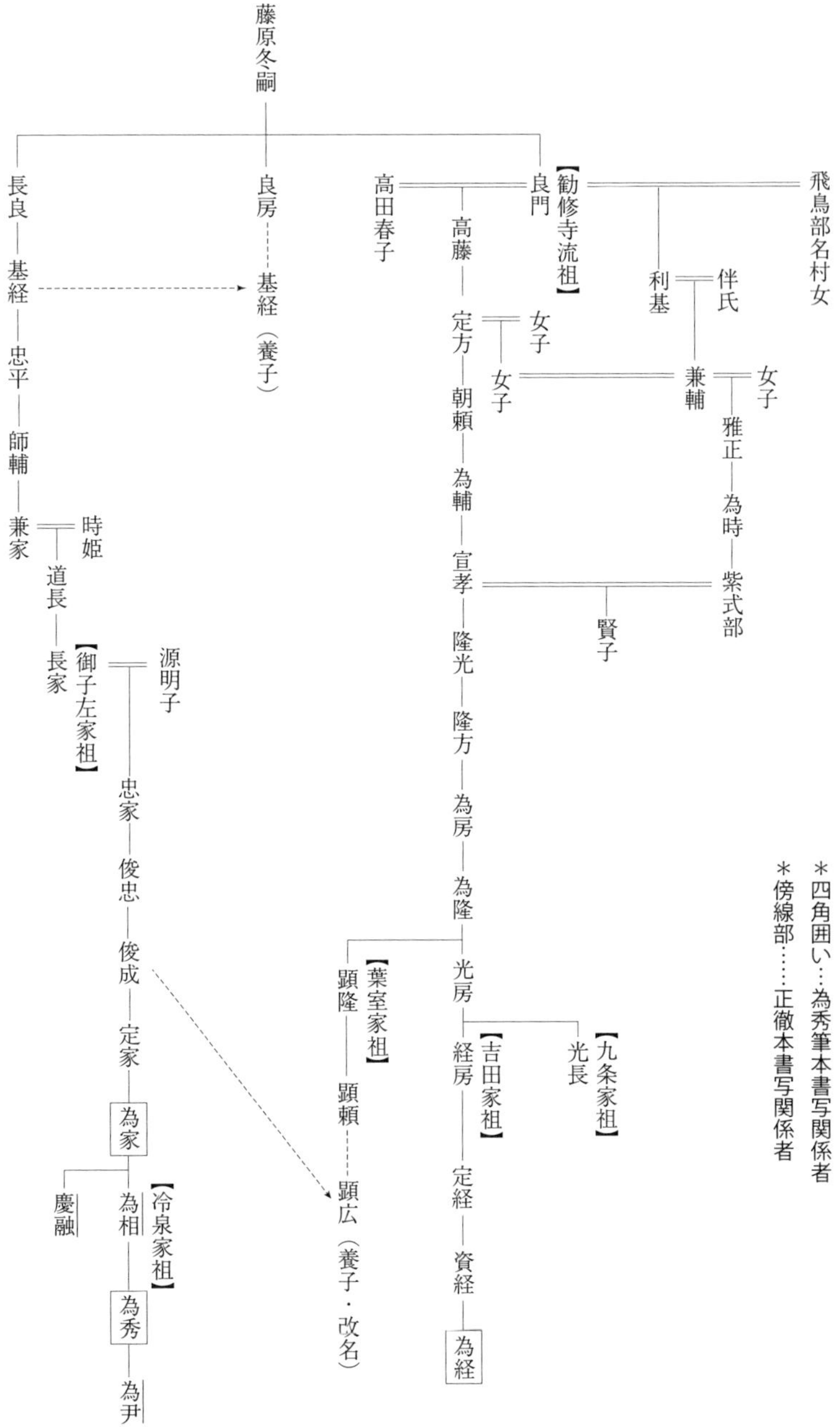

＊四角囲い…為秀筆本書写関係者
＊傍線部……正徹本書写関係者

吉田為経である。父は藤原（吉田）資経、母は藤原親綱女である。為経の高祖父である光房と、兄弟である顕隆は葉室家の祖であり、その子顕頼の養子顕広は、定家の父である俊成である。

つまり、俊成が葉室家の養子であったことから、定家の所持本を親類の為経が借りて書き写したと想定することは可能であろう。厳密には、為経は定家の子である藤原為家（一一九八～一二七五）と同世代であり、定家の所持本を子の為家が受け継ぎ、それを為経が借り得たとも想定できる。『公卿補任』によれば、嘉禎二年（一二三六）に為経が二十七歳で参議正四位下に叙されたとき、為家は三十九歳で参議従二位から権中納言に昇進している。その後、為経は後嵯峨院に重用され、院の伝奏となる。

後嵯峨院は、宝治元年（一二四七）に『九月十三日百三十番歌合』[19]（別称『後嵯峨院御歌合』）、宝治二年（一二四八）に『宝治百首』を主催し、著名歌人に詠進させた。藤原（葉室）定嗣の日記『葉黄記』[20]によれば、「勅撰事、為家卿参議也内〻奉之云〻」とあり、宝治二年（一二四八）七月二十五日に後嵯峨院より、為家に『続後撰和歌集』撰進の命が下り、ただ一人の撰者となる。安井久善氏の『宝治二年院百首とその研究』[21]によれば、為経は勅撰集に三十一集を入集しているが、そのうちの十五首が『宝治百首』に入集されているという。さらに安井氏は、「勅撰集などの詞書によれば、為経は、宝治元年八月十五夜仙洞五首会、建長五年吹田亭五首、同年後嵯峨院三首、同六月九月十三日夜亀山殿五首会などに参加出詠していることが知られる。要するに為経は宝治～建長の歌壇に活躍した歌人」であると述べている[22]。後嵯峨院から命を受けた為家は、『拾芥抄』[23]によれば、

建長三年十月廿七日。依㆓後嵯峨院院宣㆒。民部卿為家卿奏㆑之

とあり、『続後撰和歌集』を建長三年（一二五一）十月二十七日（一説に十二月二十五日）に奏覧する。『続後撰和歌

集』には為経の和歌五首が見え、この五首は『宝治百首』から四首と、為家が判者を務めた『後嵯峨院歌合』から一首が選ばれている。つまり、為家が『宝治百首』『後嵯峨院歌合』の中から為経の和歌五首を選び、『続後撰和歌集』に収めたことがわかる。以前から両者には面識があり、為家が為経の和歌を自ら評価していたということになろう。

さらに、為家の孫にあたる京極為兼によって撰進された『玉葉和歌集』第四秋歌上においても、

　　宝治百首歌めされける時、萩露を

　　　　後嵯峨院御製

しら露もこぼれてにほふたかまどの野べの秋萩いまさかりなり（五〇二）

　　　　前大納言為家

乙女子がかざしのはぎの花のえに玉をかざれる秋のしら露（五〇三）

　　　　大宰権帥為経

秋はぎの花さきしより宮城野のこのした露のおかぬ日ぞなき（五〇四）

『宝治百首』の際の「萩露」という歌題に対して、後嵯峨院、為家、為経の三人が詠んだ和歌が『玉葉和歌集』に並記されていることがわかる。

また、為経の記した日記『吉田中納言為経卿記』(24)によれば、

十七日、天晴、未刻参院、於門下下車、廳始已後在門下、申刻於弘御所御覧御馬、…（中略）…堀川大納言、中宮大夫、前大納言、為家、

とあり、寛元四年（一二四六）二月十七日、和歌所や院の伝奏の場として機能していた弘御所にて御馬御覧があり、為家も参列していた事が記されている。つまり、為家と為経は、同世代をともに生きた者同士であり、為家の所持していた定家自筆本を為経が借りて書き写したという可能性は高くなる。つまり、為家を通して借り受けた本文を為経が書き写し、後に為秀がそれを見る機会に恵まれたと想定される。

為秀筆本が書写されたのは、室町初期の康永三年（一三四四）頃であろうと推定されている。中田氏は、同筆として、大阪青山短期大学所蔵の為秀筆の和歌懐紙を取り上げている。[25] 和歌懐紙「花鳥」の合点の筆勢一致と、そこに「左近権少将藤原為秀」との記載があることから、井上宗雄氏の為秀略年譜をふまえ、為秀が「左近権少将」であったのは、室町初期の康永三年（一三四四）九月頃であり、為秀筆本はその頃成立したと指摘する。しかし、書写年代を特定することは非常に難しい。その大きな理由として、為秀の生年が不明であることと、官位の記載が曖昧であることが挙げられる。

為秀の真蹟として確かなものには、

①河野信一記念文化館（現今治市河野美術館）蔵為秀筆「和哥一体[26]」
②冷泉家時雨亭文庫「詠歌一体[27]」

がある。①の奥書には「左少将藤原為秀」とあり、②の奥書には「右近権中将為秀」と記載がある。為秀は大病していた時期があり、官位が明確でなく、非常に時期を特定しにくい。『公卿補任』によれば、康永三年（一三四四）九月には「左少将」であったと考えられる。さらに、井上氏[28]によれば、『石清水臨時祭之記』に「暦応二年十二月賀茂臨時祭。使家藤朝臣。舞人冷泉少将為秀」とあり、暦応二年（一三三九）からすでに「左少将」であった可能性もあるという。また、為秀が「右近権中将」であったのは、『公卿補任』によれば、貞和三年（一三四七）〜延文元年（一三五六）である。そこで、①②の奥書と為秀筆本の奥書の筆跡を比較してみると、為秀筆本は線が細く、繊細な文字であるのに対して、①は若くて力強い筆跡であることから、①と為秀筆本の筆跡は遠いように思われる。それに対して、②は「此」「道」「可」「校」「本」などの文字が①よりも為秀筆本の筆跡に近いと考えられる。つまり、為秀筆本は、②の奥書に見える「右近権中将」に叙された貞和三年（一三四七）前後に書き写された可能性が考えられるのである。

四　為秀筆本の特色

では最後に、前節の書誌や奥書の内容をふまえつつ、為秀筆本の本文について検討してみたい。

本文についてはすでに中田氏が、池田亀鑑氏が指摘する宮内庁書陵部蔵『源氏談義』の「源氏物語青表紙定家流河内本分別条々」の河内本と青表紙本との大きな相違箇所を明示し、為秀筆本が青表紙本の本文であることを指摘している。

中田氏の指摘をふまえて、池田本や尾州家本と為秀筆本を比較してみると、

・なつかしうらうたけなりしをおほしいつるに（池田本）
・なつかしうらうたけなりしありさまはをみなへしの風になひきたるよりもなよひなてしこのつゆにぬれたるよりもらうたくなつかしかりしかたちけはひをおほしいつるに（尾州家本）
・なつかしうらうたけなりしをおほしいつるに（為秀筆本）

為秀筆本は尾州家本ではなく池田本の表記と一致している。また、池田本「さとの殿はすりしき《修理職》たくみつかさに宣旨くたりて」と尾州家本「さとのとのはもくすりたくみつかさなとにせんしくたりて」の箇所は、為秀筆本では「さとの殿はすりしき《修理職》たくみつかさに宣旨くたりて」となっている。つまり、為秀筆本は尾州家本ではなく、池田本と本文が一致していることから、やはり青表紙本の本文であると考えられる。さらに、中田氏は青表紙本のどの伝本に近いかを検証するために、『大成』の掲げる青表紙本の諸本（池田本、横山本、肖柏本、三条西家本、大島本）と対校して考察している。

そこで本章では、中田氏の検証した池田本（池）、肖柏本（肖）、日大三条西家本（三）、大島本（大）に加え、穂久邇文庫本（穂）、明融本（明）、書陵部三条西家本（書）、伏見天皇本（伏）、国文研本（国徹）、京都女子大本（京徹）、慶應大本（慶徹）の七本を追加して対校を試みた。すると、表のような校異数の結果となる。

対校本文	校異数
大	68
伏・池	72
国徹	77
京徹	85
穂	87
慶徹	92
書	94
三	96
明	100
肖	103

為秀筆本と大島本（大）の校異数が六十八例と一番少なく、為秀筆本と肖柏本（肖）の校異数が一〇三例と一番多いことがわかる。特に青表紙本の中で別系統とされる書陵部三条西家本（書）・日大三条西家本（三）・肖柏本（肖）よりも、大島本や伏見天皇本（伏）、池田本（池）に近い本文であることがわかる。さらに、興味深いのは（国徹）（京徹）などの正徹本とも近い本文であるということである。

また、この他に河内本や別本も含み、計二十七本の写本(29)（先程の七本（穂）（明）（書）（伏）（国徹）（京徹）（慶徹）を含む）と対校した結果、為秀筆本の独自異文と思われる箇所（漢字・仮名表記の別は含まない）三十四例が見られた。その中から、傍記の有無にかかわらず、元から意味の通じる本文箇所を掲げてみる（参考までに池田本を掲げた）。

［為秀筆本］	［池田本］
うれへまして（六オ七）	怨みまして
心か丶るほとに（十オ六）	か丶るほとに
ものうしと（二十五オ十）	ものしと
きよらかに（二十七オ九）	きよらに
思給ぬへく（三十二オ四）	おひ給ぬへく
おろかなる（三十七オ五）	おろそかなる

例えば、為秀筆本「うれへまして」は池田本では「怨みまして」とあり、その他の写本において、「うれへまして」とする本文は管見の限りでは見当らない。為秀筆本「心か丶るほとに」は池田本では「か丶るほとに」とあり、「心」がない。以下、為秀筆本「ものうしと」「きよらかに」「思給ぬへく」「おろかなる」は、いずれも他本には見られない表現であるが、元々の意味は通じる表現であり、内容上の齟齬もない。おそらく祖本にこのような表記があり、それがそのまま為秀筆本に反映されている可能性が考えられる。

また、ミセケチや誤脱ではなく、異文として成立している傍記箇所も見られる。

［為秀筆本］	［池田本］
思《なり》なんと（十一オ九）	思なりなんと
わさにかと《も》（十五オ八）	わさにかとも

侍《ぬ》へしとて（十七ウ七）	侍ぬへしとて
世《に》（十九ウ六）	世に
かしこき《は》（二十二ウ九）	かしこきは

為秀筆本「思《なり》なんと」は、池田本では「思なりなんと」とあり、為秀筆本の傍記の箇所「なり」が池田本では本行に書かれていることがわかる。為秀筆本の「思なんと」は、「なり」がなくても意味の通じる表現である。つまり、為秀筆本は本行を写した後に、室町期の写本で校訂した可能性が考えられるのである。以下、「わさにかと」「侍へしとて」「世」「かしこき」などについても同様のことが考えられる。

このように、「うれへまして」「心かゝるほとに」「ものうしと」「きよらかに」「思給ぬへく」「おろかなる」などは他の諸本には見られない為秀筆本の独自異文であり、「思なんと」「わさにかと」「侍へしとて」「世」「かしこき」などは傍記がなくても意味が通じる本文であり、後に他本で校訂された可能性が考えられるのである。

つまり為秀筆本は、大島本や池田本に近い本文を有し、室町期の写本によって校訂されたと覚しき傍記を持つ本文と考えられるのである。

五　おわりに

以上、為秀筆本の本文について、書誌や奥書を含めて考察を試みた。

書誌や奥書から見ると、定家、為家、為秀という冷泉家を中心とした『源氏物語』の本文の伝来過程の中に、吉田為経の奥書を持つ、為秀が書き写したとされる為秀筆本の実態が浮かび上がってくる。定家の記した『奥入』の影響が見える定家卿本と覚しき証本を、同世代の為家経由で為経が借覧した〈為経本〉があり、その約一〇〇年後、冷泉家に伝来していたかと思われる〈為経本〉を為秀が書写した〈為秀筆本〉、ということになろうか。そういう意味において、為秀筆本は吉田為経の奥書を持つ、伝冷泉為秀筆の貴重な『源氏物語』の写本であると言えよう。

そして、為秀筆本は大島本、池田本、伏見天皇本などに近い本文と考えられる。それはすなわち、三条西家本の本文より遠いことを意味し、為秀筆本が定家筆本の面影を伝える重要な一伝本であることの証左ともなろう。

注

（1）専修大学図書館蔵『源氏物語』桐壺巻（請求記号：A／九一三・三／MU五六）に拠る。

（2）冷泉為秀については、『公卿補任』（『新訂増補国史大系』第五十四巻第二篇、吉川弘文館、一九六四年、六六一～六六二頁）、『尊卑分脉』（『新訂増補国史大系』第五十八巻第一篇、吉川弘文館、二〇〇一年新装版、二八三・二九四頁）に拠る。なお、井上宗雄氏の「付録一 冷泉為相・為秀略年譜」（『中世歌壇史の研究 南北朝期』明治書院、一九八七年改訂新版、八五三～八七二頁）も参照した。以下、同じ。

（3）吉田為経については、『公卿補任』（『新訂増補国史大系』第五十四巻第二篇、吉川弘文館、一九六四年、九二頁）、『尊卑分脉』（『新訂増補国史大系』第五十九巻第二篇、吉川弘文館、一九五九年新装版、七一頁）に拠る。『国書人名辞典』第四巻（岩波書店、一九九八年、二二三～二二四頁）、『和歌大辞典』（明治書院、一九八六年、六五〇頁）なども参照した。

（4）中田武司氏「為経奥書本 源氏物語「桐壺巻」に就いての考察」（『専修国文』第五十七号、一九九五年八月）。

（5）『文様の事典』（東京堂出版、一九六八年、二八・二一七頁）、『日本文様図鑑』（東京堂出版、一九六九年、一三七～一四〇頁）を参照した。

（6）中田氏は注（4）において、これを除籍印とされる。

（7）東洋大学附属図書館所蔵『阿仏尼本 はゝき木』（勉誠出版、二〇〇八年）の蔵書印「賜架書屋蔵」について、石田穣二氏が「巻頭の朱の蔵書印は、「賜架書」とまでは読めて以下不明であるが、「賜架書屋蔵」とあるべく、徳川頼倫侯の南葵文庫に長く在った書誌学者高木文の蔵書印である。本書の外箱右下に貼付されている蔵書ラベルは同氏のものである。本書は南葵文庫の東大移管後も紀州家にあり、その後の整理に際して高木氏の有に帰したものと考えられる」と述べている（「貴重書から　伝阿仏尼筆紀州徳川家旧蔵本源氏物語『帚木』」東洋大学附属図書館、『図書館ニュース』No.2、一九六六年十月、四頁）。大内英範氏「高木本（伝阿仏尼筆帚木巻）とその本文」（『中古文学』第七十五号、二〇〇五年五月、三二頁）によれば、実見した限りでは「墨付一丁オに「賜架書屋蔵」印があり（但し「賜架書」までしか判読できない）」と述べている。東洋大学附属図書館所蔵『阿仏尼本　は、き木』の影印版を見た限りではあるが、やはり「賜架書」しか判読できない。おそらくは「賜架書屋蔵」であろうと思われ、先行の諸説に準じた。なお、為秀筆本の蔵書印に関しては、久保木秀夫氏にご教示を賜った。久保木氏が論考「『源氏物語』紀州徳川家旧蔵本の行方」（『中古文学』第八十五号、二〇一〇年六月、四九頁）で指摘するように、高木文氏の「賜架書屋随筆」（『書物展望』第五巻八号、一九三五年八月）には、田中とみ氏による佐渡から伝来した大島本の経緯や、五十四帖揃本であったと思われる伝阿仏尼筆本の書誌など、昭和初期の書誌・伝来過程が書かれており、『源氏物語』写本の伝来や経緯を探る上で貴重な資料となっている。また、『書物展望』第六巻十一月号（一九三六年十一月）の表紙のデザインに、高木氏の蔵書印「賜架書屋蔵」が用いられており、伝阿仏尼筆本の印よりも鮮明で明確に比較ができる。

（8）『定家自筆本　奥入』（一オ）（『復刻日本古典文学館』釈文、日本古典文学刊行会、一九七二年、五頁）。

（9）注（4）中田氏論によれば、この『奥入』の記述は河内本にも記されており、「比較的古い写本に記されていることが多い」という。

（10）注（8）の『定家自筆本　奥入』によれば、「延長七年二月十六日当代源氏二人元服（中略）孫廂第二間有引入左右大臣座」（三ウ、七頁）とある。

（11）『日本紀略』承平七年正月四日条「正月四日丁巳、雨降、天皇於紫宸殿加元服、年十五、太政大臣奉仕」とある（『大日本史料』第一篇之七、朱雀天皇、東京大学史料編纂所、一九三一年、八二頁）。

（12）『御遊抄』承平七年正月四日条（『大日本史料』第一篇之七、朱雀天皇、東京大学史料編纂所、一九三二年、八二頁）。
（13）『大日本古記録』（東京大学史料編纂所）や『天理図書館善本叢書』和書之部第四十二（天理大学出版部・八木書店、一九八〇年）の『九条殿御記』の影印でも確認したが、承平七年の引入の記載は見られない。
（14）人間文化研究機構連携展示図録『うたのちから―古今集・新古今集の世界―』（国文学研究資料館、二〇〇五年、六八・六九頁）。
（15）『職原抄』補遺（一ウ四）（『新編荷田春満全集』第八巻、おうふう、二〇〇八年）。以下、同じ。
（16）『公卿補任』（『新訂増補国史大系』第五十五巻第三篇、吉川弘文館、一九六四年、五五三頁）。
（17）『職原抄』補遺（三ウ三）。
（18）系図には『尊卑分脉』（『新訂増補国史大系』第五十八巻第一篇、吉川弘文館、二〇〇一年新装版、二八二～二八三頁）、『公卿補任』（『新訂増補国史大系』第五十四巻第二篇、吉川弘文館、一九六四年版）を参照した。
（19）『日本史総合年表』（吉川弘文館、二〇〇一年、二一四～二一五頁）、『新版　日本文学大年表』（おうふう、二〇〇二年、一八〇～一八一頁）。『新編国歌大観』では「院御歌合」と称される。
（20）『葉室中納言藤定嗣卿記』（『史料纂集』一四一「葉黄記」第二、続群書類従完成会、二〇〇四年、一四四頁）。
（21）安井久善氏「宝治二年院百首作者伝」（『宝治二年院百首とその研究』笠間書院、一九七一年、四四〇～四四一頁）。『勅撰作者部類』によれば、為経の勅撰和歌は全三十首である（『八代集全註』第三巻、有精堂、一九六〇年、五頁）。
（22）専修大学図書館蔵『墨跡彙考』の第十八葉・伝聖護院道周（後陽成天皇の第十四皇子）筆の歌切（『続後拾遺和歌集』）の中に、「太宰権帥為経」の名で入集された為経の和歌「蟬の羽の梢にうすき夏衣かはらすなから秋はきにけり」（巻四・秋上・二一七番歌）が書写されたものがある。
（23）『拾芥抄』（『新訂増補故実叢書』第二十二巻、明治図書出版、一九五五年、三〇四頁）。
（24）『吉田中納言為経卿記』（『続々群書類従』第五記録部、続群書類従完成会、一九六九年、二九九～三〇五頁）。『歴代残闕日記』巻四十一（按察使甘露寺親長筆、臨川書店、一九七〇年、七九～九六頁）も参照した。

（25）『大阪青山短期大学所蔵品図録』第一輯・一〇七（大阪青山短期大学、一九九二年、七二、二八三〜二八四頁）の写真版・解説を参照した。

（26）佐々木忠慧氏「河野信一記念文化館蔵為秀筆「和哥一体」」（『宮城学院女子大学研究論集』第三十七集、一九七一年三月）。

（27）「「詠歌一体」解題」（『続後撰和歌集・為家歌学』冷泉家時雨亭叢書第六巻、冷泉家時雨亭文庫編、一九九四年）。

（28）注（2）井上氏論「冷泉為相・為秀略年譜」に同じ。

（29）前述の七本は（穂）（明）（書）（伏）（国徹）（京徹）（慶徹）。それ以外の計二十本は（池）（肖）（三）（大）（保）（高）（尾）（御）（陽）（国）（麦）（阿）（大正）（絵入）（九大）（湖月）（首書）（仏）（慈）。

第二章　伝藤原為家筆『源氏物語』古筆切試論

一　はじめに

本章は、専修大学図書館蔵『源氏物語』の古筆切[1]（以下、「伝為家筆源氏物語切」とする）について考察する。

この古筆切は伝藤原為家筆とされる『源氏物語』総角巻の断簡で、専修大学図書館蔵『墨跡彙考』（縦三十七・五糎、横十九・二糎、厚さ六・五糎、両面折貼装一帖、断簡一二一葉所収）と称された古筆手鑑の中において、第五十一番目に貼り付けられている一葉である。

『墨跡彙考』の書誌についてはすでに小山利彦氏によって紹介されている[2]。そこで、本章ではそれをふまえつつ、説明を加えてみたい。序章でも述べたように、『墨跡彙考』は古書肆玉英堂の目録に写真入りで掲出され、二〇〇三年より所蔵となった専修大学図書館貴重典籍の一つである。縦三十七・五糎、横十九・二糎と縦に長い短冊手鑑の形状をしている。表面に五十九葉、裏面に六十二葉、計一二一葉の古筆切が押され、歌切が圧倒的に多い。極札には古筆家、神田家、朝倉茂入、藤井常智、井狩源右衛門などの印章が見られる。

『墨跡彙考』には『源氏物語』周辺の切が散見され、伝後光厳天皇筆の物語切や伝一条兼良筆『花鳥余情』の断簡などがあり、注目されている。伝後光厳天皇筆の物語切に関しては、小山氏が[3]『夜の寝覚』の散逸した断簡との関わりを指摘され、『花鳥余情』（紅葉賀巻）の断簡に関しては、西野強氏[4]が天理大学附属天理図書館所蔵本と比較検討を試みている。

物語切の扱いについて、田中登氏[5]は、特に『源氏物語』の古筆切は享受資料として扱うのが最も有効であると述べている。中世以降の人々がどのような『源氏物語』を手にして読んでいたのかということを探る上で、『源氏物語』の切は重要な一断片であると考えられる。

そこで本章では、伝為家筆とされる総角巻の切の書誌・書写年代・本文を探り、この古筆切が書き写された時代の『源氏物語』享受の一端を明らかにしたい。

二　書誌・翻刻

まず、伝為家筆源氏物語切の書誌について明示する。

切の大きさは縦十八・六糎、横十六・八糎、字高は十六・二糎である。料紙は鳥の子で、切の左側に綴じ跡が二つずつ、二箇所（四つ穴）あることから、元は列帖装（綴葉装）の冊子本のウラ面であったことがわかる。頁をめくるときの手擦れによるものであろうか、上下左右の端には擦れた跡が見える。特に右上の水によるシミらしきものは黒ずんでいる。筆跡は流麗で繊細、やや丸みを帯びている。一面十行書、一行に十八〜二十文字程度、和歌は改行二〜三字下げである（次頁図参照）。

これは『源氏物語』総角巻の本文であり、「さ夜ころも」から「いとなを〳〵」までを書き写したものである。宇治の八の宮の娘である大君は、妹の中の君のために三日夜の餅の用意をする。そこへ薫から贈り物とともに手紙が届く。「さ夜ころも」と一昨日の夜のつれない素振りを恨む薫の和歌に、「へたてなき」と心だけは隔てなくと思っておりますのに、と大君が返歌をする雅やかな場面である。

この他、総角巻の切としては、伝後京極良経筆（鶴見大学蔵）[6]、伝世尊寺行能筆（鶴見大学蔵）[7]、伝民部卿局筆（鶴見大学蔵）[8]、伝阿仏尼筆（実践女子大学蔵）[9]などが散見される。伝為家筆源氏物語切は伝阿仏尼筆（実践女子大学蔵）と比べると、切の大きさや行数、筆跡などが近似してはいるものの、二葉の部分のみでツレと判断するのは難しいと思われる。

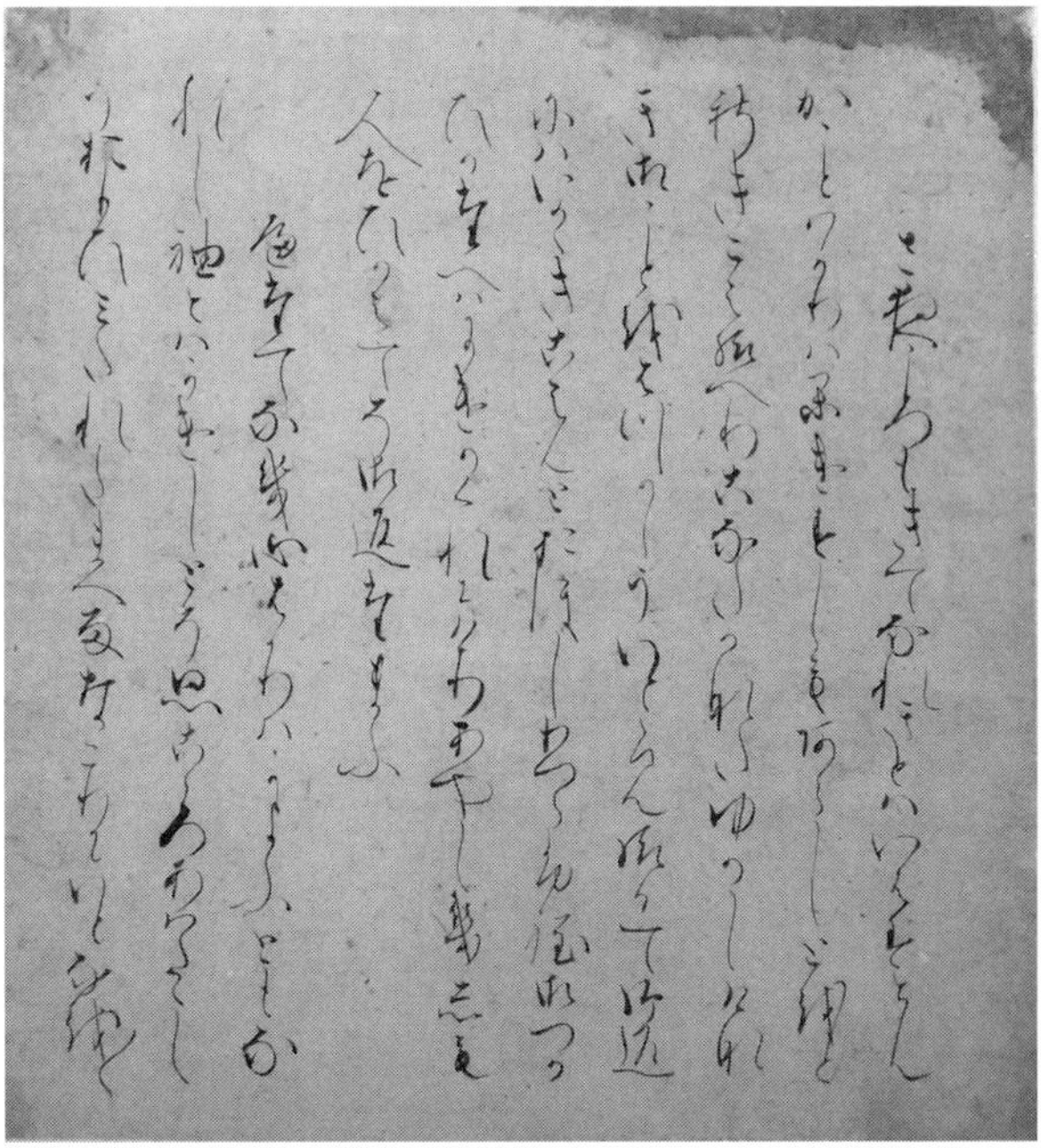

『墨跡彙考』第五十一葉　伝為家筆源氏物語切
（専修大学図書館所蔵　以下同）

さ夜ころもきてなれきとはいはすとも
かことはかりはかけすしもあらしとをと
しきこえ給へりこなたかなたゆかしけな
き御ことをはつかしういとゝ見給ひて御返
にはいかゝきこえんとおほしわつらふ程御つか
ひかたへはにけかくれにけりあやしきしも
人をひかえてそ御返たまふ
　へたてなき心はかりはかよふともな
れし袖とはかけしとそ思こゝろあはたゝし
うおもひみたれたまへるなこりにいとなを〳〵

さらに、以下のような極札（十四・四×二・二糎）が付いている。

為家卿　定家卿適子
　　　　さ夜ころも　[拝]（黒印）

この極札によれば、伝承筆者の「為家卿」とは藤原為家のことを指し、「定家卿適子」と藤原定家の子であること、その横に「さ夜ころも」と切の冒頭を並記する。

藤原為家（一一九八〜一二七五）は鎌倉中期の歌人であり、父藤原定家の歌学を継承した人物である。『続後撰和歌集』の単独撰者、『続古今和歌集』の撰者の一人であり、歌学書『詠歌一体』や家集『為家集』などがある。為家筆の古筆切は数多く存在しているが、真筆とされているものは少ない。為家の真筆とされる『続後撰和歌集』[10]（建長七年写　重要文化財）の和歌の筆跡などと比較してみると、本断簡は別筆と思われる。『古筆学大成』[11]や『断簡集成』[12]掲載の伝為家筆『源氏物語』の切と比較してみても一致しない。本断簡の筆跡は、他の伝為家筆の筆跡と言われるものよりも、縦線の角度があまり鋭くなく、柔らかさがあり、字体の横幅が広い。おそらく、『続後撰和歌集』『古筆学大成』『断簡集成』の伝為家筆[13]とは別筆であろう。

古筆鑑定の証として押された印である極印が「拝」とあることから、鑑定者は朝倉茂入と考えられる。この茂入の表印については、中村健太郎氏[14]が架蔵本の『重刻正字畫引十體千字文綱目』（天保七年刊）に掲載されている「拝」の文字との類似性を指摘し、表書の印は「拝」であることを明らかにしている。本章もそれに準じた。本断簡の極札の書写時期はおそらく朝倉茂入の活躍した江戸時代であろうと推測される。

江戸時代初期、手鑑が盛んに制作されるにしたがい、そこに押された古筆切を正確に鑑定する必要性から、古筆見と呼ばれる専業が誕生した。豊臣秀次から「古筆」の姓と、鑑定の証として押す極印「琴山」とを授かった初代古筆見が古筆了佐である。朝倉茂入はその了佐の門人である。

『墨跡彙考』には朝倉茂入の極札を持つ切が六十二葉と一番多く存在し、初代朝倉茂入、二代朝倉茂入の二名の極印がある。鑑定家の系譜と極印を示した天保七年（一八三六）版『和漢書畫古筆鑑定家系譜並印章』[15]（十代目古筆了伴大人校閲）によれば、初代朝倉茂入は古筆了佐の門人であり、「名　道順／札ノ表書入アリ／裏書ナシ」とある。つまり、初代朝倉茂入は名を道順といい、極札の表書には書き入れ（伝承筆者名や切の冒頭の語句を記す）があり、裏書には書き入れはないということである。同じく天保七年版『和漢書畫古筆鑑定家系譜並印章』によれば、二代朝倉茂入は古筆了栄の門人であり、「名　景順／裏書ナシ外題ノ上ニ青蛇ノ形アリ」とある。つまり、二代朝倉茂入は名を景順といい、極札の裏書に書き入れはなく、題簽（極札）の上に青蛇の形の文様があるという意味に解釈できそうだが詳細は不明である。

　伝為家筆源氏物語切は初代と二代、どちらの朝倉かということになるが、初代と二代では同じ表印（拝の黒印）を用いているために区別がつかない。裏印は初代と二代で異なるので、極札の裏書を確認できれば、どちらか特定することは可能であろう。しかし、本断簡の極札は手鑑に貼り付いてしまっているため、裏書を確認することはできない。そこで、『墨跡彙考』のうち、元々剥がれていて裏書を確認できる朝倉茂入の極札を見ておきたい。図1は、第一一八葉の極札の表書であり、「春日若宮社家祐春　秋をへて　拝（黒印）」とある。図2の印は図1（第一一八葉の極札）の裏書である。天保七年版『和漢書畫古筆鑑定家系譜並印章』や慶應三年（一八六七）版『和漢書畫古筆鑑定家印

図1

図2

図3

譜』[16]に掲載された朝倉茂入の極印と比較すると、図2は薄くて見えにくいが、初代朝倉茂入（道順）の印「茂入道順（黒印）」であることがわかる。また、図3の第一〇三葉の極札の表書には二代朝倉茂入（景順）の印（判読不能）が押されている。つまり、『墨跡彙考』には初代と二代の朝倉茂入の極札・極印が存在しているということがわかる。

天保七年版『和漢書畫古筆鑑定家系譜並印章』によれば、二代朝倉の極札には青蛇の文様があるとのことであったが、本断簡の極札には文様がない。そのため、初代朝倉かとも思われた。しかし、図1の初代朝倉の極札を見てみると、「春日」の文字の下に青蛇の文様とは特定出来ないものの、薄く文様が見えるのである。しかし、図3の二代朝倉の題簽には本来あるべき文様がない。つまり、『墨跡彙考』の朝倉の極札には、初代に文様があり、二代に文様のないものが存在するのである。極札の文様の有無によって、極札が初代か二代かと確定することは難しいと言える。

三　仮名表記から見た書写年代

次に、伝為家筆源氏物語切の仮名の字母表記から書写年代を探ってみたい。本断簡には「し」という字母の表記に「新」という漢字を当てている箇所が見える。

斎藤達哉氏[17]による『源氏物語』花散里巻の仮名字母の漢字表記の調査によれば、調査対象とした花散里巻の諸本六十八本のうち、「し」の仮名字母に「新」を使用した用例は尾州家本（九例）・平瀬本（一例）・陽明文庫本（一例）・伏見天皇本（一例）・国会図書館本（二例）の五本にしか見られない表記であるという。尾州家本・平瀬本・陽明文庫本・伏見天皇本はいずれも鎌倉時代書写とされているものである。さらに、第一章で考察した専修大学図書館蔵伝冷泉為秀筆『源氏物語』桐壺巻[18]にも「おも新ろく（おもしろく）」（三十ウ十）と「新」の漢字表記一例が見受けられる。

矢田勉氏[19]によれば、平安・鎌倉時代における平仮名字体の変遷において、【シ】は「し」が主用字体であり、その後

「し」「志」が共に頻用字体となったと説く。『源氏物語』の写本において、鎌倉から室町へと時代が下るにつれ、「し」を表記するときは「志」の文字が用いられることが多い。

では、「新」という字母は「し」から「志」への字体変遷の中で、どの辺りに位置付けがされていた字体なのであろうか。今野真二氏[20]は定家以前の平安末期から鎌倉初期までの伝西行筆の仮名文献資料に注目し、定家様が定家に先立つ文献に看取されるのか否かという観点から論じている。今野氏によれば、「し」の表記として「新」の文字が、『行尊僧正集』（平安末期書写）では六例、『近衛大納言集』（鎌倉初期書写か）では一例見られるという。

これらの先行論をふまえつつ、本断簡の三行目の冒頭表記を見てみることとする。左記に見える通り、「し」に「新」という字母が当てられている。

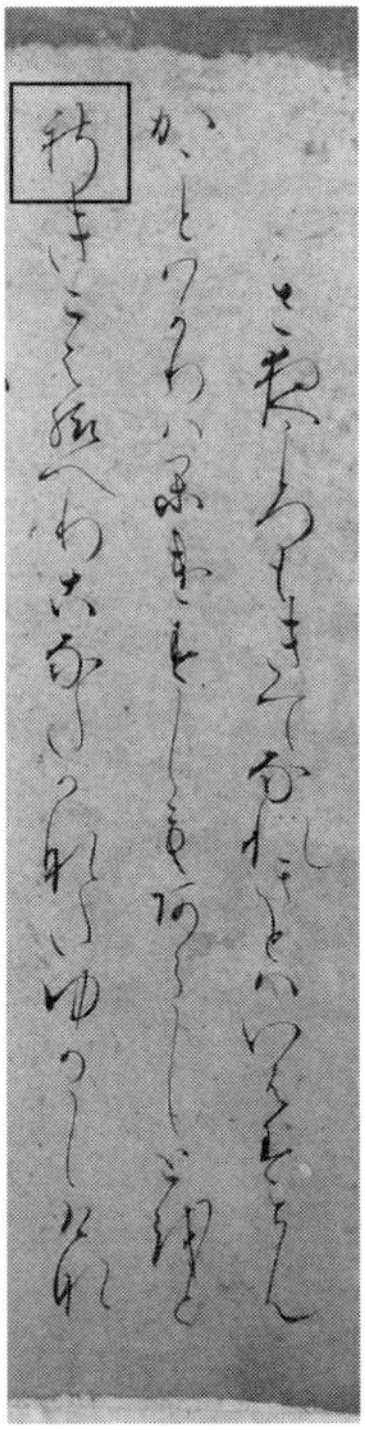

三行目行頭
「新（し）」

先程の斎藤氏の尾州家本花散里巻に「新」の字母（九例）が見られるという指摘をふまえつつ、本断簡が総角巻の本文であるということから、尾州家本の総角巻の「新」の表記を確認してみた。すると、「うそふきす新あへり（五十一オ八）」「新ゐておほし（六十ウ七）」「しは新（六十五ウ八）」「あらしか新と（七十一ウ三）」と四例の「し」の字母が「新」と表記されていることが判明した。尾州家本総角巻は解題・解説によれば、鎌倉時代書写とされている本文である。

前述したように、斎藤氏の調査によれば、調査対象とした花散里巻の諸本六十八本のうち、「し」の仮名字母に「新」を使用したのは五本のみで、中でも尾州家本・平瀬本・陽明文庫本・伏見天皇本の花散里巻は鎌倉時代に書写されたとされているものである。つまり、この五本以外の室町期写とされる大島本や三条西家本、江戸初期写とされる正徹本などの諸本六十三本には見られない表記ということになる。さらに、尾州家本においては、花散里巻だけではなく、総角巻にも「新」の表記四例を見出すことができるのである。このことから、「新」という仮名の字母表記を持つ伝為家筆源氏物語切は鎌倉時代に書き写された可能性が考えられるのである。

また、仮名表記の規則性について考えてみると、本断簡は「をと新（おどし）」とある。つまり、「新」は「おどす」という動詞の活用語尾「し」に用いられ、なおかつ、行の冒頭表記であることがわかる。この動詞の活用語尾で行の冒頭表記という本断簡と共通した書写表記の規則性を持つ切が他にも散見される。一つは前述した伝阿仏尼筆（実践女子大学蔵）[21]総角巻の切、もう一つは伝慈鎮和尚筆（浄照坊蔵）[22]薄雲巻の切である。伝阿仏尼筆の切は六行目冒頭が「すく新てん」の「し」、伝慈鎮和尚筆の切は八行目冒頭が「やつ新たまへる」の「し」とあり、「新」が用いられている。つまり、本断簡の「をとし（おどす）」、伝阿仏尼筆の「すくし（すぐす）」、伝慈鎮和尚筆の「やつし（やつす）」と、いずれも動詞の活用語尾であり、切の行頭の表記という共通項が見出されるのである。

行頭の表記に関して、今野氏は定家以前の文献資料に機能的な仮名文字遣はまだ見られないものの、行に関わる仮名文字遣らしきものはあり、行頭の変字意識があったと説く。その例として「し」の字母である「志」が行頭と行末に配される場合の多いことを指摘している。本来動詞の活用語尾は書写意識の弱い箇所である。それが行頭に来ることによって字母意識が強くなり、「新」の文字が使用された可能性が考えられる。ちなみに伝阿仏尼筆の切も伝慈鎮和尚筆の切も各解題によれば、鎌倉期書写と推定されている古筆切である。つまり、伝為家筆源氏物語切は「新」という字母表記から、行の変字意識を持つ鎌倉時代の早い時期に書写された可能性が考えられるのである。

四　本文の性格

最後に伝為家筆源氏物語切の本文の性格について考察する。

前述したように、総角巻の切としては、この他、伝後京極良経筆（鶴見大学蔵）、伝世尊寺行能筆（鶴見大学蔵）、伝民部卿局筆（鶴見大学蔵）、伝阿仏尼筆（実践女子大学蔵）などが散見される。各書誌によれば、伝後京極良経筆は河内本、伝世尊寺行能筆は別本、伝民部卿局筆は別本、伝阿仏尼筆は青表紙本の本文とされている。これらをふまえつつ、本断簡の本文を探ってみたい。

結論から言えば、伝為家筆源氏物語切は青表紙本である。河内本（尾州家本）や別本（陽明文庫本・保坂本）に見られる「なれにきと」（陽明文庫本・尾州家本）、「けにこなたかなた」（陽明文庫本・尾州家本）、「いか丶は」（尾州家本）、「おほしみたるる」（保坂本・尾州家本）などの箇所が、本断簡では青表紙本に見られる「なれきとは」「こなたかなた」「いか丶」「おほしわつらふ」となっているからである。誤字脱字のレベルではない本文異同が共通していることから、本断簡は河内本や別本ではなく青表紙本と考えられる。

そこでさらに、青表紙本諸本との対校を試みた。以下に対校する本文一覧を掲げる。まず、伝為家筆源氏物語切の翻刻を掲げ、異同のある本文のみを並記した。

（御）御物本　（蓬）蓬左文庫本(23)　（国徹）国文研本
（大）大島本　（穂）穂久邇文庫本　（ＬＣ）米国議会図書館本
（池）池田本　（書）書陵部三条西家本　（首書）首書源氏
（肖）肖柏本　（飯）飯島本　（絵入）絵入源氏
（三）日大三条西家本　（吉青）大内家本　（湖月）湖月抄

〈1〉なれきとは【1624④】(24)
なれにきと（蓬）（穂）

〈2〉こなたかなた【1624⑤】
けにこなたかなた（肖）
○《けにイ》 こなたかなた（三）
こ《げにイ》なたかなた（首書）

〈3〉はつかしう【1624⑤】
はつかしく（大）（飯）（国徹）

〈4〉御返には【1624⑤】
御かへりにも（大）（書）（飯）（吉青）（国徹）（絵入）
御返も（御）（池）（三）（蓬）（穂）（ＬＣ）
御かへりも（肖）（首書）（湖月）

〈5〉いかゝ【1624⑥】
いかゞ（絵入）
いかが（首書）（湖月）
いかゝは（御）（大）（池）（肖）（三）（蓬）（穂）
（書）（飯）（吉青）（国徹）

〈6〉きこえんと【1624⑥】
きこえむと（池）（三）（飯）
聞えむと（首書）
聞えんと（国徹）
など（穂）

〈7〉にけかくれにけり【1624⑥】
にけかくれけり（書）（吉青）

〈8〉しも人を【1624⑦】
こともひとを（飯）

〈9〉ひかえてそ【1624⑦】
ひかへて（池）（穂）

〈10〉こゝろあはたゝしう【1624⑧】

心あはた丶しう（蓬）（穂）
心あはた丶しく（大）（池）（肖）（国徹）（LC）
（絵入）
心あはただしく（湖月）
こころあわだたしく（首書）
こ丶ろあはた丶しく（御）（飯）（吉青）
心あはた丶しく（三）
○《心》あはた丶しく（書）

〈11〉たまへる【1624⑨】
給へる（御）（大）（池）（肖）（三）（穂）（書）
（吉青）（国徹）（LC）（首書）（絵入）
（湖月）

給える（蓬）
給つる（飯）

〈12〉いと【1624⑨】
いと丶（御）（大）（池）（三）（蓬）（穂）（書）
（飯）（吉青）（国徹）（LC）
いとど（首書）（絵入）（湖月）
いと《と》（肖）

〈13〉なを〱【1624⑨】
なをなを（大）（肖）
なほなほ（首書）（絵入）（湖月）

特異な箇所を三つ指摘しておきたい。一つめは、〈4〉「御返には」が独自異文であることである。他の写本は「御かへりにも」「御返も」とあり、「御返には」という本文はないのである。もし仮に「御返りにも」の「も」を「御返には」の「は」と誤写したとすれば、字母は何かということになる。「も（裳）」をくずした筆跡と似ている「は（者）」が混同した可能性が考えられる。しかし、本断簡の「は」の字母は「八」であり、（御）（大）（三）（書）（蓬）（穂）における「も」の字母はすべて「毛」である。そのため、「は（八）」と「も（毛）」の誤字・混同とは考えにくくいと思われる。二つめは、〈5〉「いかゝ」〈12〉「いと」などは陽明文庫本と同じであり、僅かながら別本の本文と一致することである。三つめは、〈3〉「はつかしう」〈10〉「こゝろあはたゝしう」などのウ音便表記は、ウ音便表記の多い特徴を持つ蓬左文庫本と共通しているということである。[25]

右記の〈1〉～〈13〉によれば、伝為家筆源氏物語切の本文は、〈4〉の独自異文の箇所を除いて、米国議会図書館本（LC本）、首書源氏、絵入源氏、湖月抄との異同が〈10〉〈12〉の二箇所のみである。つまり、本断簡はLC本、首書源氏、絵入源氏、湖月抄に近い本文であると考えられる。続いて近い本文は蓬左文庫本、日大三条西家本、御物本であり、これもやはり校異の差異は〈10〉〈12〉に集中している。そして、大島本・国文研本のグループ、書陵部三条西家本・大内家本のグループ、肖柏本、池田本、穂久邇文庫本の順に離れていき、本断簡と一番遠い本文が飯島本ということになる。

五　おわりに

以上、伝為家筆源氏物語切の書誌・書写年代・本文について考察した。

本断簡は『源氏物語』総角巻本文の前半部「さ夜ころも」から「いとなを〳〵」までを書き写したもので、薫と大君の贈答場面である。伝承筆者は為家であるが、他の為家筆の切と比較したところ、本断簡は別筆であると思われる。極札は朝倉茂入であるが、初代と二代の朝倉では極印が酷似しているため、どちらの朝倉であるかを特定することは難しいと言える。

本断簡に出てくる仮名「し」の字母である「新」は、伝阿仏尼筆の切や伝慈鎮和尚筆の切にも散見される字母表記である。三つの切において、「し（新）」は、「をと新（おどす）」「すく新（すぐす）」「やつ新（やつす）」といずれも動詞の活用語尾でありながら、切の行頭の表記に使用されているという共通項が見出された。つまり、「新」という字母表記が用いられた本断簡は、大ぶりで字形に特色のある表記を行頭に用いるという変字意識があった鎌倉時代に書写された可能性が考えられるのである。

本断簡の本文は「御返には」という独自異文や、僅かながらに別本の影響が垣間見られるものの、「なれきとは」「こなたかなた」「いかゝ」「おほしわつらふ」という青表紙本の特徴的な表現を持つことから、青表紙本の本文であると考えられる。つまり、伝為家筆源氏物語切はＬＣ本、首書源氏、絵入源氏、湖月抄などに近い本文であり、鎌倉時代に書写された『源氏物語』の本文の書写態度を探る上でも貴重な古筆切であると言えよう。

注

（1）専修大学図書館蔵古筆手鑑『墨跡彙考』（請求記号：Ａ／七二八／Ｂ六三）第五十一葉の古筆切。

（2）小山利彦氏「Collection Introduction 墨跡彙考」『SENSHU UNIVERSITY LIBRARY INFORMATION』第四号（二〇〇三年十一月）。

（3）注（2）に同じ。

（4）西野強氏「伝一条兼良筆源氏物語注釈切の性格―天理本『花鳥余情』にみる推敲跡と新出断簡―」（『専修国文』第七十九号、二〇〇六年九月）。

（5）田中登氏「第六章　物語篇　第二節　源氏物語の古筆切―享受資料として―」（『古筆切の国文学的研究』風間書房、一九九七年）。

（6）伝後京極良経筆の切は、「展示解題　源氏物語の楽しみ方―源氏物語研究所の集書を中心に―」（鶴見大学図書館主催、二〇〇四年一月開催）、鶴見大学図書館ＨＰ「貴重書解説図録　画像ファイル」（二〇〇二年二月二十六日更新）の図版・解説に拠る（http://library.tsurumi-u.ac.jp/library/kotenseki/kotenseki.html）。以下、同じ。

（7）伝世尊寺行能筆の切は、「古典籍と古筆切　鶴見大学蔵貴重書解説図録」（鶴見大学、一九九四年十月）、鶴見大学図

書館ＨＰ「貴重書解説図録　画像ファイル」（82―ト源氏物語断簡）の図版・解説に拠る。

(8) 伝民部卿局筆の切は、「源氏物語の古筆切」（紫式部学会創立八十周年記念「源氏物語の小さな講座」特別展示、於鶴見大学、二〇一二年九月開催）の展示パンフレットの図版・解説に拠る。

(9) 伝阿仏尼筆の切は、「源氏物語の転生―さまざまな形と姿をもとめて―展示解説」（実践女子大学文芸資料研究所主催、二〇一一年十月開催）の展示パンフレット、「七、伝阿仏尼筆『源氏物語』断簡」（実践女子大学百二十周年展覧会図録『宮廷の華　源氏物語』実践女子大学、二〇一四年六月、八頁）の図版・解説に拠る。

(10) 冷泉家時雨亭叢書第六巻『続後撰和歌集・為家歌学』（冷泉家時雨亭文庫編、一九九四年）に収められている。為家の真筆については、田中登氏「古筆学より見たる冷泉家所蔵本の意義（続）」（『国文学』第九十二号、二〇〇八年三月）を参照した。

(11) 小松茂美氏『古筆学大成』第二十三巻（講談社、一九九二年）。

(12) 久曽神昇氏『源氏物語断簡集成』（汲古書院、二〇〇〇年）。

(13) 為家筆の源氏物語切は、『古筆切提要』（淡交社、一九八四年）、小林強氏「源氏物語関係古筆切資料集成稿」（『本文研究　考証・情報・資料』第六集、和泉書院、二〇〇四年）、「古筆切所収情報データベース」（国文学研究資料館、二〇〇八年まで更新）によれば、若紫・花宴・賢木・薄雲・少女・真木柱・若菜上・竹河・宿木巻などがある。しかし、いずれの筆跡とも専修大学図書館蔵『源氏物語』の古筆切は一致せず、別筆であろうと思われる。為家については、『尊卑分脉』（『新訂増補国史大系』第五十八巻第一篇、吉川弘文館、二〇〇一年新装版、二九〇頁）を参照した。

(14) 中村健太郎氏「朝倉茂入の極印」（『若木書法』第五号、二〇〇六年三月）。

(15) 森繁夫氏『古筆鑑定と極印』（臨川書店、一九八五年復刻版）所収のものを参照した。天明八年（一七八八）版、天保七年（一八三六）版、慶應三年（一八六七）版の三種類の印譜・印章が付されている。

(16) 注(15)の慶應三年版に同じ。

(17) 斎藤達哉氏「仮名文の文字調査―源氏物語花散里六八本の仮名字母と漢字―」（『専修国文』第九十一号、二〇一二年九月）。

（18）専修大学図書館蔵伝為秀筆『源氏物語』桐壺巻（請求記号：A／九一三・三／MU五六）。翻刻においては、斎藤達哉氏「文字使用から見た専修大学本源氏物語「桐壺」（附翻字）」（『専修国文』第八十九号、二〇一一年九月、三三頁）も参照した。

（19）矢田勉氏「第二集　平安・鎌倉時代における平仮名字体の変遷」（『国語文字・表記史の研究』汲古書院、二〇一二年、二〇三頁）。

（20）今野真二氏「定家以前―藤末鎌初の仮名文献の表記について―」（『国語学』第五十二巻一号、二〇〇一年三月）掲載の「〈表二　異体仮名一覧表〉」を参照した。

（21）注（9）に同じ。

（22）伝慈鎮和尚筆の切は、大阪大学古代中世文学資料研究叢書1『古筆切集　浄照坊蔵』（和泉書院、一九八八年）の図版（二八頁）・翻刻解説（一〇六頁）を参照した。

（23）日本古典文学影印叢刊十八『源氏物語古本集』（貴重本刊行会、一九八三年）。

（24）【1624④】は『大成』の頁数・行数を示す。以下、同じ。

（25）蓬左文庫本の本文については、池田利夫氏「解説」（『源氏物語古本集』貴重書刊行会、一九八三年）、同氏「第五章蓬左文庫蔵古鈔本源氏物語四帖」（『源氏物語の文献学的研究序説』笠間書院、一九八八年）に詳しい解説がある。

第三章　菊亭文庫蔵『源氏物語』抜書六帖考

一　はじめに

本章では、専修大学図書館菊亭文庫蔵『源氏物語』の抜書（以下、「専大本源氏抜書」とする）について考察する。
菊亭家とは今出川家とも言い、藤原北家閑院流、西園寺家の支流で、清華家の家格を持ち、琵琶を家職とする。西園寺実兼の四男である菊亭（今出川）兼季（一二八一〜一三三九）を始祖とする。[1]
菊亭文庫とはこの菊亭家に伝わる文書類のことである。序章でも述べたように、専修大学図書館蔵菊亭文庫は、松田武夫氏、広田二郎氏らの推薦により、専修大学創立九十周年に当たる昭和四十五年（一九七〇）に古写本類を選定して「蜂須賀家旧蔵本」とともに村口書房から購入された。菊亭家に関わる鎌倉時代から明治時代に至るまでの詩歌、雅楽、日記などの文書・典籍類を含めて計三四四八点が収蔵されている。
その中に、『源氏物語』の竹河・橋姫・宿木・浮舟・蜻蛉・手習巻の本文を一部抜粋した抜書がある。この専大本源氏抜書は、すべて一筆、縦二十一・四糎、横十四・七糎（半丁分の計測）、字高十八・三糎、料紙は楮紙、元は袋綴本であったようで綴じ穴の跡が二箇所ある。丁付は、竹河（四十四）・橋姫（四十五）・宿木（四十九）・浮舟（五十一）・蜻蛉（ナシ）・手習（五十二）とある。『菊亭文庫目録』[2]（二諸芸、六文学、一九四、第2函一四七、五—八）によれば、

［源氏物語古注断簡］一括（中・五丁）朱入り、元は袋綴本、丁付あり、シミあり
内容：たけかは、はしひめ、やとり木、うき舟、かけろふ

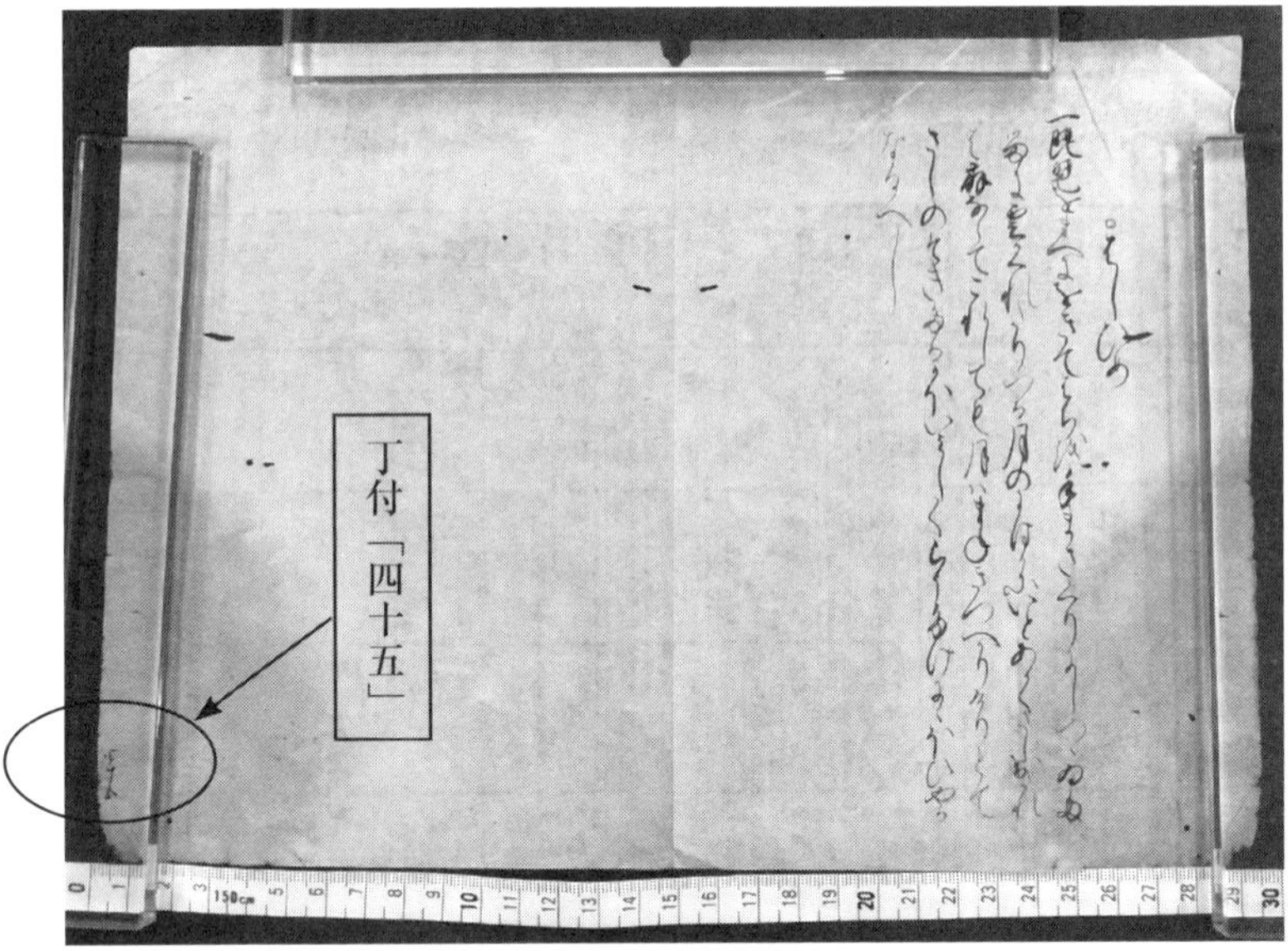

［抜書二］橋姫巻（専修大学図書館菊亭文庫所蔵　以下同）

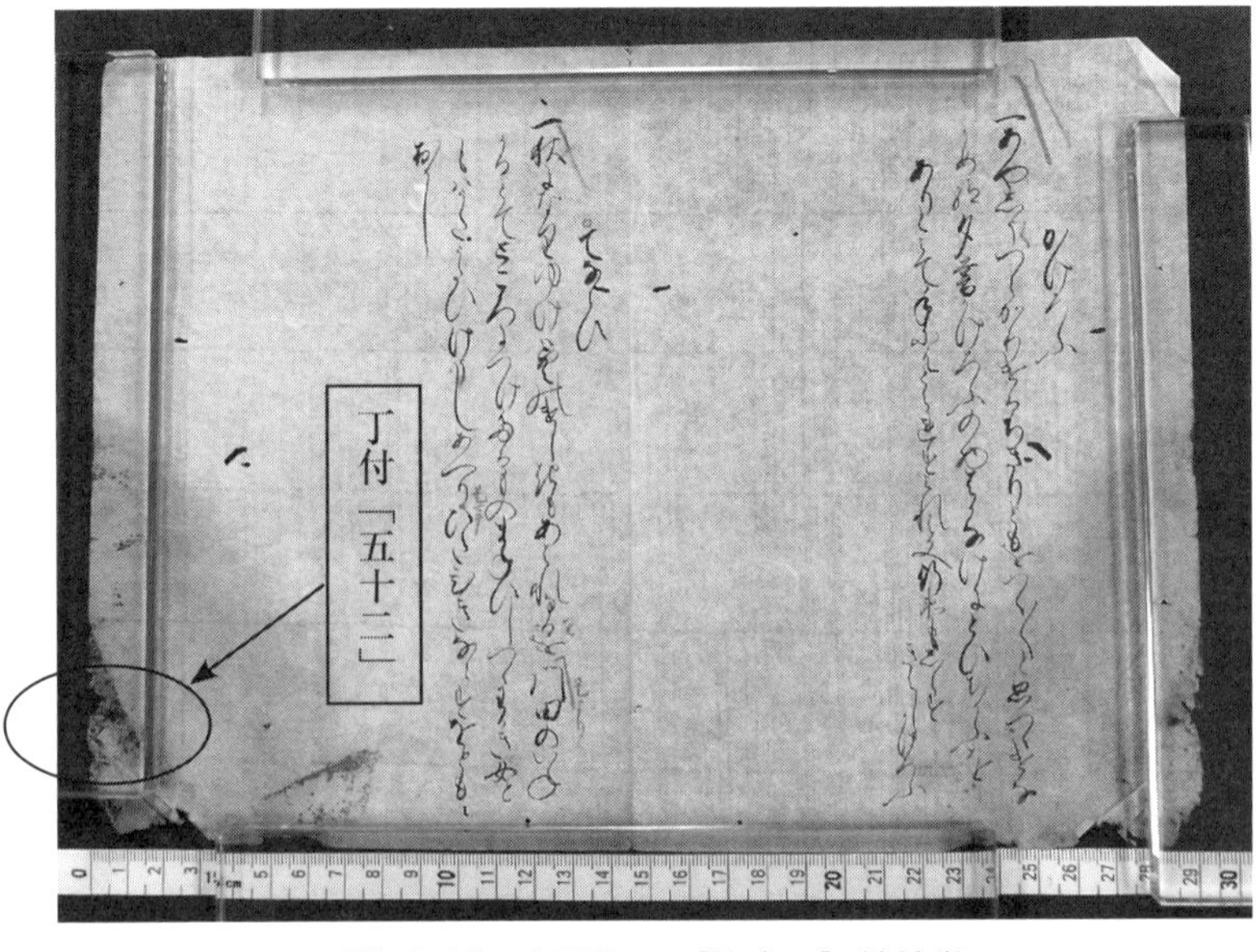

［抜書六］手習巻　　［抜書五］蜻蛉巻

とあり、『源氏物語』竹河・橋姫・宿木・浮舟・蜻蛉巻の五つの古注断簡であると記されている。しかし、調査した結果、これは古注断簡ではなく、各巻の本文が一部ずつ抜書されたものであり、右記の他、手習巻の抜書もあることがわかった。手習巻を見落とした原因は丁付にあると思われる。丁付は丁の裏にあり、前述の通り、竹河（四十四）・橋姫（四十五）・宿木（四十九）・浮舟（五十一）・蜻蛉（ナシ）・手習（五十二）と記されている。蜻蛉・手習巻以外はすべて巻数と同じ丁付であり、前頁図上段［抜書二］橋姫巻のように、袋綴の丁の表のみを使用して書写している。それに対して、蜻蛉・手習巻は、前頁図下段［抜書五・六］のように、蜻蛉巻の本文が書写されているのと同じ丁の裏に、手習巻が書写されていることがわかる。つまり、蜻蛉巻（丁の表）と手習巻（丁の裏）は例外で、二巻で表裏一丁分に書写されている。そのため、蜻蛉巻には丁付がなく、手習巻は『源氏物語』第五十三巻めであるが、丁付は第五十二巻めの蜻蛉巻の「五十二」と付されている。巻序と丁数が一致することを考えると、専大本源氏抜書は当初から一丁に一巻をあてて作成されたものであり、竹河巻以前の巻や欠落している宇治十帖の巻を含めて、全五十四巻が存在していたと強く推測される。もともと五十四帖分であったとすれば、それはすべて一項目が一丁の表裏を超えることはないということになろう。蜻蛉巻と手習巻が一丁に配されている理由は判然としないが、最終段階で改丁を誤って書写したか、紙数の関係で、裏側も使用しなければいけなくなったか、とも考えられる。

また、『菊亭文庫目録』には「朱入り」とあるように、朱合点・朱点・朱の傍記がある。朱には濃淡二種（濃朱（海老茶色）・淡朱（朱色））の二種類があり、蜻蛉巻には青色（露草色）の合点が一箇所ある。また、「元は袋綴本」[3]とあるように、綴じ穴が二つずつで二箇所、つまり袋綴装四ツ目綴であり、それ以外に装訂された可能性はないので仮綴本かと思われる。

以上のことをふまえつつ、本章では、専大本源氏抜書について書誌・翻刻を紹介し、本文を検証した上で成立背景について考察する。

二　書誌・翻刻

まず、専大本源氏抜書の各六帖を順に一つずつ翻刻し、内容を解説する。掲載写真は、文字の部分だけを切り取って掲出したものであり、蜻蛉・手習巻以外はすべて袋綴の表面にのみ書写したものであり、裏面は白紙である。

［抜書一］竹河巻（丁付四十四オ）

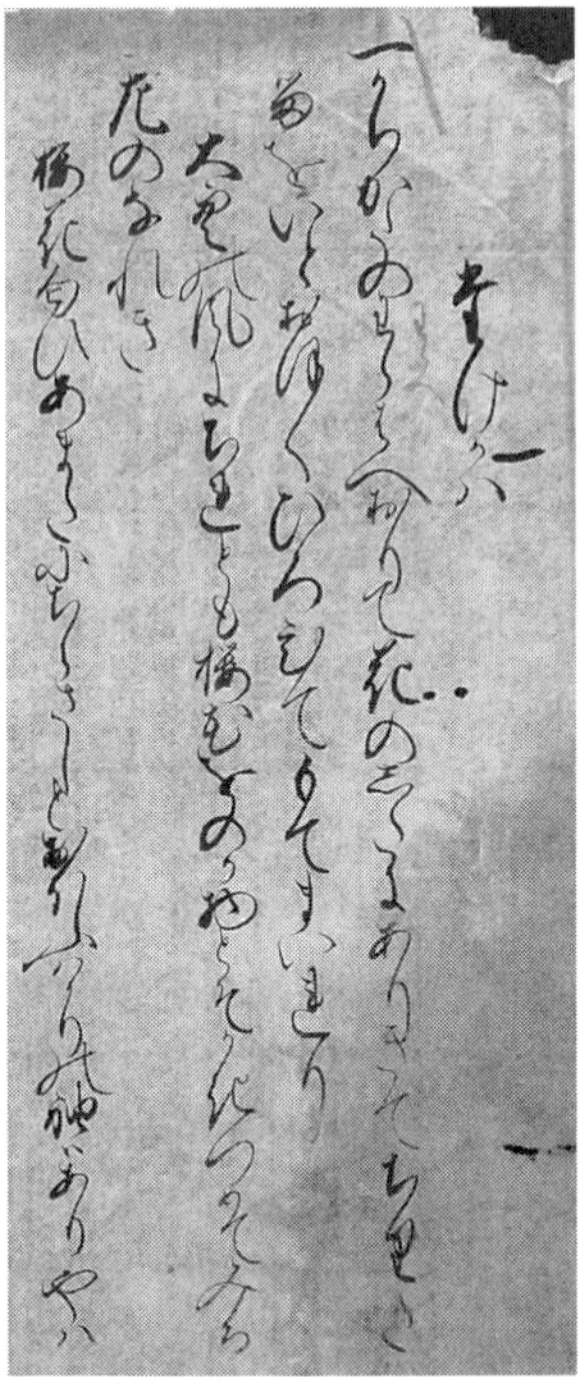

　　　たけかは
〈朱合点〉一かちかたのわらは《わらへ》へおりて花のしたにありきてちりた
るをいとおほくひろひてもてまいれり
　大空の風にちれとも桜花をのか物とそかきつめてみる
左のなれき
　桜花匂ひあまたにちらさしとおほふはかりの袖はありやは

三月、桜の花の盛りに、夕霧の息子である蔵人少将が囲碁を打つ玉鬘の姫君たち（大君・中の君）の姿を垣間見る場面である。これは徳川美術館蔵『国宝源氏物語絵巻』「竹河（二）」の絵に描かれている。庭の桜を賭け物として囲碁を打ち、大君（負方）と中の君（勝方）の歌の掛け合いで、勝方の中の君付きの女童が「大空の」と詠みかけたのに対して、左のなれき（負方の大君付きの女童）が「桜花」と和歌で反駁する。「わらはへ」に「わらへ」と朱で傍記があり、朱合点とともに〈淡朱〉である。袋綴の一丁分のうち、四十四丁表の三分の二に書写し、三分の一は空白、四十四丁裏は全くの空白である。

［抜書二］ 橋姫巻（丁付四十五オ）

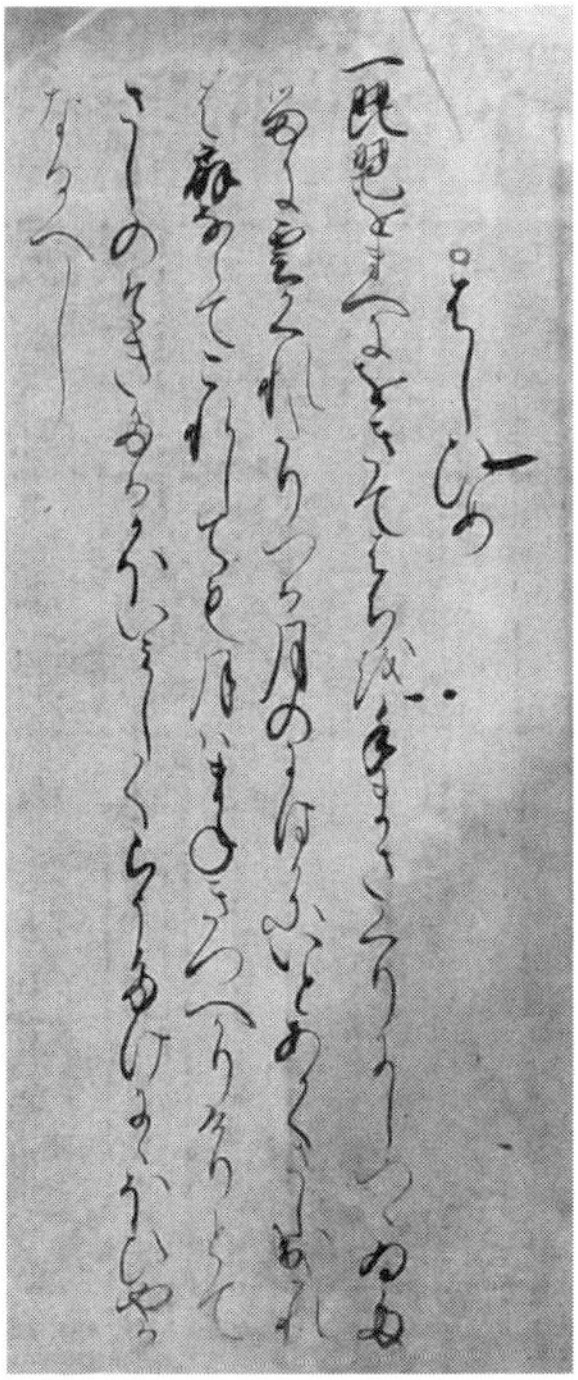

○はしひめ
＼〈朱合点〉一琵琶をまへにをきてはちを手まさくりにしつゝゐたるに雲かくれたりつる月のにはかにいとあかくさし出たれ

は扇ならてこれしても月はまねきつへかりけりとて
さしのそきたるかほいみしくらうたけにゝほひやか
なるへし

秋、薫が宇治の姫君たち（大君・中の君）の合奏する姿を垣間見る場面である。これは徳川美術館蔵『国宝源氏物語絵巻』「橋姫」の絵に描かれている。古注釈書類では大君・中の君のどちらが琵琶・箏の琴を弾いているのか、見解の分かれる箇所である。旧説では琵琶が大君、箏の琴が中の君、新説では姉妹の性格から琵琶が中の君、箏の琴が大君とする。巻名の「はしひめ」の上の「〇」は〈濃朱〉、〈朱合点〉は〈淡朱〉である。

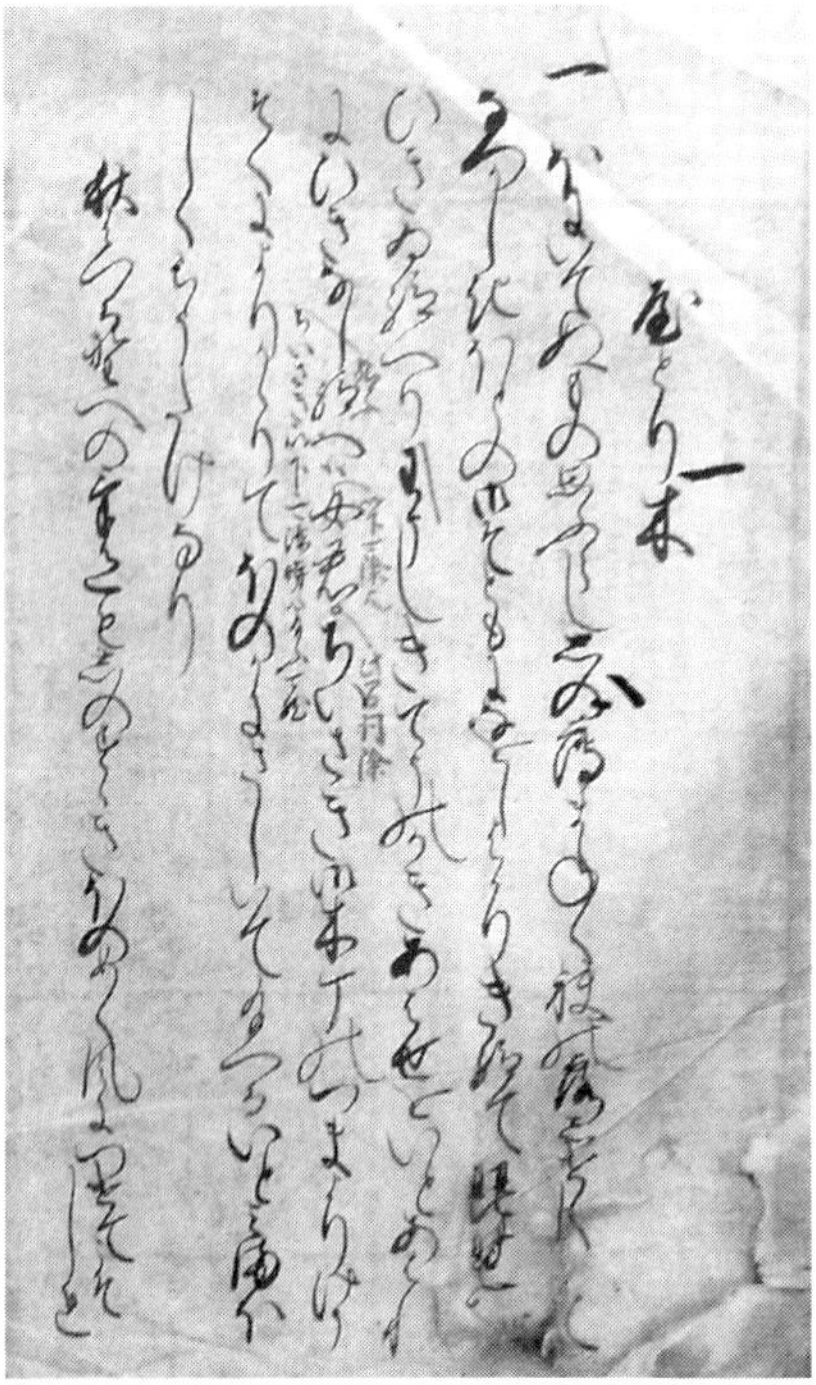

［抜書三］　宿木巻（丁付四十九オ）

やとり木

一〈朱合点〉ほにいてぬもの思ふらしの薄まねく袂の露しけくして
なつかしきほとの御そともになをしはかりき給て琵琶（を）
ひきゐ給へりわうしきてう〈朱合点〉のかきあはせをいとあはれ
にひきなし給へは《給ふ》女君《以下可除歟》○ちいさき《此間詞除》《ちいさき・以下・可除時は・給ふて終》御木丁のつまよりけう
そくによりかゝりてほのかにさしいて給へるいとみまほ
しくらうたけなり
秋はつる野へのけ色もしのすゝきほのめく風につけてこそしれ

晩秋、尾花が趣深く、菊が色移ろう頃、匂宮の琵琶の音色を中の君が聴く場面である。これは徳川美術館蔵『国宝源氏物語絵巻』「宿木（三）」の絵に描かれている。匂宮が「ほにいてぬ」と歌を詠みかけ、中の君が「秋はつる」と和歌を返している。冒頭の朱合点は〈淡朱〉、それ以外の傍記や「わうしきてう（黄鐘調）」の朱合点はすべて〈濃朱〉である。四行目の「女君」と「ちいさき」の間には補入記号があり、「女君も心に入りたまへることにて、もの怨じもえしはてたまはず」（「宿木」五―四六五頁）の本文が欠落している。これは自然と書き落としたというよりも、「女君」の右傍記「以下可除歟」「此間詞除」によれば、「女君」と「ちいさき」の間の詞は省略すべきか、この間の詞は除いた、という意であり、あえて意識的に省略している可能性がある。さらに「女君」の左傍記「ちいさき・以下・可除時は・給ふて終」によれば、「ちいさき」以下を省略する時は、「ひきなし給へは」ではなく、「ひきなし給ふ」で終わるべきであると記されている。

［抜書四］浮舟巻（丁付五十一オ）

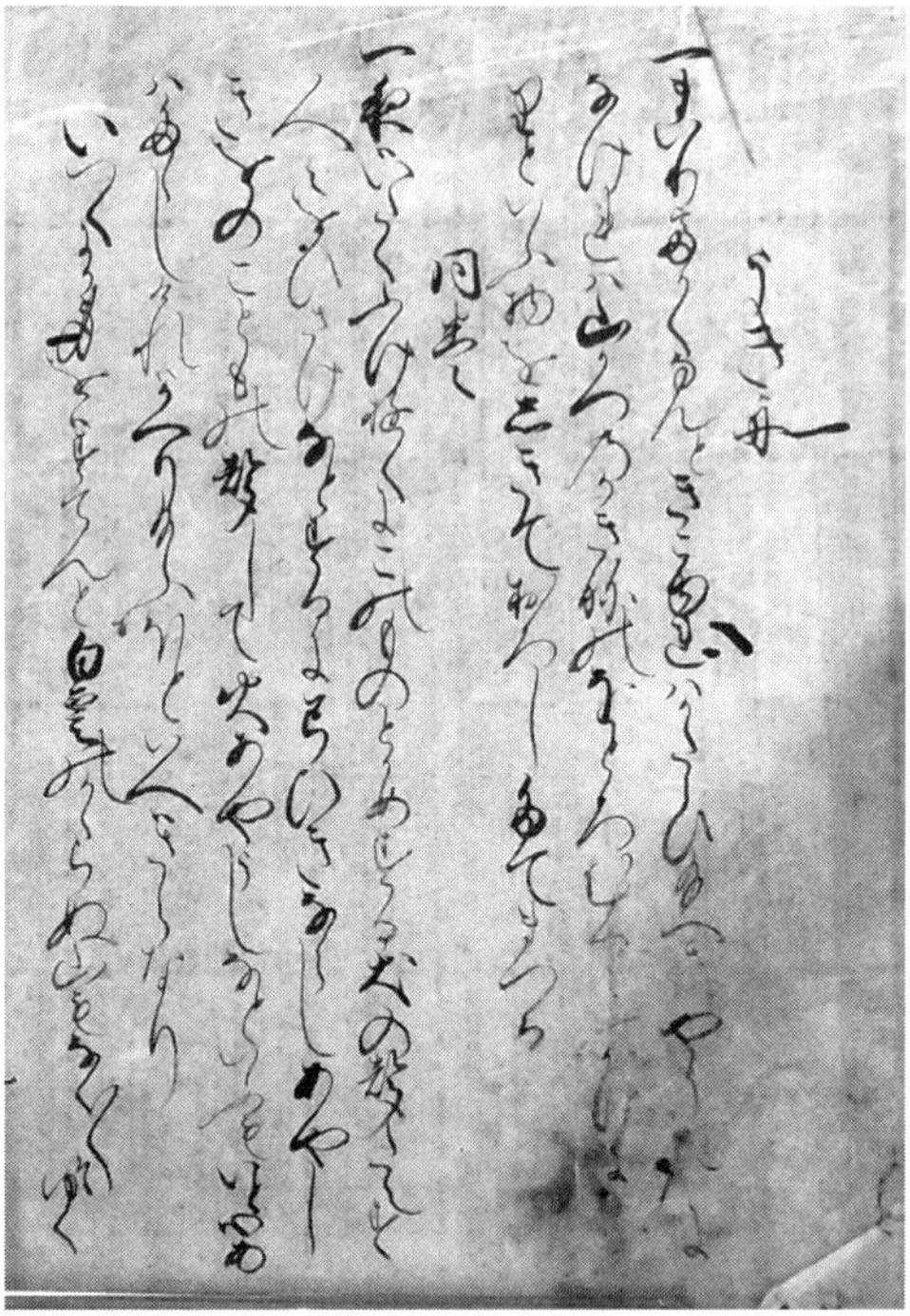

うき舟

一〈朱合点〉まいりてかくなんときこゆれはかたらひ給へきやうたに
なけれは山かつのかきねのをとろむくらのかけにあふ
りといふ物をしきておろしたてまつる

同巻

一夜はいたくふけゆくにこのものとかめする犬の声たえす
人ゝをひさけなとするに弓ひきならしあやし

きをのこともの声して火あやうしなといふもいと心あ
はたゝしけれはかへり給ふほといへはさらなり
いつくにか身をはすてんと白雲のかゝらぬ山もなく〳〵そゆく

三月末頃、薫の厳重な警戒体制が敷かれた中、匂宮は宇治を訪れるものの、浮舟には会えずに帰京する場面である。この抜書には袋綴の表面に「同巻」として、浮舟巻の二つの場面が記されている。一つめは、不気味な闇夜に障泥（あおり）を敷き、気弱そうにしている匂宮の姿を描いた場面、二つめは、闇が満ちてきて、相変わらず野犬の声も不気味で、仕方なく浮舟に会わずに立ち去る際、「いつくにか」と匂宮が和歌を詠む場面である。朱合点は〈淡朱〉である。一つめの二行末、本来は「かけにあふ」となるはずである。しかし、水に濡れてしまったためか、脱落破損しており、文字の存在確認ができない。紙が擦れて繊維が薄くなってしまってはいるものの、元々の文字は見えないことから、行末で改行する時に「あふ」が脱落したかとも思われる。

［抜書五］蜻蛉巻（丁付五十二オ）

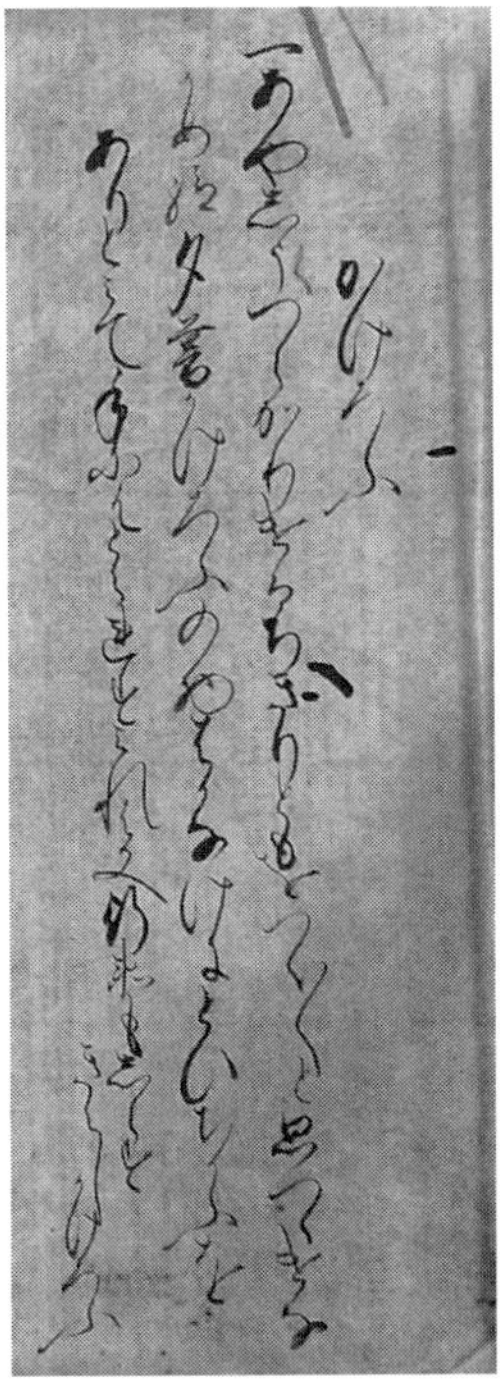

かけろふ
一〈朱・青色合点〉あやしう《く》つらかりけるちきりともをつく〳〵と思つゝけな
かめ給夕暮かけろふの物はかなけにとひちかふを
ありとみて手にはとられすみれは又行ゑもしらすきえしかけろふ

夏、薫が宇治のゆかりの姫君（大君・中の君・浮舟）に思いを馳せる場面である。大君は亡くなり、中の君は他の人の妻となり、浮舟は行方知れずとなってしまった。薫は姫君たちのはかなさを蜻蛉に喩えて「ありとみて」と独詠する。朱合点とともに、この箇所にのみ、青色（露草色）の合点がある。朱合点と傍記の「く」は〈淡朱〉である。「あやしく」という異本が示されている。

［抜書六］手習巻（丁付五十二ウ）

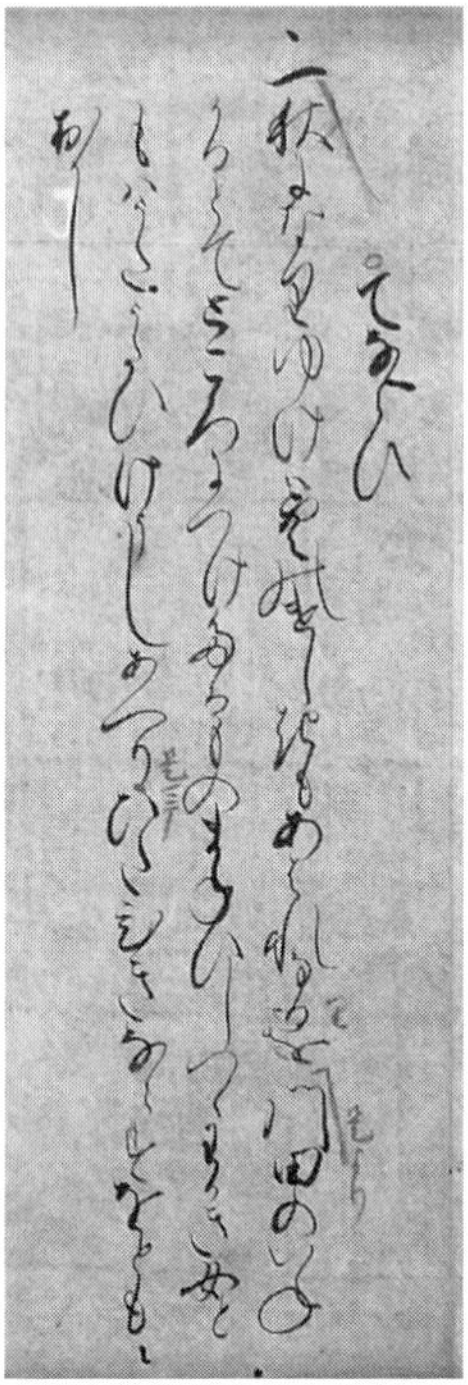

○てならひ
一〈朱合点〉秋になりゆけは空のけしきもあはれなる《り》を〈朱合点〉是より門田のいね

かるとてところにつけたるものまねひしつ、わかき女と
もはうたうたひけうしあへり《是まて》・ひたひきならすをとも
おかし

秋、命を取りとめた浮舟はわが身の上を語ろうとはせず、管絃にも参加せずに憂悶の情を手習にしたためる場面である。浮舟の住む比叡のふもとで、門田の稲を刈り取る若い女たちが歌を興じる小野の秋の風情を描いている。巻名の「てならひ」の上の「○」、傍記「是より」「是まて」は〈濃朱〉、冒頭の朱合点と傍記「り」は〈淡朱〉である。「あはれなるを」を「あはれなり」と訂正している。傍記の「是より」「是まて」は、「門田のいね」から「うたひけうしあへり」までを示す。「門田のいね」は歌語であり、以下の稲刈りの風景はよく絵に描かれる景色である。

三　『万水一露』との関係性

では次に、第二節の書誌・翻刻をふまえつつ、専大本源氏抜書に抜書された本文はどのようなものであったのか、ということについて指摘しておきたい。

専大本源氏抜書の本文の立項形式が基本的に注釈書の形式を取っていることに注目し、『源氏物語』の古注釈書類『源氏釈』[4]『紫明抄』『河海抄』『花鳥余情』『一葉抄』『弄花抄』『細流抄』『明星抄』『万水一露』『休聞抄』『孟津抄』『岷江入楚』『湖月抄』との比較検討を行った結果、『万水一露』の本文に一番近いことがわかった。

『万水一露』[5]とは連歌師月村斎宗碩の門人である連歌師能登永閑の作とされる『源氏物語』の注釈書である。松永貞徳の跋文によれば、『河海抄』『花鳥余情』『細流抄』『弄花抄』の四書の重要な部分を一書にまとめたものであるという。青表紙本の性格を持つものの、河内本・別本に近い部分も含んでいる。貞徳の跋文のある『版本万水一露』

〈承応元年（一六五二）成立〉は三条西家本に近いとされ、『源氏物語』本文を探る上で貴重な資料となっている。

以下、専大本源氏抜書と一致する『万水一露』[6]の本文箇所を掲げる。本文末の括弧内の数字は『万水一露』において立項された本文の通し番号である。専大本源氏抜書と『万水一露』との校異箇所には四角囲いを施し、抜書で欠落した本文箇所は【　】で示した。

[万水一露・竹河巻]〈[抜書一]に対応〉

かちかたのわらはへおりて花のしたにありきてちりたるをしておほくひろひてもてまいれり

大空の風にちれともさくら花をのか物とそかきつめて見る（二〇七）

左のなれき（二〇八）

桜花にほひあまたにちらさしとおほふはかりの袖はありやとは（二〇九）

[万水一露・橋姫巻]〈[抜書二]に対応〉

琵琶をまへにをきてはちを手まさくりにしつゝゐたるに雲かくれたりつる月の俄にいとあかくさしいてたれは（一九四）

あふきならてこれしても月はまねきつへかりけりとてさしのそきたるかほいみしくらうたけに匂ひやかなるへし（一九五）

[万水一露・宿木巻]〈[抜書三]に対応〉

ほに出ぬ物思ふらししのすゝきまねく袂の露しけくして（七七三）

なつかしきほとの御そともになをしはかりき給て比巴をひきゐ給へりわうしきてうのかきあはせをいと哀にひきなし給へは（七七四）

女君【も心に入給へる事にて物えんしもえしはて給はす】（七七五）

ちいさき御木丁のつまよりけうそくによりかゝりてほのかにさし出給へるいと見まほしくらうたけ也（七七六）

秋はつる野へのけしきもしの薄ほのめく風につけてこそしれ（七七七）

[万水一露・浮舟巻]（[抜書四]に対応）

参りてかくなんと聞ゆれはかたらひ給ふへきやうたになけれは山かつの垣ねのおとろむくらのかけに【あふ】りといふ物をしきておろし奉る（四〇一）

夜はいたくふけゆくにこの物とかめするいぬの声たえす人〳〵をひさけなとするに（四〇五）

ゆみひきならし（四〇六）

あやしきおのことものこゑともして火あやうしなといふもいと心あはたゝしけれはかへり給ふほといへはさら也（四〇七）

いつくに身をはすてなん《むとイ》白雲のかゝらぬ山もなく〳〵そゆく（四〇八）

[万水一露・蜻蛉巻]（[抜書五]に対応）

あやしくつらかりける契ともをつく〳〵と思ひつゝけなかめ給夕暮かけろふの物はかなけにとひちかふを（八一九）

ありと見て手にはとられすみれは又行ゑもしらす消しかけろふ（八二〇）

〔万水一露・手習巻〕（〔抜書六〕に対応）

秋になりゆけは空のけはひ哀なるを門田のいねかるとて所につけたるものまねひしつゝわかき女ともはうたうたひけうしあへりひた引ならす音もおかし（一八七）

以上、明示したように、専大本源氏抜書の六帖と『万水一露』の本文とはほぼ一致していると言える。専大本源氏抜書と『万水一露』の校異箇所は竹河・浮舟・蜻蛉・手習巻の四巻に数箇所見受けられる程度である。

〔抜書二〕竹河巻の「いとおほく」（第二節の翻刻波線部参照。以下、同じ）は『万水一露』には「しておほく」（「いとおほく」という版本[7]もある）とある。『大成』によれば、諸本のほとんどが「いとおほく」としている箇所である。麦生本・阿里莫本には「いとおほく」という本文自体がない。竹河巻の「袖はありやは」は『万水一露』には「袖はありやと《は》」（「袖はありやと」という「は」の傍記のない版本もある）とある。『大成』では「と」とするのは言経本のみである。

〔抜書四〕浮舟巻の「声して」は『万水一露』には「こゑともして」とある。『大成』によれば、諸本はすべて「こえともして」であり、池田本のみ、「とも」を後から補入している。〔抜書四〕では、直前に「をのこともの」とあることから、「とも」が混同して抜け落ちてしまったのかもしれない。〔抜書四〕の「すてんと」は『万水一露』には「すてなん《むとイ》」とある。『大成』によれば、諸本はすべて「すてんと」とあり、「すてなん」という本文はない。

〔抜書五〕蜻蛉巻の「あやしう《く》」は『万水一露』には「あやしく」とある。『大成』によれば、「あやしう」とあるのは大島本・肖柏本・高松宮本・国冬本などであり、青表紙本と別本の本文が混在している。他本は『万水一露』と同じ「あやしく」としている。

［抜書六］手習巻の「空のけしきも」は『万水一露』には「空のけはひ」とある。『大成』によれば、「けしきも」としているのは大島本であり、他本は「けはひ」となっている。

つまり、『万水一露』と校異のある専大本源氏抜書の箇所、竹河巻の「いとおほく」「袖はありやは」、浮舟巻の「すてんと」などは、大島本をはじめとする『大成』の諸本とほぼ同じ本文である。浮舟巻の「声して」は前後の本文にある「とも」の混同による欠落かと考えられる。蜻蛉巻の「あやしう」は青表紙本や別本の本文と共通し、手習巻の「空のけしきも」の表現は大島本に近いということになる。いずれにしても専大本源氏抜書は全体としてほぼ『万水一露』の立項本文を踏襲していると言ってよいだろう。

本章で比較対象とした『万水一露』の本文は、承応元年（一六五二）の貞徳の跋文の付された寛文三年（一六六三）版刊行本【版本】を底本とし、それに河野記念文化館（現今治市河野美術館）蔵本【写本】で校合したものである。『万水一露』【版本】の本文立項は長く、【写本】の本文立項は短い。専大本源氏抜書は『万水一露』【版本】の本文立項の仕方に近似している。具体的に専大本源氏抜書の本文立項の箇所を照らし合わせてみると、以下のように『万水一露』の本文立項の部分と一致しない箇所も数箇所見られる。竹河巻から手習巻までの専大本源氏抜書の本文立項の数は全部で十八項目であり、そのうちの四項目、［抜書二］に対応する［万水一露・橋姫巻］（一九四）「琵琶をまへに」、［抜書四］に対応する［万水一露・浮舟巻］（四〇一）「参りてかくなんと」、［抜書六］に対応する［万水一露・手習巻］（一八七）「秋になりゆけは」は、『万水一露』の立項本文の途中からの抜書となっている。しかし、［抜書三］に対応する［万水一露・宿木巻］（七七五）「女君」の箇所はそれ以下が省略されてはいるものの、これを含めたその他の十四項目については、『万水一露』の本文立項箇所と、本文の抜書の仕方も完全に一致するのである。つまり、専大本源氏抜書は『万水一露』【版本】が成立した江戸時代初期、寛文三年（一六六三）以降に書写されたものと想定される。

四　『源氏物語』における琵琶伝授と菊亭家

本節では、専大本源氏抜書の橋姫・宿木巻の［抜書二］［抜書三］の場面から、『源氏物語』における琵琶伝授について押さえておきたい。

前述したように、専大本源氏抜書の橋姫巻は薫が宇治の姫君たち（大君・中の君）の合奏する姿を垣間見する場面となっている。

内なる人、一人は柱にすこしゐ隠れて、琵琶を前に置きて、撥を手まさぐりにしつつゐたるに、雲隠れたりつる月のにはかにいと明くさし出でたれば、「扇ならで、これしても月はまねきつべかりけり」とて、さしのぞきたる顔、いみじくらうたげににほひやかなるべし。添ひ臥したる人は、琴の上にかたぶきかかりて、「入る日をかへす撥こそありけれ、さま異にも思ひおよびたまふ御心かな」とて、うち笑ひたるけはひ、いますこし重りかによしづきたり。

（「橋姫」五―一三九～一四〇頁）

二重傍線部が［抜書二］に該当する箇所である。［抜書二］は琴ではなく、琵琶を弾く姫君の描写のみに絞られて本文が抽出されていることがわかる。ここに登場する琵琶は、

近くなるほどに、その琴とも聞きわかれぬ物の音ども、いとすごげに聞こゆ。常にかく遊びたまふと聞くを、ついでなくて、親王の御琴の音の名高きもえ聞かぬぞかし、よきをりなるべし、と思ひつつ入りたまへば、琵琶の

声の響きなりけり。黄鐘調に調べて、世の常の掻き合はせなれど、所からにや耳馴れぬ心地して、掻きかへす撥の音も、ものきよげにおもしろし。箏の琴、あはれになまめいたる声して、絶え絶え聞こゆ。

（「橋姫」五―一三六～一三七頁）

薫の耳に先程来より届いていたものであり、琵琶・箏の琴の音色に誘われて、姫君たちの姿を垣間見することとなるのである。琵琶の音色として黄鐘調が出てくる。黄鐘調(8)とは雅楽の唐楽の六調子の一つであり、黄鐘の音を基音とするものをいう。楽曲を弾く前に調子を整えるために弾く短い曲である。

『枕草子(9)』「弾き物は」の段（二〇一段）においても、

弾き物は、琵琶。調べは風香調。黄鐘調。

（三四六頁）

とある。この黄鐘調は、

直衣ばかり着たまひて、琵琶を弾きゐたまへり。黄鐘調の掻き合はせを、いとあはれに弾きなしたまへば、

（「宿木」五―四六五頁）

と、［抜書三］の宿木巻において匂宮が琵琶を弾く場面にも見える表現である。

［抜書二］では第二節で述べたように、「女君」以下の、

も心に入給へる事にて物えんしもえしはて給はす

までの本文が欠落している。女君（中の君）が琵琶を嗜むことや、匂宮に対して拗ねている様子などは割愛され、匂宮が琵琶を弾く姿に焦点が絞られているのである。つまり、これは『源氏物語』の内容を重視して、本文を忠実に、そして登場人物の心情を明確に書き写そうとする態度ではない。あくまでもこの場面を描く際のイメージとして必要な文章部分を抜書しようとしているように思われる。

『源氏物語』において、「琵琶」という語の用例は全三十七例[10]（「琵琶の法師」「琵琶の師」の二例を除く）である。琵琶を弾く男性は明石の入道、蛍兵部卿宮、夕霧、薫、匂宮の五名であり、琵琶を弾く女君は明石の君、中の君（紅梅大納言の娘）、宮の御方（真木柱の娘）、大君、中の君（宇治八の宮の娘）の五名である。その他、大宮、源典侍、中務君、少将命婦、玉鬘邸の女房、内教坊の妓女、少将の尼君などがいる。

なかでも琵琶の名手として名高いのは明石の君、蛍兵部卿宮である。琵琶は明石一族と結びついて語られている例（十例）が圧倒的に多い。白居易「琵琶引」（「琵琶行」）の準拠の指摘もあるが、

なにがし、延喜の御手より弾き伝へたること三代になんなりはべりぬるを、

（「明石」二―二四二頁）

という明石の入道の言葉によれば、明石の君は、延喜の帝[11]（醍醐天皇）より三代目に当たる父入道に教えを受けた琴の名手であり、琵琶の名手でもある。

かの明石にて小夜更けたりし音も、例の思し出でらるれば、琵琶をわりなくせめたまへば、すこし掻き合はせたる、いかでかうのみひき具しけむと思さる。

（「薄雲」二―四四〇～四四一頁）

薄雲巻において、光源氏は明石の君の琵琶の演奏を聴き、改めてその技量の深さに驚いている。琵琶の名手としての明石の君については、光源氏にとどまらず、頭中将にも評されている。

「琵琶こそ、女のしたるに憎きやうなれど、らうらうじきものにはべれ。今の世にまことしう伝へたる人をさをさはべらずなりにたり。何の親王、くれの源氏」など数へたまひて、「女の中には、太政大臣の山里に籠めおきたまへる人こそ、いと上手と聞きはべれ。物の上手の後にはははべれど、末になりて、山がつにて年経たる人のいかでさしも弾きすぐれけん。かの大臣、いと心ことにこそ思ひてのたまふをりをりはべれ。他事よりは、遊びの方の才はなほ広うあはせ、かれこれに通はしはべるこそかしこけれ。独りごとにて、上手となりけんこそ、めづらしきことなれ」などのたまひて、

（「少女」三―三四～三五頁）

少女巻において、頭中将は、琵琶は女性が弾くと可愛げがないが、音色は気品があるとし、「山里に籠めおきたまへる人（明石の君）」は音楽の名手の子孫ではあるものの、末裔であり、一人で習っていたにもかかわらず、どうしてこのように琵琶を優れて弾くことができるのであろうかと評している。

また、光源氏の弟である蛍兵部卿宮は賀宴では必ず琵琶を担当する。

琵琶は、例の兵部卿宮、何ごとにも世に難き物の上手におはして、いと二なし。

（「若菜上」四―一〇〇頁）

若菜上巻の光源氏四十賀において、蛍兵部卿宮は誰も太刀打ちできないほどのすぐれた琵琶の名手であると描かれている。この手筋は娘である宮の御方へと継承されていく。明石の君は明石の入道を父に、蛍兵部卿宮は桐壺院を父に持つ。この二つの家系が『源氏物語』において琵琶を相伝していくこととなる。

琴弾かせたまふことなん一の才にて、次には横笛、琵琶、箏の琴をなむ次々に習ひたまへると、上も思しのたまはせき。

（「絵合」二―三九〇頁）

絵合巻では光源氏が琴を第一として、横笛、琵琶、箏の琴を次々と熱心に相伝していたことが記されている。若菜上巻において、古くから伝来する名器は各時代の天皇から天皇へと引き継がれている。

御琴どもは、春宮よりぞととのへさせたまひける。朱雀院より渡り参れる琵琶、琴、内裏より賜りたまへる箏の御琴など、みな昔おぼえたる物の音どもにて、めづらしく掻き合はせたまへるに、何のをりにも過ぎにし方の御ありさま、内裏わたりなど思し出でらる。

（「若菜上」四―九六頁）

十月二十三日、六条院にて精進落としの祝宴の際、管絃の遊びの楽器類は東宮の父である朱雀院から譲られた琵琶と琴、冷泉帝より賜った箏の琴などであり、それは古くから代々伝わる名器の数々であり、その音色に父桐壺院の御代を思い出し、光源氏は懐かしさを感じている。朱雀院よりの名器は宇治十帖においても受け継がれている。

次々に、箏の御琴、琵琶、和琴など、朱雀院の物どもなりけり。笛は、かの夢に伝へし、いにしへの形見のを、またなきものの音なりとめでさせたまひければ、このをりのきよらより、または、いつかははえばえしきついでのあらむと思して、取う出たまへるなめり。大臣和琴、三の宮琵琶など、とりどりに賜ふ。

（「宿木」五―四八一～四八二頁）

四月の藤花の宴の際、朱雀院から女三の宮に伝わった箏の御琴、琵琶、和琴などが用意され、三の宮（匂宮）は琵琶を担当する。匂宮は琵琶の名手であり、宿木巻で象徴的に披露されている。匂宮は朱雀院の孫であり、光源氏と明石の君との娘である明石の中宮を母に持つ。［抜書三］宿木巻において、匂宮と琵琶との関係性を強調するこの場面が採択されている。つまり、明石一族の琵琶の技を受け継ぎ、朱雀院から代々継承された名器を弾く匂宮が描かれる［抜書三］の採択場面は琵琶伝授を語る上で重要であると言えよう。

また、宇治十帖における琵琶伝授として重要なのは、［抜書三］で匂宮の琵琶を聴く中の君の存在である。中の君は桐壺院の息子である八の宮を父に持つ。八の宮は琵琶や琴などの弾き方を娘たち（大君・中の君）に伝授している。その八の宮の姫君たちの合奏が象徴的に描かれているのが［抜書二］の橋姫巻である。

橋姫巻において、姫君たちを垣間見する薫も、

人召して琴をとりよせて、「いとつきなくなりにたりや。しるべする物の音につけてなん、思ひ出でらるべかりける」とて、琵琶召して、客人にそそのかしたまふ。

（「橋姫」五―一五七頁）

八の宮との対面において、八の宮の琴に合わせて琵琶を弾くことのできる人物として描かれている。すなわち、［抜書二］［抜書三］の橋姫・宿木巻は、実際に琵琶を掻き鳴らし、琵琶相伝の家系を象徴している場面であると言えよう。

これらに付随してか、［抜書一］［抜書五］［抜書六］ではその前後の描写に琵琶や琴などの楽器が散見される。

寝殿の西面に琵琶、箏の琴の声するに心をまどはして立てるなめり。…（中略）…女の琴にて、呂の歌はかうしも合はせぬを、いたしと思ひて、いま一返りをり返しうたふを、琵琶も二なくいまめかし。

（「竹河」五―七一頁）

［抜書一］竹河巻の直前では、正月二十日頃の梅の盛りに、薫が玉鬘邸を訪れた際、女房たちの弾く琵琶や箏の琴の音に聞き入ってたたずむ蔵人少将（夕霧の子）が描かれている。紅梅にちなんで催馬楽の「梅が枝」を薫が謡うと、それに合わせて琵琶が聞こえてくるという場面である。この後、［抜書一］の蔵人少将が姫君たちの姿を垣間見る場面へと物語は続く。

〔抜書五〕蜻蛉巻の直前では、

あやしと思ひ寄る人もこそと紛らはしに、さし出でたる和琴を、ただ、さながら掻き鳴らしたまふ。

（「蜻蛉」六―二七二頁）

薫が中将のおもとの箏の琴に惹かれて、女一の宮を思慕していることを悟られまいとして、差し出された和琴を掻き鳴らす場面が見える。この直後に〔抜書五〕の薫の独詠歌が続くのである。

〔抜書六〕手習巻の直後では、

尼君ぞ、月など明き夜は、琴など弾きたまふ。少将の尼君などいふ人は、琵琶弾きなどしつつ遊ぶ。

（「手習」六―三〇一～三〇二頁）

横川僧都の妹尼に仕える女房（少将の尼君）が琵琶を弾く場面が見える。

すなわち、〔抜書二〕〔抜書三〕の橋姫・宿木巻は琵琶相伝の家系を象徴している場面であり、〔抜書一〕〔抜書五〕〔抜書六〕ではその前後の描写に琵琶や琴などの楽器が登場しているのである。これは琵琶を家職とする菊亭家として、琵琶や琴などの音楽に関連する場面を抽出しようとした可能性が考えられるのである。

菊亭家の始祖である菊亭兼季[12]は、京極為兼主催の「法華経和歌」などに出詠し、勅撰集に十九首を入集している。琵琶を能くし、崇光院の師を務めた人物でもある。

天皇が修養する楽器[13]として琵琶がその主要な地位を獲得するのは鎌倉期、後深草天皇期から光厳天皇期まで続いた。

持明院統は正しい皇統の証として琵琶を踏襲し、大覚寺統はこれに反抗して笙を踏襲した。天皇に琵琶を教えたのは代々西園寺家嫡流であった。その後、菊亭家に移る。西園寺家が琵琶の家として隆盛したのは西園寺実兼、公顕の時である。父実兼と共に、兼季は、藤原孝道から続く父母の家系から琵琶を学んだ。『花園天皇宸記』(14)によれば、

今夜行幸北山第、御琵琶秘曲有御傳受云々、但入道相国所労、此間又増気之間、不能伝申、仍右大将(今出川兼季)申之云々

元亨二年(一三二二)五月二十六日、病気であった父実兼に代わり、息子である今出川兼季が後醍醐天皇に琵琶を伝授したとある。この記述は兼季の著書『啄木御伝授記』にも見える。大覚寺統であるにもかかわらず、後醍醐天皇は笙も琵琶もどちらも好み、琵琶の名器である玄象(玄上)を弾いていたとされる。『文机談』(15)によれば、

玄上と申す比巴は天下第一の霊物、海内にならびなき重宝也

玄象は天下一の霊妙な楽器であり、並ぶもののない宝であるという。『徒然草』(16)第七〇段には、

元応の清暑堂の御遊に、玄上は失せにし比、菊亭大臣、牧馬を弾じ給ひけるに

紛失した玄象の代わりに、兼季は同じく名器であった「牧馬」を弾くという逸話も見える。また、持明院統嫡流の崇光天皇宸筆『一人口決』(17)(縦十七・四糎、横五一二・三糎、貞治六年(一三六七)成立)がある。これは琵琶の最秘曲とされる啄木の秘事口伝に関する書である。「藤原師長→藤原孝道→播磨局(孝道女)→源時経(播磨局の子)→右衛門

督局（時経女）→良空」という琵琶の名手として名高い播磨局流の秘説の伝流が窺える貴重な資料となっている。[18]

また、［抜書三］宿木巻には、匂宮邸の菊が色移ろうことなく見事に咲いているという描写がある。

菊の、まだよくもうつろひはてで、わざとつくろひたてさせたまへるは、なかなか打そきに、いかなる一本にかあらむ、いと見どころありてうつろひたるを、とりわきて折らせたまひて、「花の中に偏に」と誦じたまひて、「なにがしの皇子の、この花めでたる夕ぞかし、いにしへ天人の翔りて、琵琶の手教へけるは。何ごとも浅くなりにたる世はものうしや」とて、御琴さし置きたまふを、口惜しと思して、

（「宿木」五―四六六頁）

色づいている菊の花を匂宮は折って「花の中に偏に」と口ずさむ。元稹「菊花」[19]という唐詩の詩句「不是花中偏愛菊」の引用ではないかという指摘がある。『源氏釈』『河海抄』[20]などの古注釈書によれば、源高明の説をとり、西宮殿の庭前の樹木の上に霊物が現れ、庭に遊んでいた少年に託してこの詩句の本意を託し、琵琶の秘曲を授けたとある。菊亭家はその名の通り、菊が植えられた邸宅であり、西園寺兼季を祖とする家である。兼季は代々伝領された「菊亭」という名にちなみ、邸内に菊を植えていたといわれている。その菊亭家において、琵琶などの音楽に関わる『源氏物語』の本文が選び取られている専大本源氏抜書は、琵琶に対する菊亭家の特別な思いを窺い知ることができる貴重な資料であると言えよう。

五　画帖草稿の可能性

最後に、専大本源氏抜書六帖の基本的な規則性について確認してみる。

（1）原則として、各巻（浮舟巻を除く）から一項目（本文部分）を抜き出して書いたもの。

（2）各丁の表面にのみ記載があり、裏面は白紙である。例外として、五十二丁の表に蜻蛉巻、五十二丁の裏に手習巻が書写されている。

（3）書き入れの筆はすべて同筆である。墨色、朱色、海老茶色、露草色の四種類の色を使用している。

（4）合点はすべて基本的に海老茶色である。蜻蛉巻にのみ、もう一本露草色の合点があるが、詳細は不明である。

（5）海老茶色の合点をつけた人物は、共通して、竹河巻傍記「わらはへ」＝「わらへ」、蜻蛉巻傍記「あやしう」＝「あやしく」、手習巻傍記「あはれな~~るを~~《り》」→「あはれなり」など、三帖の異文を書き入れている。何か一本の本文を見て、この異文を書き入れたと思われる。特に手習巻は「なるを」の「るを」をミセケチして「り」と傍記していることから、本文を校訂しようとしたことがわかる。つまり、竹河・蜻蛉巻は異文を注記し、手習巻は校訂意識が強いということになる。

（6）橋姫・手習巻の巻名には、「○はしひめ」（海老茶）「○てならひ」（朱色）と圏点があるが、詳細は不明である。

つまり、専大本源氏抜書は一巻一項目をある写本から抜き出して本文を書き写したものであり、オリジナルの註ではないと思われる。オリジナルであれば詰めて書くので、表面に本文抜粋、裏面が白紙という規則性は生まれないであろう。

では、どのような理由でこのような源氏抜書が書写されたのであろうか。［抜書一］～［抜書六］のいずれも書き写されているのは『源氏物語』の本文箇所のみである。注釈の部分は見当たらない。しかし、本文の立項は基本的に注釈書の形式を取っているため、単純な本文の抜書とも言えない。各抜書の本文の後に、注釈本文があった可能性も考えられる。しかし、［抜書四］浮舟巻は離れている二つの本文箇所が連続して書かれており、間に注釈本文の抜書があったという可能性は低そうである。

そこで、本文の内容から見てみる。前半の［抜書一］〜［抜書三］は『国宝源氏物語絵巻』にも描かれる『源氏物語』の代表的な場面であり、春秋の美しさや管絃の音色が描かれている風雅な箇所である。一方、後半の［抜書四］〜［抜書六］は匂宮の愁嘆・薫の憂悶・浮舟の孤独と、各登場人物たちの鬱屈とした心情が描かれている箇所である。このように、前半と後半では本文の内容が対照的なのである。［抜書一］〜［抜書六］は『源氏物語』の内容として見れば、陽と陰の場面であり、両極にある箇所が抜書されていると言える。しかし、これを源氏絵の代表的なモチーフの場面として見れば、どうであろうか。

そこで専大本源氏抜書の場面と共通する源氏絵の箇所を、『豪華［源氏絵］の世界　源氏物語』[21]や榊原悟氏の「源氏絵帖別場面一覧」によって比較してみると、

［抜書一］竹河巻…徳川本国宝絵巻、藤岡家本扇面、永青文庫本扇面、久保惣本光吉画帖、フリア本光則白描画帖、個人蔵色紙、個人蔵五十四帖屏風、御物探幽五十四帖屏風、出光美勝友五十四帖屏風、旧団家伊年印五十四帖屏風、サントリー本、白鶴本（十二作品）

［抜書二］橋姫巻…徳川本国宝絵巻、浄土寺本扇面、藤岡家本扇面、永青文庫本扇面、久保惣本光吉画帖、京博本光吉画帖、個人蔵屏風貼交色紙、茶道文化研具慶絵巻（現ＭＩＨＯ　ＭＵＳＥＵＭ本）、御物探幽五十四帖屏風、氏信五十四帖屏風、出光美勝友五十四帖屏風、旧団家伊年印五十四帖屏風、サントリー本、大英本、白鶴本、ＣＢ本（歌絵帖）、芸大粉本（十七作品）

［抜書三］宿木巻…徳川本国宝絵巻、藤岡家本扇面、茶道文化研具慶絵巻、サントリー本、大英本、白鶴本、芸大

粉本（七作品）

［抜書四］浮舟巻…浄土寺本扇面、永青文庫本扇面、久保惣本光吉画帖、個人蔵如慶画帖、茶道文化研具慶絵巻、個人蔵五十四帖屏風、御物探幽五十四帖屏風、サントリー本、芸大粉本（九作品）

［抜書五］蜻蛉巻…久保惣本光吉画帖、氏信五十四帖屏風（二作品）

［抜書六］手習巻…個人蔵如慶画帖、氏信五十四帖屏風、出光美勝友五十四帖屏風、サントリー本、大英本、白鶴本、CB本（歌絵帖）、芸大粉本（八作品）

各抜書には、源氏絵の場面に重なる箇所がそれぞれ見受けられるのである。［抜書一］～［抜書三］は十二作品、十七作品、七作品と使用されている作品数が圧倒的に多い。また、［抜書四］～［抜書六］においても、九作品、二作品、八作品とあり、［抜書五］蜻蛉巻は二作品と少ないものの、後半部分の作品数においては前半部分の［抜書三］宿木巻に引けを取らない数である。さらに、専大本源氏抜書の六帖の中で、最も多く共通している源氏絵を描いているのはサントリー本（サントリー美術館蔵『源氏物語画帖』住吉如慶筆）の五例である。蜻蛉巻はない。しかし、蜻蛉巻を含む久保惣本光吉画帖（和泉市久保惣記念美術館蔵『源氏物語画帖』土佐光吉筆）は四例が共通し、対して国宝の絵巻場面を持つ宿木巻、そして手習巻はない。つまり、住吉派や土佐派の描く源氏絵の場面として選ばれている作品群と専大本源氏抜書の本文場面とは共通していると言えよう。

このことから、専大本源氏抜書は［抜書一］～［抜書六］のすべての場面が源氏絵のモチーフとして一般的な場面であり、菊亭家の画帖作成のための草稿として本文が書き写された可能性が考えられるのである。つまり、袋綴の右面（表）に本文を、その左面（裏）に絵を配置することを想定して、表面に本文を書き抜き、裏面を開けて置いたという仮説も成り立つのである。

六　おわりに

以上、専修大学図書館菊亭文庫蔵の源氏抜書六帖について考察した。

書式の基本形は、まず最初に巻名を挙げて、次に最小三行から最大七行で、その巻から一項目の原文を抜き出している。項目の頭には数字の「一」をつけ、原則として一巻一項目（浮舟の巻のみ二項目）を表面に書き抜き、裏面は白紙とする。引用文にはすべて作中歌があるわけではない。竹河巻では二首、宿木巻では二首、浮舟巻では一首、蜻蛉巻では一首、橋姫・手習巻には和歌はないため、和歌の部分をあえて抽出しようとする『源氏物語』の抜書形式ではない。表面を使い、裏面を白紙にするのは、引き続き同じ巻から抜き出す項目を追加できるようにするためであったかもしれない。浮舟巻のように複数項目のある箇所があるため、その可能性もある。また、四ツ目綴の形跡があることから、紙のこよりで綴じた仮綴の段階のものであるかもしれない。いずれにしても、使用した紙などから、上写本ではなく、仮に絵を入れるとすればあくまでも制作過程での稿本であったろうと推測されるのである。

書写された内容を探るため、古注釈書を手がかりに見てみると、『万水一露』の本文立項と形式がぴたりと一致するものの、実際は原文のみで注釈部分は全く抜書されていない。専大本源氏抜書の場面が選ばれたのは、この箇所が著名な画帖になりやすい場面であるということであろう。専大本源氏抜書は、絵の場面設定を行うため、その絵の場面の本文を抽出して裏面を白紙にし、後から絵を配置することを想定したものではないだろうか。

つまり専大本源氏抜書は、菊亭家、あるいはその周辺の依頼による画帖作成にあたっての絵巻の試作課程（詞書と絵）を示す、草稿本の可能性が考えられるのである。そして、『源氏物語』における「琵琶」の用例との比較や天皇への琵琶伝授などの史実を鑑みると、専大本源氏抜書の本文の選択基準からは琵琶を家職とする菊亭家の特別な思いを窺い知ることができるのである。

注

（1）『尊卑分脈』第一篇「兼季公傳」（『新訂増補国史大系』第五十八巻、吉川弘文館、二〇〇一年、一五八頁）、橋本政宣氏編『公家事典』（吉川弘文館、二〇一〇年、一七四〜一七五頁）、『国書人名辞典』第一巻（岩波書店、一九九三年、一九一頁）などを参照した。

（2）『専修大学図書館所蔵　菊亭文庫目録』（専修大学図書館編、一九九五年、三四頁）。

（3）色彩に関しては「N—七五五　海老茶」「N—八八七　露草色」（『日本の伝統色』第六版、大日本インキ化学工業株式会社、一九九四年）を参照した。以下、同じ。

（4）『源氏釈』『紫明抄』『花鳥余情』『一葉抄』『弄花抄』『細流抄』『万水一露』『休聞抄』『孟津抄』『岷江入楚』は『源氏物語古注釈集成』（桜楓社、一九七八〜二〇一四年）に拠る。『河海抄』は『紫明抄　河海抄』（角川書店、一九六八年）、『明星抄』は中野幸一氏編『源氏物語資料影印集成』第八巻（早稲田大学出版、一九九〇年）、『湖月抄』は『源氏物語古注釈大成』第十一巻（日本図書館センター、一九七八年）に拠る。

（5）伊井春樹氏編『源氏物語注釈書・享受史事典』（東京堂出版、二〇〇一年）の「萬水一露」（四二九〜四四〇頁）、同氏編『萬水一露』第五巻（『源氏物語古注釈集成』第二十八巻、桜楓社、一九九二年）の『萬水一露』解題に拠る。

（6）『万水一露』の本文は、伊井春樹氏編『萬水一露』第四・五巻（桜楓社、一九九一・一九九二年）に拠る。以下、同じ。

（7）『万水一露』の版本は、国文学研究資料館蔵『万水一露』版本・デジタルマイクロ（請求記号：サ四／二七／一〜六一）に拠る。以下、同じ。

（8）『日本音楽大事典』（平凡社、一九八九年）、『雅楽事典』（音楽之友社、二〇〇四年）を参照した。

（9）『枕草子』の本文引用は、日本古典文学全集『枕草子』（小学館、一九九二年、三四六頁）に拠る。

（10）『源氏物語』の語彙用例は、新日本古典文学大系『源氏物語索引』（岩波書店、一九九九年）に拠る。『源氏物語』の琵琶については、野村充利氏「『源氏物語』の「琵琶」」（『奈良大学大学院研究年報』第七号、二〇〇二年三月）がある。野村氏は『源氏物語』の琵琶の特性には大きく分けて二つあるとし、一つは合奏の中で用いられる琵琶であり、光源氏に代表される地位の高い人物は琴を差し置いて、琵琶を弾くことはないと指摘する。もう一つは「明石一族」「宇治八の宮家」の琵琶である。都より離れた土地の人物造形に深く関わる存在証明として機能していると指摘する。

(11) 山田孝雄氏（『源氏物語の音楽』宝文館、一九三四年）によれば、『源氏物語』の音楽は紫式部の生きた一条朝のものではなく、平安初期の延喜・天暦（醍醐・村上朝）の頃のものであるという。

(12) 井上宗雄氏「付録　鎌倉末・南北朝期　歌会歌・歌合伝存表」正和四年（一三一五）四月二十八日条（『中世歌壇史の研究　南北朝期』明治書院、一九六五年、八七五～八七六頁）を参照した。

(13) 琵琶相伝については、相馬万里子氏「『代々琵琶秘曲御伝受事』とその前後—持明院統天皇の琵琶—」（『書陵部紀要』第三十六号、一九八五年二月）があり、帝王学として、琵琶が天皇に伝授されるのは後深草天皇以後のことだという。

(14) 『花園天皇宸記』元亨二年（一三二二）五月二十六日条（『史料纂集』花園天皇宸記第二、続群書類従完成会、一九八四年、二一一頁）、後醍醐天皇の琵琶に関しては、豊永聡美氏「第一部　天皇と音楽　第四章　後醍醐天皇と音楽」（『中世の天皇と音楽』吉川弘文館、二〇〇六年）に詳しい。「啄木御伝授記」は『伏見宮旧蔵楽書集成一』（宮内庁書陵部、一九八九年）を参照した。

(15) 岩佐美代子氏『文机談全注釈』（笠間書院、二〇〇七年、三四七頁）。

(16) 『徒然草』の本文引用は、日本古典文学全集『徒然草』（小学館、一九九二年、一四九頁）に拠る。

(17) 『鎌倉期の宸筆と名筆—皇室の文庫から』（宮内庁三の丸尚蔵館展覧会図録No.60、菊葉文化協会、二〇一二年）の解題九「一人口決」（二一〇～二一一頁）に詳しい。

(18) 注（17）の解題七「三五要録」後村上天皇宸筆（一七頁）に詳しい。「三五要録」は平安時代後期の公卿で管絃の名手であった藤原師長編による琵琶の譜面集成である。

(19) 『全唐詩稿本』三十八（元氏長慶集巻十六、明清未刊稿彙編第二輯）、『唐代詩選』（笠間書院、一九八四年）。

(20) 源氏物語古注釈集成第十六巻『源氏釈』（おうふう、二〇〇〇年）の前田育徳会尊経閣文庫蔵『源氏物語釈』、吉川家本『源氏物語』勘物、玉上琢彌氏編『紫明抄　河海抄』（角川書店、一九六八年）などに見える。

(21)　秋山虔氏・田口榮一氏監修『豪華〔源氏絵〕の世界　源氏物語』(学習研究社、一九九九年、三〇〇~三〇一頁)、榊原悟氏「住吉派『源氏絵』解題─附諸本詞書─」(『サントリー美術館論集』第三号、サントリー美術館、一九八九年、一四一~一四四頁)。

第二篇　室町期における『源氏物語』本文の伝来と享受

第一章　伝正徹筆『源氏物語』の伝来と奥書

一　はじめに

本章では、室町期に歌僧正徹によって書き写されたとされる『源氏物語』の古写本（以下、「正徹本」とする）の伝来過程を探る。正徹は、藤原定家の曾孫冷泉為秀に和歌を学んだとされる今川了俊から和歌の指導を受け、室町期に冷泉派の歌人として活躍した禅僧である。

正徹本の中で、『事典』『大成』などから存在の確認できる本文には以下のようなものがある。

・金子元臣氏蔵本（五十四帖）［金子本］→戦火で焼失
・宮内庁書陵部蔵本（五十四帖）［書陵部本］
・慶應義塾図書館蔵本（五十四帖）［慶應大本］
・国文学研究資料館蔵本（五十四帖）［国文研本］
・徳本正俊氏旧蔵本（五十四帖）［徳本本］→奥書の写真版のみ、本文は所在不明
・京都女子大学図書館吉澤文庫蔵本（桐壺巻）［京都女子大本］
・大阪青山歴史文学博物館蔵本（蜻蛉巻）〈未見〉［大青歴博本］

五十四帖揃本は書陵部本、慶應大本、国文研本の三種類が現存する。『事典』や『大成』によれば、金子本にも正徹や冷泉為相の奥書があったと思われるが、焼失してしまったために現在確認することはできない。徳本本は奥書の写真版が『大成』で確認できるが、本文に関しては所在不明である。その他、京都女子大本の桐壺巻、大青歴博本の蜻蛉巻が一巻ずつ確認できる。本章では、現存する正徹本を中心として、その伝来と奥書について明示し、検討してみたい。

二　正徹本の書誌

まず、順を追って正徹本の書誌、伝来について明示する。

金子本[1]：筆者不詳。五十四帖揃本で室町末期写。体裁は鳥の子胡蝶装。青表紙本の系統。桐壺巻の帖末に正徹、為相などの奥書があったと思われる。

書陵部本[2]（請求記号：五五四／一四、複四〇三二）：筆者不詳。五十四冊揃本で室町末期写。同系図一帖（宗祇による源氏系図を宗長が写したとする宗哲の奥書を持つ）。縦二十三・五糎、横十五・九糎。料紙は斐紙、胡蝶装。黒漆塗の提箪笥（縦三十一・五糎、横二十二・八糎、奥行三十・〇糎）には、紅葉の文様があしらわれ、「源氏物語」と金字されている。慳貪蓋造で内部には一列二段の引き出し（縦十四・五糎、横二十・〇糎、奥行二十・〇糎）を収める。昭和二十四年（一九四九）十一月に修繕されている。表紙は紺地雲形草木水辺花卉を金泥で描いた鳥の子厚様。外題々簽なし、見返し、金の小箔、一面九行書、一行十六～二十文字前後、和歌は改行二字下げ、「桐壺」～「葵」までは朱筆の句読・濁点、異本注記がある。朱の句読は濃い朱と薄い朱と二種類がある。濁点は薄い朱の一種類である。「賢木」～「明石」までは朱の句読点のみ。墨の傍記は「澪標」以降にも見られ、本行の書写者と同筆かと思われる。「夢浮橋」

の帖末（二十四オ）に奥書がある。「夢浮橋」以外に詳細な記述を含む奥書は見られない。校正に関わる記述として、「一校」「一校了」「一校之」「一清」などと帖末に書き記した巻が多数見られ、以下、参考までに明示しておく。「桐壺」「澪標」「初音」「蛍」「常夏」「篝火」「野分」「蘭（藤袴）」「真木柱」「梅枝」「橋姫」「椎本」「総角」「早蕨」「宿木」「東屋」「浮舟」「蜻蛉」「手習」「夢浮橋」。

慶應大本(3)（請求記号：一三二X／一五八／五四）：全帖一筆、五十四冊揃本で江戸初期写。縦二十四・六糎、横十七・八糎、字高十九・〇糎。料紙は鳥の子紙、綴葉装。黒漆野菊文高蒔絵の提箪笥、慳貪蓋造で内部には二列三段の引き出しを収める。蓋裏には蒔絵の紫式部像が描かれ、箪笥の鍵金具は松川菱紋である。嫁入り本。一面十行書、一行十八文字前後、和歌は改行二字下げ、異本注記がある。「桐壺」～「末摘花」「花宴」「葵」に奥書があり、「玉鬘」以降には朱点・朱合点もある。蒔絵箪笥の引き出しの記述は「関屋」「蓬生」の巻序である。

国文研本(4)（請求記号：サ四／七五／一一）：全帖一筆、五十四冊揃本で江戸初期写。縦二十三・三糎、横十七・二糎、鳥の子紙、列帖装。波千鳥文様緞子表紙、一面十行書、一行十六文字前後、和歌は改行二字下げ、朱点・異本注記がある。印記には「見真斎図書記」「琴韻書声裏是吾家」とある。国文学研究資料館所蔵の藤原定家筆『拾遺愚草』（請求記号：タ二／一三三）には「琴韻書声裏是吾家」とあり、同じ印記が見える。国文研本の印記は『新編蔵書印譜』(5)『増訂新編蔵書印譜』(6)には収載されていないため、詳細は不明である。「桐壺」～「紅葉賀」「葵」「賢木」に奥書がある。

徳本本(7)：筆者不詳。五十四冊揃本で室町末期写か。体裁は鳥の子紙、胡蝶装。綴糸が切れてかなり錯簡がある。一面九行書、和歌は改行二字下げ、「桐壺」「空蟬」「須磨」「夢浮橋」の帖末に奥書がある。

京都女子大本(8)（請求記号：吉澤文庫／YK／九一三・三六／M）：桐壺巻のみの零本、一帖。吉澤義則氏旧蔵本。巻末に奥書がある。箱（縦二十二・二糎、横二十三・一糎）入り。縦十九・七糎、横二十・八糎。列帖装。箱に「きりつほ巻　一冊」とある。竜文緞子表紙に「桐壺」と題簽がある。一面十一行書、一行十五文字前後、和歌は改行一字下げ、異本注記あり。軸装らしき正徹の書状の写し（享徳元年（一四五二）八月六日に仏地院（園城寺・三井寺）の長算に宛てた書状。飛鳥井雅親卿の三度に渡る依頼にて、公方様（足利義政）へ、八月十五日より『源氏物語』を講義しなければならないので、三井寺蔵『源氏物語』の写本を拝借したいとの依頼状）が版元和泉屋宛ての書簡とともに付されている。巻末に奥書があり、その遊紙に「徹書記　桐壺巻名判有　琴山」の極札が貼付されている。吉澤氏が著書『源氏随攷』に正徹自筆本として掲載した写真版「人のすみか〜ありけめなつ（二十ウ）」の半丁と京都女子大本は同じ写本と考えられる。

大青歴博本(9)（未見）：蜻蛉巻のみの零本。一帖。縦十九・二糎、横二十・五糎。室町時代写。斐紙、列帖装。一面十一行書、墨付六十六丁。表紙は緑地の竜文緞子、見返しは金箔布目押し。表紙見返しに「招月庵徹書記　蜻蛉　かしこには人／源氏物語之内　琴山」の極札が貼付される。また、巻末には「此本可為證本者也／招月叟正徹（花押）」とある。ハイドコレクション。稲田利徳氏(10)によれば、『創立五十周年記念古籍（ママ）展観大入札目録』には「正徹筆源氏蜻蛉の巻　毛利家旧蔵箱入一冊」があり、「此本可為證本者也　招月叟正徹（花押）」と奥書のあったことを指摘している。久保木秀夫氏(11)も、「かつて古書市場に正徹花押入り奥書を持つ毛利家旧蔵の伝正徹筆蜻蛉巻が出現したことを指摘」する稲田氏の論について触れている。東京古典会の大入札会の目録(12)には、「三九　源氏物語蜻蛉巻　徹書記筆、花押あり毛利家旧蔵箱入一冊」とあり、「本目録巻頭図版参照」と左記をして、目録巻頭に「39　正徹筆　源氏蜻蛉の巻」と題して蜻蛉巻の本文冒頭部分と正徹筆の奥書の写真版を掲載している。この大入札会の目録に掲載された蜻蛉巻冒頭部分・正徹の奥書の写真版と、大青歴博本の図録に掲載されている蜻蛉巻冒頭部分・正徹の奥書の写真版を比較してみると、筆跡が一致する。蜻蛉巻冒頭部分の写真版において、三行目右上段のシミや九行目「な」の下のシミも両者は完全に一致する。前述したように、大青歴博本の表紙見返しには「招月庵徹書記　蜻蛉　かしこには人／源氏物語之内　琴山」の極札が貼付されていると図録に記されている通り、大入札会の目録においてもはっきりとその極札を写真版で確認することができる。

本文冒頭、奥書、極札の筆跡が完全に一致することから、大入札目録に掲載された毛利家旧蔵の正徹筆源氏物語蜻蛉巻は、大阪青山歴史文学博物館が現在所蔵している大青歴博本と同じものであると断定できよう。

以上、正徹本の書誌について明示してみると、五十四帖揃本として現存するのは書陵部本・慶應大本・国文研本の三本であり、各本にはそれぞれ巻末の随所に正徹の奥書を備えている。さらに零本ではあるものの、正徹自筆と覚しき奥書を備える京都女子大本（桐壺巻）や毛利家旧蔵の大青歴博本（蜻蛉巻）など、正徹本の伝来や本文を探る上で重要と思われる正徹本が現存していることがわかる。

三　正徹本六種の奥書

次に正徹本の奥書について検討してみたい。正徹本の奥書の詳細は以下の通りである。

国文研本(13)①：桐壺・帚木・空蟬・夕顔・若紫・末摘花・紅葉賀・葵・賢木巻（九巻）
慶應大本(14)②：桐壺・帚木・空蟬・夕顔・若紫・末摘花・花宴・葵巻（八巻）
書陵部本(15)③：夢浮橋巻（一巻）
京都女子大本(16)④：桐壺巻（一巻）
大青歴博本(17)⑤：蜻蛉巻（一巻）
徳本本(18)⑥：桐壺・空蟬・須磨・夢浮橋巻（四巻）

徳本本の本文は所在不明であるが、『大成』には徳本本の奥書が写真版で掲載されているため、これも比較対象とした。以下に、右記六本の奥書の翻刻を一覧で掲載する（「」は改頁）。

〈正徹本奥書一覧〉

①国文研本

【桐壺巻奥書】

A以彼御本一校了

（三十七ウ）」

此《写本云》一部以多本読合入落字等直
付畢尓今可為証本者歟仍為
後証巻々加判形不可及外見
千松末葉清嵓正徹判

（三十八オ）」

B去《校本云》正応四年之比此物語一部以家本
不違一字所模也於此巻者舎兄
慶融法眼筆也可為証本乎
通議大夫藤為相判

（三十八ウ）」

C以多本雖校合猶青表紙正本《定家卿本也》
不審之処為相卿正応之比以青表紙
書写之本出来之間加一校之処此本
一字不違彼校本桐壺夢浮橋両
帖為相卿自筆之奥書判形等如此則
注前之了尓今弥定正本若違此本
者非彼家本不用之者也
嘉吉三年初秋中七日　重而書之判

（三十九オ）」

D此《当写本云》巻初三枚余同巻之名招月
真筆也後代為支証申沙
汰了文安三年六月之比一部
談儀以此本聴聞畢
文安三年六月日　宗者判

（三十九ウ）」

【帚木巻奥書】

E此《写本》奥書當巻在之間如御本移之畢
為相卿以奥書本重而讀合之處
無一字之相違為證本歟
千松末葉正徹在判
以彼御本一校了

（六十四ウ）」

【空蟬巻奥書】
F為相卿以奥書本重而讀合之處
無相違證本歟
正徹在判
以彼御本一校了
（十五ウ）」

【夕顔巻奥書】
G為相卿以奥書本讀合了無相違
正徹判
以彼御本一校了
（六十五ウ）」

【若紫巻奥書】
H〔御本云〕為相卿以奥書本重而讀合畢
相違證本歟
外史清嵓正徹判
以彼御本一校了

（六十二ウ）」

【末摘花巻奥書】
I〔御本云〕為相卿奥書本重而讀合了無不審也
正徹判
以彼御本一校了
（四十二ウ）」

【紅葉賀巻奥書】
J
正徹判
以彼御本則一校了
（三十九ウ）」

【葵巻奥書】
K以彼御本一校了　文安元八月十日十一日用之
（六十五ウ）」

【賢木巻奥書】
L以彼御本一校了

②慶應大本

【桐壺巻奥書】

此《写本云》一部以多本読合入落字等直付畢
尓今可為証本者歟仍後証巻々加
判形不可及外見

千松末葉清岩正徹判

（六十八ウ）」

去《校本云》正応四年之比此物語一部以家本不違一字
所模也於此巻者舎兄慶融法眼筆也
可為証本乎

通議大夫藤為相判

（三十一ウ）」

以多本雖校合猶青表紙正本　定家卿本也
不審之処為相卿正応之比以青表紙書
写之本出来之間加一校之処此本一字
不違彼校本桐壺夢浮橋両帖為相卿
自筆之奥書判形等如此則注別之了尓
今弥定正本若違此本者非彼家本不用之者也

嘉吉三年初秋中七日　重而書之判

（三十二オ）」

此《当写本云》巻初三枚余同巻之名招月
真筆也後代為支証申沙汰了
文安三年六月之比一部談儀
以此本聴聞畢

文安三年六月日　宗者判

以彼御本一校了

（三十二ウ）」

【帚木巻奥書】

此《写本》奥書當巻在之間如御本移之畢
為相卿以奥書本重而讀合之處
無一字之相違為證本歟

千松末葉正徹在判

以彼御本一校了

【空蟬巻奥書】

為相卿以奥書本重而讀合之處無

相違證本歟
正徹在判
以彼御本一校了
【夕顔巻奥書】
為相卿以奥書本讀合了無相違
正徹判
以彼御本一校了
【若紫巻奥書】
御本云
為相卿以奥書本重而讀合畢相違
證本歟
外史清嵓正徹判
以彼御本一校了
【末摘花巻奥書】
御本云
為相卿奥書本重而讀合了無不審也
正徹判
以彼御本一校了

【花宴巻奥書】
以彼御本則一校了　同文安元八月御読書用之
【葵巻奥書】
以彼御本一校了　文安元八月十日十一日用之
③書陵部本
【夢浮橋巻奥書】
此本奥如残筆雖為不出之秘本
香禅坊可写止之由再往競望
之間感数幾之志依借与写功
既畢仍帖々三書等任所望剾
筆者也
文安三年六月七日
招月老衲正徹判
（二十四オ）」
④京都女子大本
【桐壺巻奥書】

去正應四年之比此物語一部
以家本不違一字所模也於此
巻者舎兄慶虘法眼筆也
可為証本乎
通議大夫藤為相判
（三十八ウ）」
以多本雖校合猶青表紙
正本定家卿本也不審之處為相
卿正應之比以青表紙書写之
本出来之間加一校之處此
本一字不違彼校本桐壺
夢浮橋両帖為相卿自筆
奥書判形等如此則注前之了
尓今弥定正本若違此本者
非彼定家本不用之
者也
（三十九オ）」
此一帖七十九歳以盲目
染筆者也

長禄三年四月廿五日
休止叟正徹（花押）
（三十九ウ）」

⑤大青歴博本
【蜻蛉巻奥書】
此本可為證本者也
招月叟正徹（花押）

⑥徳本本
【桐壺巻奥書】
以彼御本一校了」
写本云此一部以多本読合入落字等直付
畢尓今可為証本者歟仍為後証
巻々加判形不可及外見
千松末葉清嵓正徹判（傍記確認不能）」
校本云去正応四年之比此物語一部以家本
不違一字所模也於此巻者舎兄
慶融法眼筆也可為証本乎

通議大夫藤為相判」
以多本雖校合猶青表紙正本定家卿本也
不審之処為相卿正応之比以青表紙
書写之本出来之間加一校之処此本
一字不違彼校本桐壺夢浮橋両帖
為相卿自筆之奥書判形等如此則
注前之了尓今弥定正本若違此本
者非彼家本不用之者也
嘉吉三年初秋中七日　重而書之判」

【空蟬巻奥書】
為相卿以奥書本重而讀合之處無相違
證本歟」
正徹在判
以彼御本一校了」

【須磨巻奥書】
此《写本》奥書当巻在之間如御本移之畢
為相卿以奥書本重而読合
之処無一字之相違為証本歟
千松末葉　正徹在判
以彼御本一校了」

【夢浮橋巻奥書】
此本奥如残筆雖為不出之秘本
香禅坊可写止之由再往競望
之間感数幾之志依借与写功
既畢仍帖々三書等任所望剮
筆者也
文安三年六月七日
招月老衲正徹判」

先行研究において、正徹本の奥書については以下のように指摘されている。
野村八良氏[19]は、徳本本桐壺巻の奥書を掲載し、「正徹が多くの本を以て読合せたる校訂本を物し居りし事を明示するものにして」「卽ち青表紙本を正本とし、更に為相の同一本を以て校合せる趣なれば、正徹が定家本を守れることは、確に想見せらる丶なり。更に正徹の門下と覚しき宗耆の識語あり」「是に由れば、徳本氏所蔵本が宗耆伝本の写なるべきを想はしむ」と言う。多本を校合した正徹本に、青表紙正本を書写したとする冷泉為相本を以て校合し、正徹の門下と覚しい宗耆という人物による識語が見えることから、徳本本は宗耆伝本の写しであるとする。

吉澤氏[20]は、自ら所持していた正徹本について触れ、桐壺巻本文「人のすみか〜ありけめなつ（二十ウ）」の半丁と、桐壺巻巻末の正徹自筆の識語を写真版で掲載している。この写真版二枚は京都女子大本と完全に一致する。吉澤氏の『源氏随攷』には次のように奥書を明示している。

去正応四年之比此物語一部以家本不違一字所模也於此巻者舎兄慶融法眼筆也可為証本畢通議大夫藤為相判以多本雖校合猶青表紙正本定家卿本也不審之処為相卿正応之比以青表紙書写之本出来之間加一校之処此本一字不違彼校本桐壺夢浮橋両帖為相卿自筆之奥書判形等如此則注前之了（二字不明）爾定正本若違此本者非彼定家本不用之者也此一帖七十九歳以盲目染筆者也

長禄三年四月廿五日　　休止叟正徹（草名）

これも京都女子大本の奥書と完全に一致する。つまり、吉澤氏の所持していた正徹本が京都女子大本であると思われる。さらに、『源氏随攷』には東福寺の禅僧雲泉太極の日記『碧山日録』[21]長禄三年（一四五九）五月十一日条が掲載されている。

城中有一老衲、諱正徹、自号松月主人、初入此山師事東漸、而司記室於万寿、其性温雅、工詠和歌、兼善和書、一詠一唱、形於翰墨、則挙世珍之、故公卿大夫為方外交者多矣、自春初染疾不起、去九日而逝、享年七十九、言

和者嘆惜之也、

正徹は、東福寺の塔頭の一つである「万寿」寺の書記を務め、性格は「温雅」であり、和歌をよくしたことが記されている。「去九日而逝」とあることから、正徹は五月九日に死去したことがわかる。「長禄三年（一四五九）四月廿五日」に桐壺巻を書写し終わって後、僅か十四日で亡くなったことがわかる。吉澤氏は初春からの病により、「運筆遅疑渋滞誤写」が見えるとする。京都女子大本を見てみると、確かに誤写が多く見られ、後から訂正した箇所も多い。しかし、吉澤氏は死の直前まで己の道を究めようとした正徹の姿を「營々として己が究めんとするところを棄てなかつた（ママ）、その學に忠なる姿の尊さは、手を合せて拝みたいやうである」と賞賛している。

稲田氏[22]は、『大成』掲載の徳本本桐壺巻、空蝉巻、須磨巻、夢浮橋巻の奥書を明記し、徳本本夢浮橋巻の奥書が書陵部本とほぼ同じであると指摘している。さらに京都女子大本と同じ奥書を持つ天理大学附属天理図書館蔵『源氏物語』についても指摘するが、これについては第二篇第三章・第四章で述べる。「長禄三年（一四五九）四月廿五日」と記されていることに着目し、『草根集』が長禄三年（一四五九）四月二日で終わっていることから、「現在知ることのできる、正徹最後の行動を示して貴重であるが、老衰、盲目のような肉体をもち、死に直面しながらも、なおも『源氏物語』の世界を憧憬し、その世界に没入せんとする姿に、風雅の魔心の極地を見る思いである」と賞賛する。さらに、焼失した金子本には正徹、為相の奥書があったこと、『創立五十周年記念古典籍展観大入札目録』には毛利家旧蔵の正徹本蜻蛉巻（奥書の一致から大青歴博本と思われる）の奥書を明記し、解説している。

寺本直彦氏[23]は、『大成』掲載の徳本本桐壺巻の奥書について触れ、「正徹が、多本を以って校合してなお青表紙正本として不審の処があったので、冷泉為相が正応四年（一二九一）のころ家本を以って一字違えず写した本を以って校合したところ、正徹の本に一字も違わず、ここに正本と定めた次第が知られる」と述べる。

伊井春樹氏[24]は、宗碩の源氏物語講釈との関わりから、稲田氏も指摘したように、宗碩が滞在していたことのある周防山口に縁のある天理大学附属天理図書館蔵『源氏物語』の巻末奥書について触れている。さらに、伊井氏は徳本本桐壺巻の奥書を明示し、徳本本は、嘉吉三年（一四四三）に正徹が為相本と校合した正徹本の転写本ではないかと述べ、「正徹は、亡くなる直前まで再度為相本との校合を敢行したというのではなく、識語もほぼ同文であるように、この折（長禄三年本）は嘉吉三年本を転写したにすぎないと思う」とし、嘉吉三年本を再度書写した転写本が長禄三年本であろうと論じている。

加藤洋介氏[25]は、吉澤氏が正徹自筆本であるとする京都女子大本について言及し、嘉吉三年（一四四三）の奥書を持つ正徹自筆本を長禄三年（一四五九）に正徹自らが再び転写したものが京都女子大本ではないかと指摘する。

久保木氏[26]は、国文研本・徳本本・京都女子大本の桐壺巻の奥書を明示し、正徹が為相本を校合した嘉吉三年（一四四三）と、一条兼良が自らの所持本に為相本を校合した文安二年（一四四五）の書写年代が近いことから、正徹の拠った為相本と兼良の拠った為相本は同一だったのではないかと推定し、発展的な見解を述べている。

伊藤鉄也氏[27]は国文研本の奥書に関して、「本書には奥書が存し、第一巻「桐壷」から第七巻「紅葉賀」の各巻末に書写されている。嘉吉年間の正徹の奥書であり、それによると、冷泉為相から正徹へという、室町時代における『源氏物語』の伝来が読みとれる。正徹本から見た『源氏物語』の受容史が伺える奥書を有する写本である点からも、本書は貴重な資料だといえよう」と解説し、本の大きさや装訂などは阿里莫本に近似していると言う。

これらの先行研究をふまえつつ、奥書を一番多く保有する国文研本を主軸として、正徹本の奥書の内容を分析してみると、以下のようになる。

・国文研本【桐壺巻奥書A】によれば、正徹本は「多本読合」と、多くの伝本を基として作成された本文であることがわかる。

・国文研本【桐壺巻奥書B】によれば、正応四年（一二九一）頃、「家本」と呼ばれる、「藤為相（冷泉為相）」が書き写したとされる『源氏物語』本文（為相本）があった。為相本桐壺巻は「慶融法眼筆也」とあり、為相の異母兄である慶融の筆であるという（第一篇第一章【為秀筆本・正徹本の書写関係者系図】参照）。この時、為相は「通議大夫」であったとある。『公卿補任』(28)によれば、為相が正四位下に叙されるのは永仁二年（一二九四）三月二十七日であるから、この奥書が書き写されたのは永仁二年以降ということがわかる。

・国文研本【桐壺巻奥書C】によれば、以前から正徹本に青表紙本ではないような「不審之処」と、不審箇所があったと正徹は言い、為相本により校合したところ、「一字不違」であったというのである。為相本は桐壺と夢浮橋の両巻に為相自筆の奥書を備えるものであり、正しく「青表紙正本（定家卿本）」であるとする。その旨を嘉吉三年（一四四三）七月十七日に記している。

・国文研本【桐壺巻奥書D】によれば、桐壺巻の初めの三枚ほどは「招月真筆也」と、招月（正徹）自らが書写したものであり、文安三年（一四四六）六月、源氏物語談義の際にこの本文が用られたことを正徹の弟子と覚しき宗者なる人物が記している。

・国文研本【帚木巻奥書E】〜【末摘花巻奥書I】によれば、帚木、空蟬、夕顔、若紫、末摘花の各巻々においていずれも為相本と校合し、「無一字之相違為證本」「無相違證本」「無相違」「相違證本」「無不審」と、青表紙証本に相違ないという。

・国文研本【葵巻奥書K】や慶應大本【葵巻奥書】によれば、文安元年（一四四四）八月十・十一日にこれを用いたとある。さらに慶應大本【花宴巻奥書】には「文安元八月御読書用之」とあることから、花宴巻、葵巻は文安元年（一四四四）八月の読み書きに用いられたことがわかる。

・書陵部本【夢浮橋巻奥書】や徳本本【夢浮橋巻奥書】によれば、これは門外不出の「秘本」であり、「香禅坊」が何度も訪れてこれを書写することを切望したため、その志に感じて書写させ、数枚は正徹自らが書き写したと、文安三年（一四四六）六月七日に記している。

・京都女子大本【桐壺巻奥書】によれば、国文研本【桐壺巻奥書D】の宗耆の奥書部分に代わり、正徹が七十九歳の時に目もよく見えない中で書写したとする長禄三年（一四五九）四月二十五日の奥書が見える。『碧山日録』長禄三年（一四五九）五月十一日の条によれば、「去九日而逝、享年七十九」とあることから、正徹は奥書を記した僅か十四日後の長禄三年（一四五九）五月九日に死去していることがわかる。これは先行研究でも触れているように、亡くなる直前までの正徹の書写活動を示す貴重な資料であると言えよう。

こうした一連の国文研本から徳本本までの六種類の奥書の記述を照査してみると、正徹自らによって書き写されたもの、また正徹以外の人物によって書き写されたものなど、複数の正徹本が存在していたことが窺えるのである。

四　奥書の連関性

では、第三節の奥書の内容をふまえて、正徹本六本（国文研本・慶應大本・書陵部本・京都女子大本・大青歴博本・徳本本）の奥書の連関性について明示しておきたい。

六種の奥書からは次頁表のような繋がりが見えてくる。表の項目分類の桐壺A～Dは、第三節に明示した国文研本【桐壺巻奥書A～D】に準じた。徳本本は『事典』の諸本解題によれば、五十四帖揃で存在していたようであるが、『大成』で確認できる徳本本の奥書は桐壺、空蟬、須磨、夢浮橋巻のみであるため、他の巻の奥書の有無は未確認という意味で〈未見〉と記した。

	国文研本	慶應大本	書陵部本	京都女子大本	大青歴博本	徳本本
桐壺 A	○	○				○
桐壺 B	○	○		○		○
桐壺 C	○	○		△		○
桐壺 D	○	○				〈未見〉
帚木	○	○				〈未見〉
空蝉	○	○				○
夕顔	○	○				〈未見〉
若紫	○	○				〈未見〉
末摘花	○	○				〈未見〉
紅葉賀	○					〈未見〉
花宴		○				〈未見〉
葵	○	○				〈未見〉
賢木	○					〈未見〉
須磨						○＝帚木
蜻蛉					○〈未見〉	〈未見〉
夢浮橋			○			○
計	12	11	1	2	1	6

まず、大きな共通性として、国文研本と慶應大本は、桐壺巻から末摘花巻、葵巻が完全に一致することがわかる。さらに詳しく見てみると、桐壺巻で異なるのは二箇所、国文研本奥書Aの一行目「以彼御本一校了」の書写位置が慶應大本では三十二丁裏の末尾にあること、国文研本奥書Aの三行目「為」の文字が慶應大本にはないものの、ほぼ同じ内容と言ってよいだろう。

京都女子大本は国文研本桐壺巻奥書Bと一致するものの、桐壺巻Cの箇所は、内容はほぼ同じだが、国文研本が「嘉吉三年初秋中七日　重而書之判」とある箇所が、京都女子大本では「此一帖七十九歳以盲目／染筆者也／長禄三年四月廿五日／休止叟正徹（花押）」とあり、書写年代が一致しないため、「△」で示した。

帚木巻は、国文研本と慶應大本が一致し、改行箇所も完全に一致している。さらに、徳本本の須磨巻の奥書は国文研本・慶應大本の帚木巻の奥書と一致する。空蝉巻は、国文研本、慶應大本、徳本本の三種が一致する。夢浮橋巻は、書陵部本と徳本本が改行箇所も完全に一致し、筆跡も酷似しているように思われる。

正徹本の筆跡に関して、吉澤氏は所蔵していた正徹本（現京都女子大本）を自筆本と規定している。確かに、京都女子大本の奥書の正徹の書名「休止叟正徹」の筆跡は、正徹自筆本とされる『伊勢物語』(29)（阿波國文庫蔵）「休止叟正徹（花押）」、『徒然草』（静嘉堂文庫蔵）「非人正徹（花押）」、智蘊筆『伊勢物語』（千歳文庫蔵）「長禄二年（一四五八）五月廿五日　外題等書之　休止叟正徹（花押）」などの筆跡に近いと思われることから、京都女子大本は自筆本の可能性が高い。

また、奥書内の正徹の呼称に関しては、以下のように記されている。

国文研本「千松末葉清嵓正徹」「正徹」「外史清嵓正徹」＝慶應大本桐壺＝徳本本桐壺・空蟬・須磨
書陵部本「招（松）月老衲正徹」＝徳本本夢浮橋
京都女子大本「休止叟正徹」
大青歴博本「招（松）月叟正徹」

「千松末葉」は正徹の俗名「小松」の末裔の誤写かとも思えた。しかし、「千松」はさまざまな正徹の奥書において用いられているため、誤写とは言い切れず、詳細は不明である。「外史」は「外記」の唐名であり、禅寺の書記役を意味し、正徹が東福寺の書記であったことを示すものと思われる。「招（松）月庵」については、「招」であるのか、「松」であるのかという曖昧さは残るものの、稲田氏(30)が正徹の和歌の師である今川了俊の書いた国立国会図書館蔵『師説自見集』に「松月徳翁」と明確に記されていることを指摘し、「正徹の号である「松月」も、了俊の号を受け継いだのではないかと思われる」と述べている。正徹は東福寺内の自らの居所を「招（松）月庵」と称していたようである。また、京都女子大本に見える「休止叟正徹」は、前述したように、千歳文庫本『伊勢物語』（智蘊筆）の奥書に見える「長禄二年（一四五八）五月廿五日　外題等書之　休止叟正徹（花押）」と共通している。「休止叟」とは隠居した翁のような意味で、長禄二年は正徹が亡くなる前年であり、正徹が晩年に使用していた呼称の可能性が高い。京都女子大本も正徹が亡くなる十四日前に書写された本文であり、そのために「休止叟」と記されていると考えられる。

国文研本・慶應大本の奥書にある「嘉吉三年」「文安三年」前後に正徹が書写した作品の奥書は数多く存在している。例えば、『源氏物語』の注釈書である国立国会図書館本[31]『源氏一滴集』の奥書「永享十二年（一四四〇）七月廿五日　清岩正徹判」、類従本『家隆卿百番自歌合』の奥書「千松末葉正徹判（文安二年（一四四五）七月三日）」、東洋大本『俊成九十賀記』の奥書「宝徳弐年（一四五〇）六月十八日…千松末葉一花余芳招月正徹」などがある。各奥書には「清岩正徹」「千松末葉」「招（松）月」などとあり、正徹本の奥書に見える呼称「千松末葉」「清嵓正徹」「招（松）月」と一致する。これらは正徹が当時使用していた呼称であったことがわかる。

1429-1441〈永享年間〉	
1429-31	徒然草
1439	伊勢物語
1440	源氏一滴集
1443	嘉吉三年版正徹本
1446	文安三年版正徹本
1459	長禄三年版正徹本

正徹の書写活動について、稲田氏[32]は、

年代的には、永享年間が多いが、これは偶然ではなく、永享年間に、将軍義教から謫居せしめられていた事件と関連するかもしれない。有閑を契機にして、書写に没頭する例は、古来珍しくない。

と言う。正徹は、表のように、永享年間（一四二九〜一四四一）に静嘉堂文庫本『徒然

草』（永享元年（一四二九）～永享三年（一四三一））・天理大本『伊勢物語』（永享十一年（一四三九））を書写し、国立国会図書館本『源氏一滴集』（永享十二年（一四四〇））を著している。[33] 正徹本の奥書によれば、その三年後の嘉吉三年（一四四三）、文安三年（一四四六）に『源氏物語』の正徹本が書写されており、それは正徹の書写活動が盛んであった永享年間に近い。

つまり、元々の正徹本、為相本を校合する以前の正徹自筆本は、永享年間に書き写された可能性が高いと考えられる。

五　おわりに――奥書から想定される書写経路――

それでは、前述した正徹本の奥書の内容や連関性、先行研究などをふまえつつ、奥書から想定される書写の経緯について最後にまとめてみる。

まず、正徹本作成の経緯について見てみる。〔　〕内には経緯の由来する正徹本の奥書を明示した。

ア、正徹は多くの本を基に作成した『源氏物語』（正徹本）を所持していたものの、青表紙証本としては不審箇所があった。〔国文研本、慶應大本、徳本本の奥書〕

イ、嘉吉三年（一四四三）七月十七日、正応四年（一二九一）に為相が写した本で、アの正徹本桐壺巻を校合したところ、一字も違わなかった。桐壺巻と夢浮橋巻には為相自筆の奥書があることから、これは定家本に間違いないとする。〔国文研本、慶應大本、京都女子大本、徳本本の奥書〕

ウ、文安元年（一四四四）八月十・十一日、正徹本葵巻を読み書きに用いた。〔国文研本、慶應大本の奥書〕

エ、文安三年（一四四六）六月、桐壺巻の三枚は正徹自ら写したものであり、この一部を源氏談義に使用したと宗

者が記す。〔国文研本、慶應大本、徳本本の奥書〕
オ、文安三年（一四四六）六月七日、この本は秘本としていたが、香禅坊（宗者か）が写し止めたいと切望するので貸し与えて写させた。〔書陵部本、徳本本の奥書〕
カ、長禄三年（一四五九）四月二十五日、桐壺巻一帖を亡くなる直前の七十九歳の時に写した。〔京都女子大本の奥書〕

奥書からわかるア～カのような経緯をふまえて、奥書から想定した書写経路は以下のようになる。

①正徹が諸本の『源氏物語』を読み合わせて、奥書を記した本【正徹自筆本】
②定家自筆本を写したと思われる為相本と①を正徹が校合し、その旨を記した正徹の奥書を持つ本【嘉吉三年本】
③【嘉吉三年本】の葵巻は翌年読み書きで用いられている。
④秘本である②を書写したいと切望する宗者（香禅坊か）らに書き写させてその旨を記した正徹の奥書と、桐壺巻三枚程度は正徹が書き写し、源氏談義にもこの本が使用されたという宗者の奥書を持つ本【文安三年本】
⑤②の本を再度書き写し、正徹が亡くなる直前に記した奥書を持つ本【長禄三年本】

以上のことから、正徹本には、【正徹自筆本】から派生した【嘉吉三年本】【文安三年本】【長禄三年本】の転写本があり、正徹本には大きな二系統の基幹があると考えられる。

正徹自筆本――嘉吉三年本―┬―文安三年本
　　　　　　　　　　　　　└―長禄三年本

さらに、これらを基に、国文研本、慶應大本、書陵部本、京都女子大本、大青歴博本、徳本本の本文が、それぞれどの流れの中に存在するのかを検証すると、以下のようになる。

・国文研本↓【嘉吉三年本】の奥書を持つ【文安三年本】（正徹の夢浮橋巻奥書なし）を転写したもの。
・慶應大本↓国文研本をさらに転写したもの。
・書陵部本↓徳本本をさらに転写したもの。
・京都女子大本↓【嘉吉三年本】の自筆本を長禄三年に正徹が自ら写したもの【長禄三年本】。
・大青歴博本↓毛利家旧蔵本。本文の筆は異なるが、奥書の筆跡は正徹自筆に近い。詳細は不明。
・徳本本↓【嘉吉三年本】の奥書を持つ【文安三年本】（正徹の夢浮橋巻奥書あり）を転写したものか。

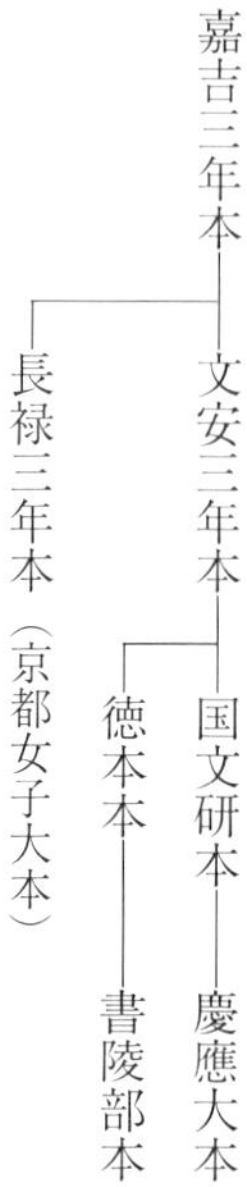

現存する正徹本は、二系統三群に分かれるものと考えられる。正徹の自筆本として考えた場合、一番信憑性があるのは京都女子大本ということになろう。しかし、京都女子大本は桐壺巻のみしか現存しておらず、大青歴博本も奥書は正徹自筆に近いものの、奥書と本文の筆跡とは異なり、蜻蛉巻のみの零本である。そのため、転写本ではあるが、いずれも五十四帖揃で現存し、嘉吉三年・文安三年の奥書を持つ国文研本・慶應大本、文安三年の奥書を持つ書陵部本、という三種の本文の様相を探ることは、正徹本の全体を探る上で重要であると考えられる。次章ではこれら正徹本の奥書の内容をふまえつつ、実際に正徹本本文の実態に迫ることとする。

注

（1）金子本については、『事典』下巻「諸本解題」（一二三頁）、『大成』第七巻（二五八頁）を参照した。

（2）書陵部本については、『事典』下巻「諸本解題」（一三五頁）、宮内府図書寮編『図書寮典籍解題文学篇』（国立書院、一九四八年、一四二～一四三頁）を参照した。

（3）慶應大本については、慶應義塾大学三田メディアセンター展示委員会「第二五五回展示『源氏物語』千年紀展―時空を超えた輝き―」パンフレット（二〇〇八年九月）、「第二十六回慶應義塾図書館貴重書展示会 慶應義塾の王朝物語源氏物語を中心として」展示図録（佐々木孝浩氏監修執筆、慶應義塾図書館、二〇一四年十月、二二・二三頁）を参照した。

（4）国文研本については、伊藤鉄也氏「新収資料紹介四十九 源氏物語 江戸初期写五十四帖」（『国文学研究資料館報』第五十九号（二〇〇二年九月、一〇頁）、同氏「展示資料検討報告九 源氏物語（正徹本奥書転写本）」（平成二十一年度研究成果報告『物語の生成と受容⑤』国文学研究資料館、二〇一〇年二月、一三二～一三五頁）を参照した。印記については『蔵書印データベース』（国文学研究資料館、二〇一四年三月更新まで）に拠る。

（5）日本書誌学大系七十九『新編蔵書印譜』（青裳堂書店、二〇〇一年）。

（6）日本書誌学大系一〇三―一・二『増訂新編蔵書印譜』上・中（青裳堂書店、二〇一三年）。

（7）徳本本については、『事典』下巻「諸本解題」（一四二頁）、『大成』第七巻（二五六～二五八頁）を参照した。

（8）京都女子大本については、京都女子大学図書館吉澤文庫蔵『きりつほ』（請求記号：吉澤文庫／YK／九一三・三六／M）のマイクロ（国文学研究資料館蔵（請求記号：二四二／七二／七））の紙焼写真、吉澤義則氏『源氏随攷』（晃文社、一九四二年、二七一～二七三頁）、加藤洋介氏「室町期の源氏物語本文―三条西家本と正徹本と」（『国文学』第四十六巻十四号、二〇〇一年十二月）、久保木秀夫氏「冷泉為相本、嘉吉文安年間における出現―伝一条兼良筆桐壺断簡、及び正徹本の検討から―」（『源氏物語の始発―桐壺巻論集』竹林舎、二〇〇六年）を参照した。

（9）大青歴博本については、『大阪青山短期大学所蔵品図録』第一輯（大阪青山短期大学、一九九二年、三一・一七七頁）

（10）の解説に拠る。大阪青山短期大学ＨＰ（https://www.osaka-aoyama.ac.jp/）によれば、平成十一年（一九九九）に大学付属施設として大阪青山歴史文学博物館が創設され、学内の貴重資料はそちらへ移った由である。さらに、平成二十六年（二〇一四）に大阪青山短期大学は「大阪青山大学短期大学部」に名称を変更している。
（11）稲田利徳氏『正徹の研究　中世歌人研究』（笠間書院、一九七八年、一一〇頁）。
（12）注（8）久保木氏論に同じ（五四四頁）。
（13）『古典籍展観大入札目録：創立五十周年記念』（東京古典会、一九六〇年）。
（14）人間文化研究機構・国文学研究資料館蔵『源氏物語』（請求記号：サ四／七五／一一）。
（15）慶應義塾図書館蔵『源氏物語』（請求記号：一三二X／一五八／一）。
（16）宮内庁書陵部蔵『源氏物語』（請求記号：五五四／一四）、（複四〇三二）。
（17）注（8）京都女子大学図書館吉澤文庫蔵『きりつほ』のマイクロ（国文学研究資料館蔵の紙焼写真）。
（18）注（9）『大阪青山短期大学所蔵品図録』第一輯の解説を参照した。
（19）徳本本の奥書は、注（7）の『事典』下巻「諸本解題」、『大成』第七巻を参照した。
（20）野村八良氏『国文学研究史』（原広書店、一九二六年、二八二～二八五頁）。
（21）注（8）吉澤氏論に同じ。
（22）『碧山日録』長禄三年五月十一日条（『増補　続史料大成』第二十巻、臨川書店、一九八二年、二五頁）。
（23）注（10）に同じ（一〇八～一一〇頁）。
（24）寺本直彦氏『源氏物語受容史論考　正論』（風間書房、一九七〇年、三四五頁）。
（25）伊井春樹氏『源氏物語論とその研究世界』（風間書房、二〇〇二年、九二五～九二六頁）。
（26）注（8）加藤氏論に同じ。
（27）注（8）久保木氏論に同じ。
注（4）伊藤氏論に同じ。

（28）『公卿補任』（『新訂増補国史大系』第五十四巻第二篇、吉川弘文館、一九六四年）。
（29）正徹自筆本『伊勢物語』（阿波國文庫蔵）・『徒然草』（静嘉堂文庫蔵）は川瀬一馬氏『日本書誌學之研究』（大日本雄辯会講談社、一九四三年、一〇二九頁上下段）掲載の写真版を参照した。智蘊筆『伊勢物語』（千歳文庫蔵）は片桐洋一氏編『伊勢物語古注釈書コレクション』第一巻（和泉書院、一九九九年）を参照した。奥書に「休止叟正徹」が見えるのは七十五丁表（二六五頁）である。
（30）注（10）に同じ（一七六～一七七頁）。
（31）注（10）を参照した（一一四頁）。
（32）注（10）稲田氏論「正徹の書写活動年表」に拠る（一一二～一一四頁）。
（33）注（10）を参照した（九七～一一四頁）。

第二章　正徹本の本文
——国文研本・京都女子大本・慶應大本・書陵部本を中心に——

一　はじめに

本章では、国文研本、京都女子大本、慶應大本、書陵部本を中心として正徹本の本文について考察する。
正徹は東福寺栗棘庵の裏にあったとされる「招月庵」を出て以降、応永三十一年（一四二四）の四十四歳頃から死去する長禄三年（一四五九）の七十九歳頃まで住居を転々としている。稲田利徳氏(1)によれば、頻繁に行われた転居は正徹の「生来の漂泊精神」によるものではなく、外的な要因があったという。その原因の一つに火災がある。文献によるものだけでも、正徹は三度の火災(2)に遭遇している。

永享四年（一四三二）四月　今熊野焼失→京極辺へ→三条坊門西洞院辺へ
文安五年（一四四八）四月　土御門万里小路の新造焼失
長禄元年（一四五七）三月　草庵焼失→三条西洞院へ

これらの火災により、所持本の多くが焼失していることは正徹の歌集『草根集』からも窺える。永享四年（一四三二）四月二日の今熊野の草庵火災などは類火であり、正徹自身の過失ではない。注目すべきは、正徹本が書写され、為相本と校合したと思われる嘉吉三年（一四四三）本、文安三年（一四四六）本が、これらの火災の起きた間に書写されていることである。

こうした三度の火災に関わる事項として、享徳元年（一四五二）年八月六日、仏地院（園城寺・三井寺）の長算に宛てた正徹の書状がある。(3) 小川寿一氏、松原（三浦）三夫氏、稲田氏がすでに指摘し、(4) 書状の全文を掲載しているので、ここでは書状の内容はすべて明示しないが、概略は以下の通りである。

所蔵者　京都の宮崎半兵衛氏→河野信一記念文庫（現今治市河野美術館）
判読　猪熊信男氏（蜂須賀喜心の子。猪熊夏樹の養子。宮内庁図書寮御用掛）・小川寿一氏・稲田利徳氏
書誌　縦二十六・〇糎、横七十一・〇糎の横長の懐紙。掛け物仕立。
内容　享徳元年（一四五二）八月六日、仏地院（園城寺・三井寺）の長算に宛てた書状。飛鳥井雅親卿の三度に渡る依頼にて、公方様（足利義政）へ、八月十五日より『源氏物語』を講義しなければならないので、三井寺蔵『源氏物語』の写本を拝借したいとの依頼状。

小川氏によれば、京都の宮崎半兵衛氏旧蔵の書翰であり、所蔵を転々とした後、今治市河野美術館に所蔵された正徹の書状である。宮崎氏は、『大成』において、河内本系統の伝藤原俊成筆『源氏物語』（鈴虫巻）を所持していたとされる人物である。この伝俊成筆鈴虫巻は現在、天理大学附属天理図書館の所蔵（請求記号：九一三・三六／イ三九五、重要美術品）となっている。また、小川氏が書翰の「判読については猪熊信男氏による處が多い」とされる猪熊信男氏は、(5) 国文学者猪熊夏樹(6)（一八三五〜一九一二）の養子である。猪熊夏樹氏は、明治時代の国文学者であり、讃岐白鳥神社祠官の子として生まれ、京都の白峯宮（現白峯神宮）の造営に尽くし、宮司となる。明治三十九年（一九〇六）

一月に宮中御開講にて『古事記』を進講し、『源氏物語湖月抄』(7)の校訂を行った人物である。

書状に見える三井寺の長算は、『草根集』にもたびたび登場する正徹の和歌仲間であり、正徹は何度も三井寺の歌会に招かれている。三井寺は紫式部の父、為時が出家した場所であり、紫式部の異母兄、定暹がいた場所でもある。

書状の中で気になるのは、

① (ソデ書)「御本~~すまより~~花ちる里より槿まて十帖借給はは畏入存候へく候」

② 「桐壺より榊辺までも又かりとちの愚本を持参可申候」

という二箇所の記述である。②「桐壺」から「榊(賢木)」までは手元にあるので、続きの①「花散里」から「槿(朝顔)」までの十帖を貸してほしいというのである。①「すまより」とあるのを消して、「花ちる里より」と訂正していることから、確実に花散里巻から所望していたことがわかる。

前述したように、正徹本が書写された前後、正徹の庵は火災に見舞われている。その際、正徹の手元にあった『源氏物語』の一部(「花散里」以降の巻)も火災に見舞われて消失した可能性が考えられる。そう考えれば、正徹本の桐壺巻から賢木巻までと、花散里巻以降の夢浮橋巻まででは、正徹本の性格に違いが見える可能性も考えられるのである。

そこで本章では、これらのことをふまえつつ、正徹本本文の実態を探ることとする。

二　本文校異の割合

正徹本本文の比較対象として、以下の正徹本(8)を用いることとする。

・国文学研究資料館蔵本（五十四帖）［国文研本］
・慶應義塾図書館蔵本（五十四帖）［慶應大本］
・宮内庁書陵部蔵本（五十四帖）［書陵部本］
・京都女子大学図書館吉澤文庫蔵本（桐壺巻）［京都女子大本］

現在確認できる正徹本のうち、国文研本・慶應大本・書陵部本は五十四帖揃本であり、京都女子大本は桐壺巻のみの零本である。

仮名写本の書写行為が行われる際の表記上の差異について論じた斎藤達哉氏(9)によれば、慶應大本と国文研本の五十四巻の改行箇所の一致状況を比較すると、改行箇所の一致が多い巻と少ない巻があるという。斎藤氏は、国文研本と慶應大本の改行箇所の一致を、ある一定の規則にしたがって点数化し、点数の多い順、つまり、一致箇所の多い順に、五十四巻をA～Eの五つの群に分類している。

A群（48.0～40.0点）計三十九巻
紅葉賀、花散里、蓬生、関屋、松風、薄雲、朝顔、少女、玉鬘、初音、胡蝶、蛍、常夏、篝火、野分、行幸、梅枝、藤裏葉、若菜上、若菜下、柏木、横笛、鈴虫、夕霧、御法、幻、匂宮、紅梅、竹河、橋姫、椎本、総角、早蕨、宿木、東屋、浮舟、蜻蛉、手習、夢浮橋

B群（39.5～30.0点）計三巻
澪標、藤袴、真木柱

C群（29.5～20.0点）計一巻

絵合

D群（19.5～10.0点）計三巻

空蟬、末摘花、花宴

E群（9.5～0点）計八巻

桐壺、帚木、夕顔、若紫、葵、賢木、須磨、明石

これによれば、斎藤氏は、「奥書を有する巻ほど改行箇所に不一致が生じているということが分か」り、国文研本と慶應大本は「巻によっては書写態度が異なることが判明した」と述べる。第二篇第一章で正徹本の奥書の保有数を明示したように、国文研本の奥書がある巻（桐壺・帚木・空蟬・夕顔・若紫・末摘花・紅葉賀・葵・賢木巻の九巻）や慶應大本の奥書がある巻（桐壺・帚木・空蟬・夕顔・若紫・末摘花・花宴・葵巻の八巻）ほど、改行箇所の一致しない巻が多い傾向が見られるというのである。

これをふまえて、正徹本の本文四種（国文研本、慶應大本、書陵部本、京都女子大本）の比較対象として、各A～E群より一巻ずつ、桐壺巻、花宴巻、花散里巻、澪標巻、絵合巻を取り出し、校異数を数値化した結果が表1（次頁）である。京都女子大本は桐壺巻のみの零本のため、表では桐壺巻のみで比較対象としている。本文を対校する際には、「い・ゐ」「え・へ」「ひ・ゐ」「う・ふ」「む・ん」「お・を」などの表記の差異、「給・給ふ」「給て・給ひて」などの表記、異本注記などは校異数に含めなかった。異本以外の補入やウ音便表記、「なと・なんと」、ミセケチ後の表記は反映し、校異数に含めることとした。

例えば、桐壺巻の国文研本と慶應大本（国慶）では二十五例、花散里巻の国文研本と慶應大本（国慶）では十一例の校異箇所が見える。これを『大成』の文字数で割合を計算すると、桐壺巻は全体の文字数一一、四八〇文字中、二

	国慶	国京	京慶	国書	書慶	京書	国書慶京	国書慶
桐壺	25	34	41	53	44	55	78	
花宴	6			37	38			42
花散里	11			65	70			71
澪標	59			61	111			117
絵合	32			70	79			89

表１

十五例の校異があるので、全体の一一、四八〇を一〇〇％とすると、二五は0.217％という換算になる。これに基づいて、花宴・花散里・澪標・絵合巻も割合を算出してみると、以下の通りとなる。端数は下三桁で四捨五入した。

Ｅ桐壺巻の校異数二十五例→巻全体の0.217％　ｂ
Ｄ花宴巻の校異数六例→巻全体の0.123％　ａ
Ａ花散里巻の校異数十一例→巻全体の0.57％　ｅ
Ｂ澪標巻の校異数五十九例→巻全体の0.386％　ｄ
Ｃ絵合巻の校異数三十二例→巻全体の0.368％　ｃ

五巻の校異数の割合を見ると、国文研本と慶應大本とでは、ａ花宴、ｂ桐壺、ｃ絵合、ｄ澪標、ｅ花散里巻の順に近い本文であるということがわかる。これは、桐壺巻と花宴巻が逆転してはいるものの、改行箇所の少ない巻順（Ｅ桐壺、Ｄ花宴、Ｃ絵合、Ｂ澪標、Ａ花散里）にほぼ一致する。つまり、国文研本と慶應大本とでは、改行箇所の相違が多い巻ほど、本文の相違は少なくなり、改行箇所の相違が少ない巻ほど、本文の相違は多くなる。例えば、改行箇所の一致が一番少ない桐壺巻は本文の異同では二番目に近く、改行箇所の一致が一番多い花散里巻は本文の異同では五番目と遠いのである。本文の改行箇所の相違による分類と本文そのものの相違箇所による分類とは必ずしも連動しないということがわかる。

表１で正徹本四種（国文研本、慶應大本、書陵部本、京都女子大本）の桐壺巻の異同箇所は七

十八例、正徹本三種（国文研本・慶應大本・書陵部本）の各巻の異同箇所は、花宴巻が四十二例、花散里巻が七十一例、澪標巻が一一七例、絵合巻は八十九例である。そこで、この巻ごとの四種の校異数の内訳、つまり、四種の共通異文の組み合わせを調べてみた。それが表2・3である。桐壺巻には京都女子大本が一本多く比較対象として加わるため、花宴・花散里・澪標・絵合巻（表3）とは別途表（表2）にして比較した。

	桐壺
書・京国慶	29
京・国慶書	15
書京・国慶	8
国京・書慶	7
慶・国京書	7
国・書京慶	6
書国・京慶	1
書国・京・慶	1
書慶・国・京	1
書京・国・慶	1
国慶・書・京	1
京慶・国・書	1
国京・書・慶	0
四種の校異数	78

表2

	花宴	花散里	澪標	絵合
国慶・書	34	60	54	55
国書・慶	4	6	53	19
慶書・国	4	2	6	9
国・慶・書	0	3	4	6
三種の校異数	42	71	117	89

表3

表2をまず見てみると、四種の本文（国文研本、慶應大本、書陵部本、京都女子大本）の校異数は七十八例である。そのうち、表2の上から一行目「書・京国慶」は、書陵部本（書）が、京都女子大本（京）・国文研本（国）・慶應大本（慶）と違う本文である場合を示し、それが二十九例と圧倒的に多いことがわかる。次いで「京・国慶書」は、京都女子大本が、国文研本・慶應大本・書陵部本と違う本文である箇所が十五例である。それに対して、表2の六行目「慶・国京書」は、慶應大本が国文研本・京都女子大本・書陵部本と違う本文である箇所が七例、次いで「国・書京慶」は、国文研本が書陵部本・京都女子大本・慶應大本と違う本文である箇所が六例である。つまり、校異数から見れば、桐壺巻において、国文研本や慶應大本に比べて、書陵部本は他の三種とは離れた本文であり、続く京都女子大本も国文研本・慶應大本とは少し離れた本文であるということがわかる。

では、他の四巻（花宴・花散里・澪標・絵合）を見てみたい。この四巻は京都女子大本がないため、国文研本、慶應大本、書陵部本で対校した。すると、表3のように、四巻ともに、国文研本（国）・慶應大本（慶）が共通し、書陵部本（書）が違う本文である箇所「国慶・書」が、花宴巻では三十四例、花散里巻では六十例、澪標巻では五十四例、絵合巻では五十五例で一番多いことがわかる。つまり、三種の中では書陵部本が一番孤立した本文であり、国文研本・慶應大本が比較的親近度のある本文であるということがわかる。澪標巻に関しては、慶應大本が国文研本・書陵部本と違う本文である箇所「国書・慶」も五十三例と多いので、澪標巻に限定されるとはいえ、今後調べる必要があろう。しかしながら、表2・3の結果から見ると、全体としては、国文研本と慶應大本が近い本文であり、そこから少し離れた本文が京都女子大本であり、そして、国文研本・慶應大本・京都女子大本とは遠く、孤立した本文が書陵部本であると考えられる。

三　桐壺巻の比較

では、四種の本文（国文研本、慶應大本、書陵部本、京都女子大本）の表記箇所を具体的に見てみることとする。第二節の表1に掲げたように、桐壺巻は四種の校異数が七十八例である。そこで、その七十八例の校異箇所の中から、重要と思われる異同箇所を挙げてみる。

①
（国徹）うへ人なとも（一ウ六）
（京徹）うへ人なとも
（慶徹）うへ人なとも
（書徹）うへ人なども

②
（国徹）なにの事の（二オ九）
（京徹）なにのことの
（慶徹）なに事の
（書徹）なに事の

③
（国徹）たへかたく（四オ七）
（京徹）たへかたう
（慶徹）たへかたう
（書徹）たへがたくう

④
（国徹）おもほさる（六ウ二）
（京徹）おもほさる
（慶徹）おほさる
（書徹）おぼさる

⑤
（国徹）たまふ《イひつ》（七ウ十）
（京徹）たまふ
（慶徹）給ふつ
（書徹）給つ

⑥
（国徹）〈朱合点〉ゆけひの命婦といふを（十一オ三）
（京徹）ゆけひの命婦を《といふイ》
（慶徹）ゆけ《と》ひの命婦といふを
（書徹）ゆげひの命婦といふを

⑦
（国徹）まてつきて（十一ウ二）
（京徹）まてつきて
（慶徹）まかてつきて
（書徹）までつきて

⑧
（国徹）ほとにてすくしたまひつる《をイ》（十一ウ六）
（京徹）ほとにてすくしたまひつる
（慶徹）ほとにてすくしたまひつるを
（書徹）ほどにてすぐし給ひつるを

⑨
（国徹）たまふる（十四オ六）

（京徹）給ふ《へ》る
（慶徹）給へる
（書徹）給へ《ふ》る

⑩
（国徹）おはしますらむに（十四ウ一）
（京徹）おはしますらむに《をイ》
（慶徹）おはしますらんを
（書徹）おはしますらむを《に》

⑪
（国徹）ましらひ給ふめりつるを（十五オ十）
（京徹）ましらひたまふめりつるを
（慶徹）ましらひ給ふめるを
（書徹）まじらひ給《はべイ》める《りつる》を

⑫
（国徹）侍つるに（十五ウ二）
（京徹）侍つるに

（慶徹）侍るに
（書徹）侍るに《りつる》

⑬
（国徹）ありか（十九ウ一）
（京徹）すみか
（慶徹）すみか
（書徹）すみか

⑭
（国徹）かき《けイ》たる（十九ウ六）
（京徹）かきたる
（慶徹）かける
（書徹）かける

⑮
（国徹）かたちを色あひ（十九ウ九）
（京徹）かたちを
（慶徹）かたちを色あひ

（書徹）かたちを

⑯
（国徹）さうにて（二十四オ八）
（京徹）さうにん
（慶徹）さう
（書徹）相人《ニン》

⑰
（国徹）おはしまさむよりは（二十八オ三）
（京徹）おはしまさむよりは
（慶徹）おはしまさましよりは
（書徹）おはしまさ《む》ましよりは

⑱
（国徹）まいらまほしく（二十九オ七）
（京徹）まいらまほしく《う》
（慶徹）まいらまほしう
（書徹）まいらまほしう《くイ》

⑲
（国徹）こゝろさしを見えたてまつる（二十九ウ七）
（京徹）心さしをみえたてまつり《ルイ》
（慶徹）こゝろさしを見えたてまつり
（書徹）心ざしを見えたてまつり《るこよなう》

異同箇所十九例によれば、（国徹）（京徹）の共通異文十一例（②④⑤⑦⑧⑩⑪⑫⑭⑰⑱）が見られる。つまり、実際の本文表記を見てみると、（国徹）（京徹）の近似が顕著に見て取れ、特に②などは（国徹）（京徹）にのみ共通する独自異文である。また、（書徹）の濁点箇所は全七七三例あり、異同箇所十九例中でも八例（①③④⑥⑦⑧⑪⑲）が見え、圧倒的に多いことから、（書徹）は他の三種とは書写態度においても独自の表記方法を持つと考えられる。

そこで第二節・第三節をふまえて、四種の遠近性・関係性を図式化すると、次のようになろうか。図の枝分かれの少

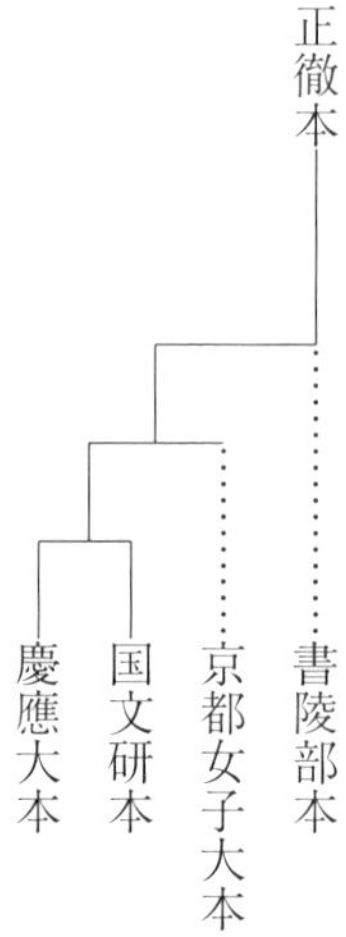

なさは必ずしも転写回数の少なさを保証するものではない。そのことが不明であるから、書陵部本と京都女子大本は点線で繋いでみた。

第二節において、数値としては表1によると、書陵部本は他本と孤立した本文であったように、実際の本文表記においても（書徹）は孤立している。さらに、第二節の表1によれば、（国徹）（慶徹）が二十五例と最も本文校異が少ないことから本文が一番近いと考えられた。しかし、実際の本文表記を具体的に照査してみると、表1において、三十四例という二番目に近い本文という結果の出た（国徹）（京徹）に同じ表記上の特徴が多く見られ、こちらも近い本文を有していることがわかるのである。

四　国文研本の様相

では最後に、正徹自筆本とされる京都女子大本に近い本文表記を持つ国文研本について考えてみたい。

加藤洋介氏[10]は、京都女子大本と三条西家本の本文とを詳細に比較検討し、京都女子大本は「たんに近しいという関係にとどまるものではなく、肖柏本・三条西家本の成立に正徹本が直接関与していたという背景があったからに違いない」と論じている。また、伊藤鉄也氏[11]は、国文研本鈴虫巻について、三十一本の写本の本文異同と文節単位で校合したところ、肖柏本や三条西家本などとの類似性が指摘される『首書源氏物語』に最も近似していると言う。

そこで本節では、これらの先行論をふまえ、京都女子大本に本文の表記が近いと考えられる国文研本の桐壺巻にはどのような本文の傾向があるのかということについて検討してみる。第二節の表1によれば、国文研本と京都女子大本の校異数は三十四例である。その中から特徴的なものを掲げ、他の『源氏物語』諸本と比較する。漢字表記の差は含めないものとし、（国徹）（京徹）のそれぞれの本文表記と共通する諸本のみを掲載した。

①
（京徹）わつらはしく
（国徹）わつらはしう（四オ二）
＊わつらはしく（肖）（三）（書）（保）（阿）（麦）
＊わつらはしう（池）（大）（明）（伏）（穂）（高）（尾）
（御）（陽）（国）

②
（京徹）たへかたう
（国徹）たへかたく《イう》（四ウ六）
＊たへかたう（肖）（三）（書）
＊たへかたく（池）（大）（明）（伏）（穂）（保）（高）
（尾）（御）（陽）（国）（麦）（阿）

③
（京徹）わつらはせ
（国徹）わづらはし《イせ》（四ウ九）
＊わつらはせ（池）（大）（明）（麦）（三）（肖）（伏）
（保）（書）
＊わつらはし（穂）（前）（高）（尾）（御）（陽）（国）
（阿）

④
（京徹）ゆけひの命婦を《といふイ》
（国徹）〈朱合点〉ゆけひの命婦といふを（十一オ三）
＊ゆけひの命婦を（陽）（尾）（麦）（阿）（高）
＊ゆけひの命婦といふを（池）（肖）（三）（書）（大）
（明）（伏）（穂）（保）（御）（国）

⑤
（京徹）かやうの
（国徹）かうやうの（十一オ六）
＊かやうの（御）（国）（麦）（阿）（肖）（三）（伏）（保）
（書）
＊かうやうの（池）（大）（伏）（穂）（高）（尾）

⑥
（京徹）給ふ《へ》る

（国徹）たまふる（十四オ六）
＊たまへる（大）（阿）（三）（肖）（保）（書）
＊たまふる（池）（伏）（穂）（高）（尾）（御）（陽）

⑦
（京徹）かたしけなくなと
（国徹）かたしけなくなむと（十四オ八）
＊かたしけなくなと（三）（書）（肖）（保）（御）（麦）
（阿）
＊かたしけなくなむと（池）（大）（伏）（穂）（高）（尾）
（陽）

⑧
（京徹）たてまつりてくはしく
（国徹）たてまつりてくはしう（十四オ九）
＊たてまつりてくはしく（三）（書）（肖）（保）（阿）
＊たてまつりてくはしう（池）（大）（明）（伏）（穂）
（国）（麦）

---

⑨
（京徹）ついてに
（国徹）ついてにてのみ（十四ウ六）
＊ついてに　該当なし
＊ついてにてのみ（高）（尾）

⑩
（京徹）たちはなれにくき
（国徹）たちはなれかたき（十六ウ四）
＊たちはなれにくき（池）（大）（明）（麦）（阿）（穂）
（三）（伏）（肖）（保）（書）
＊たちはなれかたき（高）（尾）（御）（陽）（国）

⑪
（京徹）すみか
（国徹）ありか（十九ウ一）
＊すみか（池）（肖）（三）（書）（大）（伏）（穂）（保）
（高）（尾）（国）（麦）（阿）
＊ありか（陽）（御）

⑫
（京徹）なし
（国徹）すくなし（十九ウ八）
＊なし（三）（肖）（保）（書）
＊すくなし（池）（大）（伏）（穂）（高）（尾）（御）（陽）
（国）（麦）（阿）

⑬
（京徹）おほしやりつ、
（国徹）おほしめしやりつ、（二十ウ九）
＊おほしやりつ、（三）（書）（肖）（保）（高）（尾）（御）
（阿）
＊おほしめしやりつ、（池）（大）（明）（伏）（穂）（麦）

⑭
（京徹）さうにん
（国徹）さうにて→独自異文（二十四オ八）
＊さうにん（池）（肖）（三）（書）（大）（明）（伏）（穂）
（保）（高）（尾）（御）（麦）（阿）

⑮
（京徹）こよなく
（国徹）こよなう（二十八ウ四）
＊こよなく（陽）（明）（国）（阿）（三）（書）（肖）（保）
＊こよなう（池）（大）（伏）（穂）（高）（尾）（御）（麦）

国文研本と京都女子大本の校異箇所の本文を、他の『源氏物語』諸本と比較してみた。すると、国文研本と京都女子大本の校異箇所においては、国文研本は池田本、伏見天皇本、穂久邇文庫本、高松宮本、尾州家本と共通する本文が多く、三条西家本や肖柏本と共通する表記箇所が少ないことがわかる。つまり、国文研本は大部分では京都女子大本と共通する本文を有していると言えるが、その一方で三条西家本や肖柏本ではない青表紙本諸本（池田本、伏見天皇本、穂久邇文庫本）に近い本文の表記も有していると考えられるのである。

五　おわりに

以上、正徹本の本文四種（国文研本、慶應大本、書陵部本、京都女子大本）の比較検討を行った。

校異数から考えてみると、桐壺巻の四種においては、国文研本・慶應大本が一番親近度が高く、京都女子大本は国文研本・慶應大本と少し離れた本文であり、書陵部本は他の三種とは遠い本文であるということがわかる。また、他の四巻（花宴・花散里・澪標・絵合巻）の三種（国文研本、慶應大本、書陵部本）においては、桐壺巻と同様に、書陵部本が一番孤立した本文であり、国文研本・慶應大本が比較的親近度がある本文であることがわかる。書陵部本は実際の本文表記においても濁点表記などが独自の表記上の特徴を見せている。ゆえに、校異数からは本文校異が最も少ない国文研本と慶應大本が一番近い本文であると考えられた。しかし、実際の本文表記を比較してみると、国文研本と京都女子大本の本文の表記が近いこともわかった。

そこで、国文研本と京都女子大本の校異箇所において、他の諸本と比較してみたところ、国文研本は、京都女子大本との異同箇所において、池田本、伏見天皇本、穂久邇文庫本、高松宮本、尾州家本と共通する本文表記が多いことがわかる。つまり、国文研本は大部分では京都女子大本と共通するが、その一方で三条西家本や肖柏本ではない青表紙本諸本に近い本文表記をも有していると考えられるのである。

すなわち、本章での検証結果を考慮すれば、現存の正徹本で他本と比較検討する際には、五十四帖揃本で京都女子大本に近い表記の特徴を持つ国文研本、もしくは五十四帖揃本で国文研本に一番近い本文を持つ慶應大本のどちらかを対校させるべきであると現状では考えている。

注

（1）稲田利徳氏『正徹の研究　中世歌人研究』（笠間書院、一九七八年、八一頁）。

（2）三件の火災については、『草根集』巻二・永享四年四月二日条「卯月二日夜中務大輔の家にと、まり侍るに夜半はかりに今熊野の草庵本坊の類火に焼侍るよし暁告来りしかともかひなき事にてそ侍し愚老廿歳のとしよりよみおきし歌二萬六七千首三十餘帖に書おきしもひとつものこらす惣て和歌の抄物自筆秘口伝など数をつくしむなしき煙となし侍りぬれは」（『丹鶴叢書』第四巻、臨川書店、一九七六年、一二二頁）、『康富記』文安五年四月十八日条「酉剋土御門万里小路東南角正徹書記当代哥仙庵焼亡」（国立国会図書館デジタルコレクション、『康富記』巻五十第三十一コマ、請求記号：WA二七―二）、『草根集』巻十三・長禄元年三月二十五日条「其夜近衛油小路より火出て草庵もやけうせぬ三条西洞院の辺なる庵室に立よりて」（『丹鶴叢書』第五巻、臨川書店、一九七六年、一二一頁）に拠る。

（3）正徹の書状については、京都女子大学図書館吉澤文庫蔵『きりつほ』（請求記号：吉澤文庫／YK／九一三・三六／M）のマイクロ（国文学研究資料館蔵、請求記号：二四二／七二／七）の紙焼写真に付されたものを参照した。

（4）小川寿一氏「源氏物語研究史断片―僧正徹と源氏物語―」（『歴史と国文学』第二十八号、一九三〇年九月）。松原（三浦）三夫氏「招月庵正徹伝攷抄」（十三）（『水甕』第二十五巻十号、一九三八年十月）、後に『歌人叢攷　正徹以後』（右文書院、一九九二年、三五五～三五七頁）に所収。注（1）の稲田氏論に同じ（一〇三六～一〇三八頁）。

（5）四天王寺大学図書館ＨＰによれば、猪熊信男氏旧蔵資料「恩頼堂文庫」のうち、約一五〇〇点が収蔵されているとある。

（6）『日本人名大事典』第一巻（平凡社、一九七九年覆刻版、三五九～三六〇頁）。

（7）猪熊夏樹氏は、『訂正増補　源氏物語湖月抄』猪熊夏樹氏増注訂正版（積善館、一八九一年）、『増注源氏物語湖月抄』上・中・下巻、猪熊夏樹氏補注、有川武彦氏校訂（弘文社、一九二七～一九二八年）などの校訂本を出版している。

（8）国文研本は、人間文化研究機構・国文学研究資料館蔵『源氏物語』（請求記号：サ四／七五／一一）、慶應大本は、慶應義塾図書館蔵『源氏物語』（請求記号：一三二X／一五八／五四）、書陵部本は、宮内庁書陵部蔵『源氏物語』（請求

記号：五五四／一四、複四〇三二）、京都女子大本は、京都女子大学図書館吉澤文庫蔵『きりつほ』（請求記号：吉澤文庫／YK／九一三・三六／M）のマイクロ（国文学研究資料館蔵、請求記号：二四二／七二／七）の紙焼写真に拠る。

（9）斎藤達哉氏「仮名写本における「改行」と「文字使用」―正徹奥書本源氏物語の事例から―」（『専修大学人文科学研究所月報』京都総合研究特集号・第二五三号、二〇一一年九月）。

（10）加藤洋介氏「室町期の源氏物語本文―三条西家本と正徹本と」（『国文学』第四十六巻十四号、二〇〇一年十二月）。

（11）伊藤鉄也氏「新収資料紹介四十九　源氏物語　江戸初期写五十四帖」（『国文学研究資料館報』第五十九号、二〇〇二年九月、一〇頁）、同氏「展示資料検討報告九　源氏物語（正徹本奥書転写本）」（平成二十一年度研究成果報告『物語の生成と受容⑤』国文学研究資料館、二〇一〇年二月、一三二～一三五頁）。

第三章　大内家・毛利家周辺の源氏学

――大庭賢兼を中心に――

一　はじめに

本章は、室町中期に周防国（防州）において活躍した武将、大庭賢兼（宗分）という人物と、賢兼の『源氏物語』享受に関わる文学活動について考察するものである。

序章でも述べたように、先行研究によれば、大内家・毛利家の家臣である大庭賢兼は、毛利元就の『春霞集』に元就との贈答歌があるほどの歌人であり、『伊勢物語』『源氏物語』にも関心が深かったという(1)。賢兼が書写したとされる『源氏物語』(2)（以下、「賢兼筆本」とする）桐壺巻の奥書には、永正十三年（一五一六）の宗碩の源氏物語講釈に関する記述があることが指摘されている(3)。さらに、賢兼筆本には正徹本や冷泉宗清（為広）本との校合跡、『源氏物語』の古注釈書である『原中最秘抄』『河海抄』『花鳥余情』『一葉抄』『弄花抄』などが行間に所狭しと付記されていること、宗碩の聞書は大内家の家臣陶弘詮宅で行われたもので、賢兼も宗碩の聞書に直接触れる機会があったのではないか、などと論じられている(4)。

また、古文書類から見える賢兼の活動からは、文化的事績だけではなく、賢兼が毛利家において行政・軍事・外交の面で内側から支える役割を果たした人物であると述べられ(5)、元就と賢兼との関係性から、中世後期の中国地域における『源氏物語』享受を解明するための資料として、賢兼筆本が再評価されている(6)。

実際に紙焼写真で確認してみると、確かに現存する賢兼筆本には正徹本や宗清本との校合跡や、『河海抄』『花鳥余情』などの『源氏物語』の代表的な古注釈書類が行間にあふれる程に書き入れられていることがわかり、賢兼の真摯な書写態度を窺い知ることができるのである。こうした精密な書写態度を可能にした大内家周辺の歴史的・文化的な背景、賢兼に影響を与えたものは何であったのだろうか。本章では、先行研究をふまえつつ、戦国時代に大内家、毛利家に仕えた賢兼周辺の人物やその動向を探り、賢兼が目にした『源氏物語』について再検討し、考察を加えるものである。

二　大内家旧臣　大庭賢兼

まず、大庭賢兼の祖先について確認しておきたい。

『大内氏実録』(7) によれば、

其一は村岡忠通の男鎌倉太郎景明より系りて、古文書伝はらず。一は同忠通の男鎌倉権頭景成を氏祖とし、庄司景房、平太権頭入道景義、小次郎景兼、刑部少輔盛景、平左衛門尉元景、平三郎若狭守景家、中務丞矩景、加賀守賢兼と系りて、景兼建暦二年和田合戦討死より盛景に至り、文亀元年まで二百六十一年間知れず、盛景より賢兼まで五代大内の家中なりし由を記し、古文書を蔵す。

とあり、一説に、村岡忠通の子である鎌倉太郎景明から続く家系であるとするが、これに関する古文書は伝わっていないという。また一説には、同じく村岡忠通の子で鎌倉権頭景成を氏祖とするとあるが、この古文書については明記されていない。

また、福田百合子氏[8]は江戸時代に整理された大庭氏の系図を次のように明示している。

大庭万里之助景正家

姓平（譜録・遠六十六・第一〇九号）

桓武天皇ヨリ三代高見王一男—高望ヨリ五代ノ後—忠通—景成（鎌倉権頭大庭祖）—景房—景義—景兼—感景（盛?）—元景—
景家—矩景—賢兼（加賀守）—景史—景秀—就景—景重—景春—景宅—景尚—景俊—景正（万里之助）

これによれば、先程の『大内氏実録』に示された景成から続く「庄司景房、平太権頭入道景義、小次郎景兼、刑部少輔盛景、平左衛門尉元景、平三郎若狭守景家、中務丞矩景、加賀守賢兼」の順と一致する。

大庭氏の祖とされる大庭景成は、『尊卑分脈』[9]「桓武平氏　三浦」の項によれば、

景成—景正（鎌倉権五郎）—景経—景忠（大庭太郎）—┬景義
　　　　　　　　　　　　　　　　　　　　　　　└景親

景成の子が鎌倉権五郎景正であり、その景正の孫が大庭太郎景忠である。景忠は『平家物語』に登場する大庭兄弟、景義と景親の父に当たる。

井上宗雄氏が指摘するように、『姓氏家系大辞典』[10]「石見の大庭氏」の項には、

「前に大場加賀守兼賢、後に日和冠者（福屋祖兼廣）居れり。兼賢は桓武平氏大庭景村の後也」と見ゆ。

「兼賢」となっているが、賢兼を指すと思われ、賢兼は桓武平氏大庭景村の子孫であるという。

大庭景村は、『姓氏家系大辞典』「桓武平氏鎌倉氏流」の項によれば、

三浦系図には「鎌倉権五郎景政の父景成の兄景村（鎌倉四郎大夫）――景明（太郎）――景宗（號大庭権守）――景義（平太、出羽権守）――（以下略）」

鎌倉権五郎景政の父が景成であり、景村はその兄であるという。つまり、景成の兄が景村ということになる。

『系図纂要』(11)「平朝臣姓　大庭」の項によれば、

景村――景明――景宗┬景義┬景兼
　　　　　　　　　└景親　└女

『姓氏家系大辞典』「桓武平氏鎌倉氏流」の「三浦系図」と同じ流れが見える。「景明」は、前掲の『大内氏実録』の「村岡忠通の男鎌倉太郎景明」から続く家系という説と一致している。

このように、賢兼の祖先の系図は色々と揺れているものの、大枠としては村岡忠通からはじまり、（一）景成から続く家系、（二）景村（景明）から続く家系、の二説があると考えられる。

（一）景成――景房――景義………賢兼

（二）景村――景明――景宗――景義……賢兼

『尊卑分脈』の「景成―景正」と『姓氏家系大辞典』の「鎌倉権五郎景政の父景成」という記述は、「景正」＝「景政」が同じ人物を指すとすれば、両者の系図の流れは「景成―景正（政）」で一致することになる。

村岡忠通
├景村（兄）
└景成（弟）―景正（政）

福田氏の指摘する江戸期の大庭氏系図において、「景義」は「景成」の孫であるが、『姓氏家系大辞典』や『系図纂要』では景村の曾孫に「景義」が登場している。つまり、賢兼は桓武平氏、鎌倉氏の庶流であり、「景村（兄）」または「景成（弟）」の兄弟から続く「景義」の子孫であり、大庭氏を継ぐ人物であったということになろう。

また、『萩藩閥閲録』(12)巻四十六によれば、大庭源太夫（就景）の立項があり、大庭氏の祖として「忠通三男／景成鎌倉権頭／是大庭之祖也」とある。就景は前掲の福田氏の系図によれば、賢兼より三代後の後継である。『萩藩閥閲録』にはこの他、大庭元景（賢兼の曾祖父か）に宛てた「大内義興袖判下文」（文亀二年（一五〇二）四月七日）、大庭矩景（賢兼の父かまたは叔父か）に宛てた「大内義隆感状」（天文十一年（一五四二）八月二十四日）があり、大内義興・義隆とのやりとりが見えることから、大庭氏は義興の頃にはすでに大内氏の家臣であったと考えられる。

『寛政重修諸家譜』(13)第二十「大場」の項によれば、

家伝に大場権守景宗が末流なり、相模国大場に住みせしより家号とすといふ。官本系図を按ずるに、鎮守府将軍忠通が男鎌倉四郎景村が三代景宗あり。大場を大庭に作れり。今相模国高座郡に大庭村あるときは、家伝大場とせるは誤か。或はのち文字をあらためしか。

とある。大場氏は景宗の末流であり、相模国大場・高座郡（現神奈川県茅ヶ崎市・藤沢市周辺）出身で、景村の三代後の景宗が「大場」を「大庭」としたとある。その後、一族の子孫は戦乱の中、西へと移動し、義興の頃までには周防国大内氏の家臣になったものと思われる。

次に、大庭賢兼という人物について考えてみたい。

『増補防長人物誌』[14]によれば、

大庭賢兼、初め大内義隆に仕へ、図書允と称す。有名衆。家中覚書。古文書。小奉行衆たり。有名衆 義隆薨じて、義長に仕へ、奉行に列す。家中覚書。古文書。義長滅びて毛利家に降る。加賀守と受領名す。古文書。按るに弘治三年八月二十三日以後なり。歌を能くするを以て元就の愛顧を受く。…名を宗分とせり。

賢兼は大内家の奉公人として、大内義隆・義長に仕え、『大内殿有名衆』では、「小奉行」の項目に名が見える。和田秀作氏[15]によれば、この『有名衆』が賢兼の初見であるという。大内家の古文書類によれば、大内家滅亡後は毛利元就に重用されて加賀守となり、和歌を好み、元就の愛顧を受け、元就死後は剃髪して宗分と称したという。

元就の遺稿集である『春霞集（元就詠草）』[16]には、賢兼が『源氏物語』を書写し終わり、その供養として詠んだ歌がある。

源氏物語一部書写をはりし供養とて、賢兼勧進五十首中に、行路梅を

一九したひくる梅の匂ひの追風にいさ○《な》ひくらす野への衣手

柳井滋氏[17]によれば、おそらくこの「源氏物語」は、賢兼が書写した『源氏物語』を指すとの指摘がある。柳井氏は「この賢兼筆本の『源氏物語』は、桃園文庫旧蔵の本で、池田氏が加賀前司入道宗分奥書本と呼ばれたものであろう」と述べ、毛利家の好学の部将として大庭賢兼を挙げる。柳井氏が指摘した「桃園文庫旧蔵の本」であるという説は、『天理大学図書館稀書目録』[18]の賢兼筆本の書誌項目に「桃園文庫」の紙票が見えることからも窺える。池田亀鑑氏[19]は大内家に関して、「大内氏に関しては、まだ論じなければならない多くのものが残つてゐる。それは大内氏の重臣である所の毛利元就・陶弘詮・内藤護道・多々良興豊父子・吉見正頼・大庭賢兼などの学問的業績についてである。此などの人々は、特に源氏物語研究史上に光芒を放つてゐる」と述べている。

池田氏の挙げた人物たちはすべて『源氏物語』に関わり、賢兼の身近にいた人物たちである。賢兼は大内家滅亡後に毛利元就の家臣となっている。宗碩が源氏物語講釈を行ったのは陶弘詮の屋敷であり、弘詮の子である陶興就はハーバード大学サックラー美術館蔵『源氏物語画帖』[20]（縦二十四・二糎、横十七・九糎、五十四面）の発注者とされる人物である。また、賢兼筆本には賢兼以外にもう一人の書写者として、内藤（藤原）護道の名が見える。護道は[21]、序章で詳しく触れたように、大内政弘時代に活躍し、陶弘護と共に宗祇の筑紫道の世話役を務め、宗祇や政弘と『何船百韻』に同座した連歌師でもある。多々良興豊の懇望により成立した冷泉宗清（為広）本があり、賢兼は宗清本を賢兼筆本に校合している。為広は先程のハーバード大学サックラー美術館蔵『源氏物語画帖』の詞書筆者の一人とも目されている人物である。さらに吉見正頼は大内義興の娘、大宮姫の嫁入り道具の一つとされる大島本伝来[22]に関わったとされる。

大内政弘から始まる大内家の『源氏物語』に関わる文芸享受は、毛利元就・陶弘詮・内藤護道・多々良興豊父子・吉見正頼へと広がりを見せている。賢兼は、こうした人物たちの身近にいて、大内家の豊かな文芸を自然と吸収していったことが想像されるのである。

つまり、大庭賢兼は桓武平氏・鎌倉氏の庶流である大庭氏を継ぐ人物であり、剃髪して大庭宗分とも称し、毛利元就の信頼を得、防長の奉公人として、『源氏物語』に関わる文芸に恵まれた環境の中で、大内家・毛利家の『源氏物語』作成に大きく関与した人物であったと言えよう。

三　賢兼の源氏学

前節をふまえつつ、賢兼における『源氏物語』の享受背景について考えてみる。賢兼が書写したとされる賢兼筆本は五十四帖揃本であり、その桐壺[23]巻奥書の内容は以下の通りである（「」は改頁）。

A　右以正徹自筆青表紙本校合之證本一校訖句切自元在之　（四十一オ）」

B此一巻以冷泉民部卿入道宗清御奥書御自筆御判證本
　永禄十年六月朔日加賀守平賢兼（花押）
重而令校合加朱書者也自元亀三二朔始之

C右以原中最秘鈔類字源語抄千鳥加海（ママ）殊去永正拾
三年度於防劦山口縣陶安房守弘詮宅所宗碩法師講
尺聞書等自今日讀合之引哥漢語以下書加之而巳
　元亀第四暦五月朔日始之大庭加賀前司入道宗分（花押）

D這一帖事河海抄花鳥餘情一葉抄之諸説　（四十一ウ）」
集以写加之仍至今度遂三校之功者也
于時天正八年龍集庚辰衣更着十八日任弄臾宗分五十八歳書之　（花押）
花鳥両本再校之

E弄花抄説雇他筆書入之亦一校了
　天正拾壬午歳正月廿一日　分子
（四十二オ）」

・奥書Aによれば、永禄十年（一五六七）六月一日に平賢兼が正徹自筆本を校合
・奥書Bによれば、元亀三年（一五七二）二月一日より、冷泉宗清（為広）自筆本との校合を開始
・奥書Cによれば、元亀四年（一五七三）五月一日より、『原中最秘抄』『類字源語抄』『千鳥抄』『河海抄』の書き入れ、永正十三年（一五一六）に行われた宗碩の源氏物語講釈の聞書の読合、引歌・漢語などの書き入れ
・奥書Dによれば、天正八年（一五八〇）に『河海抄』『花鳥余情』『一葉抄』の書き入れ
・奥書Eによれば、天正十年（一五八二）一月二十一日に『弄花抄』の書き入れ

賢兼筆本の奥書の記述を見ると、正徹本や宗清本との校合、『源氏物語』の古注釈書類である『原中最秘抄』『類字源語抄』『千鳥抄』『河海抄』『花鳥余情』『一葉抄』『弄花抄』の注の書き入れ、宗碩の源氏物語講釈の聞書などの跡が見られる。賢兼がいかに文芸豊富な環境に身を置いていたかということがわかる記述である。

また、賢兼が仕えた大内家には賢兼筆本の他に、吉川史料館蔵大内家伝来『源氏物語』（以下、「大内家本」とする）がある。五十四揃本、縦十六・八糎、横十七・〇糎、一面十行書で和歌は改行一字下げ、列帖装である。中央に竜文様の統一題簽が貼られている。大内家本の夢浮橋巻末には次頁図のような識語が見える。(24)

これによれば、大内家本は「多々良持長」の依頼により、「尭空（三条西実隆）」が制作したものであると考えられる。

多々良（陶）持長とは、『大内氏実録』(25)によれば、

陶持長、兵庫頭に任ず。（古文書）天文六年正月八日、従五位下に叙す。（歴名土代）○系図に見えず。按るに兵庫頭の名、また陶隆満この持長の子とおぼしくて安房守といひ、（中略）且風土注進所載保寧日記に、陶安房守妻卒、就豊田妙栄寺喪礼、とあるを以て見るに、持長は弘詮の子なるべくおもはる。

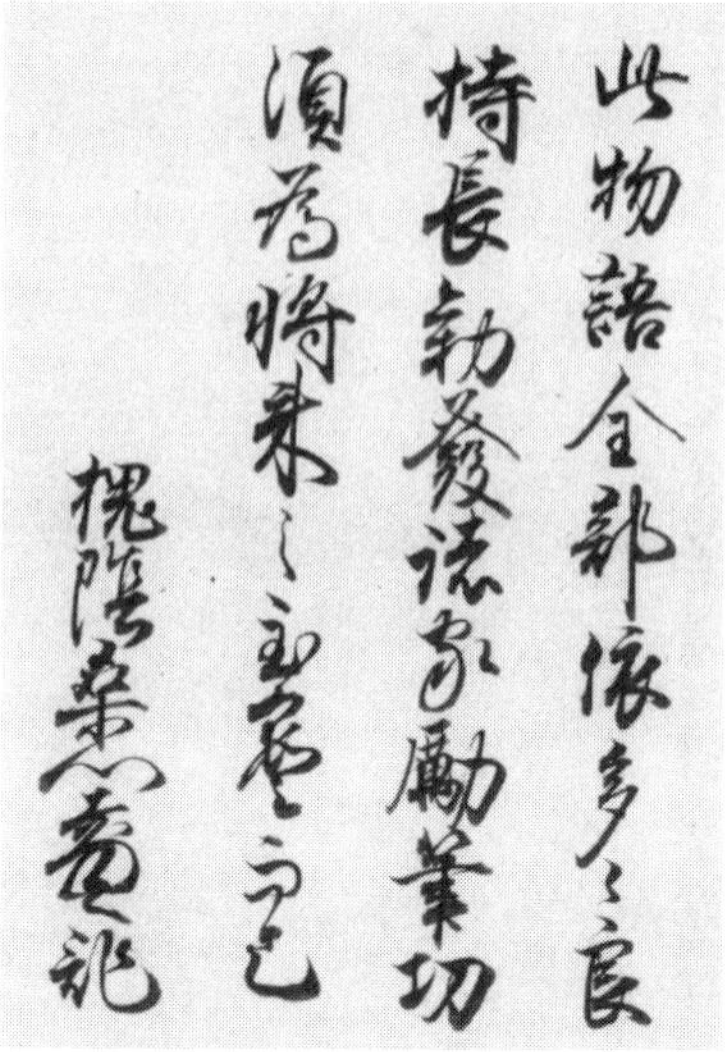

大内家本　夢浮橋巻末識語
（吉川史料館（岩国市）所蔵　以下同）

此物語全部依多々良
持長勧発諸家励筆功
須為将来之至宝而已
槐陰桑門尭空記
（二十八ウ）

天文六年（一五三七）一月八日、多々良（陶）持長は従五位下に叙されている。

『歴名土代』[26]によれば、「従五位下」の項に、

多々良《陶兵庫頭》持長　同（天文）六正八、四十一歳

と兵庫頭として持長の名が見え、明応六年（一四九七）生まれの四十一歳であることがわかる。さらに、『保寧日記抄』[27]の記述によれば、

同（弘治）三年丁巳云々、八月十九日陶安房守妻卒、就豊田妙栄寺喪礼焼香規盛和尚

とあり、子と覚しき陶安房守（陶隆満）の妻が亡くなり、妙栄寺が喪に服したとある。妙栄寺とは陶弘詮の母の菩提寺であることから、『大内氏実録』は持長が陶弘詮の子ではないかというのである。賢兼筆本の奥書によれば、宗碩の源氏物語講釈が行われたのが弘詮宅であった。持長が弘詮の子であるかどうかは定かではないが、弘詮の子孫である可能性は高いと言えよう。

　大内家本にはこうした夢浮橋巻末の識語の他に、「逍遥院殿御奥書源氏之御本筆者目録」[28]（以下、「逍遥院筆者目録」とする）が添えられている。これによれば、大内家本は「逍遥院（三条西実隆）」をはじめとする約四十名による寄合書であることがわかる。

　例えば、桐壺巻の筆者は以下のように記されている。

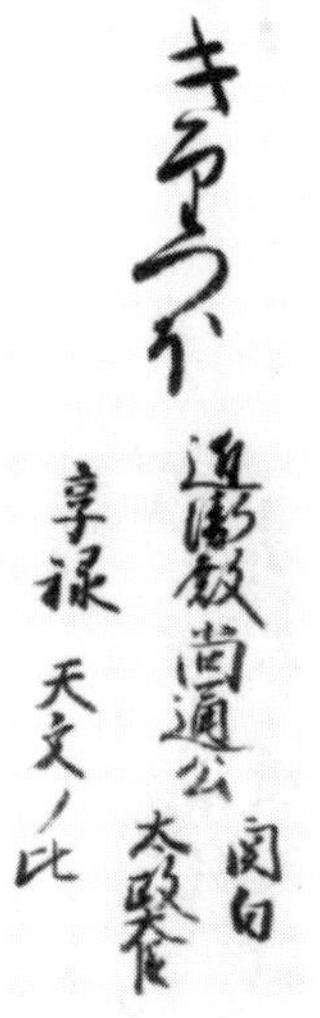

きりつほ　近衛殿尚通公関白太政大臣
享禄　天文ノ比

大内家本桐壺巻は「享禄天文ノ比（一五二八～一五五五年）」に道増の父、近衛尚通によって書き写されたとある。大津有一氏[29]によれば、『伊勢物語口伝抄』には、道増が永禄十一年（一五六八）五月二十三日から六月十九日まで、芸州吉田庄において『伊勢物語』を講釈し、それを賢兼が懇望して一部三ヶ大事までの伝授の聞書をしたことが記されているという。『伊勢物語口伝抄』は天正二年（一五七四）に賢兼が宗分として作った五注集成（肖聞抄・宗長聞書・周桂聞書・洪仙聞書・宗分聞書）である。賢兼は『伊勢物語』の講釈を道増より受けていたと思われ、その父である尚通が大内家本桐壺巻を書き写したとされているのである。

大内家本に関して、遠藤和夫氏(30)は、

この大内家伝来の『源氏物語』は、大内政弘と三条公敦との交渉に始まり、政弘の室が畠山大夫〈義統カ〉《ママ》養女であったことに由来して、三条西実隆の作り上げる『源氏物語』の写本の、宗碩の手元に集積されたものが基になって、はじめは三条西実隆嫡子の縁辺から写し始められ、後には宗碩をはじめとする連歌師師弟群団によって成ったものではないかと憶測される。

と述べている。大内政弘と三条公敦との関係性については米原正義氏(31)が、文明十一年(一四七九)四月に公敦が大内家を頼り、下向しているという。遠藤氏が指摘するように、「逍遙院筆者目録」には、公敦の子「実香」、その子「公頼」の名も見え、公頼は天文二十年(一五五一)八月に大内義隆を頼って下向し、陶晴賢の乱〈大寧寺の変〉で運命を共にした人物であるという。

さらに、「逍遙院筆者目録」には連歌師たちの名前が多く見える。米原氏(32)によれば、大内義隆も参加したとされる持長興行「山何百韻」〈防府天満宮本〉があり、その出席者を見ると、「宗碩」「宗牧」「等運」「周桂」の名が見えるという。これを「逍遙院筆者目録」と比較すると、「宗碩」「宗牧」「等雲〈運か〉」「周桂」の名がすべて一致する。周桂は前述した『伊勢物語口伝抄』にも登場する人物である。遠藤氏の指摘するように、おそらく義隆のもとで、持長の発案により、実隆を中心とする公家と、義隆・持長が親しくしていた連歌師たちへの書写依頼によって、大内家本あるいは陶家本〈持長本〉とも言える『源氏物語』が成立したのではないかと考えられる。

大内家と和歌、連歌師たちとの交流について、『草根集(33)』によれば、康正二年(一四五六)に大内政弘の父教弘は正徹から『続後撰和歌集』を贈られ、和歌の贈答を交わしている。『松下集(34)』によれば、寛正五年(一四六四)二月、

正徹の庵である招月庵を託された高弟の正広は山口県へ赴き、同五年四月に教弘・政弘父子や、長享三年（一四八九）二月に陶弘詮に和歌の指導を行っている。井上宗雄氏や大津氏[35]によれば、賢兼は永禄十年（一五六七）に飛鳥井雅教から歌道を伝授されている。賢兼筆本奥書Cによれば、元亀四年（一五七三）に賢兼は、永正十三年（一五一六）に行われた宗碩による源氏物語講釈聞書の書き入れを行っている。つまり、大内家は代々和歌を通して、飛鳥井家や、正徹、正広、宗碩ら連歌師たちと親交を深めており、和歌を詠むための資料の一つとして賢兼は『源氏物語』を見る機会に恵まれたと考えられるのである。

賢兼の生没年は不明である。賢兼筆本の奥書Dによれば、賢兼は天正八年（一五八〇）に五十八歳であることから、大永三年（一五二三）に生まれたと考えられる。大内家本「逍遙院筆者目録」によれば、享禄から天文の頃（一五二八〜一五五五年）に大内家本桐壺巻は書写されている。また、『春霞集』によれば、永禄年間に賢兼筆本は書写され、賢兼筆本の奥書Aによれば、永禄十年（一五六七）に賢兼は正徹本を校合、元亀三年（一五七二）に宗清本の校合を開始する。以後、賢兼は賢兼筆本に古注釈書類の書き入れを精力的に行っている。西本寮子氏[36]によれば、賢兼は毛利家の親戚である吉川元長とも交流があり、吉川家蔵『古今和歌集』の補修を行い、吉川広家の『源氏物語』学習には賢兼筆本が用いられていたという。さらに吉川家には、広家の息子である広正に嫁いだ毛利輝元女（竹姫）の嫁入り道具とされる毛利家伝来『源氏物語』[37]（以下、「吉川家本」とする）が伝わっている。吉川家本は、五十四帖揃、縦二十・六糎、横十五・四糎、一面九行書、和歌は改行二字下げ、列帖装で、源親行奥書本を備える貴重な河内本系統の本文である。

以上のことをふまえて、賢兼と『源氏物語』の享受史を中心とした【賢兼略年譜[38]】と、賢兼に関わる大内家・毛利家・吉川家の人物を中心とした【三家系図[39]】の作成を試みた。

【賢兼略年譜】

和暦	西暦	年齢	事項（出典）
康正二	一四五六		大内教弘、正徹と和歌贈答（『草根集』巻十二・康正二年三月晦日条）
寛正五	一四六四		正広が西国へ下向、教弘・政弘に和歌指導（『松下集』寛正五年二月中旬／寛正五年四月十日条）
文明一三	一四八一		大内政弘の求めに応じて、飛鳥井雅康が大島本作成（大島本関屋巻末識語）
長享三	一四八九		正広が陶弘詮に和歌指導（『松下集』長享三年二月八日条）
永正四～天文二〇	一五〇七～一五五一		大内〈義隆〉文化全盛期
永正一三	一五一六		多々良〈冷泉〉興豊の懇望により、冷泉為広〈宗清〉が『源氏物語』を書写【宗清本】（桂氏蔵源氏物語夢浮橋巻末識語、『源氏物語事典』下巻）
大永三	一五二三		この頃、大庭賢兼誕生か
享禄～天文の頃	一五二八～一五五五	6歳	大内家伝来『源氏物語』作成か【大内家本】、「桐壺」は近衛殿尚通筆（吉川史料館蔵大内家伝来『源氏物語』目録）
			天文年間の頃より、賢兼は大内家に仕えるか
天文九	一五四〇	18歳	吉見正頼が大島本を所有する〈大内義興の娘大宮姫の嫁入道具〉（田坂憲二氏論考に拠る）
弘治三	一五五七	35歳	大内家滅亡後、賢兼、毛利元就の愛顧を受け、毛利家に仕える（『大内氏実録』）
弘治三～永禄六	一五五七～一五六三		賢兼、『源氏物語』を書写か【賢兼筆本】（『春霞集（元就詠草）』）
永禄一〇	一五六七	45歳	賢兼、賢兼筆本「桐壺」に正徹本を校合（賢兼筆本桐壺巻末識語）
永禄一〇～一一	一五六七～一五六八		賢兼、飛鳥井雅教から歌道伝授（井上宗雄氏論考に拠る）
永禄一一	一五六八	46歳	賢兼、聖護院道増から『伊勢物語』の講釈を受け、聞書（大津有一氏論考に拠る）

元亀二	一五七一	49歳	毛利元就死去、賢兼、名を「宗分」と改め、『宗分歌集』作成（『宗分歌集』識語）
元亀三	一五七二	50歳	宗分、吉川元長の依頼で『古今和歌集』を補修（西本寮子氏論考に拠る） 賢兼筆本に宗清本を校合開始（賢兼筆本桐壺巻末識語）
元亀四	一五七三	51歳	賢兼筆本に『原中最秘抄』『類字源語抄』『千鳥抄』『河海抄』の古注を書入、宗碩の講釈聞書の読合、引歌・漢語などを書入、賢兼筆本に宗清本校合終了（賢兼筆本識語）
天正二	一五七四	52歳	五注集成『伊勢物語口伝抄』を編す（大津氏論考に拠る）
天正八	一五八〇	58歳	賢兼筆本に『河海抄』『花鳥余情』『一葉抄』を書入（賢兼筆本桐壺巻末識語）
天正一〇	一五八二	60歳	賢兼筆本に『弄花抄』を書入（賢兼筆本桐壺巻末識語）
			吉川広家の『源氏物語』学習に賢兼筆本を活用（西本氏論考に拠る）
元和二	一六一六		吉川広正が毛利家伝来『源氏物語』【吉川家本】を所有する〈毛利元就の曾孫竹姫の嫁入道具〉（稲賀敬二氏論考に拠る）

大内家には、飛鳥井家や三条西家、正徹、正広、宗碩などから和歌指導を受けた人々が多く行き交い、良質の文芸が豊富に伝来していたと考えられる。こうした環境が賢兼に『源氏物語』における精密な校訂作業を可能にさせたと言えよう。米原氏(40)によれば、大内政弘は、正徹自筆の『伊勢物語』を三井寺の僧持孝に筆者校合させ、娘武子に与えたという。前述したように、政弘の父教弘は正徹から『続後撰和歌集』を贈られ、正徹の高弟である正広は正徹の代わりに周防国へ赴き、教弘・政弘父子に和歌を教えている。大内家は代々和歌を通して正徹、正広らの連歌師とも親交を深めていることから、正徹本との関わりも想像されるのである。

【三家系図】

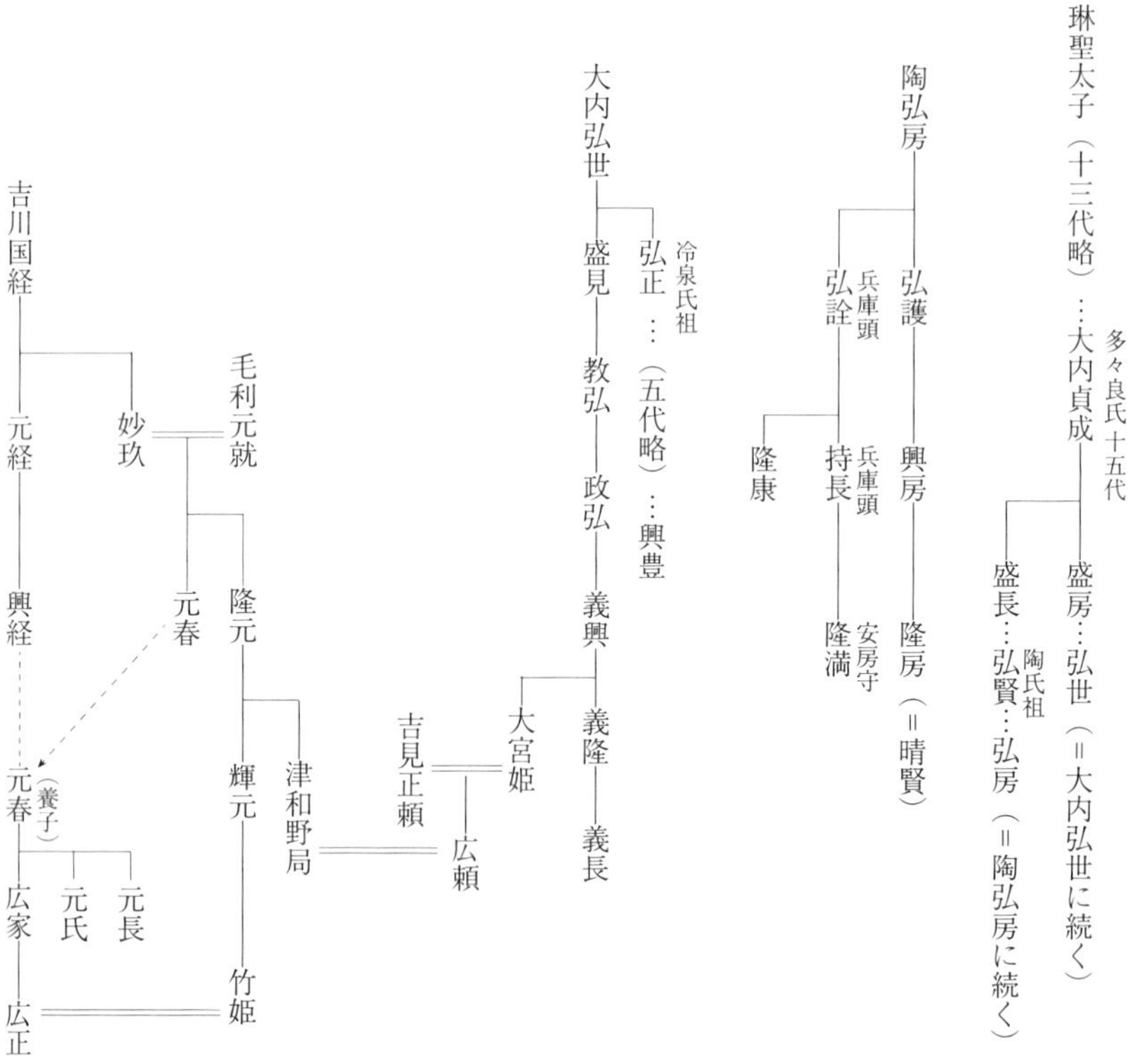

四　おわりに

以上、大内家・毛利家に仕えた大庭賢兼の『源氏物語』享受の実態を追ってみた。

大庭賢兼は桓武平氏・鎌倉氏の庶流である大庭氏を継ぐ人物であり、剃髪して大庭宗分とも称し、防長の奉公人として活躍する中で、大内家・毛利家の『源氏物語』作成にも大きく関与した人物であったと言える。飛鳥井家や三条西家などの源氏学を受け継いだ人々と深く交流した大内家には、宗碩や正広などの連歌師たちも出入りしていた。すなわち、賢兼の周辺には良質の多種多様な『源氏物語』が存在し、賢兼筆本のさまざまな校合跡は、大内家、毛利家家臣であればこそ成立した精密な作業の実態を示唆していると言えよう。

注

（1）井上宗雄氏『中世歌壇史の研究　室町後期』（明治書院、一九七二年、五〇九～五一〇頁）、同氏「中世における和歌研究・二　付大庭賢兼（宗分入道）について」（『和歌文学講座』第十二「和歌研究史」桜楓社、一九七〇年、七八頁）。
（2）天理大学附属天理図書館蔵『源氏物語』（請求記号：九一三・三六／イ一四七／一）。
（3）米原正義氏『戦国武士と文芸の研究』（桜楓社、一九七六年、六六五頁）。
（4）伊井春樹氏『源氏物語論とその研究世界』（風間書房、二〇〇二年、九二一～九二七頁）。
（5）和田秀作氏「毛利氏の領国支配機構と大内氏旧臣大庭賢兼」（『山口県地方史研究』第六十四号、一九九〇年十月）。
（6）西本寮子氏「宗分「源氏抄」（仮称）成立までの事情―毛利元就との関係を軸として」（『国語と国文学』第七十八巻第十二号、二〇〇一年十二月）。
（7）近藤清石著・三坂圭治氏校訂『大内氏実録』列伝第十五帰順（マツノ書店復刻版、一九七四年、三一〇～三一一頁）。
（8）福田百合子氏「宗分歌集研究」（『山口女子大学研究報告』第一号、一九七五年三月）掲載の譜録（遠六十六・第一〇九号）「大庭万里之助景正家」などを参照。大庭矩景は『大内氏実録』に詳しいが、矩景が賢兼の父であるかどうかは判然としない。
（9）『尊卑分脈』（『新訂増補国史大系』第六十下巻第四篇、吉川弘文館、二〇〇一年新装版、一四頁）。
（10）『姓氏家系大辞典』第一巻（角川書店、一九六三年）。注（1）の井上氏論（五〇九頁）に詳しい。
（11）『系図纂要』新版・第八冊上・平氏（二）（名著出版、一九九五年、二二九頁）。
（12）『萩藩閥閲録』第二巻（山口県文書館、一九六八年、二一二～二一四頁）、『萩藩閥閲録別巻』家わけ文書目録（山口県文書館、一九八九年、二一九頁）。
（13）新訂『寛政重修諸家譜』第二十「巻第一三四八　大場（平氏良文流）」（続群書類従完成会、一九六六年、二三七～二三八頁）。
（14）近藤清石編『増補防長人物誌』（マツノ書店、一九八四年復刻版、一七四頁）。注（7）の『大内氏実録』の附録2

「大内殿有名衆」（周防国吉敷郡上宇野令村今八幡宮所蔵）には、小奉行・賢兼の項に「大庭図書允〇賢兼」（三七五頁）とあり、附録3「大内殿家中覚書」（巻末記日天文二十四年（一五五五）正月十五日）にも奉行衆の項に「大庭図書允〇賢兼」（三八五頁）とある。

(15) 注（5）に同じ。

(16) 『贈従三位元就公御詠草』（『私家集大成』第七巻、中世Ⅴ・補遺、明治書院、一九七六年）。『春霞集（元就詠草）』の毛利元就と賢兼については、注（6）の西本氏論に詳しい。

(17) 柳井滋氏「大島本『源氏物語』の書写と伝来」（新日本古典文学大系『源氏物語』一、岩波書店、解説、一九九三年、四七六～四七七頁）。

(18) 『天理大学図書館稀書目録　和漢書之部　第三』二三一六号（天理図書館、一九六〇年、三五九頁）を参照した。

(19) 池田亀鑑氏「日本文学研究に於ける大内氏」（『文学』第二巻第十号、一九三四年十月）。

(20) ハーバード大学サックラー美術館蔵（Arthur M. Sackler Museum, Harvard University Art Museums）『源氏物語画帖』（土佐光信筆、室町後期）に拠る。制作意図や詞書筆者に関しては、メリッサ・マコーミック氏「ハーヴァード大学美術館蔵「源氏物語画帖」と『実隆公記』所載の「源氏絵色紙」」（『国華』第一二四一号、一九九九年三月、二八頁）に詳しい。

(21) 内藤氏に関しては、注（3）を参照した（七〇〇～七〇二頁）。また、『天理大学図書館稀書目録』賢兼筆本明石巻奥書に、賢兼は「右須摩《ママ》明石両巻事新撰菟婆《ママ》集作者内藤内蔵助藤原護道筆跡也」と賢兼は記しており、須磨・明石巻以下、蓬生・薄雲・槿・初音・夕霧・御法・宿木巻に同じ奥書があり、上記の九巻は護道の筆と思われる。

(22) 大内家から吉見家へ、大宮姫の嫁入り道具として移ったとされる大島本の伝来に関しては、田坂憲二氏「大島本源氏物語をめぐって―その伝来過程を中心に―」（『香椎潟』第三十三号、一九八七年九月）に詳しい。

(23) 賢兼筆本の奥書については注（2）に拠り、注（4）（6）を参照した。

(24) 大内家本の奥書・本文は吉川史料館蔵『源氏物語』（大内家伝来）に拠る。大内家本については、西下経一氏「大内氏と国文学」（『防長史学』第四巻二号、一九三三年十二月）を参照した。
（25）注（7）『大内氏実録』の列伝第四親族に拠る（二三五頁）。
（26）室町期の四・五位叙任者の記録簿『歴名土代』（『群書類従』第二十九、『山口県史』史料編中世1、一九九六年、六一六頁）に拠る。多々良（陶）持長については、この他、吉川史料館学芸員の原田史子氏より、第四篇第一章「大内義隆と陶隆房」の「陶氏の一族」（『山口県史』通史編中世、二〇〇八年、五一八～五二一頁）に記述がある旨、ご教示を賜った。
（27）『防長風土注進案』第十三巻、山口宰判下「第廿六　上宇野令之七」（マツノ書店、一九八三年、一六七頁）。
（28）大内家本の筆者目録は吉川史料館蔵に拠る。この「逍遙院殿御奥書源氏之御本筆者目録」についてはすでに、渡部榮氏『源氏物語従一位麗子之研究』（大道社、一九三六年、七～一〇頁）、遠藤和夫氏「大内家伝来『源氏物語』書写者の人々」（『源氏物語本文の再検討と新提言』第三号、二〇一〇年三月、一〇八～一〇九頁）において全文翻刻されている。
（29）大津有一氏『伊勢物語古注釈の研究』増訂版（八木書店、一九八六年、三二三頁）。
（30）注（28）遠藤氏論に同じ（一一二頁）。
（31）注（3）に同じ（六〇七頁）。
（32）注（3）に同じ（六八六頁）。
（33）『草根集』巻十二・康正二年三月晦日（『丹鶴叢書』第五巻、臨川書店、一九七六年、九七頁）。

周防国より大内左京大夫教弘始て状をおくり西国物詣思立て下向あるへし其に因て来て歌道事可加庭訓事など申おくられしかとも至極の老屈なりむかしの事今は隔生則忘のことし此度はさしあひのよしかへりことせしにあなたより「箱崎のまつともいか、告やらん心もしらぬ風の便に」かへりことにそへて続後撰集などつかはしてはこさきや秋風吹は舟出してまつに逢みん春ならす共

（34）正広の西国下向の動向に関しては、注（3）の米原氏論に詳しい。

同五年二月中旬比、防州大内左京大夫入道教弘より状ありて箱崎の松を見よかしとて、むかひをたびたるに思

ひ立ち侍り、つの国兵庫に、船の出で侍る間とうりうせしに、すまのうら一谷にて、源平のたたかひさこそは
と思ひいで侍りて松の木をけづりて書付け侍り
もののふの落行く一の谷の水よわるも夢のすまのうら浪
（『松下集』寛正五年（一四六四）二月中旬頃・六〇四番歌）
十日、子息新介政弘の家にて一続中に
更衣
都には春のにしきや立ちかふる柳桜の陰ふかくして
（『松下集』寛正五年（一四六四）四月十日・六一五番歌）
八日、周防国より陶兵庫頭、歌点所望ありし一巻のおくに書付侍る
たらちねの齢に千世のかずそへて玉藻をよせよ和歌のうら浪
（『松下集』長享三年（一四八九）二月八日・一三八七番歌）

（35）注（1）井上氏論『中世歌壇史の研究　室町後期』に同じ（七八頁）、注（29）に同じ（三七四頁）。

（36）西本寮子氏「第四章　毛利一族の文芸活動―和歌・連歌・物語―」（『毛利元就と地域社会』中国新聞社、二〇〇七年）。

（37）吉川家本の資料的価値については、稲賀敬二氏が夢浮橋巻末に源親行の初稿奥書を備える河内本系統の写本であること、毛利輝元女である竹姫が吉川広正に嫁いだ時の嫁入り本であることを指摘する（稲賀敬二氏『源氏物語の研究　成立と伝流』笠間書院、一九六七年、五〇～五一頁）。本文については加藤洋介氏「河内本本文の揺れ―岩国吉川家本の場合―」（『名古屋平安文学研究会会報』第二十五号、二〇〇〇年三月）があり、吉川家本は河内本の成立伝来過程に関わる重要な写本であるとし、本文の書写・校合・錯簡の様態を詳細に論じている。

（38）【賢兼略年譜】には、主に注（3）の大内家に関する論、注（5）和田氏論に収載の表「大庭賢兼の文化的事績」（一七頁）を参照し、各項目の出典に関しては表中に随時明示した。

（39）【三家系図】には、「大内系図」二種（『続群書類従』訂正三版、第七輯下、系図部、巻第一八七、続群書類従完成会、一九五七年）、新訂『寛政重修諸家譜』第十八・巻第一一九一「多々良氏　大内」（続群書類従完成会、一九六五年、一八五～一八七頁）、『系図纂要』新版・第十四冊上・号外（三）「多々良朝臣姓大内」（名著出版、一九九八年、二一～一〇〇頁）、注（3）米原氏論「陶氏系図」（六六一頁）・「諸氏略系図　周防大内氏」（九八二～九八五頁）、注（7）『大内氏実録』の附録1「大内系図」（三二一～三七三頁）、「五　末家岩国吉川家　藤原姓」（『近世防長諸家系図綜覧』マツノ書店、一九八〇年復刻版）、吉川史料館内掲示の系図などを参照して作成した。

（40）注（3）米原氏論（五八一頁）では、大味久五郎氏所蔵奥書『大日本史料』（八編之廿一）をふまえて考察している。

第四章　大庭賢兼筆『源氏物語』本文の様相

一　はじめに

大庭賢兼が書写した天理大学附属天理図書館蔵『源氏物語』[1]（以下、「賢兼筆本」とする）がある。第三章では賢兼の伝記や『源氏物語』享受の実態について論じた。本章では、賢兼筆本の本文の様相を探り、さらにそこに見える正徹本の校合跡について考察する。

賢兼筆本の桐壺巻奥書[2]には、

右以正徹自筆青表紙本校合之証本一校訖句切自元在之（四十一オ）

永禄十年六月朔日加賀守平賢兼（花押）（四十一ウ）

とあり、永禄十年（一五六七）六月一日、平（大庭）賢兼が正徹自筆の青表紙本を校合したと記されている。

第二篇第一章・第二章でも述べたように、正徹本とは『源氏物語』古写本の一種であり、正徹が記した奥書を所持する本文である。『天理大学図書館稀書目録』[3]によれば、「右以正徹自筆本青表紙本校合之」と記されている賢兼筆本の奥書は桐壺・早蕨・東屋巻の三巻である。つまり、この三巻には正徹本との校合の形跡が見えるということになる。

本章ではまず、賢兼筆本の本文の様相を探る。そして、正徹本の校合跡が見える桐壺巻を取り上げ、桐壺巻が現存する正徹本の四種類、国文学研究資料館蔵正徹本(4)(以下「国文研本」とする)、慶應義塾図書館蔵正徹本(5)(以下、「慶應大本」とする)、京都女子大学図書館吉澤文庫蔵正徹本(6)(以下、「京都女子大本」とする)、宮内庁書陵部蔵正徹本(7)(以下、「書陵部本」とする)と比較し、賢兼が見た正徹本はどのようなものであったのかということについて明らかにしたい。

二　賢兼筆本の書誌・奥書

賢兼筆本は、平賢兼(大庭宗分)・藤原(内藤)護道筆(8)、五十四冊揃本で室町末期写、縦二十五・〇糎、横十九・〇糎、袋綴、表紙は、改装後補、毘沙門格子花橘織文紫表紙。一面八行書、一行十五～十七文字前後、和歌は改行二字下げである。題簽左肩金紙に巻名があり、「桃園文庫」の紙票がある。永禄から天正年間にかけて、正徹本や宗清(冷泉為広)本などと校合し、さらに『原中最秘抄』『類字源語抄』『千鳥抄』『河海抄』『花鳥余情』『一葉抄』『弄花抄』などの諸注釈書の説が、詳細かつ膨大に紙面一杯に書き加えられた諸注集成の形式である。

賢兼筆本の桐壺・早蕨・東屋巻はいずれも賢兼の書写によるものであり、三巻の各帖末には正徹本に関する奥書が見える(9)。

以下に賢兼筆本の桐壺巻の奥書を明示する。第二篇第一章・第二章で明示した正徹本六種の奥書(国文研本、慶應大本、書陵部本、京都女子大本、大青歴博本、徳本本)のうち、賢兼筆本の桐壺巻の奥書は、京都女子大本の桐壺巻の奥書に一番近いと思われるので、比較対象として掲げた(「」は改頁。以下、同じ)。

【賢兼筆本・桐壺巻奥書】

A去正應四年之比此物語一部以家本不違一
字所撰也於此巻者舎兄慶𧇛法眼筆也
可為証本乎
通議大夫藤為相判

B以多本雖校合猶青表紙正本（定家卿本也）不審
之處為相卿正應之比以青表紙書写之本出
来之間加一校之處此本一字不違彼校本桐壺（四十ウ）」

C夢浮橋両帖為相卿自筆奥書判形等
如此則注前之[墨]尓今弥定正本若違此
本者非彼定家本不用之者也

D此一帖七十九歳以盲目染筆者也
長禄三年四月廿五日
休止叟正徹判

E
右以正徹自筆（青表紙本校合之）證本一校訖（句切自元在之）（四十一オ）」
永禄十年六月朔日加賀守平賢兼（花押）（四十一ウ）」

【京都女子大本・桐壺巻奥書】

去正應四年之比此物語一部
以家本不違一字撰（所也）於此
巻者舎兄慶𧇛法眼筆也
可為証本乎
通議大夫藤為相判（三十八ウ）」
以多本雖校合猶青表紙
正本（定家卿本也）不審之處為相
卿正應之比以青表紙書写之
本出来之間加一校之處此
本一字不違彼校本桐壺
夢浮橋両帖為相卿自筆
奥書判形等如此則注前之[了]
尓今弥定正本若違此本者
非彼定家本不用之
者也（三十九オ）」
此一帖七十九歳以盲目
染筆者也
長禄三年四月廿五日
休止叟正徹（花押）（三十九ウ）」

賢兼筆本に関して、井上宗雄氏[10]によれば、正徹本との校合や諸種の書き入れが行われたこの諸注集成は最終的には天正十年（一五八二）八月に完了したという。米原正義氏[11]は、宗碩の源氏物語講釈聞書が陶弘詮宅で行われ、その当時の聞書を書き加えたと記す桐壺巻奥書について述べている。伊井春樹氏[12]も宗碩の源氏物語講釈の視点から、賢兼筆本について触れ、桐壺巻の奥書を明示し、長禄三年（一四五九）の正徹本を永禄十年（一五六七）に賢兼が転写したものではないかと解説している。西本寮子氏[13]は井上氏、米原氏、伊井氏の論をふまえた上で、中世後期の中国地域における『源氏物語』享受の様相を解明するための資料として賢兼筆本を再評価し、永禄十年（一五六七）に正徹自筆本と校合を行ったという奥書の記述を明示する。稲田利徳氏[14]は、『大成』の掲げた徳本本や書陵部本の奥書と共に、賢兼筆本の桐壺・早蕨・東屋巻の奥書について指摘し、正徹の亡くなる直前の資料として貴重なものであると説く。稲田氏の指摘をふまえて、久保木秀夫氏[15]も国文研本の奥書を明示しつつ、賢兼筆本の存在について触れている。

これらの先行研究をふまえつつ、賢兼筆本の奥書を見てみると、賢兼筆本の桐壺巻の奥書A〜Dは京都女子大本桐壺巻の奥書とほぼ一致する。賢兼筆本奥書C（四十一オ二）の上段四角囲い「畢」が京都女子大本では（三十九オ七）の下段四角囲い「了」となってはいるものの、ほぼ同じ奥書と言ってよいだろう。

これに対して、第二篇第一章・第二章でも明示した国文研本、慶應大本、書陵部本の奥書の抜粋と比較してみると、

［国文研本・桐壺巻奥書］

者非彼家本不用之者也

嘉吉三年初秋中七日　重而書之判　（三十九オ）」

［慶應大本・桐壺巻奥書］

文安三年六月日　宗耆判　（三十九ウ）」

今弥定正本若違此本者非彼家本不用之者也

嘉吉三年初秋中七日　重而書之判（三十一オ）」

文安三年六月日　宗者判

以彼御本一校了（三十一ウ）」

［書陵部本・夢浮橋巻奥書］

文安三年六月七日

招月老衲正徹判（二十四オ）」

賢兼筆本の奥書A〜Cの箇所は国文研本・慶應大本の桐壺巻の奥書とも同じ内容である。しかし、賢兼筆本の桐壺巻の奥書D「長禄三年」の箇所は国文研本・慶應大本では「嘉吉三年」「文安三年」、書陵部本では「文安三年」とあり、一致しない。また、賢兼筆本の奥書Cと京都女子大本に見える傍線部「定家本」の記載は、国文研本・慶應大本では「家本」となっている。単なる誤写か、一文字「定」が抜け落ちたのかは判然としないが、奥書を見る限りでは、賢兼筆本に校合された正徹本は、伊井氏の指摘するように、京都女子大本に近いのではないかと推測される。稲田氏[16]は、桐壺巻の奥書に見える「長禄三年四月廿五日」の日付について、正徹の歌集『草根集』が長禄三年（一四五九）四月二日で終わっており、同年五月九日に正徹が死去していることから、「現在知ることのできる、正徹の最後の行動を示していて貴重である」と述べている。つまり、賢兼筆本奥書D「長禄三年四月廿五日」という記述は、七十九歳で亡くなる直前まで、『源氏物語』を書写していたという、正徹の真摯な態度を垣間見ることができる貴重な資料であると言えよう。

このように、賢兼筆本は、国文研本、慶應大本、書陵部本の奥書にはなく、京都女子大本にのみ存在する奥書C

「定家本」、奥書Ｄ「長禄三年」の記述が完全に一致する。つまり、賢兼筆本の桐壺巻の奥書は京都女子大本の奥書と同じ「長禄三年」の奥書を転写したもので、それが永禄十年（一五六七）六月一日のことであったと考えられる。

三　賢兼筆本桐壺巻と正徹本の校合跡

では、賢兼筆本の本文について考えてみたい。結論から言えば、賢兼筆本は青表紙本の本文である。例えば、河内本の一つである尾州家本と賢兼筆本桐壺巻を比較してみると、

①たいえきのふようもけにかよひたりしかたちいろあひからめいたりけんよそひはうるわしうけふらにこそはありけめ」（尾州家本）
大液の芙蓉未央柳もけにかよひたりしかたちをからめひたるよそひはうるはしうこそありけめ（賢兼筆本）

②なつかしうらうたけなりしありさまはをみなへしの風になひきたるよりもなよひなてしこのつゆにぬれたるよりもらうたくなつかしかりしかたちけはひをおほしいつるに（尾州家本）
なつかしうらうたけなりしをおほしいつるに（賢兼筆本）

③さとのとのはもくすりたくみつかさなとに（尾州家本）
さとの殿は修理職たくみつかさに（賢兼筆本）

尾州家本と賢兼筆本には大きな異同箇所が見え、それはすべて青表紙本の特徴と重なることから、賢兼筆本桐壺巻は

青表紙本であると考えられる。

そこで、さらに賢兼筆本の本文の実態を探るために、以下に掲げた青表紙本とされる十本との対校を試みたところ、結果は表の通りとなった。「え」「へ」の差は異同数に含めず、ウ音便などは異同数に含めた。

諸本	異同数
(三)	42
(書)	48
(吉青)	55
(肖)	60
(池)	71
(明)	78
(大)	82
(伏)	84
(穂)	94
(為秀)	103

大島本(大)/明融本(明)/大内家本(吉青)/為秀筆本[17](為秀)/池田本(池)/穂久邇文庫本(穂)/日大三条西家本(三)/伏見天皇本(伏)/肖柏本(肖)/書陵部三条西家本(書)

賢兼筆本と一番異同数が少ないのは日大三条西家本(三)で四十二例、一番異同数が多いのは為秀筆本(為秀)で一〇三例ということになる。つまり、桐壺巻においては、日大三条西家本(三)が一番賢兼筆本に近い本文であると言えよう。さらに、書陵部三条西家本(書)と肖柏本(肖)の異同数も少ないことから、賢兼筆本は三条西家本に近い本文ということになろう。

次に、こうした賢兼筆本の本文の様相をふまえた上で、賢兼筆本桐壺巻における正徹本との校合跡について考えてみることとする。正徹本四種(国文研本・慶應大本・書陵部本・京都女子大本)と比較することによって、賢兼筆本が見ていた正徹本をより明確にしたいと考える。

まず、賢兼筆本の濁点表記について考えてみる。濁点表記が顕著である二種の正徹本(国文研本、書陵部本)の濁点表記と比べてみると、賢兼筆本の濁点は七十三例、国文研本の濁点は二十九例、書陵部本の濁点は七七三例である。賢兼筆本の七十三例中、六十三例が書陵部本の濁点箇所と一致する。ただし、漢字表記のため、濁点の有無の不明確な箇所がある。例えば書陵部本が「わた殿」とあり、賢兼筆本が「わたどの」とある場合、賢兼筆本が書陵部本の

「殿」を「どの」と判断したかは明確にはわからない。そのような例が四例あるが、それを六十三例に加えれば六十七例が一致し、これは賢兼筆本の濁点の九割が一致していることになる。ただし、書陵部本と一致しない賢兼筆本の濁点箇所「もてなやみぐさ」「さらず」「うへつぼねに」「給はず」「うつくしげなる」「こまうど」の六例は国文研本の濁点箇所とも一致ない。つまり、濁点箇所については書陵部本と九割以上が一致することから、賢兼筆本の濁点箇所は書陵部本の影響を受けている可能性が考えられる。

では次に傍記箇所について考えてみる。賢兼筆本（賢兼）の傍記箇所は七十例（朱合点箇所の二十二例を除く）である。それを国文研本、慶應大本、京都女子大本、書陵部本の本文と比較すると、次表のような結果となる。

正徹本	共通数
（書徹）	51
（慶徹）	44
（京徹）	43
（国徹）	35

書陵部本（書徹）は五十一例、慶應大本（慶徹）は四十四例、京都女子大本（京徹）は四十三例、国文研本（国徹）は三十五例とあり、これは賢兼筆本の傍記箇所に影響を与えた可能性が考えられる共通箇所数である。賢兼筆本の傍記の全用例七十例のうち、書陵部本との共通箇所数が五十一例であり、それは賢兼筆本全体の七割近くを占めている。数値的には賢兼筆本は書陵部本の傍記の影響を一番受けているということになろうか。

例えば、

【1】
賢兼　後涼殿《コウラウテン》に（五オ七）
書徹　後涼殿《こうらうでん》に（四ウ五）

【2】

賢兼　なさけありし御《イ》こゝろを（十ウ七）
書徹　なさけありし心を（九オ四）

【1】の「コウラウテン」という振り仮名は、肖柏本「後涼《りやう》殿に」や為秀筆本「後涼《リヤウ》殿に」などのように、「涼」の漢字に「りやう（リヤウ）」などの部分的な振り仮名をするものや、逆に仮名書きに漢字の傍記が記されているものはあるものの、「後涼殿」という漢字表記全体への振り仮名が記されているのは管見の限りでは賢兼筆本（賢兼）と書陵部本（書徹）のみである。

また、【2】は「御」の文字を賢兼筆本はミセケチしている。これについては書陵部本ではなく、他の諸本に倣って「御」をミセケチしたとも考えられるが、諸本の多くが「御こころを」としている部分である。日大三条西家本「心《御》を」、大内家本「心を」、国冬本「ことを」などの僅かに異同は見られるものの、それ以外の諸本では「心を」は見当たらない。賢兼筆本のこの校訂箇所は書陵部本によって校訂された可能性が考えられる。

このように、数値的に見ると、賢兼筆本に影響を与えた正徹本は書陵部本であると考えられる。しかし、実際にその傍記が賢兼筆本に影響を与えたものであるかどうかの確証はない。賢兼筆本にある傍記箇所七十例のうち、書陵部本と共通する傍記箇所が五十一例とすると、共通しない箇所は十九例である。この十九例のうち、賢兼筆本独自の傍記箇所が九例、正徹本以外の諸本との校合による傍記と思われる箇所が三例とすると、その他は七例となる。その七例の内訳は以下の通りである。

（国徹）（京徹）（慶徹）共通箇所……三例
（慶徹）のみ共通箇所……………二例

（国徹）（京徹）共通箇所……………一例
（京徹）のみ共通箇所……………一例

数値としては、（国徹）が四例、（京徹）が五例、（慶徹）が五例であり、あまり三種に差は見られない。しかし、さらに一つ一つを照査していくと、本文自体を参考にした箇所ではなく、賢兼筆本（賢兼）の校訂箇所と傍記による校訂方法が似ている用例が多いのは京都女子大本ではないかと思われるのである。

そこで、以下、その特徴的な用例八例を掲げてみる。

【1】
賢兼　うち〳〵におもふ給ふ《へ》る（十五ウ三）
京徹　うち〳〵に思給ふ《へ》る（十四ウ八）

諸本「給ふる」「給へる」いずれも本文としては同じくらいの数が存在する。「ふ」の横に異本として「へ」を傍記するものはあるが、明融本が「ふ」をミセケチして再度「ふ」と傍記している以外は、「ふ」をミセケチして「へ」と校訂しているのは賢兼筆本（賢兼）と京都女子大本（京徹）である。書陵部本は「給へ《ふ》る」と、「ふ」と「へ」が逆転した傍記であり、国文研本は「たまふる」、慶應大本は「給へる」とあり、校訂表記はない。奥書によれば、賢兼筆本には冷泉為広（宗清）本も校合した形跡があり、「思給へる」と書写している本文が正徹本とは別にあり、それを見て賢兼が自ら校訂したとも考えられる。しかし、賢兼筆本と京都女子大本の校訂表記が一致していることから、この箇所は賢兼が見た正徹本の校合跡である可能性が高いと考えられる。

【2】

賢兼　おはしますらんに《を》（十五ウ八）
京徹　おはしますらむに《をイ》（十五オ四）

本行本文が諸本「おはしますらんに」「おはしますらんを」で揺れている箇所である。「に」をミセケチして「を」と校訂する本文は多いものの、ミセケチせずに「に」の横に「を」と傍記するのは賢兼筆本と京都女子大本である。書陵部本は「おはしますらむを《に》」と、「を」と「に」が逆転した傍記を施しており、慶應大本は「おはしますらんを」、国文研本は「おはしますらむに」であり、校訂表記はない。賢兼筆本は京都女子大本の流れを汲む正徹本を見て、「に」に「を」を傍記した可能性が高いと思われる。

【3】

賢兼　おとろくはかり~~に~~（十七ウ二）
京徹　おとろくはかり~~に~~（十六ウ三）

諸本「おとろくはかり」となっている箇所である。この箇所も、どの本文によって賢兼が「に」をミセケチしたかは定かではない。しかし、「に」をはっきりとミセケチしている本文によって校訂した可能性が高い。国文研本・書陵部本・慶應大本は「おとろくはかり」であり、校訂表記はない。

【4】

賢兼　人のちきりになん《世に》（十七ウ四）

京徹　人のちきりになむ《世ニィ》（十六ウ五）

「ちきりなん」に「世に」を補入する本文はこの他、麦生本などに見られるが、諸本では「世に」は本行にすでに書写されているものが多い。「世に」が本行にないのは、管見の限りでは、麦生本、賢兼筆本、京都女子大本である。国文研本・慶應大本は「ちきりになむ」、書陵部本は「契になん」であり、校訂表記はない。賢兼筆本は京都女子大本の校訂箇所に基づいて「世に」を傍記した可能性があろう。

【5】

賢兼　ありけれとよ《の》人もきこえ（二十五オ五）

京徹　ありけれと世《ノ》人もきこえ（二十三ウ五）

諸本「世の人」「世人」で揺れている箇所である。国文研本は「世人」、書陵部本・慶應大本は「世の人」であり、校訂表記はない。京都女子大本の傍記で「の」を傍記していることに倣い、賢兼筆本に「の」を傍記したとも考えられる。

【6】

賢兼　おとろきて《あまたたひかたふき》（二十七オ七）

京徹　おとろきて《アマタ、ヒカタフキ》　（二十五ウ九）

諸本「おとろきてあまた、ひかたふき」と本行本文にある。国文研本・書陵部本・慶應大本は「おとろきてあまた、ひかたふき」とあり、校訂表記はない。本行本文が「おとろきて」で、それに傍記で「あまた、ひかたふき」を補うのが、賢兼筆本と京都女子大本である。補入の方法が両者は近似していると言えよう。

【7】

賢兼　わか女みこたちゆ《と》　（三十ウ七）

京徹　わか女みこたちの《と》　（二十九オ七）

諸本「わか女みこたちの」である。「と」としているのは、書陵部三条西家本、日大三条西家本、肖柏本、大正大本、保坂本、大内家本、書陵部本などである。国文研本・慶應大本は「わか女みこたちの」、書陵部本は「我女みこたちと」であり、校訂表記はない。「の」に「と」と傍記しているのは京都女子大本であり、それを賢兼筆本が参考にしたとも考えられる。

【8】

賢兼　たゝ　（三十八オ二）

京徹　たゝ《イ無》　（三十六ウ三）

諸本「たゝ」であり、「たゝ」がないのは、書陵部三条西家本、日大三条西家本、肖柏本、保坂本、大内家本、書陵部本である。国文研本・慶應大本は「たゝ」、書陵部本は本行に「たゝ」がなく、校訂表記はない。それに対して、「たゝ」をミセケチしているのは賢兼筆本と京都女子大本である。このように、京都女子大本の校訂箇所が反映されたのではないかと思える校訂方法が賢兼筆本には多く見られる。

それではもう一例、賢兼筆本と正徹本諸本との本行本文における近似について見ておきたい。

賢兼　なにのことのきしきをも（二ウ一）
京徹　なにのことのきしきをも（二オ十一）
国徹　なにの事のきしきをも（二オ九）

賢兼筆本「なにのことの」は、諸本で「なにことの」と表記される部分であり、他本には見られない表現である。書陵部本・慶應大本は「なに事の」である。これは第二篇第二章で、正徹本の独自異文としても触れた箇所である。単なる誤写、あるいは「なに」「事」の二つの言葉を分離して考え、間に「の」を補ったとも考えられる。しかし、「なにのことの」という表現は国文研本・京都女子大本に共通して見られる表現であり、単なる誤写とは捉えにくい。賢兼筆本にもはっきりと「の」が本行本文に明記されていることから、三種が見たそれぞれの祖本には「なにのことの」という本文があり、それが反映された可能性が考えられる。

以上のように、賢兼筆本における正徹本の校合跡を比較すると、〈濁点〉においては書陵部本と共通した箇所が多いことがわかる。また、数値的に見ても、〈傍記〉や振り仮名の表記なども書陵部本に近い。しかし、具体的に校訂箇所を比較してみると、京都女子大本の校訂方法と共通している箇所が多く存在するのである。つまり、賢兼筆本における正徹本との校合跡は、本文校訂に関する傍記箇所が京都女子大本と共通する箇所が多いと考えられる。さらに前節で触れたように、賢兼筆本の正徹本に関わる奥書は、京都女子大本の桐壺巻の奥書と完全に一致することから、賢兼が校合に用いた正徹本は京都女子大本に近い本文であったと言えよう。

四　おわりに

以上、賢兼筆本の奥書や書誌、校合された正徹本の桐壺巻との比較検討によって、賢兼筆本本文の様相、正徹本との校合跡について考察した。

賢兼筆本は、桐壺巻の奥書によれば、永禄十年（一五六七）六月一日に正徹本と校合していることから、永禄十年には賢兼筆本の本文自体がすでに成立していたと考えられる。賢兼筆本の本文を『源氏物語』諸本と比較すると、日大三条西家本、次いで書陵部三条西家本に近いことから、賢兼筆本は三条西家本系統の本文であると考えられる。

正徹本に関わる賢兼筆本の桐壺巻の奥書には「定家本」「長禄三年」の記載がある。それは京都女子大本の奥書に一致し、それ以外の正徹本の奥書には見られない記載であることから、賢兼筆本が校合した正徹本は京都女子大本に近い本文である可能性が高いのである。さらに、賢兼筆本の桐壺巻における傍記箇所と正徹本本文（国文研本・慶應大本・書陵部本・京都女子大本）の傍記箇所とを比較した。すると、〈濁点〉の箇所は書陵部本の濁点にほぼ一致し、国文研本の濁点と共通する箇所も見えた。しかし、〈傍記〉に関しては京都女子大本の傍記の校訂方法と共通項の多い校訂方法が多く見られた。つまり、賢兼が賢兼筆本の校合に用いた正徹本は京都女子大本に近い本文であった可能性が高いのではないかと思われる。

注

（1）賢兼筆本の書誌・奥書・本文に関しては、天理大学附属天理図書館蔵『源氏物語』（請求記号：九一三・三六／イ一四七）の紙焼写真に拠る。以下、同じ。

（2）注（1）に同じ。また、『天理大学図書館稀書目録　和漢書之部　第三』一三一六号（天理図書館、一九六〇年、三五九頁）を参照した。

（3）注（2）『天理大学図書館稀書目録　和漢書之部　第三』に同じ（三五九～三六三頁）。

（4）人間文化研究機構・国文学研究資料館蔵『源氏物語』（請求記号：サ四／七五／一一）。

（5）慶應義塾図書館蔵『源氏物語』（請求記号：一三二X／一五八／五四）。

（6）京都女子大学図書館吉澤文庫蔵『きりつほ』（請求記号：吉澤文庫／YK／九一三・三六／M）のマイクロ（国文学研究資料館蔵、請求記号：二四二／七二／七）の紙焼写真。

（7）宮内庁書陵部蔵『源氏物語』（請求記号：五五四／一四、複四〇三二）。

（8）内藤護道に関しては、米原正義氏『戦国武士と文芸の研究』（桜楓社、一九七六年）に詳しい。

（9）早蕨巻の奥書には「此ノ本可為證本者也　招月叟正徹在判／右以正徹自筆青表紙本校合之一字不違書写校合了」、東屋巻の奥書には「此本一為證本者也／招月叟正徹在判／右以正徹自筆青表紙本校合之書写校／合畢句切自元在之／永禄十一年正月廿一日　加賀守賢兼（花押）」とあり、いずれも正徹本を校合した旨が書かれている。

（10）井上宗雄氏「中世における和歌研究・二　付大庭賢兼（宗分入道）について」（『和歌文学講座』第十二「和歌研究史」桜楓社、一九七〇年、七七～七九頁）。

（11）注（8）に同じ（六六五頁）。

（12）伊井春樹氏『源氏物語論とその研究世界』（風間書房、二〇〇二年、九二一～九二七頁）。

（13）西本寮子氏「宗分「源氏抄」（仮称）成立までの事情―毛利元就との関係を軸として」（『国語と国文学』第七十八巻第十二号、二〇〇一年十二月、一三三頁）。

（14）稲田利徳氏『正徹の研究　中世歌人研究』（笠間書院、一九七八年、一〇九〜一一〇頁）。

（15）久保木秀夫氏「冷泉為相本、嘉吉文安年間における出現―伝一条兼良筆桐壺断簡、及び正徹本の検討から―」（『源氏物語の始発―桐壺巻論集』竹林舎、二〇〇六年、四四頁）。

（16）注（14）に同じ（一一〇頁）。

（17）専修大学図書館蔵『源氏物語』伝冷泉為秀筆本（請求記号：A／九一三・三／MU五六）。

第五章　米国議会図書館蔵『源氏物語』の本文

――麗子本対校五辻諸仲筆本の出現――

一　はじめに

米国議会図書館蔵『源氏物語』（以下、「ＬＣ本」とする）の本文についての素姓や伝来について解明する。

ＬＣ本（LC control No.2008427768）とは、米国議会図書館アジア部日本課（Library of Congress, Japanese Rare Book Collection）に二〇〇八年より所蔵となった『源氏物語』の写本である。ＬＣ本の本文調査は斎藤達哉氏、高田智和氏を代表として、二〇一〇年より開始された(1)。書誌概要は以下の通りである(2)。全五十四帖揃、縦二十五・〇～二十五・二糎、横十六・八～十七・〇糎、列帖装（綴葉装）、料紙は鳥の子、題簽は朱色、表紙は濃青色、後補改装。前蓋に「源氏　全部五十五冊／五辻殿諸仲御筆／外題三条西殿実隆御筆」と金字された黒塗箱（慳貪蓋付き提箪笥）に収められ、古筆了仲（一六五六～一七三六）の折紙が添えられている。

了仲の折紙によれば、本文は五辻諸仲（一四八七～一五四〇）、外題は三条西実隆（一四五五～一五三七）の手によるものとあることから、米国議会図書館蔵書目録（http://con.loc.gov/2008427768）において、書写年代は実隆没年の一五三七年以前とされている。

ＬＣ本に関しては、割注のような二行書（分かち書き）を交えた特殊表記の和歌（六十二首）を含むこと、一冊内での書写行数が一定しないこと、傍記の混入、丁裏の文字の転写などについて、すでに表記上の特徴が指摘されている(3)。

特殊表記の和歌に関しては、光源氏と関わる和歌が三十二首と半数を占めることから、「それらは『源氏物語』の内容に寄せる一定の理解の上に立った配慮であったと言ってよい」との指摘(4)や、冷泉家時雨亭文庫蔵『秋風和歌集』と比較し、『秋風和歌集』における「本を見開いた状態で、一首の和歌全体を読めるようにするための書写方法」と同じ表記方法の原理が、LC本にはあるのではないかという指摘がある(5)。さらに、LC本の「ケハヒ」の字母表記には「希八ひ」が二二例、「カタハライタシ」の字母表記には「か多者ら」が五十例という偏りが見られることから、「八」の字母表記は、「八」と「者」の二つに揺れが多いという字母表記の特徴についても論じられている(6)。

本章では、これらの先行研究の成果をふまえつつ、LC本が、昭和初期に従一位麗子本の研究を行った渡部榮氏が実見したものと同一のものであるという仮説を提示したい。

二　古筆了仲による折紙の近似

LC本に添えられた古筆了仲の折紙は次頁掲載（折紙1参照）のものであり、内容は以下の通りである。

正徳元年（一七一一）五月下旬、この『源氏物語』（四半本）は五辻諸仲の真筆であり、外題は三条西実隆によるものであることが記されている。古筆了仲は天保七年（一八三六）版『古筆了伴大人閲和漢書畫古筆鑑定家系譜並印章』(7)によれば、古筆別家の三代目であり、元文元年（一七三六）に亡くなり、LC本の折紙に見える「釣玄斎」という印章は、「折紙ニ用」とあり、折紙に用いる印であったことがわかる。

この他、三代了仲の折紙は、専修大学図書館蔵蜂須賀家旧蔵『和漢朗詠抄』(8)①（上下二冊、建長三年（一二五一）写、上帖伝高辻（菅原）長成筆・下帖伝高辻清長筆）にもあることがすでに確認されている(9)（折紙2参照）。折紙の形式の一致、「正徳元年（一七一一）」というLC本の折紙の年号とも一致している。

さらに、専修大学図書館蔵蜂須賀家旧蔵本には、もう一つの『倭漢朗詠抄』(10)②（上下二冊、室町時代初期写、伝光厳院宸筆）が存在し、これも折紙は三代了仲によるものである。伝光厳院宸筆本には元禄十三年（一七〇〇）と記された了仲の折紙が付いている（折紙3参照）。

つまり、ＬＣ本の折紙と、専修大学図書館蔵『和漢朗詠抄』二種の折紙は、いずれも形式、筆跡、極印が一致していることが確認できる。ＬＣ本の折紙は、古筆別家三代の了仲のものである信憑性が高いと考えられる。

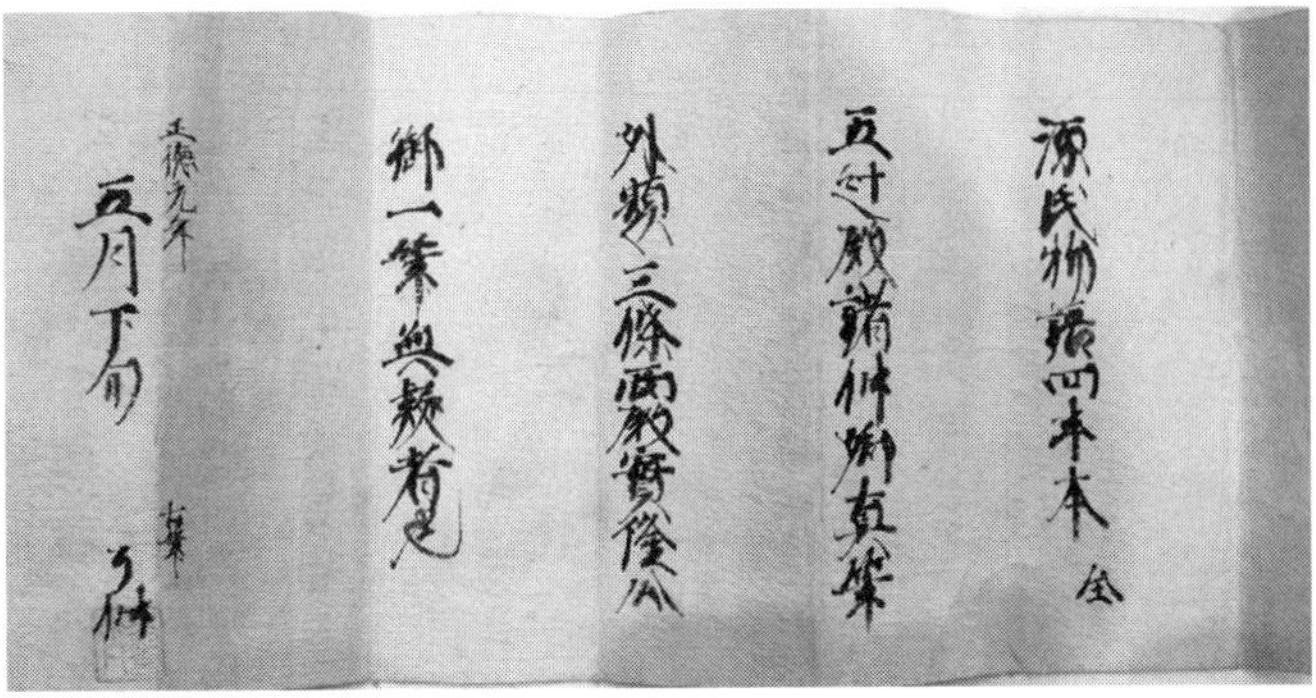

折紙１　ＬＣ本の古筆了仲の折紙（米国議会図書館所蔵）

源氏物語四半本　全
五辻殿諸仲卿真筆
外題三條西殿実隆公
御一筆無疑者也
正徳元年
五月下旬　古筆
了仲 釣玄斎（陽刻朱印）

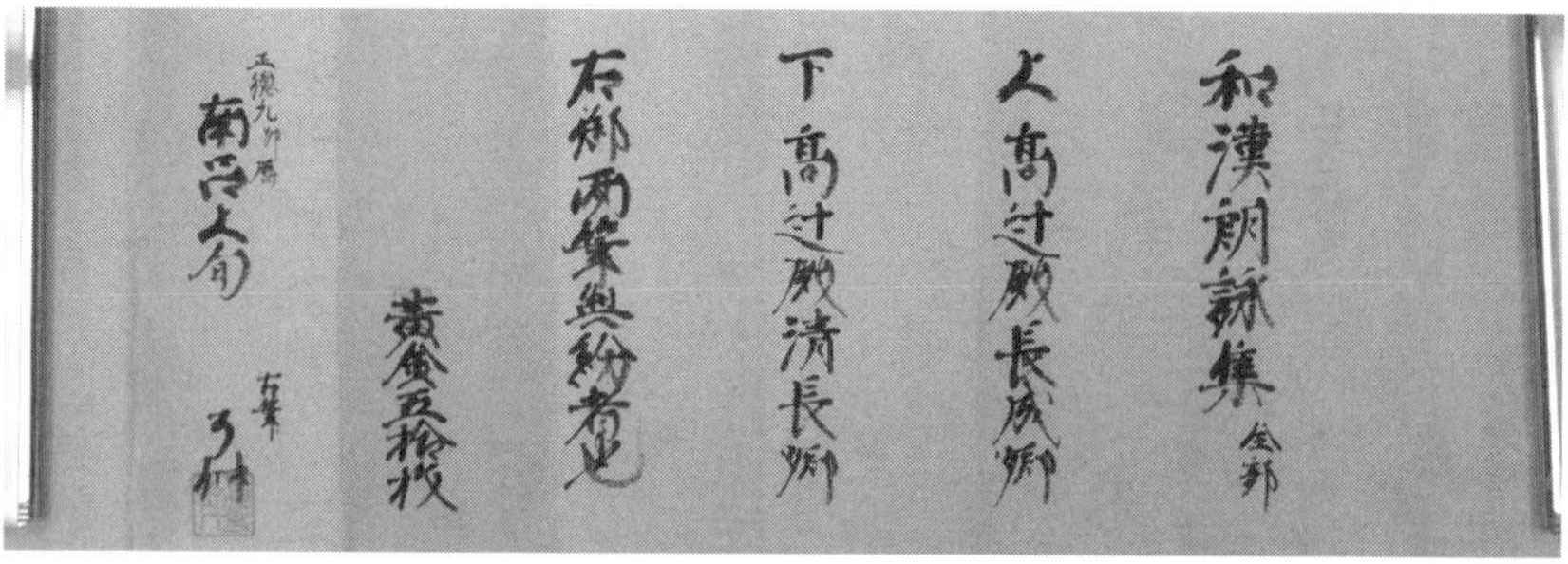

折紙２　『和漢朗詠抄』①の折紙（専修大学図書館所蔵　以下同）

①
和漢朗詠集全部
上　高辻殿長成卿
下　高辻殿清長卿
右御両筆無紛者也
黄金五拾枚
正徳元卯暦
南呂上旬　古筆　了仲 釣玄斎
（陽刻朱印）

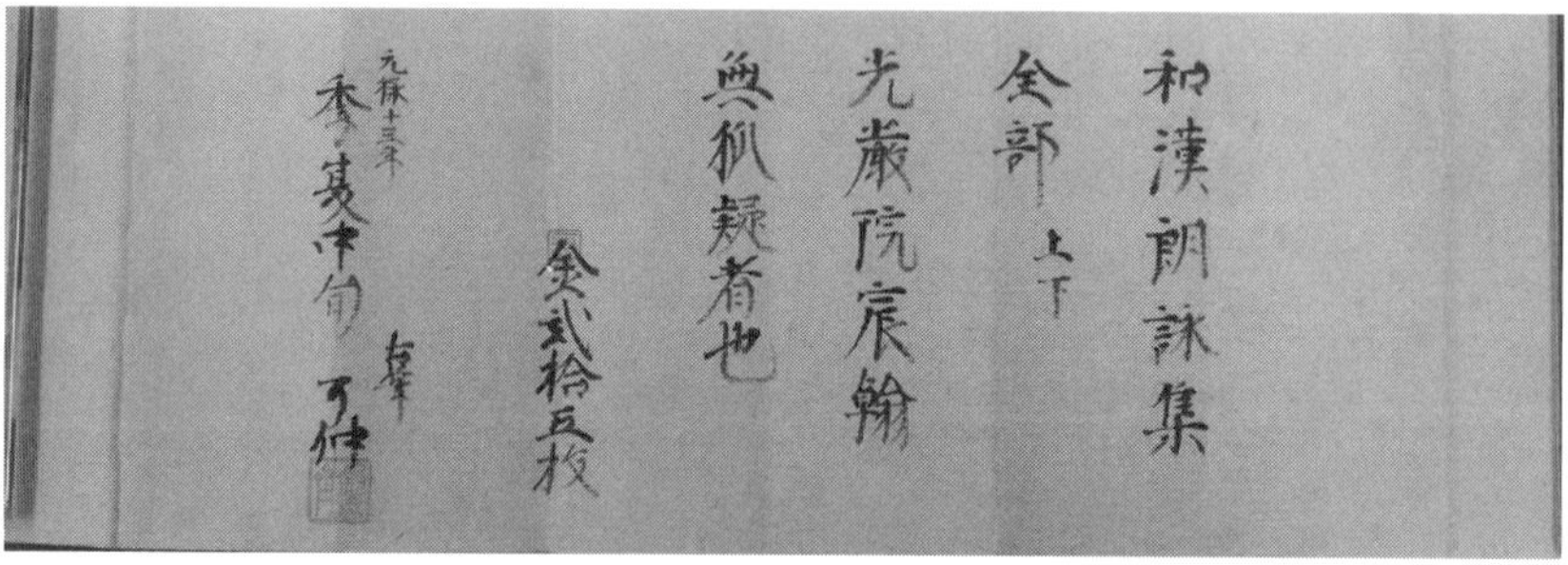

折紙３　『倭漢朗詠抄』②の折紙

②
和漢朗詠集
全部　上下
光厳院宸翰
無狐疑者也
金弐拾五枚
元禄十三年
季夏中旬　古筆　了仲 釣玄斎
（陽刻朱印）

LC本の折紙に記された書写者とされる五辻諸仲は、五辻家にとって中興の祖とも言える人物であり、『実隆公記』にその名が散見し、実隆に和歌の添削を依頼する書状などがあることから、諸仲は三条西家の学問を受ける立場にあったのではないかと指摘されている。[11]

五辻家は、宇多源氏、庭田氏と同じ祖であり、源雅信の子である源時方を祖とする。家格は半家、家業は神楽である。鎌倉初期に五辻仲兼以降、五辻家と称す。諸仲はその子孫である。地下家であった五辻家は、天文七年（一五三八）十二月二十七日に諸仲が従三位に叙せられたことにより、堂上家に加わることとなる。同九年（一五四〇）十月二十八日に五十四歳で薨去している。[12]

諸仲に関する書物としては、『諸仲蔵人奏慶記』[13]があり、これは明応九年（一五〇〇）の拝賀の記録を記したものである。また、『日本書流全史』[14]によれば、実隆を祖とする三条殿流（逍遙院流）の項目に「諸仲　五辻殿」「緒（諸）仲　五辻」と諸仲の名が見える。『和歌懐紙集成』[15]には諸仲筆とされる「五辻諸仲三首懐紙」があり、これは天文八年（一五三九）五月二十五日の月次和歌御会の折のものとされる。『実隆公記』[16]永正五年（一五〇八）九月七日条には「諸仲三十六人内画図五、色帋歌所望、預置了」とあり、諸仲が五枚の三十六歌仙の画の色紙に歌を書いてほしいと所望し、色紙を預け置いたという記述も見える。つまり、諸仲は和歌や書を通して、LC本の折紙に見える三条西家と関わりのあった人物であると考えられる。

五辻諸仲が書写したとされる『源氏物語』について、渡部榮氏の著書『源氏物語従一位麗子本之研究』[17]に興味深い記述がある。従一位麗子本とは、平安時代末期に源麗子が写したとされる『源氏物語』の写本である。[18]夢浮橋巻末に「京極北政所御奥書之一本書写之畢」とあることから、「京極北政所本」とも称された。源麗子は村上天皇の子具平親王の孫で、源師房と藤原道長の五女尊子の女であり、藤原師実の室となった人物である。昭和初期、その転写本（以下、「麗子本」とする）と見られる写本が出現し、これを研究対象としたのが渡部氏である。

渡部榮氏（一九一三〜一九九一）は国文学者、古文書学者であり、北小路健という名で執筆活動も行っていた。渡部氏によれば、父渡部精元の死後、その世話になったという人が現れ、お礼として、「京都で古くから茶商を営んでいた自分の家に代々家宝として伝えられてきた源氏物語の古写本」を渡部氏の母に手渡した。それを渡部氏は父の形見の品として大切に所蔵していた。その『源氏物語』の奥書には、源麗子の和歌「はかもなき鳥のあととはおもへともわかすゑ〳〵はあはれともみよ」や「以京極北政所御奥書之一本書写之畢」とあることから、渡部氏はその後の研究により、これは京極北政所（従一位麗子）の書写した「従一位麗子本《じゅいちいよしこぼん》」の系統を伝える本文、いわゆる転写本であると説いている[19]。

渡部氏は、自ら所蔵するこの麗子本と対校した本文について、以下のように記述している[20]。

此所までの部分に就いては殆ど必要は無かつたのであるが、此の後の部分の論述に対して、かなり重要な資料を提供する一本を紹介し、以下考察の便宜上本文を併記する事とする。此の本は縦八寸四分、横五寸六分、青色の表紙に正中に朱色の題簽を押し、鳥子紙の粘葉装で、五十四冊一筆本である。一丁平均十行書きの部分が最も多く、十一行の部分も多少存する。知人の仲介を得て借覧し校合研究の機をあたへられたものであつて、現在東京市居住の某氏の珍蔵される所である。

奥書が存しないので、確実には誰の手に依つて書写され、如何なる系統の親本に依つて転写されたものかは明かにしがたいが、次の如き古筆の極め札が附されてゐる。

源氏物語四半本全五辻殿諸仲卿真筆外題三條西殿実隆公御筆無疑者也

正徳元年　古筆

五月下旬　了仲　印

「此所までの部分」とは、麗子本桐壺巻冒頭「いつれの御時にか」〜「春宮にもようせすはこの御子のゐたまふへきなめりと」までを指す。「此の後の部分」とは、麗子本桐壺巻「なか〳〵なる物おもひ」から後の部分を指す。つまり、麗子本桐壺巻「なか〳〵なる物おもひ」以下の本文部分を調査するにあたり、「源氏物語四半本全五辻殿諸仲卿真筆外題三條西殿実隆公御筆無疑者也」という極札の付いた五辻諸仲卿の真筆本（以下、「諸仲本」とする）を重要な対校本文の一つとして併記したというのである。そして、この諸仲本の極札の内容が前述したLC本の折紙の記述と一致するのである。LC本の折紙の「御一筆」が諸仲本の極札では「御筆」となってはいるが、両者はほぼ同じ記述と言ってよいだろう。渡部氏は諸仲本には折紙ではなく、「極め札」が附されていたとするが、極札にしては長文の記述形式であり、極札とは考えにくい。「正徳元年」「五月下旬」をあえて二行に分けて記しており、これは折紙の記述形式を活かして翻刻したものであろう。つまり、渡部氏が見た諸仲本に添えられていた「極め札（折紙）」と、LC本の折紙とは同一のものと考えられるのである。

諸仲本は「縦八寸四分、横五寸六分」とあり、一寸を約三糎として換算すると、縦八寸四分は約二十五・二糎、横五寸六分は約十六・八糎となる。これはLC本の大きさ（縦二十五・〇〜二十五・二糎、横十六・八〜十七・〇糎）とほぼ一致する。

さらに、諸仲本は「青色の表紙に正中に朱色の題簽を押し、鳥子紙の粘葉装で、五十四冊一筆本である」と言い、LC本の形状とほぼ一致する。「粘葉装」とあるが、LC本は「列帖装（綴葉装）」である。しかし、諸仲の時代に粘葉装の形態の本文は考えにくいのではないだろうか。

川瀬一馬氏(21)によれば、綴葉装に関して、「平安後半期頃からはじめて我が国独自の装丁様式（冊子の一様式としての綴葉）が現れたのである。即ち、若干の料紙を重ねて半折一括りとし、数括りを重ね合せて表紙を添へ、糸でかゞったもので、古人は之を糊付けの粘葉と別称せず、同じく鐵杖閉《てつてふとぢ》などと呼んでゐるのは、この綴葉であると思はれる。（「綴

行数	巻名	巻数
8・9	桐壺、篝火、若菜下	3
8・9・10	帚木	1
8・10	幻	1
9	空蟬、夕顔、末摘花、関屋、若菜上、総角、宿木	7
9・10	鈴虫、御法、竹河、早蕨、夢浮橋	5
9・10・11	東屋、手習	2
10	若紫、紅葉賀、花宴、葵、賢木、花散里、須磨、明石、澪標、蓬生、絵合、松風、薄雲、朝顔、少女、初音、胡蝶、野分、行幸、藤袴、真木柱、梅枝、藤裏葉、夕霧、匂宮、紅梅、橋姫、椎本、浮舟	29
10・11	玉鬘、蛍、常夏、柏木、蜻蛉	5
10・11・12	横笛	1

葉」なる名称は先年日本書誌学会に於いて筆者などの考案した新造語である）」と述べている。川瀬氏の著書は一九四三年に刊行されていることから、昭和初期の頃まで、「粘葉」「綴葉」と装丁の名称を区別していなかったことがわかる。そこで川瀬氏らは、「粘葉」と区別するために「綴葉」という新しい言葉を作ったと述べている。渡部氏の著書も昭和十一年（一九三六）の昭和初期刊行のものであり、おそらく粘葉装、綴葉装の呼称が混沌としていた時代であったのではないかと思われる。

書写行数に関しては、「一丁平均十行書きの部分が最も多く、十一行の部分も多少存する」というのは、一冊内で書写行数が一定しないＬＣ本と一致する。ＬＣ本の行数については各帖の行数報告がすでにある[22]。それを参考として、同じ行数を巻別にまとめてみると表のようになる。

十行書きの巻が二十九巻と圧倒的に多いことから、渡部氏の言う「平均十行書き」というのは妥当であろうと思われる。十一行を含む巻は八巻（玉鬘・蛍・常夏・柏木・横笛・東屋・蜻蛉・手習巻）が確認できる。八、九行書きについての渡部氏の言及はない。具体的に渡部氏が取り上げている桐壺巻が十、十一行書きではなく、八、九行書きであることから、諸仲本とＬＣ本が同一のものであるとすれば、丁数は五十四帖の丁度真ん中辺りの巻を任意で抜き出して記したということになろうか。二十七巻目の篝火巻の辺りを基点とし、その前後六巻である二十一巻目の少女巻から三十三巻目の藤裏葉巻までの十三巻は十、十一行書きであるから、それを全体の行数の基準として採択した可能性が考えられる。

諸仲本は「知人の仲介を得て借覧し校合研究の機をあたへられたものであつて、現在東京市居住の某氏の珍蔵される所である」とし、麗子本と対校するために都内在住の某氏から借用したものであることがわかる。

渡部氏は諸仲の系譜について、富仲の息子であり、為仲の父であることを系図で示し、長享元年（一四八七）の丁未の生まれであると明記した上で、

寡聞にして、諸仲の、他の書写本などの存在を知ら無いので、極札に伝へる所が果して真実であるか否かに就いては全く判断の術が無い。

とする。[23] 附された極札（折紙）には諸仲筆とあるが、他に比較できる諸仲筆の写本の存在を知らないので、諸仲真筆であるか否かについては判断の方法がないという。ただし、三条西実隆筆という外題に関しては、[24]

併し、外題を以て、実隆の自筆とする判定には讃し得ない。

実隆の筆蹟なりや否やに就いての鑑別は、従来の私自身の経験からして、殆ど誤り無く為し得ると考へてゐるが、此は何としても実隆筆では無く、其の子、公条の筆にかゝるものなる事は略々確実であらうと信ずる。証本源氏物語（実隆・公条・公順等筆）中の公条筆の部分と全く筆蹟を同じくして居る点からも、これは証明し得る。

実隆ではなく、その子である「証本源氏物語」中の三条西公条（一四八七〜一五六三）の筆と同筆であるという。

そこで、日本大学蔵[25]『源氏物語』（三）の公条筆と言われている桐壺巻の筆跡と、ＬＣ本（ＬＣ）の題簽文字の筆跡を比較してみると、

（三）桐壺巻の題簽「つほ（徒本）」　（ＬＣ）桐壺巻題簽「つほ（徒本）」
（三）桐壺巻二丁表四行目「はゝ（波ゝ）」　（ＬＣ）帚木巻題簽「はゝ（波ゝ）」
（三）桐壺巻一丁裏二行目「おほ（保）して」　（ＬＣ）夕顔巻題簽「ゆふかほ（保）」
（三）桐壺巻一丁裏十行目「ひ（比）きい」　（ＬＣ）葵巻題簽「あふひ（比）」
（三）桐壺巻一丁裏四行目「か（加）んたちめ」　（ＬＣ）柏木巻題簽「か（加）しは木」

「つ（徒）」「ほ（本）」「は（波）」「ほ（保）」「ひ（比）」「か（加）」の筆跡が実隆より公条に近いかとも思われる。渡部氏の言うように、公条と諸仲は共に長享元年の同年に生まれ、時代的にも符号する。『実隆公記[26]』によれば、永正五年（一五〇八）正月一日条には、「今夜御祝参仕人々、甘露寺中納言　伯二位　相公羽林　伊長　雅業　重親　秀房　源諸仲等云々」、永正五年（一五〇八）四月十八日条には、「今日賀茂祭也、…（中略）…於三間有一獻、大慈光院、安禪寺、大慈院等御参、甘露寺中納言、伯二位、相公羽林、雅業、言綱、源諸仲等候之」とある。新年のお祝いや賀茂祭の日の酒宴の席に、相公羽林（公条）と諸仲は共に参内している様子なども窺えることから、二人は同時代に活躍し、交流のあったことは十分に考えられよう。

斎藤氏、高田氏によれば[27]、ＬＣ本、添えられた折紙、塗箱には相互にずれがあり、「三者をひとまとまりにして見るのではなく、互いに別々のものが、過去に一つに集まって現在に至った可能性を考慮して、その上で書写年代を考

えるべきように思われる」と述べている。塗箱は確かに別であるとして、LC本と折紙とは、渡部氏の記述を考慮すれば、常に一緒にあったものと考えられるのである。

三　LC本と諸仲本の共通異文

LC本は、書誌概要、折紙の一致などから考えると、諸仲本と同一の本文である可能性が高い。そこで、さらにLC本の本文の実態について考察してみる。

諸仲本は現在、渡部氏の『源氏物語従一位麗子本之研究』に掲載されている翻刻活字本文においてのみ、確認することができる本文である。桐壺巻において、渡部氏は麗子本に近いと思われる諸仲本の本文箇所を任意に選び取り、麗子本、諸仲本、さらには河内本（尾州家本）の活字翻刻を上・中・下段の三段に併記して掲載している。加えて、気になる箇所には青表紙本の翻刻本文（『湖月抄』）を添える。渡部氏は、「桐壺の巻において使用した諸仲本に就いては所蔵者の都合により、現在、此れ以上詳細に他の部分にも亘つて比較説明する自由を與へられて居らない。併し全部の校合、調査は既に終了して居るので、近く第二の手続として、諸仲本の全貎を明らかにしたい(28)」と述べてはいるが、桐壺巻のみの対校にとどまっている。つまり、諸仲本は五十四帖のすべてにおいて比較することは出来ず、桐壺巻の翻刻本文の抜粋のみが存在していることになる。

そこで、LC本【LC】と、桐壺巻の抜粋箇所の諸仲本【諸仲】を比較の中心として、さらに他の『源氏物語』諸写本と対校したところ、【LC】【諸仲】には独自の共通異文が見られた。以下、順を追って説明する。

【LC】【諸仲】が極めて近い本文であり、他の『源氏物語』諸本と異なることを明確にするため、『大成』桐壺巻の底本である池田本（池）を記した。さらに【LC】【諸仲】に近い表記を持つ写本がある場合には、池田本と同じく明記した。なお、渡部氏が諸仲本の翻刻において、麗子本と全く一致する本文箇所を傍線や点線で省略した箇所の表記については、渡部氏の翻刻した麗子本に従ってそのまま引き写した。対校本文の差が一文字程度でわかりにくい箇所には適宜傍線を施した。

まず、【LC】【諸仲】の他、対校した『源氏物語』の諸写本を掲げておく。

【LC】LC本
【諸仲】諸仲本
【麗子】麗子本
（池）池田本
（飯）飯島本
（国徹）国文研本
（京徹）京都女子大本
（慶徹）慶應大本
（書徹）書陵部本
（為秀）為秀筆本
（孝親）孝親筆本

（高）高松宮本
（肖）肖柏本
（三）日大三条西家本
（書）書陵部三条西家本
（大）大島本
（尾）尾州家本
（御）御物本
（陽）陽明文庫本
（国）国冬本
（麦）麦生本
（阿）阿里莫本

（大正）大正大本
（明）明融本
（伏）伏見天皇本
（穂）穂久邇文庫本
（保）保坂本
（絵入）絵入源氏
（九大）九大古活字本
（湖月）湖月抄
（首書）首書源氏
（仏）伝阿仏尼筆本(29)
（慈）伝慈鎮筆本

①【LC】まうのほり給ふ時にも（三ウ二）
【諸仲】まうのほり給ふ時にも

（池）では「まうのほりたまふにも」とある。近いのは【麗子】「まうのほり給ふ折にも」である。「時」とするのは、

【LC】【諸仲】のみである。

②【LC】めんたうの戸（三ウ五）
【諸仲】めんたうの戸
（池）では「めたうのと」とある。「めんたう」に近いのは（肖）「めた《ン》うのと」である。

③【LC】さしかためて心をあはせて（三ウ五）
【諸仲】さしかためて心をあはせて
（池）では「さしこめこなたかなた心をあはせて」とある。「こなたかなた」の表記がないのは【LC】【諸仲】のみである。

④【LC】しり給ふ人々は（四オ八）
【諸仲】しり給ふ人々は
（池）では「しり給人は」とある。「人々」とするのは（慈）「しり給へる人々は」である。「しり給ふ人々は」とするのは【LC】【諸仲】のみである。

⑤【LC】世にはいておはするなりけり（四オ八）
【諸仲】世にはいておはするなりけり
（池）では「世にいておはするものなりけり」とある。近いのは【麗子】「世にはいておはするものなりけり」である。

【麗子】と一致するのは（陽）、（仏）、（慈）であり、（国）は「よにはいておはしけり」である。

⑥【LC】いとよはかになりたまひぬ（四ウ五）
【諸仲】いとよわかになりたまひぬ

（池）では「いとよはうなれは」とある。近いのは【麗子】「いとよわうなりたまひぬれは」であるが、これも【LC】【諸仲】のみの表記である。

⑦【LC】たゆるやうなれは（五ウ五）
【諸仲】たゆるやうなれは

（池）では「たゆけなれは」とあり、【LC】【諸仲】のみの表記である。

⑧【LC】よゐよりはしむへけれは（五ウ七）
【諸仲】こよひよりはしむへけれは

（池）では「こよひよりときこえいそかせは」とある。前半部分「こよひ」に近いのは【麗子】「こよひよりあるへければ」である。【LC】「よゐ」と【諸仲】「こよひ」は「こ」の有無で一文字の違いが見られるものの、可能性としては二つある。一つは【LC】の「こ」が抜け落ちてしまったこと、もう一つは【諸仲】が「よひ」であった可能性である。いずれにしても両者は近い表記と言ってよいだろう。後半部分を「しむへけれは」とする本文は【LC】【諸仲】のみである。

⑨【LC】御ありさまをは（七ウ六）
【諸仲】御ありさまをは
（池）では「ありさまを」とある。近いのは【麗子】「有さまをは」である。「御」を持つのは【LC】【諸仲】のみである。

⑩【LC】あひ給へととみに（八オ九）
【諸仲】あひ給へととみに
（池）では「とみに」としかなく、「あひ給へ」がない。同じなのは、（九大）「とみに《あひ給へと》」（十二オ九）であるが、「あひ給へと」は傍記である。近いのは【麗子】「あひたまひてはとみに」、（陽）「あひたまへれとゝみに」、（国）「あひ給えりとみに」、（仏）「あひたまへれとゝみに」である。

⑪【LC】うへの御心はへを（十ウ六）
【諸仲】うへの御心はへを
（池）では「かしこき御心さしを」とある。同じなのは、（飯）「うへの御心はへを」（二十ウ四）である。前半部分「うへ」とあるのは、（御）「上御心さしをも」、（穂）「うへの御心さしを」である。後半部分「御心はへ」とあるのは、【麗子】「かしこき御心はへをも」、（仏）「かしこき御心はへを」である。

⑫【LC】いふかしくなと（十一オ四）
【諸仲】いふかしくなと

（池）では「ゆかしうなんと」とある。近いのは【麗子】「いふかしくなんを」であるが、「なと」としているのは【LC】【諸仲】のみである。

⑬【LC】ていしのみかと（十二オ六）
【諸仲】亭子のみかと

（池）では「亭子院の」とある。「院」を「みかと」とするのは【LC】【諸仲】のみであり、その他写本には見られない。

⑭【LC】うたをも我御世のみ（十二オ七）
【諸仲】うたをも我御世のみ

（池）では「うたをも」とある。渡部氏は解説において、「諸仲本ノ「我御世のみ」ノ一句ハ前後ノ関係ヨリシテ、不穏当ナ存在デアルト思ハレル」と述べており、誤写であるかもしれない。しかし、「我御世のみ」は【LC】【諸仲】のみに共通して見られる表現であり、両者の近似性を裏付けるものとしては確かなものである。

⑮【LC】かきりいみしきゑし（十三オ八）
【諸仲】かきりいみしきゑ師

（池）では「いみしきゑし」とある。「かきり」のある本文は【LC】【諸仲】のみである。

⑯【LC】なつかしかりしけはひを（十三ウ五）

【諸仲】なつかしかりしけはひを
（池）は当該する本文がない。河内本に多い表記である。近いのは【麗子】や（高）「なつかしかりしかたちけはひを」である。「かたち」がないのは、【LC】【諸仲】のみである。

⑰【LC】みないひあはせつゝ（十四ウ八）
【諸仲】みないひあはせつゝ
（池）では「いひあはせつゝ」とある。「みな」があるのは【LC】【諸仲】のみである。

⑱【LC】うたて（十六ウ二）
【諸仲】うたて
（池）では「うたてそ」とある。「そ」がないのは【LC】【諸仲】のみである。

⑲【LC】物給ふをのつから（十七オ八）
【諸仲】もの給ふをのつから
（池）や【麗子】は「物たまはすをのつから」とある。「もの（物）給ふを」とあるのは【LC】【諸仲】のみである。

⑳【LC】かくもんをせさせたてまつり（十七ウ八）
【諸仲】かくもんをせさせまてまつり
（池）は当該する本文がない。近いのは、【麗子】「かくもんをさせたまへり」、（陽）（仏）「御かくもんをせさせたてまつり」である。【LC】【諸仲】のみの表記である。

㉑【LC】なすらへにたに（十八オ五）
【諸仲】なすらへにたに

（池）では「なすならひに」とある。「たに」に近いのは（陽）「なすならひにたに」である。これも【LC】【諸仲】のみである。

㉒【LC】聞えさせ給へれと（十八ウ七）
【諸仲】きこえさせ給へれと

（池）では「きこえさせ給けり」とある。「給へれと」とするのは【LC】【諸仲】のみである。

㉓【LC】みやすところもいときりつほの更衣の（十八ウ八）
【諸仲】みやすところもいときりつほの更衣の

（池）では「きりつほのかういの」とある。【麗子】は「きりつほの更衣の」、（仏）（陽）は「きりつほのみやす所も」とある。渡部氏は、【諸仲】は妥当を欠くものであると指摘し、別系統の本文を以て校合傍書したものを転写の際に混入させてしまったものか、またはミセケチの部分を本行本文として書いてしまったものかと述べ、前者の指摘を採択している。いずれにしても、⑭と同様で、誤写や混入の可能性はあるが、「みやすところもいときりつほの更衣の」という表現は、【LC】【諸仲】が極めて近い本文であることの証明にはなろう。

㉔【LC】女御たちの（十九オ二）
【諸仲】女御達の
（池）では「わか女みこたちの」とある。他の本に「女御」という表記はなく、【LC】【諸仲】のみである。

㉕【LC】御はらに（十九オ三）
【諸仲】御はらに
（池）では「おなしつらに」とある。近いのは【麗子】「同し御はらに」である。【LC】【諸仲】のみの表記である。

㉖【LC】聞えさせ給ふれは（十九オ三）
【諸仲】きこえさせ給ふれは
（池）では「きこえさせ給」とある。近いのは【麗子】「きこえさせ給ひけれは」である。「給ふれは」は【LC】【諸仲】のみである。

㉗【LC】たけにかく心ほそくて（十九オ四）
【諸仲】たけにかく心細くて
（池）では「かく心ほそくて」とある。近いのは【麗子】「けにかく心細くて」、（飯）「けにかく心ほそくて」である。「たけに」とするのは【LC】【諸仲】のみである。

㉘【LC】見たてまつるそ|（十九ウ七）

【諸仲】見奉るそ

（池）では「見たてまつる」とある。「そ」があるのは【LC】【諸仲】のみである。

㉙【LC】心さし見えたてまつり（二十オ七）

【諸仲】こゝろさし見え奉り

（池）では「心さしをみえたてまつる」とある。「を」がないのは【LC】【諸仲】のみである。

㉚【LC】おほしたち（二十オ九）

【諸仲】おほしたち

（池）では「おほしたり」とある。同じなのは（為秀）「おほしたち」（三十六オ八）である。

㉛【LC】かゝやく日のみこと（二十ウ四）

【諸仲】かゝやく日のみこと

（池）は「かゝやく日の宮と」とある。これも⑭や㉓と同様に、「みや」の誤写かと思われる。しかし、「みこ」とするのは【LC】【諸仲】のみであり、両者の近似性を示すものと言える。

㉜【LC】おりひつこものなと（二十二ウ九）

【諸仲】おりひつこものなと

（池）では「おりひつものこ物なと」とある。「もの」がないのは【LC】【諸仲】のみである。

㉝【LC】人々いみしかる（二十二ウ九）
【諸仲】人々いみしかる
（池）は当該する本文がない。近いのは【麗子】「人のいみしかる」である。【LC】【諸仲】のみの表記である。

㉞【LC】こゝら見るにゝる人なくも（二十四オ二）
【諸仲】こゝら見るにゝる人なくも
（池）では「にる人なくも」とある。近いのは【麗子】「こゝら見る世にありかたく」、（尾）（高）「こゝら見るよにありかたく」である。前半部は河内本（尾）（高）「こゝら見るよに」に近く、後半部分は青表紙本（池）「にる人なくも」と同じ、という構成の表記は【LC】【諸仲】のみである。

㉟【LC】はゝみやすところのかたの（二十四ウ五）
【諸仲】母御息所の方の
（池）では「はゝみやす所の御方の」とある。「御」がないのは、【LC】【諸仲】のみである。

以上、【LC】と【諸仲】の独自の共通異文について考察した。②⑩のように傍記で補うことによって一致を見せるもの、⑧のように一字抜け落ちてはいるがそれ以外の表記は二本にしかないもの、⑪の飯島本や㉚の為秀筆本のように、【LC】【諸仲】以外にも共通する異文を持つ写本が僅かに見られる。さらに誤字や誤写、目移りなどによる諸本との校異箇所も見受けられる。しかし、右記の五例（②⑧⑩⑪㉚）を除いて、【LC】【諸仲】のみに見られる表記が三十例あることから、【LC】と【諸仲】は『源氏物語』諸写本から孤立した、極めて近い本文形態を持つと考えられるのである。

さらに興味深いのは、LC本や諸仲本の共通異文に一番近い本文を持つのが、麗子本の十五例（①⑤⑥⑧⑨⑩⑪⑫⑯⑳㉕㉖㉗㉝㉞）であるということである。次いで、陽明文庫本、伝阿仏尼筆本、伝慈鎮筆本、飯島本、国冬本などもLC本に近い傾向の本文を有していると考えられる。

四　LC本・諸仲本・麗子本の連関性

渡部氏は麗子本との近似性を諸仲本に見ている。確かに、第三節で述べたように、LC本と諸仲本の独自の共通異文において、麗子本にも近い本文を確認することができる。

そこで最後に、LC本と諸仲本に近似する、麗子本の本文箇所を指摘しておきたい。

諸仲本と同様、麗子本も渡部氏の『源氏物語従一位麗子本之研究』の活字翻刻でのみ確認できる本文である。そのため、対校の形式・方法、対校した諸写本は、第三節と同じ方式をとる。

以下に、桐壺巻における【LC】【諸仲】【麗子】の独自の共通異文を明示する。参考として、池田本や近い諸写本を併記した。

①

【LC】きよけ|なる（二オ四）

【諸仲】〈翻刻活字がないため、不明〉

【麗子】きよけ|なる

（池）きよら|なる

②

【LC】御むかへをくりの人々（三ウ四）

【諸仲】御むかへおくりの人々

【麗子】御むかへおくりの人々

（池）御をくりむかへの人

（国）御むかへおくりの人

③

【LC】おり〳〵もあり（三ウ六）

【諸仲】おり〳〵もあり

【麗子】折々もあり

（池）時もおほかり

（国）おり〳〵あり

④

【LC】聞えいてたまはす（五オ三）

【諸仲】きこえいてたまはす

【麗子】きこえいてたまはす

（池）きこえやらす

---

⑤

【LC】たゝよそなから（五ウ六）

【諸仲】たゝよそなから

【麗子】たゝよそなから

（池）かくなから

⑥

【LC】いかにもなりはてんを（五ウ六）

【諸仲】いかにもなりはてんを

【麗子】いかにもなりはてんを

（池）ともかくもならむを

⑦

【LC】なき程までも（七ウ二）

【諸仲】なきほとまても

【麗子】なきほとまても

（池）なきあとまて

⑧

【LC】かたへをたに（十オ二）
【諸仲】かたへたたに
【麗子】かたへをたに
（池）かたはしをたに

⑨
【LC】まかてよらせ給へ（十オ四）
【諸仲】まかてよらせたまへ
【麗子】まかてよらせたまへ
（池）まかてたまへ

⑩
【LC】人けなきはちかましさを（十ウ三）
【諸仲】人けなきはちかましさを
【麗子】人けなきはちかましさを
（池）人けなきはちを
（九大）人けなきはち〇《かましさ》を（十四ウ七）

⑪
【LC】かたれはつきもせす（十一オ五）
【諸仲】かたれはつきもせす
【麗子】かたれはつきもせす
（池）かたりてつきせす

⑫
【LC】ゐにかきとめたるやうきひ（十三オ八）
【諸仲】絵にかきとめたる楊貴妃
【麗子】絵にかきとめたる楊貴妃
（池）絵にかける楊きひ

⑬
【LC】物うとましうのみよろつに（十八オ六）
【諸仲】物うとましうのみよろつに
【麗子】ものうとましうのみよろつに
（池）うとましうのみよろつに

⑭
【LC】すくれたる名たかうきこえおはします（十八オ七）

【諸仲】すくれたる名たかうきこえおはします
【麗子】すくれたるなたかうきこえおはします
（池）すくれ給へるきこえたかくおはします
（陽）すくれたる名たかくおはします

⑮
【LC】なすらはれに給へる（十八ウ三）
【諸仲】なすらはれ似たまへる
【麗子】なすらはれ似たまへる
（池）にたまへる
（仏）（陽）なすらはせ給へる

⑯
【LC】春宮の御はゝ女御の（十八ウ七）
【諸仲】春宮の御母女御の
【麗子】春宮の御母女御の
（池）春宮の女御の

⑰

【LC】めてたくおほし（二十ウ六）
【諸仲】めてたくおほし
【麗子】めてたくおほし
（池）ゐたちおほし
（国）みかとよろつにめてたくおほし

⑱
【LC】いと物あてやかなるに（二十三ウ一）
【諸仲】物あてやかなるに
【麗子】物あてやかなるに
（池）いとはなやかなるに
（三）物あさやかなるに

⑲
【LC】いとよからねと人からを（二十三ウ五）
【諸仲】いとよからねと人からを
【麗子】いとよからねと人からを
（池）いとよからねと
（国）いとよくはあらねと人からを

以上、【LC】【諸仲】【麗子】の独自の共通異文十九例について考察した。①のように【諸仲】が不明のもの、⑧⑱のように一〜二字程度の違いがあるもの、⑩の（九大）のように傍記を含めれば同じ表現であるものなどがある。しかし、その他の十五例（②③④⑤⑥⑦⑨⑪⑫⑬⑭⑮⑯⑰⑲）は、【LC】【諸仲】【麗子】にのみ見られるものである。さらに、第三節と同様、国冬本②③⑰⑲、陽明本⑭⑮、伝阿仏尼筆本⑮などと近い本文を有している可能性もある。また、①「きよけ」⑫「かきとめたる」⑯「御は、女御」⑱「（いと）物あてやかなるに」などのような物語の内容にも関わるかと思われる本文校異も散見されるのである。

五　おわりに

以上、本章においてLC本の素姓や伝来について考察した。さまざまな古写本において、かつては取り上げられていたものの、戦争で行方知れずとなったものも少なくない。その代表格が渡部栄氏のいう麗子本である。その麗子本の対校本文の一つとして、五辻諸仲が写し、外題は三条西実隆（公条か）によると思われる写本、諸仲本がある。麗子本と同様、諸仲本も現在所在不明の本文である。

この諸仲本とLC本とを対校してみると、漢字仮名表記の差異や誤字脱字などが多少見受けられる。しかし、それは翻刻における時間の制約や書写の限界があったであろうと推測した上で、書誌概要、折紙の酷似から、LC本と諸仲本は同一のものであると考える。管見の限りではあるものの、他の諸写本には見られない独自の共通異文三十例があることは重要である。そういう意味において、両者は『源氏物語』諸写本からひどく孤立した本文、すなわち、極めて酷似した本文であると考えられるのである。そして、LC本は諸仲本を通して、麗子本を探る一つの手立てとなる可能性を秘めていることが期待される本文でもあると言えよう。

LC本は、昭和初期、渡部氏が見て以来、行方不明であった五辻諸仲筆本そのものである可能性が高いと思われる。麗子本との関係で『源氏物語』研究史上に姿を現した伝本が、約八十年の歳月を経て、その存在が再び明らかになったものと考えられるのである。

注

（1）国立国語研究所共同研究プロジェクト「仮名写本による文字表記の史的研究」（代表者：斎藤達哉氏）、人間文化研究機構の人間文化研究連携共同推進事業：平成二十二年度「海外に移出した仮名写本の緊急調査」・平成二十三年度「海外に移出した仮名写本の緊急調査（第二期）」（代表者：高田智和氏）。

米国議会図書館における原本の予備調査（二〇一〇年）、詳細調査（二〇一一年・二〇一二年）のうち、二〇一〇年、二〇一一年の調査メンバーの一人として同行させて戴いた。原本の閲覧・調査の際には、米国議会図書館アジア部日本課の伊東英一氏、中原まり氏、PIPHER. Y. 清代氏にご高配を賜った。二〇一二年十二月には全巻の翻刻作業が終了し、左記の国立国語研究所HPからテキストが公開されている（国立国語研究所「米国議会図書館蔵『源氏物語』翻字本文(http://textdb01.ninjal.ac.jp/LCgenji/)」）。

（2）斎藤達哉氏・高田智和氏編『米国議会図書館蔵『源氏物語』翻刻―桐壺～藤裏葉―』（国立国語研究所、二〇一一年三月）。

（3）伊藤鉄也氏「米国議会図書館アジア部日本課蔵『源氏物語』の調査概要」（斎藤達哉氏・高田智和氏編『米国議会図書館蔵『源氏物語』翻刻―桐壺～藤裏葉―』（国立国語研究所、二〇一一年三月）。

（4）豊島秀範氏「アメリカ議会図書館本の和歌表記の特徴―和歌の一行散らし書きを中心に―」（『國學院大學大学院平安文学研究』第二号、二〇一〇年九月）。

（5）神田久義氏「米国議会図書館本『源氏物語』の書写形態に関する一試論」（豊島秀範氏編『源氏物語本文の研究』國學院大學文学部日本文学科、二〇一一年）。

（6）斎藤達哉氏「語の表記における仮名字体の「偏り」と「揺れ」—米国議会図書館蔵源氏物語写本の「ケハヒ」と「カタハライタシ」の表記—」（小山利彦氏編著『王朝文学を彩る軌跡』武蔵野書院、二〇一四年）。

（7）森繁夫氏『古筆鑑定と極印』（臨川書店、一九八五年復刻版）所収「古筆了伴大人閲和漢書畫古筆鑑定家系譜並印章」に拠る。

（8）専修大学図書館蔵・蜂須賀家旧蔵本十一『和漢朗詠抄』上下（請求記号：A／九一九／W二四）。

（9）高田智和氏・斎藤達哉氏「米国議会図書館蔵『源氏物語』について—書誌と表記の特徴—」（『国立国語研究所論集』第六号、二〇一三年十一月）。

（10）専修大学図書館蔵・蜂須賀家旧蔵本十二『倭漢朗詠抄』上下（請求記号：A／九一九／W二四）。

（11）注（5）に同じ。

（12）『尊卑分脉』第三編（『新訂増補国史大系』第六十巻上、吉川弘文館、二〇〇一年、四〇三頁）、『公卿補任』第三篇（『新訂増補国史大系』第五十五巻、吉川弘文館、二〇〇一年新装版、三九八頁）、『増補諸家知譜拙記』五ノ五（続群書類従完成会、一九七七年、一九七頁）、『顕伝明名録』上・巻第二・五十一（日本古典全集刊行会、一九三八年、八六頁）、『諸家伝』十・五辻（日本古典全集刊行会、一九三九年、八〇〇頁）などを参照した。

（13）『諸仲蔵人奏慶記』（『続群書類従』第十一輯下・公事部装束部、巻第三〇一・公事部、続群書類従完成会、一九五七年、七〇五～七一〇頁）。

（14）〈逍遙院流〉の項目「諸仲　五辻殿」（小松茂美氏蔵『明翰鈔』巻二十九・所収「流儀集」）・〈逍遙院流〉の項目「緒（諸）仲　五辻」（静嘉堂文庫蔵『古筆流儀分』一冊）（『小松茂美著作集第十六巻　日本書流全史二』旺文社、一九九九年、三七五・四〇七頁）。

（15）『和歌懐紙集成』第十六図「五辻諸仲三首懐紙」（汲古書院、二〇〇五年、三四～三五頁）。

（16）『実隆公記』巻五上（続群書類従完成会、一九六三年、九三頁）。

（17）渡部榮氏『源氏物語従一位麗子本之研究』（大道社、一九三六年）。復刻版として、日向一雅氏監修解題『源氏物語研

究叢書　第六巻　源氏物語従一位麗子本之研究』（クレス出版、一九九七年）も参照した。

（18）池田利夫氏「源氏物語の古写本」（別冊國文學『源氏物語事典』特装版、学燈社、一九九三年六月、三六〇〜三六六頁）。

（19）北小路健（渡部榮）氏『古文書の面白さ』（新潮社、一九八四年、二三〜二四頁、三〇〜三一頁）を参照した。序章でも述べたように、著書『古文書の面白さ』によれば、渡部榮氏は福島県生まれ、東京文理科大学国文科を卒業、教壇生活などを経て、玉井幸助氏、能登朝次氏、山岸徳平氏らに師事し、『源氏物語』の研究を行う。主な著作として、『源氏物語従一位麗子本之研究』の他、『源氏物語律調論』（文学社、一九四〇年）、『遊女　その歴史と哀歓』（人物往来社、一九六四年）、『木曽路　文献の旅』（芸艸堂、一九七〇年）などがある。

（20）注（17）渡部氏論に同じ（六五頁）。

（21）川瀬一馬氏『日本書誌學之研究』（大日本雄弁会講談社、一九四三年、七頁、一九一五〜一九一六頁）。

（22）注（9）に同じ。

（23）注（17）渡部氏論に同じ（六六頁）。

（24）注（23）に同じ。

（25）『日本大学蔵　源氏物語』第一巻（八木書店、一九九六年）。

（26）注（16）に同じ（一・三七頁）。

（27）注（9）に同じ（三頁）。

（28）注（17）渡部氏論に同じ（一〇二頁）。

（29）（仏）伝阿仏尼筆本と（慈）伝慈鎮筆本については、伊藤鉄也氏「「桐壷」の第二次的本文資料集成―伝阿仏尼筆本・伝慈鎮筆本・従一位麗子本・源氏釈抄出本―」（『源氏物語本文の研究』おうふう、二〇〇二年）の翻刻活字資料〈伝阿仏尼筆本、室伏信助氏校合本〉に拠る。

＊以下に、麗子本、諸仲本、ＬＣ本の桐壺巻翻刻対校一覧表を掲げる。

【麗子本】

（1）
いつれの御時にか女御御息所あまた侍ひたまふなかに

（2）
もとより我はとおもひあかりたまへる御方々

（3）
朝夕の宮つかへにつけても人の心をのみうこかし

（4）
上達部殿上人なとも

（5）
世のおほえはなやかなる御方々にもおとらす

【諸仲本】

＊（1）～（11）は翻刻活字資料がないため、不明。

【LC本】

（1）一オ一
いつれの御時にか女御更衣あまたさふらひ給けるなかに

（2）一オ三
もとより我はと思ひあかりたまへる御かた〱

（3）一オ五
あさ夕のみやつかへにつけても人の心をのみうこかし

（4）一ウ一
かんたちめ殿上人なとも

（5）二オ一
世のおほえはなやかなる御かた〱にもをとらす

（6）
はかく〵しき御うしろみなけれはこ
とある時は
（7）
世になくきよけなる
（8）
いつしかと心もとなからせたまひて
（9）
大かたのやむことなき御おもひはか
りにて
（10）
母君ははしめよりをしなへての上宮
仕へしたまふへき

（6）二オ二
はかく〵しき御うしろみなけれはこ
とある時は
（7）二オ四
世になくきよけなる
（8）二オ五
いつしかと心もとなからせ給て
（9）二ウ一
大かたのやむことなき御思ひはかり
にて
（10）二ウ二
はゝきみははしめよりをしなへての
うへみやつかへなとしたまふへき

【麗子本】

(11)
春宮にもようせすはこの御子のゐた
まふへきなめりと

(12)
なか〱なる物おもひをそしたまふ
人そいとくるしかりける御さうしは
きりつほなりけりあまたの御方々を
すきたまひてひまなき御前わたりに
人の心をつくしたまふもけにことは
りと見えたり

(13)
まうのほり給ふ折にもあまりうちし
きる時々は打橋渡殿のほとこゝかし
この道にあやしきわさをしつゝ御む
かへおくりの人人もきぬのすそたへ
かたくさかなき事ともおほかり

【諸仲本】

(12)
なか〱なる物おもひをし給人そい
とくるしかりける御さうしはきりつ
ほなりけりあまたの御かた〱をす
き給つゝひまなき御まへわたりを
人々心つくし給もけにことはりと見
えたり

(13)
まうのほり給ふ時にもあまりうちし
きる時は打橋わた殿のほとこゝかし
この道にはあやしきわさをしつゝ御
むかへおくりの人々も衣のすそたへ
かたくまさなきこととともおほかり

【LC本】

(11) 三オ一
春宮にもならせすは此みこをすへ給
ふへきなめりと

(12) 三オ七
なか〱なるものおもひをし給ふ人
そいとくるしけなる御さうしはきり
つほなりけりあまたの御かた〱を
すき給つゝひまなき御まへわたりを
人々心つくし給ふもけにことはりと
見えたり

(13) 三ウ二
まうのほり給ふ時にもあまり打しき
る時はうちはしわたとのゝほとこゝ
かしこのみちにはあやしきわさをし
つゝ御むかへをくりの人々もきぬの
すそたへかたくまさなき事ともおほ

(14)
又あるときはえさらぬめたうの戸を
さしかためなとしてこなたかなた心
をあはせてはしたなめわつらはせた
まふ折々もあり

(15)
この御子三つになりたまふ年御はか
まきの事あり一のみこの奉りしにお
とらす内蔵寮納とのの物をつくして
いみしうせさせたまふ

(16)
ありかたくめつらしきまて見えたま
ふを見たてまつる限の人々はえそね
みあへたまはす物の心しりたまふ人
はかゝる人も世にはいておはするも

---

(14)
またある時はえさらぬめんたうの戸
をさしかためて心をあはせてはした
なめわつらはし給ふおり〳〵もあり

(15)
この御こ三つになり給ふ年御はかま
きのことあり一のみこのたてまつり
しにおとらすくらつかさをさめとの
の物をつくしていみしうせさせ給

(16)
ありかたくめつらしきまて見え給を
見たてまつるかきりの人々はえそね
みあへ給す物のこゝろしり給ふ人々
のなりけりとあさましきまて目をお

かり

(14) 三ウ五
又ある時はえさらぬめんたうの戸を
さしかためて心をあはせてはしたな
めわつらはし給ふおり〳〵もあり

(15) 四オ二
此みこみつになり給ふとし御はかま
きの事あり一のみこのたてまつりし
にをとらすくらつかさおさめ殿の物
をつくしていみしうせさせ給ふ

(16) 四オ六
ありかたくめつらしきまて見え給ふ
を見たてまつるかきりの人々はえそ
ねみあへたまはす物の心しり給ふ
人々はかゝる人も世にはいておはす

【麗子本】

とろかし給

(17)
たゝ五六日のほとにいとよわうなり
たまひぬれは

(18)
いふ方なくかなしとおほさる

(19)
ことにいててもきこえいてたまはす

(20)
きし方ゆく末おほしめされす我もな
く〳〵よろつをちきりのたまはすれ
と御いらへもきこえたまはす

【諸仲本】

はかゝる人も世にはいておはするな
りけりとあさましきまて目をおとろ
かし給ふ

(17)
たゝ五六日のほとにいとよわかにな
りたまひぬ

(18)
いふ方なくかなしとおほさる

(19)
ことにいててもきこえいてたまはす

(20)
きし方ゆく末おほしめされす我もな
く〳〵よろつをちきりのたまはすれ
と御いらへもきこえたまはす

【LC本】

るなりけりとあさましきまて目をお
とろかし給ふ

(17) 四ウ五
たゝ五六日のほとにいとよはかにな
りたまひぬ

(18) 五オ一
いふかたなくかなしとおほさる

(19) 五オ二
ことに出ても聞えいてたまはす

(20) 五オ四
きしかたゆくすゑおほしめされす我
もなく〳〵よろつを契りのたまはす
れと御いらへもきこえたまはす

（21）
おくれさきたゝしとちきらせたまひけるをかくうちすてゝはさりともゆきやらしといひもやらせたまはすむせかへらせたまふ御有さまを女いみしと見たてまつらせたまひて

（22）
いとくるしけにてたゆけなれはたゝよそなからいかにもなりはてんを御らんせんとおほせとすほうともあまたはしむへき事おほせうけたまはれるこよひよりあるへけれはわりなくおほしめしなからまかてさせたてまつりたまふ御むねつとふたからせたまひてつゆまとろませたまはす明しかねさせたまふ

（21）
おくれさきたゝしとちきらせたまひけるをかくうちすてゝはさりともゆきやらしといひもやらせたまはすむせかへらせたまふ御有さまを女いみしと見たてまつりたまひて

（22）
いとくるしけにてたゆるやうなれはたたよそなからいかにもなりはてんを御らんしはてんとおほせとすほうともあまたいむへき事人々におほせこと給ふにこよひよりはしむへけれはわりなくおほしめしなからまかてさせたてまつり給ふ御むねつとふたからせたまひてつゆまとろませたまはすあかしかねさせ給ふ

（21）五オ九
をくれさきたゝしと契らせ給けるにかく打すてゝはさりともゆきやらしといひもやらせたまはすむせかへらせ給ふ御ありさまを女君いみしと見たてまつらせたまひて

（22）五ウ五
いとくるしけにてたゆるやうなれはたゝよそなからいかにもなりはてんを御らんしはてんとおほせとすほうともあまたたいむへき事人々におほせこと給ふによゐよりはしむへけれはわりなくおほしめされなからまかてさせたてまつり給ふ御むねふたからせ給て露まとろませたまはすあかしかねさせ給ふ

【麗子本】

(23)
夜なか打すくるほとにたえはてたまひぬとて泣きさはけは御使もいとあいなくかへりまいりたるをきこしめすまゝに御心まとひして何事もおほしわかれすいみしくてこもりおはします

(24)
なほおはするものとのみおほゆるかいとかなしけれは

(25)
さかしくのたまひつれと車よりもおちぬへくまろひまとひたまへは

(26)
三位のくらいおくりたまふよし勅使

【諸仲本】

(23)
よ中すくる程になんたえはて給ひぬとてなきさわけは御つかひもあいなくかへりまいりたるをきこしめすまゝに御心まとひして何事もおほされすいみしくてこもりおはします

(24)
なをおはするものとのみおほゆるかいとかひなけれは

(25)
さかしくのたまひつれと御車よりもおちぬへくころひまとひ給へは

(26)
三位のくらいおくり給よし勅使来り

【LC本】

(23) 六オ一
夜中すくるほとになんたえ入たまひぬとてなきさはけは御つかひもあへなくかへりまいりたるをきこしめすまゝに御心まとひして何事もおほしめされすいみしくてこもりおはします

(24) 六ウ四
なをおはする物とのみおほゆるかいとかひなけれは

(25) 六ウ六
さかしくのたまひつれと御くるまよりもおちぬへくよろひまとひ給へは

(26) 六ウ八
三位のくらゐをくり給ふよしちよく

きてそのせんみやうよむなんいとかなしきわさなりける

(27)

物おもひしり給ふはさまかたちなとのめてたかりしにそへて心はせのなたらかにめやすくにくみ所なかりしことなと今そおもひいつる

(28)

なきほとまても人の胸あくましかりける人の御おほえかな

(29)

若宮の御こひしさのみつきせすおもほしいてられてしたしき女房御めのとなとをつかはしつゝ有さまをはきこしめす

てそのせんみやうよむいとかなしきことなりける

(27)

ものおもひしり給ふはさまかたちなとのめてかりしにもそへて心はせのなたらかにやすにくみところなかりし事なといまそおほしいつる

(28)

なきほとまても人の胸あくましかりける人の御おほえかな

(29)

わかみやの御こひしさのみつきせすおほしいてつゝしたしき女房御めのとなとをつかはしつゝ御ありさまをはきこしめす

しきたりてその宣命よむいとかなしき事なりける

(27) 七オ三

ものおもひしり給ふはさまかたちなとのめてかりしにもそへて心はせのなたらかにめやすくにくみところなかりしことなといまそおほし出る

(28) 七ウ二

なき程まても人のむねあくましかりけるひとの御おほえかな

(29) 七ウ五

わかみやの御恋しさをのみつきせすおほし出つゝしたしき女房御めのとなとをつかはしつゝ御ありさまをはきこしめす

【麗子本】

(30)
南おもてにおろして母君もあひたまひてはとみにえ物ものたまはす

(31)
とひあはすへき人たになきをしのひてはまいりたまひてかひなき御ものかたりをたにとなん

(32)
もろともにくらさぬおほつかなさをくちおしくいまはなほ昔のかたみになそらへてものしたまへ

(33)
くれまとふ心のやみもたへかたきかたへをたにはるくはかりなんいときこえまほしう侍を御わたくしにも心

【諸仲本】

(30)
みなみおもてにおろして母君あひ給へととみにえものものたまはす

(31)
とひあはすへき人たになきをしのひてはまいりて御心なき御ものかたりをたになん

(32)
もろともにくらさぬおほつかなさをくちおしくいまはなほ昔のかたみになそらへてものしたまへ

(33)
くれまとふ心のやみもたへかたきかたへたたにはるくはかりなんいときこえまほしう侍を御わたくしにも心

【LC本】

(30) 八オ九
みなみおもてにおろしてはゝきみあひ給へととみにえものものたまはす

(31) 八ウ八
とひあはすへき人たになきをしのひてはまいり給て御心なき御物かたりをたになんや

(32) 九オ七
もろともにはくゝさぬおほつかなさをくちおしといまはなをむかしのかたみになそらへて物し給へなと

(33) 十オ二
暮まとふ心のやみもたへかたきかたへをたにはるゝはかりなんいと聞えまほしう侍を御わたくしにも心のと

のとかにまかてよらせたまへ

(34)
人けなきはちかましさをかくしつゝ

(35)
かしこき御心はへをおもひたまへられ侍るこれもわりなき心のやみになんとえいひもやらす

(36)
かたくなになりはつるも前の世のいふかしくなんとうちかへしつゝしほたれかちにのみおはしますとかたれはつきもせす

(37)
命婦はまいりてまた大とのこもらせ給はさりけるをいととあはれに見た

のとかにまかてよらせたまへ

(34)
人けなきはちかましさをかくしつゝ

(35)
うへの御心はへをおもひたまへられ侍るこれもわりなき心のやみになともえいひもやらす

(36)
かたくなになりはつるも前の世のいふかしくなとうちかへしつゝしほたれかちにのみおはしますとかたれはつきもせす

(37)
命婦はまいりてまた大とのこもらせたまはさりけりとあはれに見たてま

かにまかてよらせ給へ

(34) 十ウ三
人けなきはちかましさをかくしつゝ

(35) 十ウ六
うへの御心はへを思給へられ侍るこれもわりなき心のやみになともえいひもやらす

(36) 十一オ三
かたくなになりはつるもさきの世のいふかしくなと打かへしつゝしほたれかちにのみおはしますとかたれはつきもせす

(37) 十二オ二
みやう婦はまいりてまたおほとのこもらせたまはさりけるとあはれに見

【麗子本】

てまつる

(38)

長恨歌の御ゑ亭子院のかゝせ給て伊勢と貫之によませたまへる大和ことのはをもろこしのうたをもたゝそのすちをまへらことにはせさせたまふ

(39)

絵にかきとめたる楊貴妃のかたちはいみしきゑ師といへともふてかきりありけれはいとにほひすくなし【太液の芙蓉未央の柳もけにかよひたりしかたち色あひをからめいたるよそひはうるはしうけうらにこそありけめなつかしうらうたけなりしありさまはお花の風になひきたるよりもな

【諸仲本】

つる

(38)

長恨歌の御ゑ亭子のみかとのかゝせ給て伊勢と貫之によませたまへる大和ことのはをもろこしのうたをも我御世のみたゝそのすちをまへらことにはせさせたまふ

(39)

繪にかきとめたる楊貴妃のかたちはかきりいみしきゑ師といへともふてかきりありけれはいとにほひすくなし太液の芙蓉未央の柳もけにかよひたりしかたちいろあひからめいたるよそほひはうるはしうけふらにこそはありけめなつかしうらうたけなりしありさまはおみなへしの風になひ

【LC本】

たてまつるを

(38) 十二オ六

ちやうこんかの御ゑていしのみかとのかゝせ給て伊勢とつらゆきによませ給へるやまとことの葉をもろこしのうたをも我御世のみたゝそのすちをまくらことはにせさせ給ふ

(39) 十三オ八

ゑにかきとめたるやうきひのかたちはかきりいみしきゑしといへとも筆かきりありけれはいとにほひすくなしたいえきのふようみあうの柳もけにかよひたりしかたち色あひからめひたるよそほひはうるはしうけふらにこそはありけめなつかしうらうたけなりしありさまはをみなへしの風

よひなてしこのつゆにぬれたるより
もらうたくなつかしかりしかたちけ
はひをおほしいつるに花〈合点〉とりの色に
もねにもよそふへきかたそなき】

＊括弧内は渡部氏著書掲載の写真版に拠る

（40）
弘儀殿にはよのなかものむつかしう
おほされてうへの御つほねにものほ
り給はす

（41）
よるのおとゝに入らせ給てもつゆま
とろませ給ふ事はたかたし

（42）
おとこをんないとわりなきわさかな
といひあはせつゝなけくさきの世に
もさるへきちきりこそはおはしまし

きたるよりもなよひなてしこのつゆ
にぬれたるよりもらうたくなつかし
かりしけはひをおほしいつるに花と
りの色にもねにもよそふへきかたそ
なき

（40）
弘儀殿にはよのなかものむつかしう
おほされて人の御つほねにものほり
給はす

（41）
よるのおとゝに入らせ給てもつゆま
とろませ給ふ事いとかたし

（42）
おとこをんないとわりなきわさかな
とみないひあはせつゝなけくさきの
世にもさるへきちきりこそはおはし

になひきたるよりもなよひなてし子
の露にぬれたるよりもらうたくなつ
かしかりしけはひをおほし出るに花
鳥の色にもねにもよそふへきかたそ
なき

（40）十三ウ九
こきてんには世の中物むつかしうお
ほされて人の御つほねにもまうのほ
りたまはす

（41）十四ウ一
よるのおとゝにいらせ給ても露まと
ろませ給ふ事いとかたし

（42）十四ウ七
おとこをんないとわりなきわさかな
とみないひあはせつゝなけくさきの
世にもさるへき契りこそはおはしま

【麗子本】

けめ

(43)

なすらひ給ふへきたにそなかりける何れの御かた〳〵もえかくれあへ給はす

(44)

すへていひつゝけはことことしうたてそなりぬへき人の御さまなりける

(45)

かくありかたき人にたいめしたるよろこひかへりてはかなしかるへき事の心はへを

(46)

【諸仲本】

ましけめ

(43)

なすらひ給ふへきたにそなかりける何れの御かた〳〵もえかくれあへ給はす

(44)

すへていひつゝけはことことしううたてなりぬへき人の御さまなりける

(45)

かくありかたき人にたいめしたるよろこひのかへりてはかなしかるへき事の心はへを

(46)

【LC本】

しけめ

(43) 十六オ六

なすらひ給ふへきたにそなかりけるいつれの御かた〳〵もえかくれあへたまはす

(44) 十六ウ一

すへていひつゝけはこと〳〵しううたてなりぬへき人の御さまなりける

(45) 十七オ五

かくありかたき人にたいめんしたるよろこひのかへりてはかなしかるへきことの心はへを

(46) 十七オ八

おほやけよりもおほく物たまはすを
のつからことひろこりてもらさせ給
はねと春宮のおほちおとゝなとも
きゝたまひて

(47)
行くすゑもたのもしげなめる事と
おほしさためていよ〳〵かくもん
をさせたまへり又道〳〵のさえを
ならはさせ給ふにきはことにかし
こくて

(48)
すくえうのかしこき道の人にかうか
へさせ給ふにもおなしさまになんか
うかへ申せは

(49)
年月にそへて御息所の御ことをおほ

おほやけよりもおほくのもの給ふを
のつからことひろこりてもらさせ給
はねと春宮のおほちおとゝなとも
きゝたまひて

(47)
行くすゑもたのもしげなめる事と
おほしさためていよ〳〵かくもん
をせさせたてまつり道〳〵のさえ
をならはさせ給ふにきはことにか
しこくて

(48)
すくえうのかしこき道の人にかうか
へさせ給ふにもおなしさまにのみか
んかへ申せは

(49)
年月にそへてみやすむ所の御事をわ

おほやけよりもおほくの物給ふをの
つからことひろこりてもらさせたま
はねと春宮のおほちおとゝなときゝ
給て

(47) 十七ウ七
ゆくさきもたのもしけなめる事と
おほしさためていよ〳〵かくもん
をせさせたてまつりみち〳〵のさ
えをならはさせ給ふにきはことに
かしこくて

(48) 十八オ二
すくよこのかしこきみちの人にかん
かへさせ給ふにもおなしさまにのみ
かんかへ申せは

(49) 十八オ四
とし月にそへてみやすむところの御

【麗子本】

しわするるときなしなくさむやとさるへき人々をまいらせ給へとなすらひにおほさる、たにいとかたき世かなとものうとましうのみよろつにおほしなりぬるに先帝の四の宮の御かたちよにすくれたるなたかうきこえおはします

(50)

うせたまひにし御息所の御かたちになすらはれ似たまへる人を三代の宮つかへにつたはりぬるにえ見つけつけぬに

(51)

まことにやと御こころとまりてねんころにきこえさせたまひけり母后あなおそろしや春宮の御母女御の御心

【諸仲本】

する、時なしなしなくさむやとさるへき人々まいらせたまへとなすらへにたにおほさる、たにかたき世かなと物うとましうのみよろつにおほしなりぬるに先帝の四宮の御かたち世にすくれたる名たかうきこえおはします

(50)

うせたまひにし御息所の御かたちになすらはれ似たまへる人を三代の宮つかへにつたはりぬるにえ見つけつけぬに

(51)

まことにやと御こ、ろとまりてねんころにきこえさせ給へれと母きさきあなおそろしや春宮の御母女御のみ

【LC本】

事をおほしわする、時なしなくさむやとさるへき人々まいらせ給へとなすらへにたにおほさる、たにかたき世かなと物うとましうのみよろつにおほしなりぬるに先帝の四宮の御かたち世にすくれたる名たかうきこえおはします

(50) 十八ウ二

うせ給にしみやすところの御かたちになすらはれに給へる人を三代の宮つかへにつたはりぬるにえみたてまつりつけぬを

(51) 十八ウ六

まことにやと御心とまりてねんころに聞えさせ給へれとは、きさきあなおそろしや春宮の御は、女御のみ

いとさかなくてきりつほの更衣の

(52)

心ほそきさまにておはしますに唯わか女み子達の同し御はらにおもひきこえんといとねんころにきこえさせ給ひけれは（中略）兵部卿のみやなともけにかく心細くておはしまさんよりは

(53)

とり〳〵といとめてたけれとうちおとなひたまへるにいとわかううつくしけにてせちにかくれ給へと朝夕にさふらひたまへはおのつからもり見奉る母御息所はかけたにおほえたまはぬにこれなんいとより似給へりと典侍のきこえけるをおさなき御心

こゝろいとさかなくてみやすところもいときりつほの更衣の

(52)

心ほそきさまにておはしますに唯女御達の御はらにおもひきこえんかとねんころにきこえさせ給ふれは（中略）兵部卿のみやなとたけにかく心細くておはしまさんよりは

(53)

とり〳〵といとめてたけれとうちおとなひなとし給へるにいとわかううつくしけにてせちにかくれ給へと朝夕にさふらひたまへはおのつからもり見奉るそ母御息所はかけたにおほえたまはぬにこれなんいとより似給へりと典侍のきこえけるをおさなき

こゝろいとさかなくてみやすところもいときりつほの更衣の

(52) 十九オ二

心ほそきさまにておはしますにたゝ女御たちの御はらに思ひ聞えむかといとねんころに聞えさせ給ふれは（中略）兵部卿の宮なとたけにかく心ほそくておはしまさんよりは

(53) 十九ウ五

とり〳〵にいとめてたけれとうちおとなひなとし給へるにいとわかううつくしけにてせちにかくれ給へとあさ夕にさふらひ給へはをのつから見たてまつるそはゝみやすところはかけたにおほえたまはぬに是なんいとよう似給へりと内侍のすけの聞えけ

【麗子本】

こゝちに

(54)
かよひて見えたまふも似けなからす
なんなときこえたまへれはおさな心
ちにもうれしとおもひてはかなき花
もみちにつけてもおかしきさまなる
をまつこゝろさしを見え奉り弘徽殿
の女御又このみやとも御中そは〱
しきゆへもとよりのにくさもたちい
てゝものしとおほしたり世になうた
くひなしと見奉りたまひ名たかくお
はする宮の御かたちにもなをこのき
みのにほはしさは藤壺ならひ給て御
ほえもとり〱なれはかゝやく日の
宮ときこゆめる

【諸仲本】

御心こゝちに

(54)
かよひて見えたまふも似けなからす
なときこえたまへれはおさな心ちに
もうれしとおもひてはかなき花もみ
ちにつけてもおかしきさまなるをま
つこゝろさし見え奉り弘徽殿の女御
又このみやとも御中そは〱しきゆ
へもとよりのにくさもたちいてても
のしとおほしたち世にたくひなしと
見奉り給ふ名たかくおはする女御の
御かたちにもなをこのきみのにほは
しさは藤壺ならひ給て御おほえもと
り〱なれはかゝやく日のみことき
こゆめる

【LC本】

るをおさなき御こゝちに

(54) 二十オ五
かよひて見え給ふもにけなからすな
ん聞え給へれはおさなき御こゝちに
もうれしく思ひてはかなき花もみち
につけてもおかしきさまなるをはま
つ心さし見えたてまつりこよなう心
よせきこえ給へれはこうきてんの女
御又この宮とも御中そは〱しきゆ
へ打そへてもとよりのにくさもたち
いてゝものしとおほしたち世にたく
ひなしと見たてまつり給ふ名たかく
おはする女御の御かたちにもなを此
君のにほはしさはたとへんかたなく
うつくしけなるをよの人ひかる君と
きこゆ藤つほならひ給て御おほえも
とり〱なれはかゝやく日のみこと

(55)
この君の御わらはすかたいとかへま
うくおほせとさてのみあるへきなら
ねは十二にて元服したまふめてたく
おほしいとなみてかきりあることに
事をそへさせ給

(56)
その日のお前のおりひつものこもの
なと人のいみしかる右大弁なんうけ
たまはりて

(57)
なか〳〵かきりなくいかめしうなん
ありけるやかてその夜

---

(55)
この君の御わらはすかたいとかへま
うくおほせとさてのみあるへき事な
らねは十二にて元服せさせたてまつ
り給ふめてたくおほしいとなみてか
きりあることに事をそへさせ給

(56)
その日のお前のおりひつこものなと
人々いみしかる左大弁なんうけたま
はりて

(57)
なか〳〵かきりなくいかめしうなん
ありけるやかてその夜

そ聞ゆ

(55) 二十ウ四
このきみの御わらはすかたいとかへ
まうくおほせとさてのみあるへき事
ならねは十二にて御けんふくせさせ
たてまつり給ふめてたくおほしいと
なみてかきりあることにことをそへ
させたまひぬ

(56) 二十二ウ八
その日の御まへのおりひつこものな
と人々いみしかる左大弁なんうけた
まはりて

(57) 二十三オ三
なか〳〵かきりもいかめしうなんや
かてその夜

【麗子本】

(58) いつかたにても物あてやかなるに

(59) 御中はいとよからねと人からをえ見すくし給はてかしつき給ふ四の君にあはせたまへり

(60) うへのつねにおほつかなかりめしまつはせは心の中には唯藤壺の御ありさまをたくひなしとおもひきこえたまひてさやうならん人をこそ見めこゝら見る世にありかたくおはしけるかなおほいとののひめ君いとおかしけにかしつかれたる人とは見ゆれと心にもつかすおさなきほとの御ひ

【諸仲本】

(58) いつかたにても物あてやかなるに

(59) 御中はいとよからねと人からをえ見すくし給はてかしつき給ふ四の君にあはせたまへり

(60) うへのつねにおほつかなかりめしまつはせは心の中に唯藤壺の御ありさまをたくひなしとおもひきこえたまひてさやうならん人をこそ見めこゝら見るにる人なくもおはしけるかなおほいとののひめ君いとおかしけにかしつかれたる人とは見ゆれと心にもつかすおさなきほとの御ひとへ

【LC本】

(58) 二十三オ九

いつかたにつけてもいと物あてやかなるに

(59) 二十三ウ五

御中はいとよからねと人からをえ見すくしたまはてかしつき給ふ四のきみにあはせ給へり

(60) 二十三ウ八

うへのつねにおほつかなかりめしまつはせは心やすくさとすみもえしたまはす心のうちにもたゝ藤つほの御ありさまをたくひなしとおもひ聞え給てさやうならん人をこそ見めこゝら見るにる人なくもおはしけるかなおほい殿のひめ君いとおかしけにかしつかれたる人とは見ゆれとこゝ

とへ心にかゝりていとくるしきまて
そおはしける

(61)
御心につくへき御あそひをしよろつ
におふな〳〵おほしいたつくうちに
はもとのしけいさを御さうしにて母
御息所の御方の人々里の殿はもくす
りたくみつかさなとに宣旨くたりて
たくひなくあらためつくらせ給ふ

(62)
おもしろきところなりけるをいと池
のこゝろひろくしなしてめてたくつ
くりのゝしる

心にかゝりていとくるしきまてそお
はしける

(61)
御心につくへき御あそひをしよろつ
におふな〳〵おほしいたつくうちに
はもとのしけいさを御さうしにて母
御息所の方の人々里の殿はもくすり
たくみつかさなとに宣旨くたりてに
なうあらためつくらせ給ふ

(62)
おもしろきところなりけるをいとと
池のこゝろひろくしなしてめてたく
つくりのゝしる

ろにもつかすおほえ給ておさなき程
の御ひとへこゝろにかゝりていとく
るしきまてそおはしける

(61)二十四ウ三
御こゝろにつくへき御あそひをしよ
ろつにおふな〳〵おほしいたつく内
にはもとのしけいさを御さうしにて
はゝみやすところのかたの人々まか
てちらすさふらはせ給ふさとの殿は
もくすりたくみつかさなと宣旨くた
りてになうあらためつくらせ給ふ

(62)二十四ウ八
おもしろきところなりけるをいとゝ
池のこゝろひろくしなしてめてたく
つくりのゝしる

第三篇　近世初期における『源氏物語』享受

第一章　専修大学図書館蔵『源氏物語画帖』の詞書とその制作背景

一　はじめに

専大本『源氏物語画帖』桐壺巻①（専修大学図書館所蔵）

本章は、専修大学図書館蔵『源氏物語画帖』（以下、「専大本」とする）を視座として、詞書伝称筆者の動向から成立時期や制作背景の可能性を提示し、江戸時代初期の『源氏物語』享受の一端を明らかにするものである。

専大本[1]は、縦二十七・一糎、横二十・八糎、厚さ五・〇糎の大きさで、全三帖の片面折本の形式である。折本見開きの右側に詞書を、左側に絵を配したものを一組として、一帖に二十組ずつ、三帖で計六十組となっている。『源氏物語』五十四帖の各巻から一枚ずつの五十四組に、桐壺・帚木・紅葉賀・玉鬘・藤裏葉・若菜下巻の六組はもう一枚ずつを加えて、六十組とする。第一帖は「桐壺①」〜「絵合」、第二帖は「松風」〜「若菜下①」、第三帖は「若菜下②」〜「夢浮橋」という構成である。黒漆塗箱入（箱の表に「源氏繪」と金字）で、家紋（隅入り蔓角に違い鷹の羽）入りの風呂敷に包まれている[2]。詞書には金箔や砂子を撒き、花鳥草木土坡などの下絵があしらわれ、絵には金泥がふんだんに用いられた豪華な仕立てである。専大本の絵については、井黒佳穂子氏(3)が『十帖源氏』の挿絵をモチーフとしていると指摘し、「「源氏絵」の伝統的権威や知識に裏付けされた俳味より、見た目の華やかさや豪華さを求める新興層の嗜好が見える。専大本はおそらく、裕福な町衆からの注文によって、制作されたものだったのではないか」と述べている。本章では、先行論をふまえつつ、専大本の成立背景を探ってみたい。

二　専大本の詞書

まず、専大本の詞書本文と、大島本、日大三条西家本、さらに江戸初期の代表的な『源氏物語』の版本である『絵入源氏』の本文とを比較してみた。その異同の内訳は以下の通りである。

〔資料一〕**詞書の本文異同**

・大島本、三条西家本、絵入源氏の三本と一致する…三十四枚【左記以外すべて】

・右記の三本と一致しない…二十例【桐壺①】【空蟬A】【空蟬B】【夕顔A】【紅葉賀②A】【賢木B】【蓬生】【朝顔】【玉鬘②】【初音】【野分A】【野分B】【真木柱A】【真木柱B】【梅枝】【若菜上】【鈴虫】【幻】【匂宮A】【匂宮B】

・大島本、三条西家本と一致する…五例【夕顔B】【紅葉賀②B】【須磨】【松風】【浮舟】（【浮舟】は大島本ではなく、明融本・三条西家本と一致する例とした）

・大島本、絵入源氏と一致する…一例【柏木】

・三条西家本、絵入源氏と一致する…二例【帚木①】【賢木A】

・大島本とのみ一致する…ナシ

・三条西家本とのみ一致する…一例【蜻蛉】
・絵入源氏とのみ一致する…四例【花宴】【明石】【関屋】【絵合】

さらに〔資料一〕を異同ごとに掲げたものが〔資料二〕～〔資料七〕である。

〔資料二〕**大島本・三条西家本・絵入源氏の三本と一致しない二十例**

【桐壺①】「あまたたひあやしむ国」↓大島本・三条西家本・絵入源氏「あまたゝひかたふきあやしふ国」
【空蟬Ａ】「ともしたる」↓大島本・三条西家本・絵入源氏「ともしたり」
【空蟬Ｂ】「かさねなる」↓大島本・三条西家本・絵入源氏「かさねなめり」
【夕顔Ａ】「なさけなけなめるなをとて」↓大島本・三条西家本・絵入源氏「なさけなけなめる花をとて」
【紅葉賀②Ａ】「いたうはつれみのへたれとそゝけ」↓大島本・三条西家本・絵入源氏「いたうみのへたれと」
【賢木Ｂ】「香をかくはしみ」↓大島本・三条西家本・絵入源氏「香をなつかしみ」
【蓬生】「こゝろも」↓大島本・三条西家本・絵入源氏「こゝろを」
【朝顔】「かきねは」↓大島本・三条西家本・絵入源氏「かきねそ」
【玉鬘②】「いのりたまへ」↓大島本・三条西家本・絵入源氏「いのり申給へ」
【初音】「例のなく」↓大島本・三条西家本「例のゝこるなく」・絵入源氏「例の残りなく」
【野分Ａ】「あけほの」↓大島本・三条西家本・絵入源氏「あけほのゝ」
【野分Ｂ】「みたれたるこゝちす」↓大島本・三条西家本・絵入源氏「みたれたるをみる心ちす」
【真木柱Ａ】「うしろによりてうと」↓大島本・三条西家本「うしろによりてさと」

【真木柱B】「ひとみあふる」↓大島本・三条西家本・絵入源氏「人のやゝみあふる」
【梅枝】「紅梅の」↓大島本・三条西家本・絵入源氏「紅梅」
【若菜上】「みかりたまへる」↓大島本・三条西家本・絵入源氏「みかへりたまへる」
【鈴虫】「声そふりせぬきむの御こと」↓大島本・絵入源氏「声そふりせぬなと聞え給てきんの御こと」・三条西家本「声そふりせぬ聞え給てきんの御こと」
【幻】「よりてたまひていかにとや」↓大島本「よりてとり給ていかにとかや」・三条西家本「とり給ていかにとかや」・絵入源氏「とりたまひていかにとかや」
【匂宮A】「はるははなそのを」↓大島本「春は梅の花そのを」・三条西家本「春はむめの花そのを」・絵入源氏「はるは梅の花そのを」
【匂宮B】「さほし」↓大島本・三条西家本・絵入源氏「さをし」

〔資料三〕大島本（明融本）・三条西家本と一致し、絵入源氏と一致しない五例

【夕顔B】「惟光のあそん」↓絵入源氏「惟光のあそんの」
【紅葉賀②B】「まかは」↓絵入源氏「まかはら」
【須磨】「つくりゐ」↓絵入源氏「つくりゐを」
【松風】「きんたち」↓絵入源氏「きみたち」
【浮舟】「こしまのいろは」↓絵入源氏「こしまはいろも」

〔資料四〕大島本・絵入源氏と一致し、三条西家本と一致しない一例

【柏木】「かけ給人」→三条西家本「かけ給はむ人」

〔資料五〕三条西家本・絵入源氏と一致し、大島本と一致しない二例

【帚木①】「これは二のまち」→大島本「二のまち」

【賢木A】「いかきをも」→大島本「いかきも」

〔資料六〕三条西家本と一致する一例

【蜻蛉】「かきりなく」→大島本・絵入源氏「かきりもなく」

〔資料七〕絵入源氏と一致する四例

【花宴】「こなたさまに」→大島本・三条西家本「こなたさまには」

【明石】「雲ゐに」→大島本・三条西家本「雲ゐを」

【関屋】「せきやまより」→大島本・三条西家本「せき屋より」

【絵合】「中宮もおはしますふかく」→大島本・三条西家本「中宮もおはしませはふかう」

例えば、〔資料二〕の【夕顔A】の「な」と「花」、【真木柱A】の「うと」と「さと」、【若菜上】の「みかり」と「みかへり」、【匂宮A】の「梅の」の有無、〔資料三〕の五例、〔資料六〕の【蜻蛉】の「も」の有無などが見られる。これらの一文字程度の相違や有無は、詞書に転写する過程において変化したものであり、誤字や脱字がほとんどであろう。〔資料二〕の【空蝉A・B】は詞書の末尾を整えるために「り」を「る」としたか、詳細は不明であるが、ど

ちらでも意味は通じる。異同らしきものは、〔資料二〕の【蓬生】の「も」と「を」、【朝顔】の「は」と「そ」、【玉鬘②】の「申」の有無、【梅枝】の「の」の有無、【幻】の「とや」と「とかや」、【匂宮B】の「ほ」と「を」、〔資料七〕の【花宴】の「は」の有無、【明石】の「に」と「を」などである。

さらに、諸本とは違う異文や省略されたかと思われるものは、〔資料二〕の【桐壺①】【紅葉賀②A】【初音】【野分A・B】【真木柱B】【鈴虫】【幻】、〔資料四〕【柏木】、〔資料五〕【帚木①】【賢木A】、〔資料七〕【関屋】【絵合】に散見される。【桐壺①】「あまたたひあやしむ国」は大島本・日大三条西家本・絵入源氏では「あまた、ひかたふきあやしふ国」とあり、「かたふき」の語が専大本にはない。管見した限りでは「かたふき」がない本文は、第二篇で述べた正徹本の一つである京都女子大本が「あやしむ国」の本行本文に「あまたたひかたふき」を傍記して補っているのが一番近い例である。【紅葉賀②A】の「はつれ」「そ、け」を含む諸本も管見の限りでは見当たらない。また、〔資料七〕の【関屋】「せきやま」や【絵合】「中宮もおはしますふかく」などは絵入源氏に見られる本文表現である。

独自異文と思われる〔資料二〕の【賢木B】「香をかくはしみ」は、管見する諸本では「なつかしみ」とあり、『紫明抄』『河海抄』などの古注釈書においてもすべて「なつかしみ」となっている。

「変らぬ色をしるべにてこそ、斎垣も越えはべりにけれ。さも心憂く」と聞こえたまへば、

神垣はしるしの杉もなきものをいかにまがへて折れるさかきぞ

と聞こえたまへば、

少女子があたりと思へば榊葉の香をなつかしみとめてこそ折れ

（『賢木』二―八七頁）

「香をなつかしみ」は光源氏と六条御息所が贈答を交わす野々宮の別れの場面において、光源氏の和歌に出てくる表現である。この和歌には『源氏物語聞書』『岷江入楚』では引歌として、

榊葉の香をかくはしみとめ来れば八十氏人そまとゐせりける

（『拾遺和歌集』巻十・神楽歌・五五七番歌）

「榊葉の香をかくはしみ」という『拾遺和歌集』の影響が指摘されている。おそらく専大本賢木巻の詞書は、つい引歌の「かくはしみ」にひかれてしまって、「香をかくはしみ」としてしまったものか。詳細は不明であるが、おそらくは「榊葉の」和歌の「かくはしみ」との混同によるものかと考えられる。つまり、専大本の詞書を見る限りでは、六十枚中、ほぼ半数の三十四枚は大島本、三条西家本、絵入源氏の本文と一致している。さらに異文二十例も〔資料二〕の【賢木B】以外は転写の段階における誤写や脱字などである可能性が高く、〔資料七〕の【関屋】【絵合】のように絵入源氏と一致する用例も見えることから、おそらくは三条西家本系統の絵入源氏の本文などを参照しながら、詞書が作成されたことが窺える。専大本の絵については、先述したように井黒氏によって、俳諧師である野々口立圃作『十帖源氏』の挿絵がモチーフであることが指摘されている。そこで、専大本の詞書と『十帖源氏』本文とを比較してみた。結果は次頁の表の通りである。すると、詞書において、六十場面中二十八例のほぼ半数の詞書が和歌を採択しており、歌絵的な場面を描くことが多い江戸初期源氏絵の特徴が見えるのである。

専大本の詞書の中で『十帖源氏』の本文にないのは、【桐壺①】【須磨】【関屋】【絵合】【若菜下②】【柏木】【夕霧】の七例である。しかし、そのうちの【桐壺①】【関屋】は大阪女子大学蔵『源氏物語絵詞』(4)（以下、「大阪女子大本」とする）と一致し、【絵合】は和泉市久保惣記念美術館蔵『源氏物語手鑑』(5)（以下、「久保惣本」とする）の詞書と一致し、

番号	専大本巻名	詞書筆者	十帖源氏 本文	十帖源氏 絵	備考
1	桐壺①	中御門資凞	×	○	↓大阪女子大本詞書と一致
2	桐壺②	中院通茂	○（和歌）	○	
3	帚木①	中御門資凞	○	○	
4	帚木②	日野弘資	○（和歌）	○	
5	空蟬	中御門資凞	○	○	
6	夕顔	中御門資凞	○	○	
7	若紫	中御門資凞	○	○	
8	末摘花	中御門資凞	○	○	
9	紅葉賀①	飛鳥井雅章	○（和歌）	○	
10	紅葉賀②	道晃法親王	○	○	
11	花宴	飛鳥井雅章	○	○	
12	葵	飛鳥井雅章	○	○	
13	賢木	飛鳥井雅章	○（和歌）	○	
14	花散里	飛鳥井雅章	○（和歌）	○	
15	須磨	飛鳥井雅章	×	○	
16	明石	中院通茂	○（和歌）	○	
17	澪標	中院通茂	○（和歌）	○	
18	蓬生	中院通茂	○（和歌）	○	
19	関屋	中院通茂	×	○	↓大阪女子大本詞書と一致
20	絵合	中院通茂	×	○	↓久保惣本詞書と一致
21	松風	中院通茂	○	○	
22	薄雲	清閑寺凞房	○（和歌）	○	
23	朝顔	清閑寺凞房	○（和歌）	○	
24	少女	清閑寺凞房	○	○	
25	玉鬘①	清閑寺凞房	○（和歌）	○	
26	玉鬘②	日野弘資	○	○	
27	初音	清閑寺凞房	○	○	
28	胡蝶	清閑寺凞房	○（和歌）	○	
29	蛍	甘露寺方長	○（和歌）	×	
30	常夏	甘露寺方長	○	○	
31	篝火	甘露寺方長	○（和歌）	○	
32	野分	甘露寺方長	○	○	
33	行幸	甘露寺方長	○（和歌）	○	
34	藤袴	甘露寺方長	○（和歌）	○	
35	真木柱	持明院基時	○	○	
36	梅枝	持明院基時	○	○	
37	藤裏葉①	持明院基時	○（和歌）	○	
38	藤裏葉②	中院通茂	○	○	
39	若菜上	持明院基時	○	○	
40	若菜下①	持明院基時	○	○	
41	若菜下②	道晃法親王	×	×	
42	柏木	持明院基時	×	○	↓十帖源氏宿木の挿絵と一致
43	横笛	柳原資廉	○（和歌）	○	
44	鈴虫	柳原資廉	○（和歌）	○	
45	夕霧	柳原資廉	×	○	↓京博本詞書と一致
46	御法	柳原資廉	○（和歌）	○	
47	幻	柳原資廉	○	○	
48	匂宮	柳原資廉	○	○	↓十帖源氏梅枝の挿絵と一致
49	紅梅	愛宕通福	○（和歌）	○	
50	竹河	愛宕通福	○（和歌）	○	
51	橋姫	愛宕通福	○	○	
52	椎本	愛宕通福	○	○	
53	総角	愛宕通福	○（和歌）	○	↓十帖源氏匂宮の挿絵と一致
54	早蕨	愛宕通福	○（和歌）	○	
55	宿木	日野弘資	○（和歌）	○	↓十帖源氏総角の挿絵と一致
56	東屋	日野弘資	○	○	
57	浮舟	日野弘資	○（和歌）	○	
58	蜻蛉	日野弘資	○	○	
59	手習	日野弘資	○（和歌）	○	
60	夢浮橋	日野弘資	○（和歌）	○	

【夕霧】は京都国立博物館蔵『源氏物語画帖』(6)（以下、「京博本」とする）の詞書と一致している。残りの【須磨】【若菜下②】【柏木】の三例は、『十帖源氏』の本文やその他の管見する限りの源氏絵の詞書からは共通する本文箇所が見出せなかった。しかし、【須磨】の詞書は平安時代に絵師として活躍した飛鳥部常則の箇所「つねのりなとをめしてつくりゑつかうまつらせはや」であり、【若菜下②】は女楽の場面で春秋の音楽優劣論を交わす光源氏と夕霧親子の場面「春のおほろ月夜よ…」であり、【柏木】は「たれも千とせの松ならぬよ」という歌語的な要素を含む箇所である。いずれにしても、和歌的・文化的な要素が強いのが専大本の詞書の特色と言えよう。

三　詞書伝称筆者の筆跡

では次に、専大本の詞書伝称筆者について、筆跡の観点から考察し、制作年代についても検証してみたい。極札記載名によれば、専大本の詞書筆者は、江戸時代初期に活躍した公家十名〈中御門資熈・中院通茂・日野弘資・飛鳥井雅章・道晃法親王・清閑寺凞房・甘露寺方長・持明院基時・柳原資廉・愛宕通福〉によるものと考えられる（前頁表参照）。各伝称筆者の真筆とされる筆跡を多く含む作品群と比較検討してみる。

・専大本（A）
・東京国立博物館蔵『徒然草画帖』(7)（住吉具慶筆、一帖、一六七八年成立）（Image : TNM Image Archives）（B）
・MIHO MUSEUM蔵『源氏物語絵巻』(8)（住吉具慶筆、五巻、一六七〇～一六七四年頃成立）（C）

『徒然草画帖』（B）には、専大本のうち、甘露寺方長・愛宕通福以外の計八名の詞書伝称筆者名が見える。松原茂氏(9)によれば、『徒然草画帖』の詞書伝称筆者の中でも飛鳥井雅章・中院通茂・持明院基時の筆蹟は真跡であるという。『源氏物語絵巻』（C）の詞書伝称筆者には、専大本のうち、持明院基時以外の九名が含まれている。（B）（C）の画帖はどちらも江戸時代初期に成立しており、制作過程や制作時期を考える上でも重要な作品と言える。

この他、大英図書館蔵『源氏物語画帖』[10]（住吉如慶筆、一六六五〜一六六六年頃成立、以下、「大英本」とする）の詞書伝称筆者は、専大本の詞書伝称筆者である中御門資凞・道晃法親王・飛鳥井雅章・日野弘資・中院通茂・清閑寺凞房の六名と共通し、中でも日野弘資の筆跡以外は真筆であるという。さらに、ＭＩＨＯ ＭＵＳＥＵＭ蔵『女房三十六人歌合画帖』[11]（清原雪信筆、一六七一年頃）、東京国立博物館蔵『新三十六歌仙画帖』[12]（狩野探幽筆、一六六四年）などにも専大本の詞書伝称筆者の名が散見されるため、参照した。

本節では、専大本の筆跡を（Ａ）とし、主に『徒然草画帖』の筆跡（Ｂ）・『源氏物語絵巻』の筆跡（Ｃ）との比較を中心として明示し、検討を試みる。

以下に掲げる（１）〜（10）の専大本の各詞書伝称筆者における共通作品の検索や筆跡に関しては、榊原悟氏「筆跡伝称筆者名一覧」[13]や高橋亨氏「源氏絵詞書伝承筆者一覧」[14]を参照した。

（１）中御門資凞（一六三六〜一七〇七）

資凞筆とされる作品はこの他、大英本、『女房三十六人歌合画帖』、静嘉堂文庫蔵『時代不同歌合画帖』（住吉具慶・狩野秀信合筆）、開口神社蔵『大寺縁起絵巻』（土佐光起筆、一六九〇年）、板橋区立美術館蔵『三十六歌仙画帖』（住吉具慶筆）などがある。資凞の運筆は丸みがあり、起筆・終筆が丁寧で、「あ」「き」「な」「た」「て」などの文字にその特徴が見られる。

A
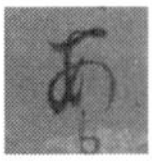
B

A

B

A
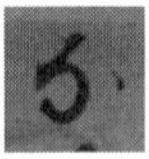
B

A

C

A
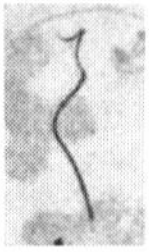
C
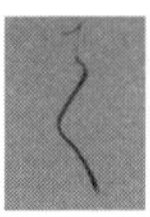

（2）中院通茂（一六三一〜一七一〇）

通茂筆とされる作品はこの他、大英本、ＭＯＡ美術館蔵『源氏物語四季賀絵巻』（住吉具慶筆、以下、「ＭＯＡ本」とする）、『女房三十六人歌合画帖』、『新三十六歌仙画帖』、『三十六歌仙画帖』[15]などがある。書流は中院流。通茂の運筆は丸みがあり、縦角は細く、横角は太く、減り張りがある。同じ中院流である資凞・道晃筆の筆法を受け継いでいる。「の」「れ」「へ」「を」などに特徴が見られる。

A　B　C

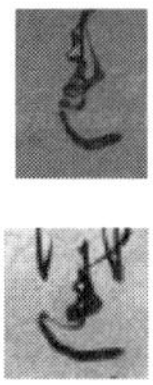
A　B

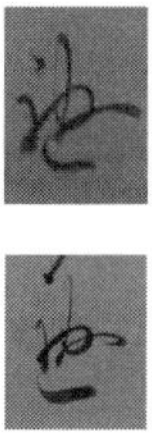
A　C

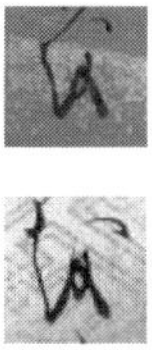
A　B

（3）日野弘資（一六一七〜一六八七）

弘資筆とされる作品はこの他、大英本、徳川美術館蔵『源氏物語画帖』（土佐光則筆、以下、「光則本」とする）、広隆寺蔵『聖徳太子絵伝』（住吉如慶筆、一六五三年）、『女房三十六人歌合画帖』、『新三十六歌仙画帖』、『三十六歌仙画帖』などがある。また、弘資が伊達家の田村宗永（建顕）に和歌指導したことを記した弘資自筆とされる『日野三部抄』[16]などもある。書流は日野流。弘資の運筆は独創的で、絵画的な筆跡である。「や」「の」「を」などに特徴が見られる。

A　B　C

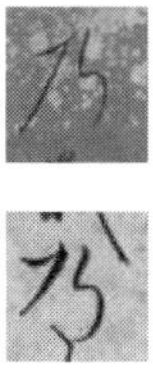
A　B

A　B　C

（4）飛鳥井雅章（一六一一〜一六七九）

雅章筆とされる作品はこの他、大英本、根津美術館蔵『源氏物語画帖』（以下、「根津本」とする）、光則本、『聖徳太子絵伝』、『女房三十六人歌合画帖』、『新三十六歌仙画帖』、『三十六歌仙画帖』などがある。書流は栄雅流（飛鳥井

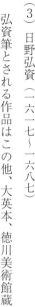

流）。雅章の運筆は丸みを帯びた線質、字粒が小さく、のびやかさに欠けるものの、繊細な終筆は美しい。「つ」「人」「お」「もの」などに特徴が見られる。

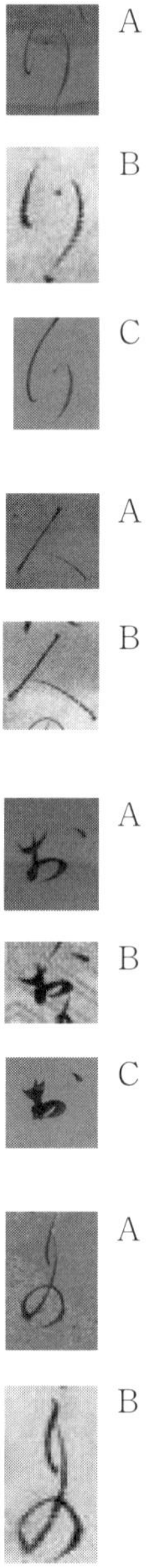

（5）道晃法親王（一六一二〜一六七八）

道晃筆とされる作品はこの他、大英本、根津本、MOA本、光則本、『聖徳太子絵伝』、三室戸寺鐘銘の揮毫、『新三十六歌仙画帖』などがある。書流は中院流の名筆と言われる。道晃の運筆は縦線の流れが繊細で丸みの表現も自在であり、連綿が美しい。「なく」「の」「て」などに特徴が見られる。

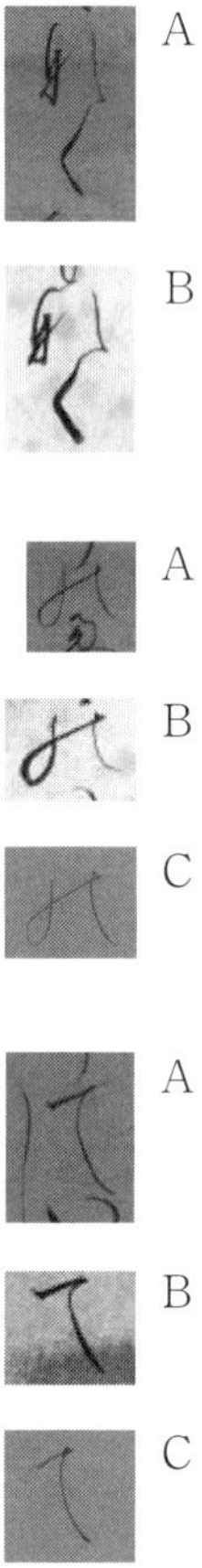

（6）清閑寺凞房（一六三三〜一六八六）

凞房筆とされる作品はこの他、真筆とされる『新三十六歌仙画帖』（藤原隆祐）、大英本、根津本、MOA本、『女房三十六人歌合画帖』、『時代不同歌合画帖』、『三十六歌仙画帖』などがある。凞房の運筆は全体的にやわらかくのびやかであるが、繊細さに欠ける。「の」「つ」「け」などに特徴が見られる。ちなみに真筆とされる『新三十六人歌合画帖』の詞書と比較すると、「婦（ふ）」「起（き）」「乃（の）」などの字母が近似している。

A

B
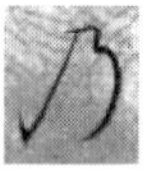
C
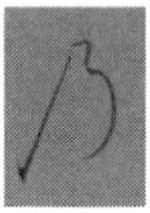
A
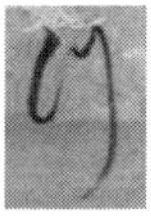
C
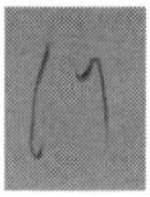
A

C
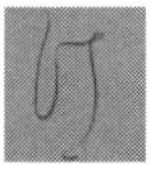

（7）甘露寺方長（一六四八〜一六九四）

方長筆とされる作品は『徒然草画帖』（B）にはない。この他、徳川黎明会叢書「色紙[17]」、『大寺縁起絵巻』、『三十六歌仙画帖』などがある。方長の運筆は大ぶりで一文字一文字に重みがあるものの、繊細さに欠ける。「の」などに特徴が見られる。

A

C

A
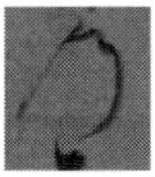
C
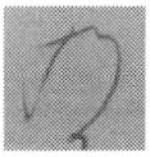

（8）持明院基時（一六三五〜一七〇四）

基時筆とされる作品は『源氏物語絵巻』（C）にはない。この他、MOA本、『女房三十六人歌合画帖』、『新三十六歌仙画帖』、『大寺縁起絵巻』、『三十六歌仙画帖』、チェスタービーティー図書館蔵『源氏物語絵巻』（一六八八年）、紫宸殿賢聖障子銘及び築地外下馬札の揮毫、神楽秘曲相伝などがある。書流は持明院流。基時の運筆は繊細な流麗さが秀逸で、「に」「の」「て」などに、入木道の名門である持明院家の筆跡が窺える。

A

B
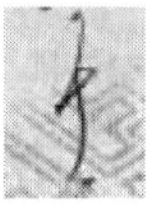
A
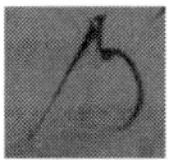
B
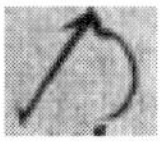
A

B

（9）柳原資廉（一六四五～一七一二）

資廉筆とされる作品は少なく、管見の限りでは（B）（C）以外にはあまり見られない。杭全神社蔵『三十六歌仙図扁額』[18]（平野幽筧筆、一六七九年）の「中納言家持」の和歌等が資廉筆とされるが未見である。資廉筆の運筆は縦長で太く、墨の濃淡の差がはっきりとしている。「る」「む」「て」などに特徴が見られる。

A

B

C

A

B
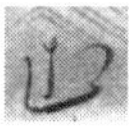

A

B

C
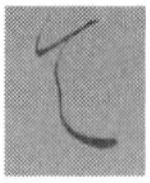

（10）愛宕通福（一六三四～一六九九）

通福筆とされる作品は『徒然草画帖』（B）にはない。この他、東京国立博物館蔵『伊勢物語』[19]（住吉如慶筆、詞書は愛宕通福全巻一筆、一六六一年以降成立）、『新三十六歌仙画帖』などがある。通福の運筆は大ぶりで、「あ」「つ」などに特徴が見られる。

A

C

A

C
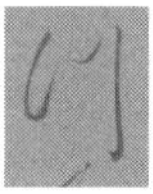

詞書筆者の筆跡検討を行うと、すべて真筆とは断定できないものの、『徒然草画帖』において真筆とされる飛鳥井雅章・中院通茂・持明院基時の筆跡は専大本と酷似している。さらに、道晃法親王・日野弘資・清閑寺凞房・柳原資廉・中御門資凞なども近い。愛宕通福と甘露寺方長に関しては比較資料が少ないために断定はできないが、二人以外の詞書伝称筆者八名の筆跡は真筆に近いと言える。書流は中院流・飛鳥井流・持明院流・日野流など、藤原行成の流

れを汲む世尊寺流派で書かれている。つまり、（1）～（10）の筆跡比較の結果、専大本の詞書の筆跡（A）は、『徒然草画帖』（B）や『源氏物語絵巻』（C）の詞書筆者の筆跡に近似している可能性が高いと言えよう。

四　専大本の成立時期

専大本には制作の経緯や由緒を示すような文書の類が付されておらず、専大本自体から制作背景を探る他はない。詞書の右肩には、色紙一枚ごとに「詞書筆者名」「巻名」「詞書の書き出し」を記した極札（六十枚の料紙はすべて統一文様、詞書とは別筆）のようなものが付されている。そこで、この詞書の極札に見える詞書筆者名から成立時期について考えるため、上表を作成した。[20]

極札記載名	生没年月日	没年齢	家格
中御門殿資凞卿	寛永 12（1635）.12.26 宝永 4（1707）.8.21	73 歳	名家
中院殿通茂卿	寛永 8（1631）.4.13 宝永 7（1710）.3.21	80 歳	大臣家
日野殿弘資卿	元和 3（1617）.1.29 貞享 4（1687）.9.29	71 歳	名家
飛鳥井殿雅章卿	慶長 16（1611）.3.1 延宝 7（1679）.10.12	69 歳	羽林家
照高院殿道晃親王	慶長 17（1612）.3.8 延宝 7（1679）.6.18	68 歳	親王家
清閑寺殿凞房卿	寛永 10（1633）.3.29 貞享 3（1686）.10.10	54 歳	名家
甘露寺殿方長卿	慶安 1（1648）.12.3 元禄 7（1694）.2.20	47 歳	名家
持明院殿基時卿	寛永 12（1635）.9.5 宝永 1（1704）.3.10	70 歳	羽林家
柳原殿資廉卿	寛永 21（1644）.6.30 正徳 2（1712）.9.25	69 歳	名家
愛宕殿通福卿	寛永 11（1634）.11.14 元禄 12（1699）.9.8	66 歳	羽林家

詞書筆者十名のうち、没年月が一番早いのは道晃法親王であることから、専大本は道晃の没年月の一六七九年六月までに制作されたと考えられる。専大本の絵のモチーフとされる『十帖源氏』は野々口立圃（一五九五～一六六九）によって制作された『源氏物語』のダイジェスト版である。承応三年（一六五四）頃の成立とされ、万治四年（一六六一）の刊記を持つ版本があることから、[21]専大本の成立は、

『十帖源氏』刊行の一六六一年から、道晃が亡くなる一六七九年六月の間にさらに限定されることになろう。

専大本の詞書筆者たちが、共同作業として詞書を書いている例は他にも見られる。前述したように、大英本（一六六五～一六六六年頃成立）の詞書には、飛鳥井雅章・道晃法親王・日野弘資・清閑寺凞房・中院通茂・中御門資凞の六名が、(22) ＭＩＨＯ ＭＵＳＥＵＭ蔵『源氏物語画帖』（一六七〇～一六七四年頃成立、以下、「ＭＩＨＯ ＭＵＳＥＵＭ本」とする）の詞書には、飛鳥井雅章・愛宕通福・道晃法親王・日野弘資・清閑寺凞房・柳原資廉・中院通茂・中御門資凞・甘露寺方長の九名が、(23) 福井藩主松平綱昌へ輿入する飛鳥井雅章の孫、清姫の嫁入り道具とされる東京国立博物館蔵『徒然草画帖』（一六七八年成立、以下、「東博本」とする）の詞書には、飛鳥井雅章・道晃法親王・日野弘資・清閑寺凞房・柳原資廉・中院通茂・中御門資凞・持明院基時の八名が見える。(24) つまり、専大本の詞書筆者十名は、詞書筆者グループの一員として存在し、同時期（一六六五～一六七九年の間）にさまざまな画帖の詞書制作に関わっていたことが窺える。それゆえ、専大本が、極札に見える公家十名によって書かれたという信憑性は高いように思われる。

仮に、専大本の制作時期を『十帖源氏』刊行の一六六一年から道晃の没年の一六七九年の間とし、さらに成立時期をその前半の一六六一～一六六九年の間に限定してみる。すると、詞書筆者の中で一番若年である甘露寺方長が十三～二十一歳という若さで書いたこととなり、その可能性は低いのではないかと思われる。そこで推定した後半の成立時期の一六七〇～一六七九年に限定してみると、専大本と共通の詞書筆者名が最も多いＭＩＨＯ ＭＵＳＥＵＭ本の推定されている成立時期（一六七〇～一六七四年）と近いことになる。つまり、専大本の成立は、一六六一～一六七九年の間のうち、より後半の一六七〇～一六七九年の間に制作されたものと推定される。

五　詞書のコーディネーター

極札の詞書筆者名によれば、専大本の詞書は江戸時代初期において色々な画帖制作に関わっていた公家十名によって書かれた可能性が高いと考えられる。そこで、専大本の詞書制作の実態に迫ってみたい。

まず、一覧の中から、二枚ずつ描かれた巻（①②）の二枚目に当たる桐壺②・帚木②・紅葉賀②・玉鬘②・藤裏葉②・若菜下②の六枚を除いてみる（二四六頁の表参照）。すると、『源氏物語』桐壺巻から夢浮橋巻まで、九名で六巻ずつを担当し、合計して五十四巻を書くという当初の方針が見えてくる。続いて、二枚目が入る理由を考えてみる。巻の短い紅葉賀巻が二枚、巻の長い若菜下巻が二枚であることから、二枚目の入る箇所に一貫性が見えず、巻の長短による事情ではない他の理由が考えられよう。

次に、巻名ではなく、詞書筆者に目を向けてみると、十名のうち、紅葉賀②と若菜下②の二枚のみを担当しているのが道晃法親王であることがわかる。何らかの事情で道晃に紅葉賀②と若菜下②の二枚を書いてもらうこととなり、合計で五十六枚となる。そこで六十枚にするために、桐壺②・帚木②・玉鬘②・藤裏葉②の四枚を後から追加し、中院通茂と日野弘資が書いたのではないだろうか。

文献上初出の源氏絵の画帖（色紙形）に関する記述は宗尊親王による色紙絵の制作を推定するものであり[25]、現存最古の色紙形の源氏絵とされるハーバード大学サックラー美術館蔵『源氏物語画帖』（土佐光信筆、以下、「ハーバード本」とする）は、大内家家臣・陶三郎興就の発注により、三条西実隆が斡旋したものであるという[26]。江戸時代初期の代表的な源氏物語画帖としては、久保惣本（土佐光吉筆、慶長十七年（一六一二）頃成立）があり、石川忠総（徳川秀忠の側近とされる）の注文により、中院通村が制作を斡旋したと言われている[27]。さらに、同時期に作成された京博本（土佐光吉・長次郎筆、慶長十八年（一六一三）頃成立）は、後陽成院の詞書があり、近衛信尹の周辺が依頼主ではないかと言われている[28]。このように、源氏絵の画帖制作にはそれを斡旋したり仲介したりする取りまとめ役が存在したと考えられる。

専大本において、詞書の中心的な役割を担ったのは、担当した巻の数が一番多く、桐壺②・帚木②・玉鬘②・藤裏葉②を追加して書いたと思われる中院通茂と日野弘資ではないだろうか。

先述した久保惣本は十八名によって詞書が制作され、一番多い枚数を書いているのが、三条西実条・中院通村・飛鳥井雅庸の六枚ずつで、中でも中院通村は久保惣本を斡旋したとされている。さらに、京博本は二十三名によって詞書が制作され、そのうち近衛信尹が四枚、近衛信尋が二枚、近衛信尹の息女と思われる人物が二枚を担当しており、京博本の依頼は近衛家周辺と推定されている。つまり、久保惣本や京博本において、斡旋者や依頼主に近しい人物が詞書を一番多く書いていることがわかる。こうしたことから、専大本の詞書制作は、中院通茂と日野弘資が中心となって行われた可能性は高いと考えられる。

中院通茂と日野弘資は、後水尾院の伊勢物語講釈において、明暦二年（一六五六）には道晃法親王や飛鳥井雅章と共に、寛文十三年（一六七三）には飛鳥井雅章と共に聴講者として参加していることが指摘されている。さらに、後水尾院の古今伝授においても、明暦三年（一六五七）には道晃と雅章の名が、寛文四年（一六六四）には通茂と弘資の名が見える。[29]

・〈後水尾院の伊勢講釈〉明暦二年（一六五六）
堯然法親王、道晃法親王、飛鳥井雅章、岩倉具起、中院通茂、日野弘資、白川雅喬、烏丸資慶
・〈後水尾院の古今伝授〉明暦三年（一六五七）
堯然法親王、道晃法親王、飛鳥井雅章、岩倉具起
・〈後水尾院の古今伝授〉寛文四年（一六六四）
後西院、中院通茂、日野弘資、烏丸資慶

また、後水尾院が添削指導を行ったとされる資料『後水尾院勅点諸卿和歌』[30]には、古今伝授を賜った道晃法親王・

飛鳥井雅章・日野弘資・烏丸資慶・中院通茂の和歌が主に掲載されていることが指摘されている。[31] この資料は万治から寛文年間（一六五八〜一六七三）にかけてのものであり、上記の歌人の他、同じく専大本の詞書筆者である中御門資凞や清閑寺凞房の和歌も見えるという。

このように、後水尾院歌壇で当時活躍し、古今伝授を受けた道晃法親王、飛鳥井雅章、中院通茂、日野弘資らが、専大本の詞書筆者となっている。しかし、同時代に後水尾院歌壇にいた堯然法親王や岩倉具起、烏丸資慶などの名が専大本にはない。もし伊勢講釈（一六五六年）や古今伝授の時期（一六五七・一六六四年）に、専大本が制作されたとすれば、おそらく堯然・具起・資慶も参加するはずであろう。そこで三名の没年を見てみると、堯然は寛文元年（一六六一）、具起は万治三年（一六六〇）、資慶は寛文九年（一六六九）であることから、専大本の詞書筆者には加わることができなかったのではないだろうか。つまり、専大本は堯然・具起・資慶らが亡くなった後の、寛文九年（一六六九）以降に制作されたものと考えられる。これは前節で論じた一六七〇〜一六七九年という成立時期の推定とも一致する。

通茂の中院家は代々源氏学を受け継ぐ家柄である。[32] 通茂の曾祖父中院通勝は源氏物語の注釈書『岷江入楚』を著し、伯父の三条西実枝から和歌を学んでいる。通茂の祖父中院通村は後水尾天皇や近衛前子（中和門院）、徳川家康に『源氏物語』を進講しており、前述の久保惣本の制作斡旋をしたのは通村であると言われている。

弘資は若い頃より通茂とともに後水尾院歌壇で活躍した宮廷歌人であり、通村に和歌を学んでいる。祖父日野資勝の日記『資勝卿記』によれば、中宮和子（東福門院）から弘資が和歌御会の褒美を与えられているという記述も見受けられる。[33]

『徳川実紀』寛文十年（一六七〇）十月八日条によれば、「八日日野大納言弘資卿。中院大納言通茂卿伝奏命ぜられしをもて。使出し謝せらる」[34] とあり、寛文十年に、通茂と弘資は共に武家伝奏となっており、同時期に同じ役職に就いて活躍していたことがわかる。さらに、『徳川実紀』延宝二年（一六七四）十月七日条には「これまで伝奏にてありし日野前大納言弘資卿、中院前大納言通茂卿を和歌所に定められる。法皇の叡慮による所とぞ聞えし」とあり、後水尾院の意向で、二人は武家伝奏から勅撰集の撰述などを行う和歌所になっていることが記されている。こうしたことから、後水尾院歌壇において、中心的な歌人であった通茂と弘資が、専大本の詞書を取りまとめ、共に伊勢講釈や古今伝授に関わった道晃や雅章に詞書を依頼したと考えられる。

六　専大本の制作背景

では最後に、専大本は誰が発注し、誰が総指揮をとったのかということについて考えてみたい。小高敏郎氏[35]によってすでに指摘されているように、江戸初期の堂上の文化サロンの中心は和歌であった。専大本詞書が堂上公家たちによって記されているならば、絵の制作は堂上の文化サロンに出入りできる者に限られたはずである。では、なぜ地下人である野々口立圃の絵がモチーフとして選ばれたのか。それまで和歌は堂上のもの、俳諧は地下のものという歴然とした格差があったが、立圃の頃には徐々にその格差が薄れ、俳諧が公家たちの間でも認められる文化に発展していったと小高氏は説く。こうした俳諧を堂上まで押し上げる道筋を作った人物の一人に鳳林承章がいる。

鳳林承章（一五九二〜一六六八）は勧修寺晴豊の子である[36]。序章でも述べたように、父の晴豊は勧修寺家（藤原北家高藤流）の十四代当主であり、叔母の勧修寺晴子は、後陽成院の母、後水尾院の祖母に当たる。承章は後水尾院の厚遇を得て、堂上公家のみならず、武家・町人とも広く交流を持った人物である。その活動内容は、寛永十二年（一六三五）〜寛文八年（一六六八）の三十四年間にわたる自身の日記、『隔蓂記』から知られる。『隔蓂記』には、和歌・漢詩・物語・能・狂言などの近世以前の古典文芸から、俳諧・歌舞伎・浄瑠璃・三味線などの近世以降の文芸まで、多種多様な文芸記録が記されている。『隔蓂記』によれば、承章は寛永十四年（一六三七）〜明暦二年（一六五六）の間に、計二十六回に渡って、紹巴の門人で連歌師の梅林能圓[37]から、『源氏物語』の講義[38]（桐壺・若紫・末摘花・紅葉賀・花宴・葵・賢木・花散里・須磨・初音巻）を受け、さらに、能圓から借りて、寛永十七年（一六四〇）六月二十日に『源氏物語』末摘花巻を書写している。こうした後水尾院や承章周辺の文化交流を反映する作品の一例として、専大本の存在があったとは考えられないであろうか。承章の日記『隔蓂記』[39]によれば、

　廿四日、…今午不時、藪《嗣良》入道殿檀誉公与雛屋《野々口》立圃同道、而来臨也。立圃者初被来、予初相逢也。立圃者俳諧師也。

慶安五年（一六五二）四月二十四日、立圃が藪家を介して、初めて承章と会った様子が記されている。藪嗣良の娘は近衛信尋に嫁ぎ、信尋の母は近衛前子、前子の兄は近衛信尹である。信尹と共に歌道の指南役であったのが烏丸光広である。『浮世絵師伝』[40]などによれば、「野々口氏、名は親重、俗称紅屋庄右衛門（或は市兵衛、次郎左衛門とも）、立圃また松翁（一に松斎）と號す、丹波国保津村に生れ、後に京都に出でて烏丸家の近傍に居を構へ、禁裏御用の雛人形師となり、…素より専門の浮世絵師にはあらざれども、世に雛屋立圃の名は、其の肉筆畫を以て多く知られたり、又版本には『十帖源氏』の挿畫あり。墓所、京都要法寺。」とあり、定かではないものの、立圃の家は烏丸家の近所であったためか、光広に和歌を学んだと言われている。光広を通して、近衛家に出入りしていたと思われる立圃は藪家とも懇意であり、その紹介で俳諧を好む承章に会ったと考えられる。これ以降、承章と立圃の俳諧を通じた交流記事が、『隔蓂記』には約八十箇所に渡って見えるという[41]。

こうした承章と立圃の俳諧を通じた交流記録の中で、両者によって仲介されたと考えられる歌仙絵の存在がある。『隔蓂記』によれば、

A廿四日、午時雛屋（野々口）立圃被来、自水野日向守（勝貞）殿、被頼歌仙色紙、聖護院宮（道晃）被染尊毫義被頼故、狩野探幽（守信）筆之絵三十六枚被持来也。日州守殿屋敷留主居中嶋治右衛門云仁同道、初相対也。扇子二本入箱治右衛門持参也。侑夕飡、点濃茶也。立圃（野々口）発句、俳諧十二句有之也。

明暦三年（一六五七）二月二十四日の午後、立圃を介して中嶋治右衛門が来て、福山藩主水野日向守（勝貞）所望の歌仙絵色紙に聖護院宮（道晃）の染筆周旋を依頼されたとある。その歌仙絵色紙三十六枚は狩野探幽の筆であるという。立圃は備後国（現広島県）福山藩主である水野勝成、勝俊、勝貞の招きにより、慶安四年（一六五一）から寛文二年（一六六二）まで福山に滞在し、俳諧の手ほどきをしている。福山市には、明王院蔵『草戸記』や福禅寺蔵『備後國鞆之浦観音堂之縁起』など、福山市の重要文化財として、立圃の文書が現在も数多く残っている。[42]ゆえに、立圃が勝貞のために承章を介して、探幽筆の歌仙絵に道晃法親王の染筆斡旋を依頼したことは十分に考えられる。道晃法親王は専大本詞書伝称筆者の一人であり、御水尾院より明暦三年（一六五七）に古今伝授を受けた一人でもある。『隔蓂記』によれば、

廿一日、…古今集之御伝授今日相済故、妙法院御門主宮（堯然）・聖護院御門主宮（道晃）・飛鳥井前大納言雅章卿・岩倉前中納言具起卿、此四人御伝授之御祝振舞也。為御相伴、勧修寺前大納言経広卿与予被召者也。

明暦三年（一六五七）二月二十一日、御水尾院から古今伝授を受けた道晃法親王・飛鳥井雅章他に対して祝宴が催され、承章も陪席している。この時、承章とともに陪席し、『隔蓂記』にも度々登場する人物に勧修寺経広がいる。経広は坊城俊昌の子、俊直であり、改名して叔父である勧修寺光豊の養子となり、勧修寺家を継いだ人物で承章の甥に

あたる。光則本の関屋巻の詞書を書いた人物とされている。承章と経広の交流記事は、『隔蓂記』の随所に見られ、経広とその息子である経慶は親子でよく承章のもとを訪れている。

また、『隔蓂記』によれば、

> 十三日、於岩倉黄門《（具起）》公、而俳諧連歌一座興行、予発句、此中一順廻也。連衆者、予・風早左京太夫実種朝臣・源蔵《（竹内）》人義純・雛屋《（野々口）》立圃・河地《（路）》又兵衛《（正量）》也。

承応二年（一六五三）十二月十三日、承章と共に、立圃は岩倉具起邸で行われた俳諧興行に参加している。道晃と共に古今伝授を受けた具起は立圃にとって良き理解者の一人であったようで、天理大学附属天理図書館綿屋文庫蔵『花見之記』（立圃筆）の末尾には立圃に対する具起の賛辞が見える。しかし、専大本には染筆者に具起の名がないことから、存命であれば具起も参加していた可能性が高く、前述の通り、専大本は、具起の亡くなった万治三年（一六六〇）以降に制作が立案されたものと考えられるのである。

当時の立圃の文化人としての評価について、『隔蓂記』によれば、

> 八日、…野々口立圃述作十八番之発句合二巻奉献　叡眷也。
>
> 四日、…予歳旦俳諧発句申上、野々口立圃脇申上、立圃発句亦申上也。

万治三年（一六六〇）九月八日、承章が仙洞（後水尾院）に参上、立圃作「十八番之発句合」の二巻を奉献し、後水尾院が叡覧している。寛文四年（一六六四）一月四日、仙洞御所にて、承章が発句を、立圃が脇で歳旦俳諧を申し上げ、立圃

は自作の発句を言上している。これは、堂上公家、天皇にまで及ぶ立圃の社会的な高い評価を示していると言えよう。

『隔蓂記』によれば、

B十一日、…赴聖護院宮御門主（道晃）、赴京之御寺也。自水野日向守（勝貞）、被頼歌仙三十六枚【狩野探幽（守信）筆之絵】、致持参、差上也。

C十三日、…自長谷聖護院宮法親王（道晃）、御直書被下、内々従水野日向守（勝貞）、被申上歌仙三十六枚御歌、被染尊毫、為持、被下也。

D二日、自水野日向守殿、預使者、為音信、小袖壹重羽二重青白・大樽酉水壹荷・昆布壹箱・木海月壹箱被恵之也。使者中嶋治右衛門也。書状来也。水日州守殿与予未面。雖然、歌仙之歌聖門主（道晃）江予肝入、申入之礼也。

E十三日、自水野日向守殿、於聖護院御門主道晃法親王、而使者進上被申二付、案内者之事、自中嶋治右衛門、申来。閑蔵主為案内者、遣岩坊也。予書状遣岩坊也。御小袖三ケ・昆布壹箱・松海苔壹箱・大樽壹荷進上被申之由也。

F五日、…自水野日向（勝貞）守殿之内中嶋治右衛門、状来、自野々口立圃之状并素麺壹箱相届也。備後国之水野内記云仁息女詠歌之点取之事、自立圃、被頼予、而誰人亦点頼之由、於去所、而点頼也。為其礼、自水内記、備後素麺壹箱【五貫目入】恵之也。

G十一日、…自野々口立圃、被申水野内記所之百首和歌之二巻点并改正之事、於去方、而頼、依掛点、而二巻令返進也。其次芙蓉香匂袋五ケ贈水野内記方、立圃迄遣也。

前述したように、明暦三年（一六五七）二月二十四日に、立圃を介して、水野家京都留守居役の中嶋治右衛門が承章のもとへ来て、歌仙絵色紙に道晃の染筆周旋を依頼した（A）。その約一か月後、同年三月十一日、承章は道晃に水野家依頼の歌仙絵三十六枚を持参する（B）。同年八月十三日、歌仙絵が完成する（C）。同年十月二日、歌仙絵のお礼として、水野家より、小袖・お酒・昆布・木海月などが承章の元に届けられる（D）。同年十二月十三日には道晃へのお礼として、小袖・昆布・松海苔・お酒などが届けられる（E）。その後も水野家と承章との交流は続き、万治三年（一六六〇）七月五日、立圃を介して備後国水野内記（勝信）の女の詠歌添削を頼まれ、謝礼として備後素麺が贈られている（F）。寛文二年（一六六二）五月十一日には、以前に依頼のあった水野内記（勝信）の百首和歌の二巻の添削、改正のうち、「去方」掛点の一巻を立圃に戻し、承章は芙蓉香の匂袋を水野方に立圃を介して贈っている（G）。その他、お礼として、寛文元年（一六六一）には勝信より畳表（三十畳）や寛文四年（一六六四）には勝信の室より西條柿が立圃を介して贈られている。

こうした記述から想定できるのは、専大本は水野家に関連するものとして注文されたものではないかということである。立圃と水野家との関わり、立圃と承章の文化交流、そこから発展した道晃法親王と水野家との交流、その先に堂上公家の詞書と立圃の挿絵による専大本の制作があったのではないだろうか。仮りに注文主が水野家であった場合、水野家のどのような出来事のために専大本は作成されたものなのであろうか。

『水野記』[43]七〈勝慶姉嫁二勧修寺経慶一事〉によれば、

寛文十年十月十八日、勝慶之姉発《シテ》二江戸《ヲ》一赴《ク》二京都《ニ》一、使下二上田玄蕃　吉田平右衛門　中村治左衛門　竹内所左衛門　赤沢善太夫　吉田久米助　林良哲等《ヲ》一供奉《セ》上（中略）

十一月六日、着京、廿三日嫁《スル》二勧修寺権中納言経慶《ニ》一也

寛文十年（一六七〇）、水野勝慶の姉が勧修寺経慶に嫁いだ記事が見える。寛文十年は、前述した専大本の成立時期

（一六七〇～一六七九年）の推定範囲内でもある。「勝慶之姉」とは、『水野記』[44]七〔水野勝貞於備後国鞆誕生之事〕によれば、

慶安庚寅年誕㆓生ス女子ヲ㆒号ス㆓鶴姫ト㆒

勝貞の娘である鶴姫を指し、「慶安庚寅」とあることから、慶安三年（一六五〇）に生まれていることがわかる。水野家系図[45]によれば、勧修寺経広に嫁いだと記されているが、経広は一六〇六年に生まれて一六八八年に亡くなっていることから、一六七〇年に嫁をもらうのは不自然である。経広の子、経敬は幼名を経慶といい、一六四五年に生まれていることから、勝貞の女鶴姫は経広ではなく、経慶に嫁いだものと思われる。おそらく、記事を書写する段階で「経広（経廣）」の「廣」と「経慶」の「慶」の字が錯綜したかとも考えられる。そこで本章では鶴姫は勧修寺経慶に嫁いだとしておく。

鶴姫の嫁いだ勧修寺経慶は勧修寺経広の子であり、経広は承章の家である勧修寺家を継いでいる（本章末【詞書筆者相関図】参照）。承章の甥に当たる経広・経慶親子は『隔蓂記』にも度々登場している。経慶は、前述の東博本『徒然草画帖』第一五一段の詞書筆者でもあり、『後水尾院勅点諸卿和歌』において、道晃、雅章、通茂、弘資らと共に後水尾院から和歌の添削を受けている。詞書筆者十名のうち、一枚（紅葉賀②・若菜下②）のみを担当したのは道晃であった。道晃がこの二枚の詞書を担当したのは、以前歌仙絵を染筆したことがあり、その後も交流のあった水野家に関連する画帖であったからではないだろうか。

こうしたことから専大本は、水野勝貞の娘、鶴姫の勧修寺家へお輿入れの際の婚礼調度の一つとして作られたものではないかと推測される。専大本【玉鬘②】詞書には、「藤原のるりきみ（瑠璃君）」という、筑紫から京へ向かう玉

鬘の将来を暗示する場面が選び取られている。こうした詞書の内容から見ても嫁入り道具であった可能性は高いと考えられる。筑紫から初瀬への下りは、絵巻や画帖の図様として多用されてはいるものの、詞書に「藤壺のるりきみ」が用いられている源氏絵詞や画帖類は管見の限りでは他に見られない。また、本章末に掲げた【詞書筆者相関図】によれば、甘露寺方長・持明院基時・飛鳥井雅章・愛宕通福・道晃法親王・清閑寺凞房・中院通茂・中御門資凞の八名は勧修寺家に関わる人物であり、日野弘資・柳原資廉の二名は園家に関わる人物である。そして、勧修寺家・園家の両方に水野家の娘が嫁いでいることがわかる。

武家の嫁入り道具として、源氏絵（画帖）が制作されたものには、徳川美術館所蔵『源氏物語画帖』（詞書は徳川秀忠筆、絵は土佐派風）や清泰院大姫の遺産目録『清泰公諸器帳』に見える色紙形の源氏絵などがある。前者は松平康元の娘（家康の養女）が田中忠政に嫁ぐ際に徳川家康か秀忠より拝領したとされ、その後手鑑に改装、延宝三年（一六七五）に尾張徳川家に献上されたものであり、[46] 後者は寛永十年（一六三三）に清泰院大姫が家光の養女として、加賀の前田光高に嫁ぐ際の婚礼調度目録の中に源氏絵の画帖の記録が記されているという。[47] このように、江戸時代初期には武家の女性たちの婚礼調度の一つとして、『源氏物語』の画帖制作が行われていたことが窺える。専大本は、そうした江戸初期の源氏絵制作の流行を伝えるものの一つではないかと推測されるのである。

七　おわりに

以上、専大本の詞書を中心として、その成立時期や制作背景の可能性を提示し、江戸時代初期の『源氏物語』享受の一端を考察した。

専大本の詞書の本文は大島本・日大三条西家本・絵入源氏に近い本文である。道晃法親王・飛鳥井雅章・中院通茂・日野弘資ら堂上公家十名による寄合書であり、和歌的・文化的な要素が強い傾向がある。詞書伝称筆者の筆跡は、真筆と思われる画帖類との筆跡比較を行うと、近似する筆跡が多数見られた。さらに、詞書伝称筆者の生没年や動向を追ってみると、成立年代は寛文十年（一六七〇）前後と考えられ、詞書のコーディネーターは中院通茂と日野弘資と推定される。

専大本の極札に見える詞書伝称筆者十名は、同時期（一六六五〜一六七九年の間）のさまざまな画帖制作に関与しており、その蓋然性は高い。こうした堂上の公家たちを結びつけ、専大本の制作の仲介をした人物として、鳳林承章の存在が考えられる。承章は通茂や弘資などの後水尾院歌壇の公家たちと行動を共にしていた。さらに承章は、地下人である野々口立圃とも俳諧を通じて交流があった。

詞書筆者十名と承章、承章と立圃、立圃と水野家、立圃を介しての承章と水野家、その先に、堂上公家十名による詞書と、立圃の挿絵がモチーフとされた専大本の制作があったとは考えられないであろうか。そしてそれは、寛文十年（一六七〇）、水野勝貞女の靍姫が勧修寺経慶へお輿入れする際の婚礼調度の一つではないかという制作背景をも想起させる。こうした見方はまだ推測の域を出るものではない。

しかし、専大本は、後水尾院や承章周辺の公家・武家・町人という幅広い文人たちの交流を浮かび上がらせ、江戸初期の源氏絵制作の実態を明らかにするものであると言えよう。

注

（1）専修大学図書館蔵『源氏物語画帖』（請求記号：A／九一三・三／MU五六）。

（2）『日本家紋総鑑』（角川書店、一九九三年、五四四〜五四五頁）。備後国福山藩は「丸に鷹の羽違い」。

（3）井黒佳穂子氏『テキストとイメージの交響―物語性の構築をみる―』（新典社、二〇一五年）。

（4）片桐洋一氏編『源氏物語絵詞―翻刻と解説―』（大学堂書店、一九八三年）。

（5）『和泉市久保惣記念美術館源氏物語手鑑研究』土佐光吉筆（和泉市久保惣記念美術館、一九九二年）。
（6）京都国立博物館蔵『源氏物語画帖』土佐光吉筆（勉誠社、一九九七年）。
（7）東博本の詞書の筆跡画像については、東京国立博物館蔵のものを使用した（画像データ（http://webarchives.tnm.jp/）に拠る）。東博本については、松原茂氏「住吉具慶筆「徒然草画帖」―制作期とその背景―」（東京国立博物館美術誌『MUSEUM』第三八七号、一九八三年六月）を参照した。
（8）MIHO MUSEUM本の詞書の筆跡画像については、MIHO MUSEUM蔵のものを使用した。榊原悟氏「住吉派『源氏絵』解題―附諸本詞書―」（『サントリー美術館論集』第三号、サントリー美術館、一九八九年、六二～八九頁）掲載の具慶筆『源氏物語絵巻』の詞書の筆跡も参照した。
（9）松原茂氏「詞書筆者と執筆分担―絵画作品への書からのアプローチ―」（『講座日本美術史　第一巻　物から言葉へ』東京大学出版会、二〇〇五年）。
（10）大英本に関しては、辻英子氏『在外日本重要絵巻集成』（笠間書院、二〇一一年）に詳しい。
（11）若杉準治氏『女房三十六人歌合画帖』（ふたば書房、一九九〇年）。高垣幸絵氏「清原雪信筆『女房三十六人歌合画帖』について」（『MIHO MUSEUM研究紀要』第十四号、二〇一四年三月）。
（12）江戸名作画帖全集Ⅳ『狩野派　探幽・守景・一蝶』「新三十六歌仙画帖」探幽筆（駸々堂出版、一九九四年）。
（13）注（8）榊原氏論に同じ（一一六～一二四頁）。
（14）高橋亨氏「近世初期「源氏絵」と詞書筆者について」（『中古文学』第八十四号、二〇〇九年十二月）、同氏「江戸前期の和文古典学の成立と書画の美―古筆文献学によせて―」（『文学・語学』第二〇六号、二〇一三年七月）を参照した。
（15）書流に関しては、『小松茂美著作集　第十八巻　日本書道史展望』（旺文社、一九九七年）に拠る。
（16）『近世歌学集成（上）』（明治書院、一九九七年）。日野弘資と田村宗永（建顕）の交流に関しては、渡辺憲司氏「大名と堂上歌壇―田村建顕を中心に―」（『近世堂上和歌論集』明治書院、一九八九年）に詳しい。
（17）「八雲　裏三一　一一九　甘露寺殿方長卿　色紙」（徳川黎明會叢書『古筆手鑑篇二　蓬左・霜のふり葉・八雲』思文

閣出版、一九八六年）。
（18）なにわ・大阪文化遺産学叢書十八『杭全神社宝物撰』（関西大学なにわ・大阪文化遺産学研究センター、二〇一〇年三月、七九頁）。
（19）東京国立博物館画像データ（http://webarchives.tnm.jp/）、『伊勢物語絵巻絵本大成　研究篇』（角川学芸出版、二〇〇七年）などを参照した。
（20）表作成には、『本朝皇胤紹運録』（『群書類従』第五輯、続群書類従完成会、一九六〇年訂正三版）、『諸家伝』（日本古典全集刊行会、一九三九年）、『増補諸家知譜拙記』（続群書類従完成会、一九六六年）を参照した。
（21）米谷巌氏「野々口立圃年譜」（吉田幸一氏編『十帖源氏　下』古典文庫第五一二冊、古典文庫、一九八九年、四五三〜四九四頁）。以下、同じ。
（22）注（10）に同じ。
（23）注（8）榊原氏論に同じ（六二〜八九頁）。
（24）注（7）松原氏論に同じ。
（25）寺本直彦氏「源氏絵陳状考　上・下」（『国語と国文学』第四十一巻九・十一号、一九六四年九・十一月）。
（26）メリッサ・マコーミック氏「研究補遺　ハーヴァード大学美術館蔵「源氏物語画帖」と『実隆公記』所載の「源氏絵色紙」」（『国華』第一二四一号、一九九九年三月）。
（27）注（5）に同じ。
（28）注（6）に同じ。
（29）伊勢講釈（明暦元年、明暦二年、万治三年、寛文四年、寛文十二〜十三年）に関しては、大津有一氏『伊勢物語古注釈の研究』（八木書店、一九八六年増補版、四八二〜四九四頁）、明暦三年の古今伝授に関しては、鈴木健一氏「後水尾院歌壇主要事項年表」（『近世堂上歌壇の研究』汲古書院、一九九六年）の「明暦三年の記事」（三五六〜三五七頁）、寛文四年の古今伝授に関しては、鈴木氏論の「寛文四年の記事」（三六八〜三六九頁）の他、海野圭介氏「後水尾院の古今伝授―寛文四年の伝授を中心に―」（『講座平安文学論究』第十五輯、風間書房、二〇〇一年二月）などを参照した。
(30) 京都大学附属図書館谷村文庫蔵『後水尾院勅点諸卿和歌』（京都大学電子図書館（http://edb.kulib.kyoto-u.ac.jp/）、請求記号：四―二三／コ／一〇）を参照した。
(31) 柳瀬万里氏「堂上の歌人―後水尾院宮廷を中心に―」（講座元禄の文学、第一巻『元禄文学の流れ』勉誠出版、一九九二年）。
(32) 『公卿補任』第三篇（『新訂増補国史大系』第五十五巻、吉川弘文館、二〇〇一年新装版）。
(33) 注（32）に同じ。柳瀬万里氏「日野弘資―彼の和歌とその環境―」（『国文学論叢』第二十三号、一九七八年一月）も参照した。
(34) 『徳川実紀』第五篇（『新訂増補国史大系』第四十二巻、吉川弘文館、一九九九年新装版）。
(35) 小高敏郎氏「貞門時代における俳諧の階層的浸透」（『国語と国文学』貞門・談林の俳諧、第三十四巻第四号、一九五七年四月）。
(36) 『国書人名辞典』第四巻（岩波書店、一九九八年、三〇四〜三〇五頁）、『寛永文化のネットワーク『隔蓂記』の世界』（思文閣出版、一九九八年）。
(37) 梅林能圓については、「京都北野　徳勝院　紹巴の門」（『名家伝記資料集成』第三巻、思文閣出版、一九八四年、二九〇頁）、「北野宮司法橋「法眼」紹巴直弟」（『顕伝明名録』上巻・第三・一一五、日本古典全集刊行会、一九三八年、一四八頁）とある。
(38) 横谷一子氏「『隔蓂記』にみる一町人の文芸と古典受容」（『佛教大学大学院紀要』第二十七号、一九九九年三月）の一覧表（一三九頁）に詳しい。
(39) 『隔蓂記』の本文引用は、『隔蓂記』（鹿苑寺、一九五八〜一九六七年）の復刻版（赤松俊秀氏校注編、思文閣出版、一九九七年）が出版され、二〇〇六年に全七巻（索引付）で再び思文閣出版より再版されたものに拠る。以下、同じ。
(40) 『浮世絵師伝』（渡辺版画店、一九三一年）。

（41）注（35）に同じ。

（42）『福山市史』中巻「二　立圃と福山の俳諧」（福山市史編纂会、一九六八年、三三七〜三四一頁）。

（43）吉田彦兵衛秀元撰述「瑞源院本水野記」（大徳寺龍光院蔵、全十五冊、天明期写）は、『広島県史』近世資料編Ⅰ（広島県、一九七三年、九五七頁）に所収のものを使用した。

（44）注（43）に同じ（九四七頁）。

（45）水野家系図には、注（42）『福山市史』「水野家系図」（一二〇九〜一二一七頁）、青野春水氏「福山藩」（『藩史大事典』第六巻、雄山閣出版、一九九〇年、二六七〜二九二頁）を参照した。

（46）『徳川美術館展　尾張徳川家の至宝』（中日新聞社、二〇一三年）。

（47）注（14）高橋氏論（「近世初期「源氏絵」と詞書筆者について」）に同じ。

＊参考として、次頁に専大本の染筆者を中心とした【詞書筆者相関図】を作成した（『尊卑分脉』（『新訂増補国史大系』第五十九巻、吉川弘文館、一九五九年）、『本朝皇胤紹運録』（『群書類従』第五輯、続群書類従完成会、一九六〇年訂正三版）、『新訂寛政重修諸家譜』第六（続群書類従完成会、一九六四年）、『増補諸家知譜拙記』（続群書類従完成会、一九六六年）、『系図纂要』新版第十二冊下・清和源氏（七）（名著出版、一九九四年）などを参照）。

【詞書筆者相関図】

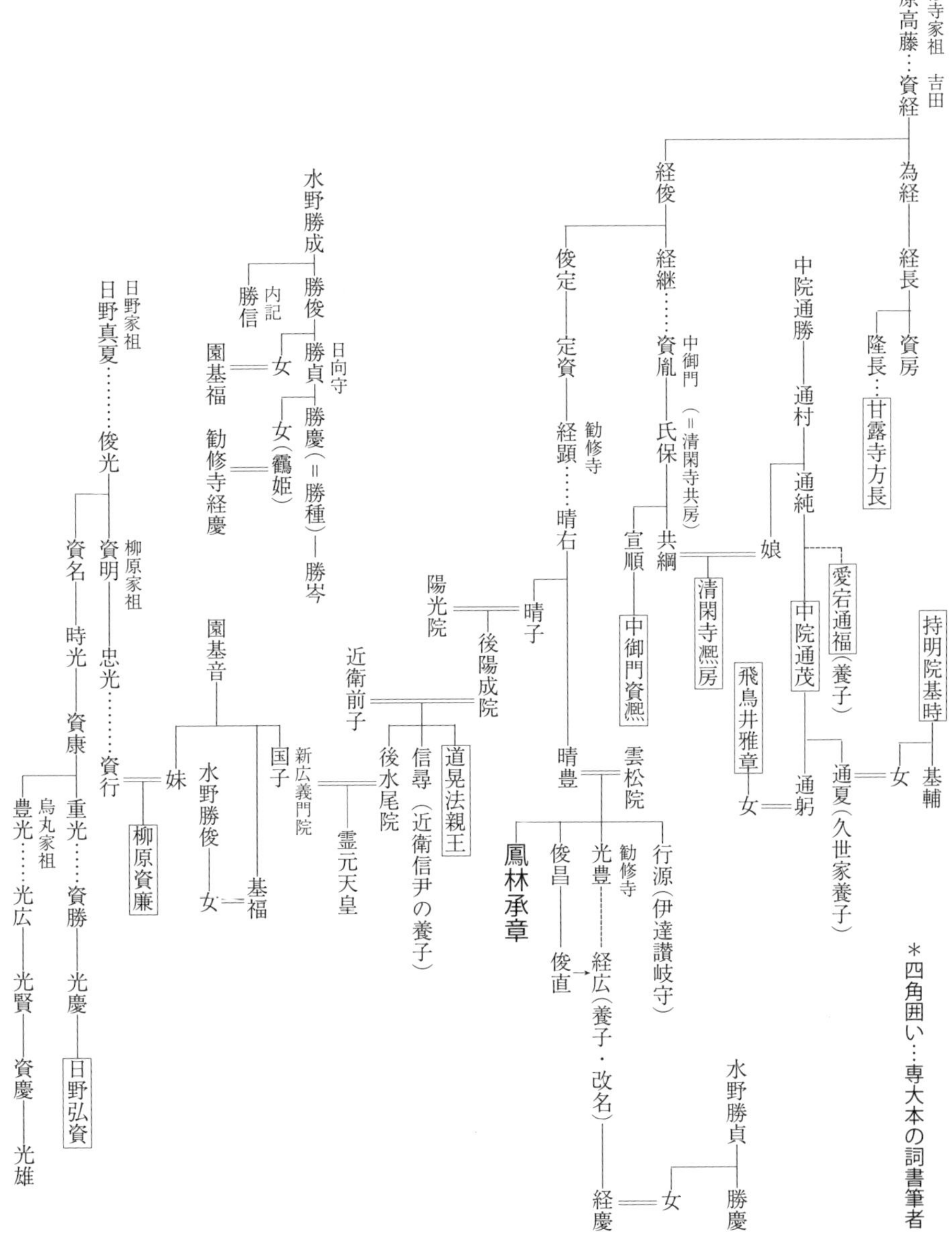

勧修寺家祖
藤原高藤
吉田
資経
為経
経長
資房
隆長
甘露寺方長
経俊
経継
資胤
中御門
氏保
（＝清閑寺共房）
共綱
宣順
中御門資凞
清閑寺凞房
俊定
定資
経顕
勧修寺
晴右
晴子
陽光院
後陽成院
近衛前子
後水尾院
信尋（近衛信尹の養子）
道晃法親王
新広義門院
霊元天皇
晴豊
雲松院
鳳林承章
俊昌
俊直
光豊
勧修寺
経広（養子・改名）
経慶
行源（伊達讃岐守）
中院通勝
通村
通純
娘
愛宕通福（養子）
中院通茂
通躬
通夏（久世家養子）
飛鳥井雅章
女
持明院基時
女
基輔
水野勝貞
女
勝慶
水野勝成
勝俊
内記
勝信
勝貞
日向守
女
園基福
女（鶴姫）
勧修寺経慶
勝慶（＝勝種）
勝岑
日野家祖
日野真夏
俊光
資名
時光
資康
重光
資勝
光慶
日野弘資
烏丸家祖
豊光
光広
光賢
資慶
光雄
資明
柳原家祖
忠光
資行
柳原資廉
妹
園基音
水野勝俊
女
基福
国子
＊四角囲い…専大本の詞書筆者

第二章　『源氏物語画帖』の絵における俳画師野々口立圃の影響

一　はじめに

本章は、専大本[1]の絵における俳画師野々口立圃の影響から、江戸初期の源氏絵享受について考えてみたい。

前章でも述べたように、専大本（縦二十七・一糎、横二十・八糎、全六十図、折本三帖）は江戸時代初期に成立したもので、詞書は、飛鳥井雅章・愛宕通福・道晃法親王・日野弘資・清閑寺凞房・柳原資廉・中院通茂・中御門資凞・持明院基時・甘露寺方長の計十名による寄合書である。絵師は不明であるが、立圃作『十帖源氏』の挿絵をモチーフとしていることがすでに指摘され、源氏絵の享受史を追いながら、『十帖源氏』の挿絵がどのように変容し、専大本に取り込まれているかについて論じられている[2]。

江戸時代になると、それまで公家や武家の教養とされていた『源氏物語』は、町人にも親しまれるようになる。その先駆けとなったのが、山本春正作『絵入源氏物語』[3]（以下、『絵入源氏』とする）である。漢字に振り仮名を付け、本文に句読点を施し、挿絵を加えた版本形式で、『源氏物語』を誰にでもよりわかりやすく、読みやすいものにしたのである。慶安三年（一六五〇）版、承応三年（一六五四）版、万治三年（一六六〇）版と、何度か改変されて広く流布した。この『絵入源氏』の承応三年（一六五四）版と時を同じくして成立したのが立圃の『十帖源氏』である。

本章では、先行論をふまえつつ、専大本の絵を中心として、狩野派、土佐派、住吉派などの絵師が描いた絵に、堂上の詞書を添えた源氏絵が盛んに作られた江戸時代初期に、詞書は堂上の公家によるもので、絵は地下人立圃の『十帖源氏』の挿絵をモチーフにするという特異な組み合わせの源氏絵が作られることになった背景について考えてみたい。俳諧師ではなく、俳画師としての立圃に焦点をあて、その立圃の挿絵が専大本に与えた影響から、江戸初期の堂上から地下に及ぶ源氏絵享受の一端を明らかにするものである。

二　俳画師としての立圃

前述したように、専大本の絵は野々口立圃の『十帖源氏』(4)の挿絵が基となっている。

例えば、第一図の桐壺巻において、光源氏が高麗から来た相人に人相を見てもらう場面を描いた箇所を比較して見てみると、建物の三本柱や松の位置、光源氏、右大弁、高麗人の観相見の三人の人物の配置がほぼすべて一致している（次頁図参照）。光源氏の後背の屏風の横幅や建物に続く階の有無などに違いが見えるものの、専大本は『十帖源氏』の挿絵を基としていると言ってよいだろう。

立圃は、『絵入源氏』の作者である春正より十五歳年上であり、文禄四年（一五九五）に出生し、寛文九年（一六六九）に七十五歳で没している(5)（本章末「野々口立圃略年譜」参照）。

『浮世絵師伝』(6)によれば、「野々口氏、名は親重、俗称紅屋庄右衛門（或は市兵衛、次郎左衛門とも）、立圃また松翁（一に松斎）と號す、丹波国保津村に生れ、後に京都に出でて烏丸家の近傍に居を構へ、禁裏御用の雛人形師となり、傍ら畫技に親しみ、書は尊朝親王の流に習ひ、共に堪能の聞えあり、其他、歌を烏丸光廣に、俳諧を松永貞徳に学び、文才亦豊かなりしが如し、素より専門の浮世絵師にはあらざれども、世に雛屋立圃の名は、其の肉筆畫を以て多く知られたり、又版本には『十帖源氏』の挿畫あり。墓所、京都要法寺。」とある。立圃は名を親重と言い、立圃と号した。丹波国の保津村に生まれ、後に京都に出て烏丸家の近くに居を構えたことから、禁裏御用の雛人形師となったと

専大本『源氏物語画帖』桐壺巻①
（専修大学図書館所蔵　以下同）

『十帖源氏』桐壺巻
（専修大学図書館所蔵　以下同）

いう。雛屋をしながらも、書は尊朝親王に、歌は烏丸光広に、俳諧は松永貞徳に学び、各分野で才能を発揮していたようである。専門の浮世絵師ではないが、立圃の名はその画才によって世間によく知られていたという。その代表的な挿画に『十帖源氏』が掲げられている。つまり、立圃は江戸初期の京都において、俳諧のみならず、俳画師としても有名であったことがわかる。

『画工便覧』[7]「立圃」の項によれば、

名親重、住二京都一、貞徳門弟、翫二俳諧一于レ世発二於名一、常戯人物鳥獣花草図而共賛二発句一。

名は親重といい、京都に住み、貞門の七俳仙の一人として世に名を馳せていた立圃ではあるが、その一方で人物・鳥獣・草花の絵に自賛を添えたものを作成し、俳画師としても有名であったことが窺える。

『画本手鑑』[8]巻六・補遺には、

発句の趣画　立圃世にしれる通書画ともにまめやかに

して清玩なり。画てハ其上に一句一首をそへ、和才のよけいに草画をなす事むべなる哉。誰が筆跡を慕ともみゑ
ねども、清潤にしてよく其趣にのる。

とあり、世に知られた立圃の画は本格的で静かに鑑賞するべきものであり、いわゆる略筆で描いた墨絵や淡彩画である草画に自賛を添えたものであったという。

こうした立圃における俳画師としての評価は、具体的には『十二枝句合』(9)などの作品からその特色が見て取れる。『十二枝句合』は立圃の自筆句合で、奥書によれば寛文六年（一六六六）に成立したものであるという。十二支の動物に装束を着せ、一対ずつ左右に配置し、それに立圃の発句を合わせたものである。動物の組み合わせは、辰と戌、巳と亥、午と子のように、七番目同士を合わせる「七つ目」というめでたい組み合わせになっている。例えば、午と子の組み合わせでは、「竹馬や」「初鼠」のように、発句の中にも干支が詠み込まれている。淡彩で描かれた動物たちの飄々とした姿には、世俗にこだわらず、超然としたつかみどころのない立圃の生き様がそのまま投影されているようでもある。

立圃はどのようにしてこうした絵の技術を習得したのであろうか。『俳諧家譜』(10)においては、

善レ書又善レ画圃曽学二画於探幽一々亦学二書於立圃二云云

とあり、『浮世絵師伝』には畫系の項目に、

と見える。つまり、これらの記録類によれば、立圃は探幽や宗達に絵を学んだと考えられていたことがわかる。

しかし、先程の『画本手鑑』巻六・補遺には「誰が筆跡を慕ともみゑねども、」とあり、立圃が誰に画を学んだのか、その画風からはわからないが、との指摘もある。木村三四吾氏[11]は、立圃が絵を狩野探幽に学んだという明徴はないとし、小杉榲邨氏の『鑑定筆記』にある紫式部墨描横物の立圃の画賛の左書に、

絵は六十歳の比より新稽古にて今七十三歳の清書なれば、心ありてご覧じ候へかし

とあることから、画は晩学であったことを指摘している。さらに、『観世音霊瑞縁起絵巻』（『世界美術全集』第二十二）を例に挙げ、立圃の画業の才能が凡庸ではなかったと述べ、立圃の画は多く存するものの、真筆として信頼できるものは少なく、自筆の刊本挿画の確実なものとして、『十帖源氏』を挙げている。さらに、『観世音霊瑞縁起絵巻』が成立したとされる寛文元年（一六六一）は『十帖源氏』が刊行された年と同じであり、立圃が六十七歳の時の作である。晩年に画を学んだと言われる立圃だが、その画才は世間においても認められ、立圃の俳画師としての器量は『十帖源氏』の挿絵から明確に窺うことができるのである。

立圃が誰に絵を学んだのか、その詳細は不明である。それでは立圃はどのような作品に影響を受けて、独自の画才を高めていったのであろうか。

石川真弘氏[12]によれば、立圃の書画制作の開始は正保元年（一六四四）頃、本格化したのは鳳林承章の文化サロンに登場した承応元年（一六五二）以後のことと指摘している。安田篤生氏[13]は、酒井抱一の指摘する俵屋宗達師事説や渡

辺華山の指摘する松花堂昭乗敬慕説をふまえた上で、「宗達や松花堂に直接師事したのではなく、残された作品に学んだということであろうが、現存作品から立圃の画系を明確にすることはできない」と結論づけている。

承章の日記『隔蓂記』[14]によれば、慶安五年（一六五二）四月二十四日、承章は初めて立圃と会う。

廿四日、…今午不時、藪入道殿（嗣良）檀誉公与雛屋（野々口）立圃同道、而来臨也。立圃者初被来、予初相逢也。立圃者俳諧師也。

前章でも述べたように、立圃は藪嗣良と共に承章に会いに来たという。小高敏郎氏[15]は、立圃は絵師として比較的に多くの堂上の人々と交渉があったのではないかと指摘する。

藪家は、藤原南家高倉（藪）嫡流であり、藤原貞嗣の後裔の藤原範季を祖として、高倉家を興す。江戸初期に西園寺家の庶流である四辻公遠の子、範遠、次いで弟の嗣良が継いで、寛永十四年（一六三七）十二月二十七日に後に藪家と改めた。家業は神楽である。藪嗣良の娘は近衛信尋に嫁いでいる。信尋の母は近衛前子であり、前子の父は近衛前久、前子の兄は近衛信尹である。信尹とともに歌道の指南役をしていたのが烏丸光広で、その光広に立圃は和歌を学んでいたようである。つまり、近衛家に出入りしていた立圃はその親戚筋にあたる藪家とも懇意であり、その紹介で俳諧を好む承章に会ったと考えられる。

さらに『隔蓂記』によれば、

廿四日、午時雛屋（野々口）立圃被来、自水野日向守殿（勝貞）、被頼歌仙色紙、聖護院宮（道晃）被染尊毫義被頼故、狩野探幽（守信）筆之絵三十六枚被持来也。日州守殿屋敷留主居中嶋治右衛門云仁同道、初相対也。扇子二本入箱治右衛門持参也。侑夕飡、点濃茶也。立圃（野々口）発句、俳諧十二句有之也。

明暦三年（一六五七）二月二十四日の午後、立圃を介して中嶋治右衛門が来て、水野日向守（勝貞）所望の歌仙絵色紙に聖護院宮（道晃）の染筆周旋を依頼されたとある。その歌仙絵色紙三十六枚は狩野探幽の筆であるという。前章でも述べたように、立圃は備後国（現広島県）福山藩主である水野勝成、勝俊、勝貞らの招きにより、慶安四年（一六五一）から寛文二年（一六六二）まで備後国福山に滞在し、俳諧の手ほどきをした。『隔蓂記』にはこの他、承章が探幽や宗達らと交流していたという記述も散見される。つまり、承章の所に出入りしていた立圃は、探幽や宗達から直接指導を受けたかどうかは定かではないが、探幽や宗達などの絵に触れる機会を得、その過程で狩野派や琳派などの絵を独自に習得していったのではないかと考えられる。

三　専大本の絵と『十帖源氏』の挿絵

では次に、専大本と『十帖源氏』の絵について考えてみたい。両者の絵を照合してみると、蛍・若菜下巻②の二例を除いてすべて『十帖源氏』の挿絵が基となっていることがわかる（前章二四六頁の表参照）。さらに『十帖源氏』の挿絵ではあるものの、巻が差し替えられて使用されている場面が四図見える。具体的には、次に示したように、専大本柏木巻は『十帖源氏』宿木巻、専大本匂宮巻は『十帖源氏』梅枝巻、専大本総角巻は『十帖源氏』匂宮巻、専大本宿木巻は『十帖源氏』総角巻の挿絵に差し替えられていることがわかる（次頁以降の図参照）。

井黒佳穂子氏[16]は後半の巻になるにしたがって、絵と詞書が違っており、従来あまり選ばれなかった場面や伝統的な源氏絵と異なる図様を用いたことが『十帖源氏』の絵との齟齬の原因であるという。確かに差し替えられている専大本の絵は柏木、匂宮、総角、宿木巻と『源氏物語』後半の巻に集中している。しかし、それにしてはあまりにも都合よく差し替えが行われているように思えてならない。清水婦久子氏[17]によれば、『十帖源氏』と同じように『源氏物語』

『十帖源氏』宿木巻

専大本柏木巻

のダイジェスト版の一つである『源氏鬢鏡』において、『絵入源氏』の挿絵を『源氏鬢鏡』の別の巻の場面に流用した例があると指摘している。つまり、当時刊行されていた『源氏物語』の梗概書の挿絵の流用や差し替えは珍しいものではなかったと考えられる。

　専大本においてもその可能性は高いと思われる。物思いにふける薫を描いた『十帖源氏』宿木巻は憂悶する柏木の専大本柏木巻に、内大臣の苦悩を描いた『十帖源氏』梅枝巻は薫と香りを競いながら前栽を眺める匂宮の専大本匂宮巻に、賭弓の還饗の宴を描く『十帖源氏』匂宮巻は紅葉狩をする匂宮の専大本総角巻に、大君と薫の夜明けの贈答の姿を描いた『十帖源氏』総角巻は薫と按察の君の後朝の姿の専大本宿木巻に差し替えられており、ほとんど違和感を与えることなく、絵が使用されている。単純な差し替えや間違いであればこのようにうまく差し替えることはできないであろう。おそらく『源氏物語』に精通したものによる絶妙な差し替え、転用が行われたものと推測されるのである。

　『十帖源氏』の挿絵に関しては、大阪女子大学蔵『源氏物語絵詞』、京都国立博物館蔵『源氏物語画帖』、『絵入源氏』

『十帖源氏』梅枝巻

専大本匂宮巻

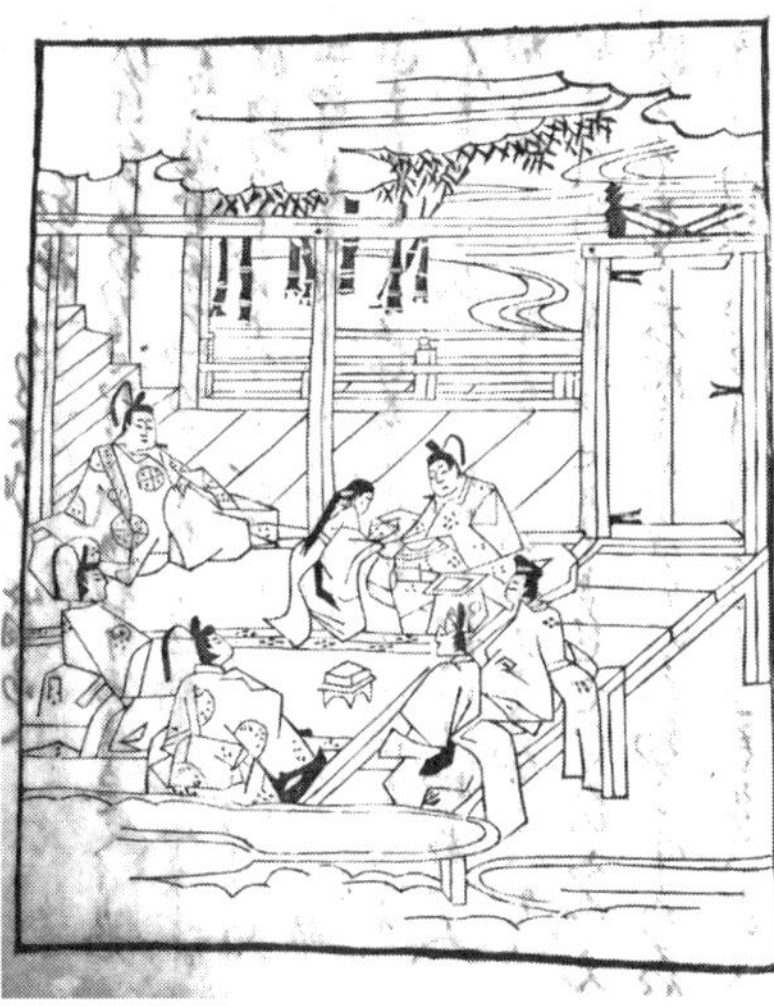

『十帖源氏』匂宮巻

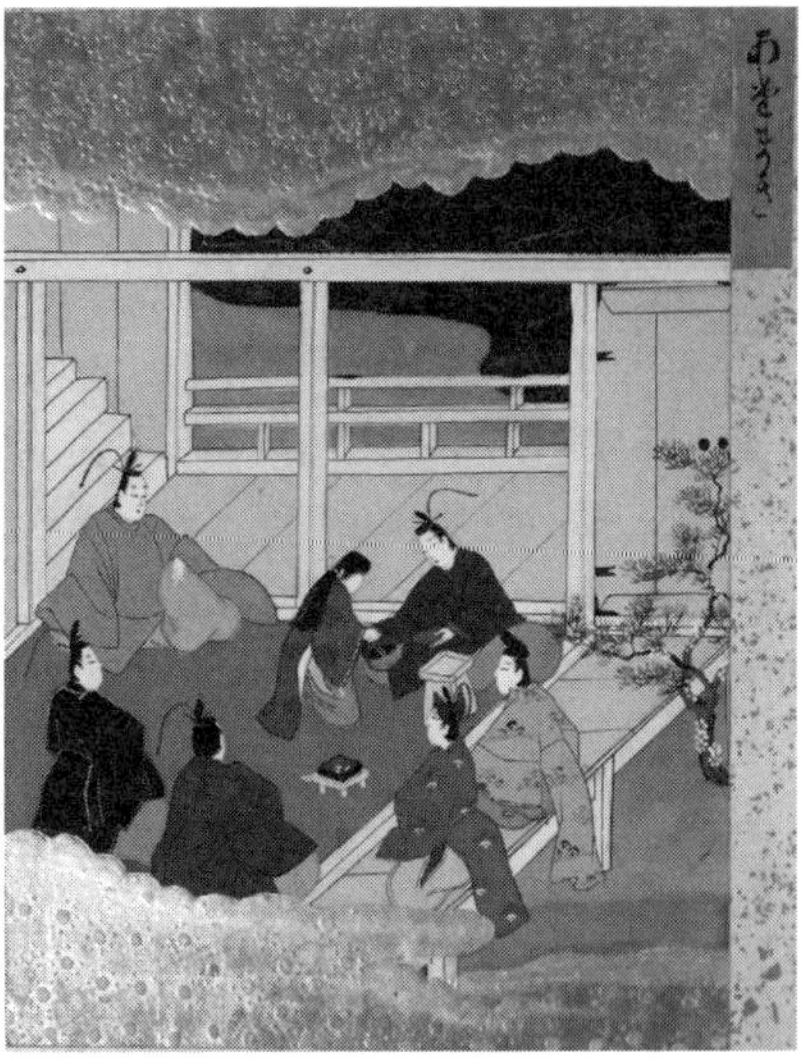

専大本総角巻

『十帖源氏』総角巻

専大本宿木巻

の挿絵などと同じ場面が半数以上を占めるものの、作風も場面設定も異なる立圃独自の挿絵も見られることがすでに吉田幸一氏[18]、清水氏によって指摘されている。また、山本陽子氏[19]、阿美古理恵氏[20]によって、『十帖源氏』の挿絵には狩野派の流れを汲む岩佐派の絵との類似性が指摘されている。阿美古氏は岩佐勝友筆『源氏物語図屏風』[21]（出光美術館蔵、六曲一双、一五五・二×三六四・〇糎、江戸時代前期、以下、「勝友源氏」とする）と詳細に比較検討し、両者の近似性を明示している。

例えば、真木柱巻には物の怪に取り憑かれた北の方が鬚黒大将に火取の灰を浴びせる場面がある。勝友源氏では、北の方は火取（絵では香炉）を鬚黒に投げつけており（図3参照）、それが専大本真木柱巻（図1参照）や『十帖源氏』真木柱巻（図2参照）においても同様に描かれていることがわかる。

阿美古氏によれば、このように火取の香炉自体を投げつけるという構図は、『十帖源氏』真木柱巻（図2参照）、勝友源氏真木柱巻（図3参照）、立圃作『おさな源氏』の源氏絵以外には見られない描き方であるという。一般的な源氏絵、例えば京都国立博物館蔵『源氏物語画帖』[22]（以下、「京博本」とする、図4参照）や久保惣記念美術館蔵『源氏物語手鑑』（以

図１　専大本真木柱巻

図２　『十帖源氏』真木柱巻

図３　岩佐勝友筆『源氏物語図屏風』部分
真木柱巻（出光美術館所蔵）

図４　『源氏物語画帖』真木柱巻
（京都国立博物館所蔵）模写

下、「久保惣本」とする）では北の方が香炉を手に持つ姿で描かれ、投げつけてはいない。また、ハーバード本では真木柱巻は灰を浴びせかける姿で描かれている。(23) いずれも北の方の常軌を逸した行動を瞬時に捉えた場面ではあるが、よく見てみると、通常北の方の姿はまるで静止画のように無表情で止まったままの姿で描かれており、腕や足を跳ね上げたりしているような躍動的な描写ではない。専大本のように（図1参照）、香炉自体を鬢黒に投げつけ、厳しい顔つきとなり、怒りで腕を振り上げるという今にも動き出しそうな躍動的な表現描写は、確かに『十帖源氏』や勝友源氏の他にはあまり見られない特徴的な描き方であると言えよう。

また、専大本橋姫巻は薫が宇治の姫君たち（大君・中の君）を垣間見する場面である（図5参照）。専大本橋姫巻は、『十帖源氏』橋姫巻（図6参照）や勝友源氏の橋姫巻（図7参照）と同じように、姫君が驚いた表情で、右手に撥、左手に琵琶を持ちながら両手を持ち上げている、という様子で描かれている。こうした躍動的な表現描写は、先程の真木柱巻と同様、京博本（図8参照）では姫君の前に琵琶が置かれ、無表情で、撥は持っているものの、両手を広げている様子では描かれていない。

専大本の絵を描いた人物は不明である。しかし、全体の構図の取り方や人物の表情・動作の描き方からすれば、『十帖源氏』の挿絵を粉本として用い、岩佐派周辺の絵師によって描かれたものであろうと想像される。専大本の絵に塗られた金雲の型押し紋も、文様は異なるが、勝友源氏の金雲に施された紗綾文の手法と共通しているように思われる。専大本の絵は、立圃の俳諧的な面白みのある画風と、阿美古氏の指摘するように、岩佐派風の「豊頬長頤といわれる顔貌表現や手足の先を跳ね上げる細部描写」とが融合された、新しい独特の優美性を醸し出すものとなっていると言える。人々の心情や行動を躍動感あふれる姿で生き生きと描くのが岩佐派の絵の特徴であり、その影響が『十帖源氏』にも見られ、専大本ではさらにそれを踏襲するように極彩色豊かに描かれているのである。

図６　『十帖源氏』橋姫巻

図５　専大本橋姫巻

図８　『源氏物語画帖』橋姫巻
（京都国立博物館所蔵）模写

図７　岩佐勝友筆『源氏物語図屏風』部分
橋姫巻（出光美術館所蔵）

四　専大本の絵の特色

最後に、『十帖源氏』の挿絵にはなく、専大本にしか見られない蛍・若菜下巻②の二つの絵に関して考えてみたい。蛍巻は蛍火に照らされる玉鬘の場面、若菜下巻②は女楽の場面であり、源氏絵としてはよく描かれる場面である。しかしこの二つの場面は『十帖源氏』『おさな源氏』には存在せず、また先行する『絵入源氏』[24]においても図様が一致しないのである。

ではなぜ専大本においてこの二図が描かれているのであろうか。『十帖源氏』成立前後にはこの二図の挿絵が『十帖源氏』に存在していたのではないかという可能性が一つある。しかし、現在、万治四年（一六六一）版の跋文を持つ『十帖源氏』以外に版本はないため、その確証はない。

版本類を含め、現在確認できる源氏絵と比較検討してみると、井黒氏もすでに指摘しているが、専大本蛍巻（図9参照）の図様は『源氏小鏡』[25]（図10参照）と『源氏鬢鏡』（図11参照）の構図に近いと言える。春正の『絵入源氏』にも蛍火に照らされる玉鬘の場面絵は存在するが図様は異なる（図12参照）。さらに、細かく見てみると、専大本蛍巻は、『源氏小鏡』よりも、『源氏鬢鏡』により似ている。専大本蛍巻の右上の御簾の下に描かれている高欄が『源氏鬢鏡』にはあり、『源氏小鏡』にはないからである。

『源氏鬢鏡』[26]は、『源氏物語』の梗概書である『源氏小鏡』をさらに要約し、俳諧発句と絵を添えて解説したものである。『源氏鬢鏡』の篝火巻には「篝火も螢もひかる源氏かな」という立圃の発句が見える。『源氏鬢鏡』は吉田氏によれば、大きく分類すると、上方版三種（万治三年版、天和三年版、正徳三年版）と江戸版二種（万治三年鱗形屋版（天和頃刊か）、元禄七年版）があるという。専大本は上方版の万治三年版に近似している。吉田氏によれば[27]、この万治三年上方版『源氏鬢鏡』の挿絵全五十五図を盗用したものが『源氏小鏡』（無刊記須原屋版江戸版中本）であるという。

図 9　専大本蛍巻

図 10　『源氏小鏡』蛍巻
無刊記須原屋版（江戸版中本）
（東京都立中央図書館特別文庫室所蔵）

図 11　『源氏鬢鏡』蛍巻　万治三年上方版
（愛知県立大学長久手キャンパス図書館所蔵）

図 12　『絵入源氏物語』蛍巻　承応三年版
（専修大学図書館所蔵）

『源氏小鏡』は最も流布した『源氏物語』の梗概書であり、近世において、明暦三年版、延宝三年鶴屋版、須原屋江戸版など多くの版本が存在している。しかし、専大本蛍巻は明暦三年版、延宝三年鶴屋版の図様には見られず、須原屋江戸版『源氏小鏡』にのみ見える構図である。つまり、吉田氏が指摘するように、須原屋江戸版『源氏小鏡』の挿絵はそれまで刊行された『源氏小鏡』ではなく、万治三年上方版『源氏鬢鏡』の絵をそのまま用いており、万治三年上方版『源氏鬢鏡』の江戸版である万治三年鱗形屋版『源氏鬢鏡』とはさらに障子の文様から衣裳の柄まで完全に一致するという。

また、『絵本年表』[28]によれば、明暦三年（一六五七）の項に「源氏小鏡　大本三冊／画工不明／立圃風」や、正徳三年（一七一三）の項に「源氏鬢鏡　大本三巻／画工不明　立圃歟」とある。つまり、明暦三年版『源氏小鏡』や正徳三年版『源氏鬢鏡』の挿絵は画工不明としつつも、立圃ではないかと記録類に見えるのである。正徳三年版『源氏鬢鏡』の画工が立圃であるとすれば、正徳三年版『源氏鬢鏡』は万治三年上方版の『源氏鬢鏡』を再版したものであり、それに一番近い図様である専大本蛍巻の図様は万治三年（一六六〇）以降に成立した『源氏鬢鏡』の図様を基に制作されたと考えられる。それは『十帖源氏』の成立時期（一六五四年頃成立、一六六一年刊行）にも近い。つまり、両者の絵が錯綜したか、あるいは『源氏鬢鏡』『源氏小鏡』の絵を立圃が書いたとすれば、それが専大本の挿絵に流用、または影響を与えた可能性は十分考えられることである。

図13　専大本若菜下巻②

では専大本若菜下巻②（図13参照）の挿絵はどうであろうか。若菜下巻②は光源氏と女性四人（紫の上、明石の女

図14　岩佐勝友筆『源氏物語図屏風』部分 若菜下巻（出光美術館所蔵）

図15 『源氏物語絵巻』若菜下巻（早稲田大学図書館九曜文庫所蔵）

御、明石の君、女三の宮）、箏の調弦をする夕霧の姿を描く女楽の場面である。女楽という図様は『豪華［源氏絵］の世界』(29)によれば、藤岡家本扇面、久保惣本、個人蔵五十四帖屏風、御物探幽五十四帖、勝友源氏、清原雪信源氏画帖、サントリー本に見える。これらの源氏絵と比較すると、専大本若菜下巻②の構図は、勝友源氏の若菜下巻の場面（図14参照）に近いと考えられる。岩佐勝友についての詳細は不明であるが、その画風には風俗的な要素を持つ岩佐又兵衛様式が窺え、又兵衛派の絵師と言われている人物である。

本節では、勝友源氏(30)に加えて、同じく構図が近いと思われる早稲田大学図書館九曜文庫蔵『源氏物語絵巻』(31)若菜下巻（図15参照、以下、「九曜文庫本」とする。）巻子本一軸、二十七・四×四七一・〇糎、烏丸光雄詞・土佐光成画、箱入り、古筆了信の極書、江戸初期、中野幸一氏旧蔵本)、個人蔵『源氏物語図屏風』[32](以下、「個人蔵本」とする、六曲一双(右隻)、一五一・九×三五二・二糎、江戸時代)と比較してみる。

九曜文庫本は、若菜下巻「正月二十日ばかりになれば、〜なつかしき夜の御遊びなり」(『源氏物語』四―一八五〜一九一頁)の本文を書き写し、最後に絵を配置した巻物仕立てである。九曜文庫本の本文部分と専大本若菜下巻②の詞書との一致は見い出せないが、図様は光源氏や夕霧の配置(図15の丸枠内参照)などが似ていると思われる。『源氏物語』本文に即した九曜文庫本の絵を、さらに時間的により長く描いたものが専大本若菜下巻②の絵であろうと考えられる。

特に専大本若菜下巻②において特徴的なのは女性たち四人の配置である(図13参照)。絵の右斜め上、脇息にもたれ掛かる明石の女御と、琵琶の前に座る実母の明石の君の二人を並べて描いているのは珍しい構図である。源氏絵において、女楽の場面はたいてい女性三人(紫の上、明石の女御、女三の宮)を並べ、その向かい側に琵琶を弾く明石の君、という構図で描かれることが多い。版本『絵入源氏』(承応三年版)においても、若菜下巻には女楽の絵があり、やはり三人と一人の構図で女性たちは描かれている。しかし、専大本若菜下巻②は女性が二人ずつ向かい合わせで描かれているのである。

これと同じような構図が勝友源氏に見える(図14参照)。女性が二人ずつ向かい合わせで描かれ、絵の上部の二人の女性の前には琴が置かれ、下部の一人の女性は琵琶を持っている。おそらく下部の女性は明石の君であろう。その隣に描かれている女性が、脇息は見えないものの明石の女御の可能性は高い。

また、専大本若菜下巻②(図13参照)に灯をともす童の姿があるのと同様に、個人蔵本では絵の中央に灯をともす童の姿が見え、勝友源氏においても、童の姿はないが、絵の中央に灯台がはっきりと描かれている(図14の丸枠内参照)。

このように、専大本若菜下巻②は、帝の后である明石の女御とその実母である明石の君を中心として描き、女性たちの合奏、夕霧の調弦、暗くなってきたので灯をともす女童、という時間的・空間的に長い一連の物語の本文を、一つの画面に忠実に集約して描こうとする独自の構成方法が垣間見えるのである。

全体として、専大本の絵は板敷ではなく、畳敷を示す緑色で塗られている(33)。つまり、専大本の絵は、寝殿造ではなく、武家の書院造の建築様式で描かれており、『十帖源氏』の挿絵がさらに極彩色豊かに描かれていると言えよう。

江戸時代初期、武家社会の嫁入り道具の一つとして源氏絵が好まれ、それに男性の絵が多く描かれるのは社会的な家の権威を示すためであることがすでに指摘されている(34)。専大本にも六十図中、二十五図に儀式的な場面や男性の登場人物だけを描く場面が選ばれており、当時の流行が垣間見える。

つまり、専大本からは武家社会における華麗さや祝事の要素が垣間見えるのである。そして、専大本は堂上公家の詞書を持つ武家のお輿入れの際の祝いの品の一つであったと考えられ、専大本の絵から想定される制作時期は、『十帖源氏』(一六五四年頃成立、一六六一年刊行)や万治三年(一六六〇)上方版『源氏鬢鏡』が成立・刊行された時期以降ということになろう。

五　おわりに

以上、専大本の絵における俳画師立圃の影響から、江戸初期の源氏絵享受について考察した。

専大本は、『源氏物語』の代表的な場面を描いたもので、差し替えの行われた巻が散見するものの、ほぼ『十帖源氏』の挿絵がモチーフと言ってよいであろう。

立圃は、貞門の俳諧師としてだけではなく、俳画師としても知名度のあったことが窺える。世俗にこだわらない悠然とした生き様をも垣間見せる草画の書きぶりは、俳画を極めた立圃の技量を偲ばせる。その代表的な作品が『十帖源氏』であり、そして、立圃の躍動感あふれる『十帖源氏』の挿絵が専大本にはそのまま踏襲されているということになろう。立圃の画系は不明であるが、立圃独自の『十帖源氏』の挿絵を基に、狩野派の流れを汲む岩佐派かと思わせる画風とが融合され、極彩色豊かに描かれていることが専大本の絵の特色であると言える。

専大本蛍・若菜下巻②の二つの絵については、『十帖源氏』に挿絵がないものの、蛍巻は蛍火に照らされる玉鬘の場面、若菜下巻②は女楽の場面である。蛍巻の図様は万治三年上方版『源氏鬢鏡』・須原屋版『源氏小鏡』（無刊記江戸版中本）の図様に近く、若菜下巻②は九曜文庫本、個人蔵本、勝友源氏の構図と近似している。『源氏鬢鏡』『源氏小鏡』（無刊記江戸版大判）、九曜文庫本、個人蔵本、勝友源氏は、いずれも江戸時代初期に成立した作品群である。つまり、専大本の成立は、『十帖源氏』や『源氏鬢鏡』が成立した一六六一年以降に制作された可能性が考えられる。若菜下巻②は女楽の場面を描き、『十帖源氏』の挿絵にはない専大本独自の図様である。女楽に描かれる和琴や箏の琴は武家の女性の嗜みとして必要不可欠なものである。そうした意味において、専大本若菜下巻②の女楽の絵は重要な場面であったのかもしれない。

さらに、専大本の建築様式は畳敷の武家の書院造であり、男性の絵が多いことからも、家の権威を示そうとする近世初期源氏絵の特徴が見て取れる。つまり、専大本は堂上公家の詞書を持つ、武家のお輿入れの際の祝いの品の一つであったと想定される。そして、俳画師立圃の絵のモチーフと堂上公家の詞書という珍しい組み合わせの源氏絵は、江戸時代初期の『源氏物語』享受の一端を示す貴重な資料であると考えられる。

注

（1）専修大学図書館蔵『源氏物語画帖』（請求記号：A／九一三・三／MU五六）。以下、同じ。

（2）井黒佳穂子氏『テキストとイメージの交響―物語性の構築をみる―』（新典社、二〇一五年）。

（3）『絵入源氏』に関しては、吉田幸一氏「I『繪入源氏物語』考」（『絵入本源氏物語考』上、日本書誌学大系第五十三

（二）、青裳堂書店、一九八七年、九～一九三頁）に詳しい。
（4）専修大学図書館蔵『十帖源氏』（請求記号：A／九一三・三／N九五）。以下、同じ。
（5）吉田幸一氏は、注（3）の著書において、立圃の没年を一六六九年としている（一九四頁）。また、米谷巌氏「野々口立圃年譜」（『十帖源氏　下』古典文庫第五二二冊、古典文庫、一九八九年）では一六七〇年とある。本書では吉田氏に準じた。
（6）『浮世絵師伝』（渡辺版畫店、一九三一年、二二一～二二二頁）。
（7）『日本絵画論大系』二（名著普及会、一九八〇年、五一六頁）。
（8）安田篤生氏「江戸時代における光琳像《イメージ》の変遷について（下―三）―酒井抱一〈二〉―」（『愛知教育大学研究報告』第六十一号、二〇一二年三月、九五頁）を参照した。安田氏によれば、大岡春卜編『画本手鑑』は大阪府立中之島図書館蔵享保五年刊本に拠るという。
（9）早稲田大学図書館蔵『十二枝句合』（請求記号：へ五―六〇九八）は、寛文六年（一六六六）成立、立圃自筆、一巻、縦二十五・二糎、横三四二・五糎、巻軸には十二支が方位の形に丸く彫り込まれ、瓢箪型の入れ物に収められている。横山重氏（赤木文庫）旧蔵。早稲田大学図書館蔵「古典籍総合データベース」（http://www.wul.waseda.ac.jp/kotenseki/）を参照した。
（10）『俳諧家譜』（『日本俳書大系』十五巻、日本俳書大系刊行会、一九二七年、八二頁）。
（11）木村三四吾氏「野々口立圃」（『俳句講座二』俳人評伝上、明治書院、一九五八年、一一三～一二五頁）。
（12）石川真弘氏「立圃の書画幅について」（『俳画のながれ　りゅうほからばしょうへ』（福山城博物館、一九九五年、七一頁）。
（13）注（8）安田氏論に同じ（九四頁）。
（14）『隔蓂記』の本文引用は、赤松俊秀氏校注編『隔蓂記』（思文閣出版、二〇〇六年）に拠る。
（15）小高敏郎氏「貞門時代における俳諧の階層的浸透」（『国語と国文学』貞門・談林の俳諧特輯号、第三十四巻第四号、一九五七年四月）。藪家に関しては『系図纂要』新版、第二冊下、藤原氏（二）（名著出版、一九九〇年、六〇八頁）、

『国史大辞典』第十四巻、(吉川弘文館、一九九三年、一〇三頁)を参照した。

(16) 注(2)に同じ。

(17) 清水婦久子氏『源氏物語版本の研究』(和泉書院、二〇〇三年、四五二頁)。

(18) 注(3)吉田氏論(二三七〜二三八頁)、清水婦久子氏「『十帖源氏』『おさな源氏』の本文」―歌書としての版本―」(『文学』第四巻第四号、二〇〇三年七月、一〇四〜一〇六頁)。

(19) 山本陽子氏「源氏絵における天皇の描き方―近世初期の天皇表現の伝承について―」(『日本宗教文化史研究』第四巻第一号、日本宗教文化史学会、二〇〇〇年五月)。

(20) 阿美古理恵氏「源氏絵の世俗化―伝菱川師宣画『おさな源氏』の成立背景―」(『学習院大学人文科学論集』第十七号、二〇〇八年十月)。

(21) 岩佐勝友筆『源氏物語図屏風』(出光美術館蔵)に拠る。掲載画像(真木柱巻・橋姫巻)は「巻頭カラー折り込み、出光美術館蔵『源氏物語図屏風』(岩佐勝友筆、六曲一双(左隻)、縦一五五・二糎、横三六四・〇糎、江戸時代前期)」(『週刊絵巻で楽しむ源氏物語』四十二帖匂兵部卿、第四十五号、朝日新聞出版、二〇一二年十一月、二〜四頁)からの転載に拠る。その他、日本屏風絵集成・第五巻・人物画『大和絵系人物』(講談社、一九七九年)、「【3】岩佐勝友画『源氏物語図屏風』」(国文学研究資料館編『源氏物語　千年のかがやき』思文閣出版、二〇〇八年、七八〜七九頁)、『物語絵―〈ことば〉と〈かたち〉―』(出光美術館、二〇一五年、一二〜一七頁、一四五頁)などを参照した。
『物語絵―〈ことば〉と〈かたち〉―』の解説によれば、右隻に桐壺巻から篝火巻までを、左隻に野分巻から夢浮橋巻までの全五十四帖を絵画化したもので、近年の修理に際して、表具裂の裏から「岩佐勝友図之」の記述が見出され、詳細は不明だが、勝友は岩佐又兵衛の近親者か工房内の有力な弟子と推定されている。また、『源氏物語　千年のかがやき』の井田太郎氏の解説には、「図様も、又兵衛後期の作成とおなじく風俗的な要素が観察される。京都国立博物館蔵土佐光吉画『源氏物語画帖』と同様の構成に拠りながらも、過剰なアクチュアリティを画面に加え、定型パターンを逸脱している点が指摘できる」とある。

(22) 京都国立博物館蔵『源氏物語画帖』(勉誠社、一九九七年)、『和泉市久保惣記念美術館源氏物語手鑑研究』土佐光吉筆(和泉市久保惣記念美術館、一九九二年)を参照した。

(23) 北の方が実際に火取(香炉)ではなく、灰を浴びせかけている絵には『源氏物語歌絵扇面画帖』真木柱巻(伝住吉如慶筆、江戸前期、チェスター・ビーティー図書館蔵)や『源氏物語画帖』真木柱巻(土佐光信筆、室町後期、ハーバード大学サックラー美術館(Arthur M. Sackler Museum, Harvard University Art Museums)蔵)などがある。

(24) 専修大学図書館蔵『絵入源氏物語』(請求記号:A/九一三・三/MU五六)に拠る。『絵入源氏』(承応三年版大本・第一〇五図蛍①六オ)(吉田幸一氏『絵入本源氏物語考』中、図録一、日本書誌学大系第五十三(二)、青裳堂書店、一九八七年、一一三頁)も参照した。

(25) 掲載画像は、東京都立中央図書館特別文庫室蔵加賀文庫本『源氏小鏡』(三巻三冊本、無刊記須原屋版、江戸版中本、第二十五図・蛍巻・中八丁裏、請求記号:加八〇五九/二)に拠る。その他、吉田幸一氏『絵入本源氏物語考』下、図録二、日本書誌学大系第五十三(三)(青裳堂書店、一九八七年、五三一頁)などを参照した。吉田氏によれば、加賀文庫本『源氏小鏡』は一六八一~一六八七年頃の成立とされ、画風は菱川師宣風であるという。

(26) 掲載画像は、愛知県立大学長久手キャンパス図書館蔵『源氏鬢鏡』(万治三年度々市兵衛刊、大二本、蛍巻、請求記号:〇二七/二七/一)に拠る。その他、『批評集成・源氏物語』第一巻・近世前期篇(ゆまに書房、一九九九年、七一頁)、『古典俳文学大系一 貞門俳諧集一』(集英社、一九七〇年、四九三頁)の解説などを参照した。

(27) 注(3)吉田氏論「江戸版中本の挿絵と萬治版『源氏鬢鏡』との関係」(三六六~三九二頁)に拠る。

(28) 『絵本年表』一(日本書誌学大系第三十四(一)、青裳堂書店、一九八三年、五四・二五五頁)。

(29) 「女楽」の図様に関しては、秋山虔氏・田口榮一氏監修『豪華[源氏絵]の世界 源氏物語』(学習研究社、一九九九年)の他、『江戸のやまと絵—住吉如慶・具慶— 展示図録』(サントリー美術館、一九八五年)、榊原悟氏「住吉派『源氏絵』解題—附諸本詞書—」の「源氏絵帖別場面一覧」(『サントリー美術館論集』第三号、サントリー美術館、一九八九年、一二一五~一四五頁)、高橋亨氏「近世初期「源氏絵」と詞書筆者について」(『中古文学』第八十四号、二〇〇九年十二月）を参照した。

（30）岩佐勝友筆『源氏物語図屏風』（出光美術館蔵）に拠る。掲載画像（若菜下巻）は「出光美術館蔵『源氏物語図屏風』（岩佐勝友筆、六曲一双（左隻）、縦一五五・二糎、横三六四・〇糎、江戸時代前期）」（『週刊絵巻で楽しむ源氏物語』三十五帖若菜下①、第三十六号、朝日新聞出版、二〇一二年九月、一三頁）からの転載に拠る。

（31）早稲田大学図書館蔵『源氏物語絵巻』若菜下（請求記号：文庫三〇／B〇四一一二）。掲載画像は、早稲田大学図書館蔵「古典籍総合データベース」（http://www.wul.waseda.ac.jp/kotenseki/）に拠る。

（32）個人蔵本は、宇治市歴史資料館特別展パンフレットの書誌・解説によれば、「一隻の上下に場面ずつ、合計十二場面を配した屏風。場面は朝顔・空蟬・夕霧・花散里・若菜下などで、金雲で自然に区画されている。人物の表現も巧み且つ豊かで、樹木の表現などに江戸時代初期の狩野派の筆法がうかがえるが、画中画として描かれている草木には水墨画の手法がみられ、大和絵のみでなく水墨画の素養もある人物により描かれたことが推測できる」とある（『二九　源氏物語図屏風」『特別展　源氏物語の世界―王朝文化への憧憬―』宇治市歴史資料館、一九九一年、三六・三七・七八頁）。

（33）注（17）に同じ（四三八～四四八頁）。清水氏は『十帖源氏』の建物や調度品は「武家屋敷」の様子で描かれていて、「立圃の関心は、源氏物語の風俗ではなく登場人物にあった」ため、表情や動作を個性的に描こうとする「俳画的描法」をとっていると指摘する。

（34）岩坪健氏「源氏絵に描かれた男女の比率について―土佐派を中心に―」（古代文学論叢第十六号『源氏物語とその享受　研究と資料』武蔵野書院、二〇〇五年、三三三頁）。岩坪氏によれば、「源氏絵の注文主は江戸時代になっても、文献で見る限り男性である」とし、江戸時代に源氏絵や詞書筆者を「男性が独占するのは、注文主が男性であり、伝統文化の象徴である朝廷と密接に関わるからと推測される」と指摘している。

〔参考〕野々口立圃略年譜

和暦（西暦）	年齢	事項	出典・所蔵
文禄四（一五九五）	1歳	先祖は累代の武士で、祖父義親は藤原氏の諸司を勤めた後、丹後国桑田郡本目村に退隠。父の代に京都に移り、雛人形屋を創業か。京都一条で親重（立圃）誕生。	立圃追悼集 俳林良材集 難波の別
寛永八（一六三一）	37歳	二月、松江重頼と『犬子集』の撰集に着手する。 八月六日、『俳諧口五十句魚鳥、奥五十句草木』に明心居士（貞徳）の加判を受ける。	重頼自序 山本唯一氏翻刻（『連歌俳諧研究』第41号所収）
寛永一〇（一六三三）	39歳	正月、重頼のみで『犬子集』を刊行。重頼、貞徳と疎遠となる。 十一月一日、『俳諧発句帳』を刊行。	貞徳永代記
寛永一三（一六三六）	42歳	二月二十三日、俳諧作法書の嚆矢『はなひ草』成る。	
寛永一四（一六三七）	43歳	正月晦日、父の『追善九百韵』独吟興行、刊行。「立圃」と署名あり。この頃、入道したか。	
寛永一七（一六四〇）	46歳	この年、初めて江戸へ赴く。	滑稽太平記
正保五／慶安元（一六四八）	54歳	十一月朔日頃、京都を出立、九州へ向かう。	筑紫紀行
慶安二（一六四九）	55歳	秋月城主黒田長興と太宰府天満宮奉納の両吟「俳諧千句」興行。五月自跋、『そらつぶて』。	同神社蔵
慶安三（一六五〇）	56歳	『休息歌仙』は慶安三年以前に成立、この年以前に刊行か。	柿衞文庫蔵
慶安四（一六五一）	57歳	二月、備後国福山藩の重臣、福山総奉行荻野新右衛門重富著『鞆記』に、跋文を送る。 四月上旬、初めて福山に下向。＊以後、寛文元年頃まで十一年間に渡って福山藩に滞在。	帰洛紀行

		四月頃、二代福山藩主水野勝俊の亡父水野勝成追悼発句に脇起し独吟五十韻。 九月頃、仮題『草戸記』執筆。 十一月、仮題『俳諧作法』執筆。	明泉寺蔵
慶安五／承応元（一六五二）	58歳	四月二十四日、金閣寺住持鳳林承章を初めて訪問。 八月十二日、福山藩主勝俊参府のため福山を出発、立圃も福山から同乗扈従する。	隔蓂記 海路東上紀行
承応二（一六五三）	59歳	十一月十日、勝俊に扈従して帰京。	隔蓂記
承応三（一六五四）	60歳	元日、承章を訪ね、歳旦吟を披露しあう。 『十帖源氏』成立か。	隔蓂記
承応四／明暦元（一六五五）	61歳	五月、三代水野日向守勝貞、参府のため福山を出発、立圃も扈従して江戸へ赴く。	丙申紀行
明暦三（一六五七）	63歳	二月二十四日、水野家京都屋敷（一条下ル松下突抜町）留守居役中嶋治右衛門を初めて同道して承章を訪ね、勝貞所望の歌仙絵色紙に聖護院宮（道晃）の染筆周旋を依頼。	隔蓂記
万治三（一六六〇）	66歳	『難波の別』執筆、『源氏物語』雨夜の品定めにならって、人間の出自を上中下に分けて、その幸不幸を説いた一条がある。 七月五日、備後国水野内記（勝信）息女の詠歌の点取のことを斡旋する依頼状を、水野日向守京屋敷留守居役中嶋治右衛門の書状と共に承章へ送る。 九月八日、承章と共に、仙洞に参上。後水尾院に立圃作「十八番之発句合」二巻を奉献、後水尾院が叡覧する。 十二月跋、『源氏鬢鏡』に発句一句（篝火巻）を入集。	木村三四吾氏「立圃」 隔蓂記 隔蓂記

万治四／寛文元（一六六一）	67歳	一月九日、天満の川崎二郎左衛門方孝宛返信。『十帖源氏』が出来たので持参したいこと、「源氏の絵」は知り合いを一、二箇所問い合わせるも、皆「大きニ候て」ご注文のようなものは無く、特別に「あつらえ」るなら可能であることなどを報告する。	尾形仂氏翻刻「立圃書簡十八通」ほか（『連歌俳諧研究』第41号所収）
		二月、『おさな源氏』成立、刊行は改元後か。	
		四月、『十帖源氏』刊行。	
		八月十八日、『備後國鞆之浦観音堂之縁起』執筆。	福禅寺蔵
		十二月十六日、水野内記より畳表三十帖を贈る由、立圃から承章へ伝え、届ける。	隔蓂記
寛文二（一六六二）	68歳	五月十一日、承章へかねて斡旋依頼の「水野内記所之百首和歌二点并改正之事」のうち、「去方」掛点の一巻、承章より「水野内記方立圃迄」届く。	隔蓂記
寛文六（一六六六）	72歳	『十二枝句合』染筆。	早稲田大学図書館蔵
寛文七（一六六七）	73歳	春、仮題『紫式部墨描横物画讃』に、「ありやなしやこそもまことの花の種　立圃書」「絵は六十歳の比より新稽古にて今七十三歳の清書なれば、心ありて御覧じ候へかし」とある。	鑑定筆記 木村三四吾氏「立圃」
寛文九（一六六九）	75歳	九月三十日、未の刻永眠。辞世「月花の三句目を今しる世かな」。法名、松翁庵立圃日英。立圃の子息野々口生白（鏡山）編『立圃追悼集』成る。	

＊木村三四吾氏「野々口立圃」（『俳句講座二』俳人評伝上、明治書院、一九五八年、一一三～一一五頁）、米谷巖氏「野々口立圃年譜」（吉田幸一氏編『十帖源氏　下』古典文庫第五一二冊、古典文庫、一九八九年、四五三～四九四頁）、「立圃略年譜」（『俳画のながれ　りゅうほからばしょうへ』福山城博物館、一九九五年、八〇～八一頁）を参照。

第三章　野々口立圃作『十帖源氏』の本文構造

一　はじめに

本章では、『源氏物語』の梗概書である『十帖源氏』の本文について検証し、野々口立圃の制作意図について考えてみたい。

『十帖源氏』[1]は、俳諧師である野々口立圃によって江戸時代に作られた『源氏物語』の梗概書であり、『源氏物語』五十四帖を十巻十冊にまとめたものである。跋文に「老て二たび児に成たりといふにや」とあり、これが著者の還暦を示すのであれば、立圃が六十歳の承応三年（一六五四）頃の成立であると考えられる。巻頭に「光源氏物語」の由来を説き、紫式部の石山寺参籠や巻々の名には天台四諦の法門を盛ったことを述べて序文とし、桐壺巻から夢浮橋巻までを巻ごとに分けて、所々に引用を交えながら、『源氏物語』の和歌をすべて掲出し（全七九四首、玉鬘巻一首欠）、本文を簡略的にまとめたものである。序章や第三篇の第一章・第二章でも述べたように、立圃は俳・画の両面に秀でており、『十帖源氏』には立圃の自画挿絵一三一図が添えられている。また、寛文六年（一六六六）には、『十帖源氏』をさらに簡略化した『おさな源氏』が出版されている。

『十帖源氏』の本文について、序章でも指摘したように、清水婦久子氏[2]は寛永正保頃（一六四〇～一六四八）に刊行された無跋無刊記本『源氏物語』に拠るものだと述べている。無跋無刊記本『源氏物語』は、今西祐一郎氏[3]によれば、一部識者の間で「素（す）源氏」と称されていたもので、柱刻や丁付もなく、注釈や挿絵、刊記や付録もない、物語本文だけを刻した製版本のことを指すと言う。清水氏は、『絵入源氏』や『湖月抄』などの河内本系統の本文を含む流布本とは異なり、三条西家本系統の本文を受け継ぎ、立圃は版本『万水一露』に近似している無跋無刊記本『源氏物語』を傍らに置いて、『十帖源氏』を作成していたのではないかと推定している。湯浅佳子氏は、(4)『源氏物語』の本文を比較的丁寧に抽出し、平易な言葉に替えていると述べ、中西健治氏は、(5)立圃が本文を単に摘録したのではなく、松永貞徳門下の重鎮として、原作の叙情的な場面を絵と共に簡潔平易に提供しようとしたのだと言う。『十帖源氏』の本文の要約方法には立圃のどのような制作意図があったのであろうか。本章では、先行研究をふまえつつ、無跋無刊記本『源氏物語』と、それに依拠したと思われる『十帖源氏』の本文とを比較検討し、『源氏物語』を独自に抽出・改変した『十帖源氏』の本文の様相に迫ることとする。

二　『十帖源氏』の本文と和歌比率

『十帖源氏』の具体的な本文の比較を行う前に、まず、『十帖源氏』を体系的な側面から見ておきたい。清水氏(6)によれば、『絵入源氏』に比べて『十帖源氏』は和歌の率が圧倒的に多く、『源氏物語』中の和歌をすべて網羅して掲載していることから、歌物語的な要素が強いと指摘する。そこで、『十帖源氏』の和歌の比率を提示するために次表を作成した。参考として、『十帖源氏』の和歌で終わる巻には「○」印を、『大成』の本文行数、『大成』『十帖源氏』の本文比率も掲げた。

これによると、『十帖源氏』の和歌の比率が高い上位五位は幻巻五十四・七％、須磨巻四十九・〇％、賢木巻四十七・五％、花散里巻四十四・四％、早蕨巻四十一・一％の順となっている。逆に和歌の比率が低い上位五位は夢浮橋巻二・三％、匂宮巻五・三％、空蟬巻六・七％、帚木巻九・八％、野分巻十一・一％の順となっている。『十帖源氏』

巻名一覧		a	b	c	d(%)	e	f(%)	巻名一覧		a	b	c	d(%)	e	f(%)
1	桐壺	328	126	18	14.3		38.4	29	行幸	368	82	18	22.0		22.3
2	帚木	617	287	28	9.8		46.5	30	藤袴	188	44	16	36.4	○	23.4
3	空蟬	145	60	4	6.7	○	41.4	31	真木柱	490	137	42	30.7	○	28.0
4	夕顔	636	272	38	14.0	○	42.8	32	梅枝	248	83	22	26.5	○	33.5
5	若紫	628	147	50	34.0	○	23.4	33	藤裏葉	309	134	40	29.9		43.4
6	末摘花	419	92	28	30.4	○	22.0	34	若菜上	1341	296	48	16.2	○	22.1
7	紅葉賀	368	97	34	35.1	○	26.4	35	若菜下	1348	273	36	13.2		20.3
8	花宴	139	45	16	35.6	○	32.4	36	柏木	532	117	22	18.8		22.0
9	葵	615	133	48	36.1	○	21.6	37	横笛	242	63	16	25.4		26.0
10	賢木	653	139	66	47.5		21.3	38	鈴虫	189	56	12	21.4		29.6
11	花散里	55	18	8	44.4	○	32.7	39	夕霧	938	228	52	22.8	○	24.3
12	須磨	583	196	96	49.0		33.6	40	御法	249	70	24	34.3		28.1
13	明石	522	167	60	35.9		32.0	41	幻	288	95	52	54.7	○	33.0
14	澪標	436	97	34	35.1		22.2	42	匂宮	177	38	2	5.3		21.5
15	蓬生	310	63	12	19.0		20.3	43	紅梅	166	56	9	14.3		33.7
16	関屋	64	26	6	23.1		40.6	44	竹河	538	167	48	28.7		31.0
17	絵合	248	63	18	28.6		25.4	45	橋姫	499	163	26	16.0		32.7
18	松風	280	87	32	36.8		31.1	46	椎本	489	167	42	25.1		34.2
19	薄雲	402	104	20	19.2	○	25.9	47	総角	1170	315	62	19.7		26.9
20	朝顔	275	92	26	28.3	○	33.5	48	早蕨	246	73	30	41.1		29.7
21	少女	668	199	32	16.1		29.8	49	宿木	1220	300	46	15.3	○	24.6
22	玉鬘	534	108	26	24.1		20.2	50	東屋	839	164	22	13.4	○	19.5
23	初音	192	48	12	25.0		25.0	51	浮舟	936	307	44	14.3		32.8
24	胡蝶	277	82	28	34.1		29.6	52	蜻蛉	747	186	22	11.8	○	24.9
25	蛍	256	73	16	21.9		28.5	53	手習	863	321	56	17.4		37.2
26	常夏	290	49	8	16.3		16.9	54	夢浮橋	222	86	2	2.3		38.7
27	篝火	46	18	4	22.2		39.1		総計	25066	6981	1586	22.7	19	27.9
28	野分	238	72	8	11.1		30.3		平均値	464	129	29	24.6		29.2

a『大成』本文行数　b『十帖源氏』本文行数　c『十帖源氏』和歌行数
d『十帖源氏』和歌比率　e『十帖源氏』和歌終巻　f『大成』『十帖源氏』本文比率

の和歌行数の平均値は二十九行であり、和歌比率の平均値は二十四・六％である。この和歌の平均比率に近いのは、初音巻二十五・〇％、玉鬘巻二十四・一％、椎本巻二十五・一％、横笛巻二十五・四％、関屋巻二十三・一％である。ここで注目したいのは、花散里巻と関屋巻の本文行数と和歌行数の差異である。花散里巻は『十帖源氏』の本文行数が十八行で和歌が四首であり、関屋巻は『十帖源氏』の本文行数が二十六行で和歌が三首である。花散里巻は一首につき本文が四・五行であるのに対して、関屋巻は一首につき八・六行の本文行数となっているのである。つまり、和歌数はほぼ同数であるにもかかわらず、本文行数は関屋巻の方が花散里巻の二倍の量であるということである。この差は一体何であろうか。前頁の表に示したように、五十四巻中、和歌で終わる巻は十九巻である。これは『十帖源氏』の約三分の一に当たる。『源氏物語』中の和歌をすべて取り込んだ『十帖源氏』において、和歌に対する本文の長短の差は何を意味するのか。以下、具体的に本文にあたることによって検証してみたい。

三　『十帖源氏』花散里巻の本文

前節をふまえて、まず、花散里巻の本文の様相を探ってみる。現存する『十帖源氏』は、大きく四種[7]に分類されている。

（1）万治四年（一六六一）荒木利兵衛版（跋文あり、刊記あり）
（2）万治四年立圃自跋本（跋文あり、刊記欠）
（3）立圃自跋無刊記本（署名のみあり、刊記欠）
（4）無跋無刊記本（跋文・刊記欠）

吉田幸一氏[8]によると、（1）（2）は後摺であり、跋文が改変されていると指摘する。初版本は（3）（4）ということになるが、（3）が先に出版されたとすれば、その署名のみの跋文が（4）の版行にないのはおかしいことになると言う。さらに、（4）は装丁においても、表紙は装飾的であり、本文料紙は丈夫で障子紙などによく用いられる楮を用い、長く保存のきく美しいものが用いられていることから、吉田氏は（4）を初版本と推定している。つまり、（4）（3）（1）（2）の順に版次されたと想定しているのである。そこで本章においても、『十帖源氏』は（4）を採用する。[9]

では以下に、『十帖源氏』の本文の基盤となったとされる無跋無刊記本『源氏物語』と『十帖源氏』花散里巻の翻刻本文を掲げ、比較検討してみる。

【無跋無刊記本『源氏物語』「花散里」の翻刻[10]】

＊」　改行

＊』　改頁

＊【】『十帖源氏』の省略箇所の冒頭部分を示した通し番号

＊後筆の朱書き入れ傍記は省略した。

人知れぬ御心つからのものおもはしさはいつとな」【A】

きことなめれとかく大かたの世につけてさへわつ」

らはしうおほしみたるゝ事のみまされは物心」

ほそく世中なへていとはしうおほしならるゝに」

さすかなる事おほかりれいけいてんと聞えしは」

宮たちもおはせす院かくれさせ給てのちいよ〳〵」

あはれなる御有さまをたゝこの**大将殿**の御心に」

もてかくされて過し給ふなるへし**御おとうと**の」【2】

三の君うちわたりにてはかなうほのめき給し」

なこりのれいの御心なれはさすかに忘れもはて給」

はすわさともてなし給はぬに人の御心をのみ』【B】

つくしはて給ふへかめるをもこのころのこる事な」

くおほしみたるゝよの哀のくさはひにには思ひいて」

給ふにしのひかたくてさみたれの空めつらしう」

はれたる雲まにわたりたまふなにはかりの御よ」

そひなくうちやつし御前なともなくしのひてな」

か川のほとおはしすくるにさゝやかなるいへのこた」

【4】

ちなとよしはめるによくなることをあつまに」【C】

しらへてかきあはせにきはゝしうひきらなすなり」

御みゝとまりてかとちかなる所なれはすこしさし」

出て見いれたまへれはおほきなるかつらの木の」

をひ風にまつりのころおほしいてられてそこ』

はかとなくけはひおかしきをたゝ一め見給しやと」

りなりと見給ふたゝならすほとへにけるおほめかし」

くやとつゝましけれとすきかてにやすらひ給」

おりしも郭公なきてわたるもよほしきこえか」

ほなれは御車をしかへさせてれいのこれみつい」

れ給ふ」

をちかへりえそしのはれぬほとゝきすほのかた」

らひしやとのかきねにしん殿とおほしきやのにし」【D】

のつまに人々ゐたりさき〳〵もきゝし声なれは」

こはつくりけしきとりて御せうそこ聞ゆわかや」

かなるけしきともしておほめくなるへし』

ほとときすかたらふこゑはそれなれとあなお」

ほつかな五月雨の空ことさらにたとるとみれはよし

〳〵」【E】

うへしかきねもとていつるを人しれぬこゝろにはね」

たうも哀にも思ひけりさもつゝむへき事そかしこと」

はりにもあれはさすか也かやうのきはにつくしの」

五節からうたけなりしはやとまつおほしいつい」

かなるにつけても御心のいとまなくくるしけなり」

年月をへてなをかやうに見しあたりなさけす」

くし給はぬにしもなか〳〵あまたの人のもの思」

ひくさなりかのほいの所はおほしやりつるもしるく」

人めなくしつかにておはするありさまを見た』

まふもいと哀なりまつ女御の御かたにてむかしの」【6】
物語なと聞え給に夜ふけにけり廿日の月さ」
しいつる程にいと、木たかきかけともこくらうみえ」
わたりてちかきたち花のかほりなつかしう匂ひて」
女御の御けはひねひにたれとあくまてよういあ」【F】
りてあてにらうたけなりすくれてはなやかなる」
御おほえこそなかりしかとむつましうなつかしき」
かたにはおほしたりしものをなと思ひ出きこえ給に」
つけてもむかしのことかきつらねおほされてうちな」
き給ふ郭公有つるかきねのにやおなしこゑに」
うちなくしたひきにけるよとおほさる、ほともえん』
なりかしいかにしりてかなとしのひやかに打すん」
し給ふ」

　たちはなの香をなつかしみほとときす花ちる」
里をたつねてそとふいにしへの忘れかたきなくさめ」
にはまつまいり侍りぬへかりけりこよなうこそま」
きる、事も数そふことも侍けれおほかたのよにし」
たかふ物なれは昔かたりもかきくつすへきひとす」【G】
くなうなりゆくをましていかにつれ〳〵もまきれ」

なくおほさるらんと聞え給ふにいとさらなる世」
なれとものをいとあはれにおほしつ、けたる御け」
しきのあさからぬも人の御さまからにやおほく』
哀そそひにける」

　人めなくあれたるやとはたち花のはなこそ」
軒のつまとなりけれとはかりの給へるさはいへと人」
にはいとことなりけりとおほしくらへらる西おもて」

【H】

にはわさとなくしのひやかにうちふるまひ給ての」
そき給へるもめつらしきにそへてよにめなれぬ御さ」
まなれはつらさも忘ぬへしなにやかやとれいのな」
つかしくかたらひ給もおほさぬことにはあらさるへ」
しかりにもみ給ふかきりはをしなへてのきはには」
あらねはにやさま〳〵につけていふかひなしとおほ」
さる、はなけれはにやにくけなくわれも人もなさけ』
をかはしつ、過し給ふなりけりそれをあひなしと」
思ふ人はとかくにかはるもことはりなる世のさかとお」
もひなしたまふありつるかきねもさやうにてあ」
りさまかはりにたるあたりなりけり」

【『十帖源氏』巻三「花散里」の翻刻】

＊ 」 改行

＊ 』 改頁

＊〈 〉傍記・割注など（／は改行）

＊【 】改変・補足部分の通し番号

花散里　以哥名也　源廿四才【1】

れいけいてん〈れ傍＝桐壺の女御〉は宮たちもおはせす院かくれ給て後」

源にもてかくされて過し給ふ御いもうとの三の君」【2】

〈割・花ちる／里也〉はかなうほのめき給しなこり源忘れ給はす」【3】

五月雨の空めつらしう晴たるにわたり給ふ中川の」

程過給ふに小家の木だちよしばめるにあつまにしらへ」

【4】

てかきならす御み、とまりて御車かへさせ惟光いれ給ふ」

〈源〉　をちかへりえぞしはれぬ郭公」【5】

ほのかたらひしやとのかきねに』

〈返し〉　ほと、きすかたらふこゑはそれなれと

あなおほつかなさみたれのそら」

彼ほゐの所は人めなくしつかにて物哀也」【6】まつ女御の御かたにて昔物語聞え給ひ廿日」

の月さし出る程に時鳥ありつるかきねのに」

やおなし聲にうちなく　源」

たちはなのかをなつかしみほと、きす」

花ちるさとをたつねてそとふ」

〈女御〉　人めなくあれたるやとはたちはなの」

はなこそ軒のつまとなりけれ』

〈絵1〉麗景殿女御邸にて、光源氏が花散里を訪れる場面

無跋無刊記本『源氏物語』翻刻本文に付した【A】～【H】は、『十帖源氏』において省略された本文箇所を示し、『十帖源氏』翻刻本文に付した【1】～【6】は、無跋無刊記本『源氏物語』本文（以下、「無跋無刊記本」とする）と『十帖源氏』本文の共通する箇所を指し示している。以下に指摘する箇所には四角囲いを施した。

【1】の『十帖源氏』「花散里　以哥名也　源廿四才」という巻名の説明は、『十帖源氏』全体において一貫した書式形式である。『花鳥余情』[11]の「以歌為巻名さかきの末は源氏廿四歳の夏也」、『弄花抄』の「巻名哥によりて号す／此巻は源氏廿四歳夏五月の事也」、『細流抄』の「巻名一哥によりて号する也　源氏廿四歳の五月の事也」に近い表現方法である。光源氏の年齢が二十四歳と明確に示されていて、読者にとっては大変わかりやすい構成である。

【2】の『十帖源氏』「御いもうと」は、無跋無刊記本では「御おとうと」とある。「おとうと」[12]は兄弟のうち、年少の者、もとは男女ともに用いたが、次第に男性の場合に限られるようになり、また、義理の弟や異腹の弟にも用いられるようになる。よって、花散里に対して用いることに差し障りはない。しかし、立圃は「おとうと」に「いもうと」と傍記するのではなく、本行本文自体を「いもうと」へと改変している。

【2】と【3】の「源」という表記に関しては、無跋無刊記本では「大将殿」とあるが、その代わりに「源（光源氏）」を追加することによって、誰の行動や感情なのかがわかりやすくなっている。こうした補足説明の様相は『十帖源氏』の本文全体を通して言えることであり、すでに先行研究[13]でも指摘されているところである。

【4】の無跋無刊記本「さゝやかなるいへ」は、『十帖源氏』では「小家」と簡潔に記されるのみである。『孟津抄』[14]には「小家のせはき也」とあり、『細流抄』には「ちいさき家也」、『岷江入楚』には「ちいさき家也　秘逼サゝヤカナリ／或抄少々也　狭々也いつれもちいさき心也」とあることから、諸注釈書の見解を鑑みて、立圃がわかりやすく改作したものと考えられる。

【5】の『十帖源氏』の和歌は、詠者を〈源〉と明記し、二行分かち書きであり、これも大変読みやすい仕立てとなっている。

【6】については、無跋無刊記本「哀」を『十帖源氏』では「物哀」としている。こうした読者に易しい『十帖源氏』の一連の手法は『おさな源氏』にもそのまま反映されているものである。

一方、『十帖源氏』で省略された部分を見てみたい。

無跋無刊記本【A】の場面は賢木巻における藤壺との関係や、朧月夜との関係をふまえた、光源氏の懊悩を表現する叙述の箇所であるが、『十帖源氏』ではすべて省略されている。

無跋無刊記本【B】の場面においては、花散里が光源氏を思いつつ煩悶する描写、巻の後半部分で光源氏が花散里と久しぶりに対面する場面も削除されている。巻名が「花散里」とあるにもかかわらず、『十帖源氏』における花散里の登場は「御いもうとの三の君はかなうほのめき給しなこり源忘れ給はす」のみであり、光源氏が花散里を想う場面だけを残す。和歌に焦点を置いたためか、巻名にはむしろ必要のない中川の宿の女との贈答歌や麗景殿女御との贈答場面は残されている。すべての和歌を抽出して掲載するという立圃の一貫した基本姿勢がここに垣間見える。しかし、和歌はすべて抽出するものの、【C】の場面における「こと（琴）」「かつら（桂）の木」「まつり（葵祭）」など、男女の贈答歌を醸し出す歌物語的な表現は採録されていない。

無跋無刊記本の傍線部「よくなることをあつまにしらへてかきあはせにきは丶しうひきなすなり」という箇所については、光源氏の行動に重きを置いた表現となっている。この場面は色々な指摘が諸注に見える箇所である。河内本では、「よくなるさうの琴にあつまをしらへあはせてよし〳〵しうひきならすなり」とあることから、『河海抄』[15]『孟津抄』は「あづま」を和琴と解釈し、それに対して、『休聞抄』は琴の音の調子のことであるとし、『岷江入楚』は諸注をふまえて揺れているが一応「琴の琴」で決着している。これを立圃は、【C】「よくなることをあつまにしらへてかきあはせにきは、しうひきなすなり」をふまえつつも、読み手の困惑をさけるためか、さらに簡略化して傍線部「あつまにしらへてかきならす」とだけ明記する。「琴」も「合奏」の流用性もなく、ただ雅楽の音が聞こえてきたことにのみ焦点を絞って、描いている。

さらに、【D】の女房たちの様子や、【E】の中川の宿の女との艶やかなやりとりなど、光源氏の色好み性は削除されている。【F】の麗景殿女御の様子、【G】の麗景殿女御と光源氏が昔語りする場面、【H】の光源氏と花散里との重要な対面の場面も削られている。巻名でもあり、後の巻においても重要な役割を担う花散里の登場を『十帖源氏』はなぜあえて省略してしまうのであろうか。

四　『十帖源氏』関屋巻の本文

では続いて、関屋巻を見てみたい。無跋無刊記本『源氏物語』と『十帖源氏』関屋巻の翻刻本文を掲げ、前節と同じ方法で比較検討してみる。

【無跋無刊記本『源氏物語』「関屋」の翻刻】

＊」　改行

＊』　改頁

＊【】『十帖源氏』の省略箇所の冒頭部分を示した通し番号

＊後筆の朱書き入れ傍記は省略した。

伊よのすけといひしは古院かくれさせ給て」【A】
又の年ひたちになりてくたりしかはかの」
はゝき木もいさなはれにけりすまの御旅」
ゐもはるかにきゝて人しれす思ひやりき」
こえぬにしもあらさりしかとつたへ聞ゆへき」
よすかたになくつくはねの山をふきこす風も」
うきたる心ちしていさゝかのつたへたになく」
てとし月かさなりにけりかきれる事もな」
かりし御旅ゐなれと京にかへりすみ給ひて」
またのとしの秋そひたちはのほりけるせき」
いる日しもこのとのいし山に御くはんはたしに』
まうて給へり京よりかのきのかみなといひし」
子ともむかへにきたる人ゝこの殿かくまうて」
給ふへしとつけゝれはみちのほとさはかし」【B】
かりなんものそとてまた暁よりいそきける」
を女車おほく所せうゆるきくるに日たけ」
ぬうちいてのはまくる程にとのはあはた山」
こえ給ひぬとて御前の人ゝ道もさりあへ」
すきこみぬれはせきにみなおりゐてこゝ」

かしこの杉のしたに車ともかきおろしこ」
かくれにゐかしこまりて過し奉る車なと」
かたへはをくらかしさきにたてなとしたれと』
猶るいひろくみゆくるま十はかりそ袖くち物」
の色あひなともり出て見えたるゐなか」
ひすよしありて斎宮の御くたりなにそやう」【C】
のおりのものみ車おほし出らるとのもかく」
世にさかへ出給ふめつらしさにかすもなき御」
せんともみなめとゝめたり九月つこもり」
なれは紅葉の色〳〵こきませ霜かれの草むら〳〵」
おかしうみえわたるにせき屋よりさとは」
つれいてたる旅すかたともの色〳〵のあをのつき〳〵」
しきぬい物くゝりそめのさまもさるかたにお」
かしうみゆ御車はすたれおろし給て彼』
昔のこ君右衛門のすけなるをめしよせて」
けふの御せきむかへはえ思ひすて給はしなと」
の給ふ御心のうちいとあはれにおほしいつる」
事おほかれとおほそうにてかひなし女も人」
しれすむかしの事忘れねはとりかへして」

物あられなり」
　行とくとせきとめかたき涙をやたえぬ清」
水と人はみるらんえしり給はしかしと思ふ」
にいとかひなしいし山よりいて給御むかへに」
衛門のすけまいれり一日まかり過しかしこ」
まりなと申すむかしわらはにていとむつ』
ましうらうたき物にし給ひしかはかうふり」
なとえしまてこの御とくにかくれたりしを」
おほえぬ世のさはきありしころ物の聞え」【D】
には丶かりてひたちにくたりしをすこし」
御心をきてとしころはおほしけれといろに」
もいたし給はすむかしのやうにこそあらね」
となをしたしきいへ人のうちにはかそへ給けり」
きのかみといひしもいまはかうちのかみにそ」【E】
なりにけるそのおとうとの右をのそうと」
けて御ともにくたりしをそとりわきてなし」
いて給けれはそれにそたれも思ひしりてな』
とてすこしも世にしたかふ心をつかひけんなと」
思ひいてけるすけめしよせて御せうそこ」

あり今はおほし忘れぬへきことをこ丶ろなか」
くもおはするかなと思ひゐたり一日はちきり」
しられしをさはおほししりけんや」
　わくらはにゆきあふみちをたのみしも猶」
かひなしやしほならぬ海せきもりのさも」
うらやましくめさましかりしかなとあり」
とし比のとたえもうゐ〳〵しくなりにけれ」
と心にはいつとなくた丶今の心ちするなら」
ひになんすき〳〵しういと丶にくまれんや』
とて給へれはかたしけなくてもていきてなを」【F】
聞え給へ昔にはすこしおほしのく事あら」
むと思ふ給ふるにおなしやうなる御心の」
なつかしさなんいと丶ありかたきすさひ事」
そえうなき事と思へとえこそすくよかに」
聞えかへさね女にてはまけきこえ給つらんに」
つみゆるされぬへしなといふ今はましていと」
はつかしうよろつのことうゐ〳〵しき心ち」
すれとめつらしきにやえしのはれさりけん」
　あふさかのせきやいかなるせきなれはしけき」

なけきの中をわくらん夢のやうになんと』
きこえたりあはれもつらさも忘ぬふしと」
おほしをかれたる人なれはおり〳〵はなを」
の給ひうこかしけりかゝる程にこのひたちの」
かみおいのつもりにやなやましくのみして」
物心ほそかりけれは子ともにたゝこの君の御」
事をのみいひをきてよろつの事たゝこの」
御心にのみまかせて有つる世にかはらてつ」
かうまつれとのみ明暮いひけり女君心うき」【G】
すくせありてこの人にさへをくれていかなる」
さまにはふれまとふへきにかあらんと思な」
けき給をみるにいのちのかきりある物なれは』
おしみとゝむへきかたもなしいかてかこの人の御」
ためにのこしをく玉しゐもかなわか子ともの」
心もしらぬをとうしろめたうかなしき事に」
いひ思へと心にえとゝめぬ物にてうせぬしはし」

こそさの給ひしものをなとなさけつくれと」
うはへこそあれつらきことおほかりとあるもか」
かるもよのことはりなれは身ひとつのうき」
ことにてなけきあかしくらすたゝこのかうちの」
かみのみむかしよりすき心ありてすこしな」
さけかりける。あはれにの給ひをきし数」
ならすともおほしうとまての給はせよなと』
ついろうしよりていと浅ましき心のみえ」
けれはうきすくせある身にてかくいきとまり」
てはて〳〵はめつらしき事ともを聞そふる」
かなと人しれす思ひしりて人にさなんとも」
しらせて尼に成にけりある人ゝいふかひなし」
とおもひなけくかみもいとつらうをのれをい」
とひ給ふ程に残りの御よはひはおほく物し」
給ふらんいかてかすくし給ふへきなとそあい」
なのさかしらやなとそ侍める」

【『十帖源氏』巻三「関屋」の翻刻】

＊　」　改行

＊』　改頁
＊〈〉傍記・割注など（／は改行）
＊【】改変・補足部分の通し番号

関屋　以詞名也」
源須磨よりかへり給て又の年九月つこもり」【1】
石山に御願はたしにまうて給へり其日いよの介」
ひたちよりのほる折出のはまくる程に殿は粟
田山こえ給ぬ」といよのすけがむかへに紀のかみ」【2】
なといひし子も出てつげゝれは関に皆おりゐて』
杉の下に車ともかきおろし過し奉るいひろ」
くて車十はかり袖口の色あひよしめきたり昔」【3】
の小君今は右衛門のすけなるを源めしよせて給ふ」
の関むかへはえ思ひすて給はしなとの給ふ女も人」
しれすむかしの事おもひて」
ゆくとくとせきとめかたきなみたをや」
たえぬ清水と人はみるらん」
石山より出給ふ御むかへにゑもんのすけ参れり」
此すけは源須磨への時ひたちへくたりけれは御心」【4】

をきて年ころはおほしたれと色にも出し給」
はす家人のうちにはかそへ給けりすけ召よせて』
御せうそこあり　源」
わくらはにゆきあふみちをたのみしも」
なをかひなしやしほならぬうみ」
〈うつせみ／返し〉あふさかのせきやいかなるせきなれは」
しけきなけきの中をわくらん」
いよのすけはおいのつもりにやなやましくのみして」
つゐにうせぬきのかみ今は河内守なるか昔」【5】
よりすき心ありてあさましき心の見えけ」
れはうきすくせある身と人しれす思ひ」
しりてうつせみはあまに成にけり』
〈絵1〉逢坂の関にて、光源氏が空蟬一行と行き逢う場面花散里巻と同じように、『十帖源氏』で省略された箇所には、無跋無刊記本『源氏物語』翻刻本文に【A】～【G】を付し、無跋無刊記本と重なる箇所については、『十帖源氏』翻刻本文に【1】～【5】を付した。以下、順を追って見ていくこととする。

【1】は、「源」「須磨」「九月つごもり」「いよの介」「ひたち」など、日にち、場所、主語を明確に記し、簡潔な説明があるのは花散里巻と同じ方式である。【2】の箇所は本文の前後が入り乱れ、かなり錯綜している。

【3】は詣でる車中の装束について語る場面を残して描き出している。【4】の箇所も【1】と同じように、「源」「須磨」「ひたち」など、主語や場所の説明を付加し、読みやすい体裁を取っている。

一方、『十帖源氏』の省略部分を見てみる。無跋無刊記本【A】の帚木巻における空蟬とのやりとりは描かず、【B】の石山詣でをする人々の様子も採録しない。旅装束については触れるものの、【C】の賢木巻における斎宮下向の叙述、【D】の光源氏の須磨蟄居の場面についても削除されている。【E】の場面で、時の権勢に追従した右衛門佐（昔の小君）と河内守（昔の紀伊守）の様子などが語られる場面も削られている。【F】の光源氏と右衛門佐とのやりとり、【G】の常陸守（空蟬の夫）と空蟬との場面なども省略されていく。

そうした中で、「あふさかのせき」の和歌の箇所以後の本文部分、無跋無刊記本の傍線部の箇所が、【5】の『十帖源氏』の傍線部に反映されている。かなり簡略化されてはいるものの、和歌のない本文部分が抽出されていることがわかる。これは、常陸守の息子である河内守からの懸想を懸念し、空蟬が出家したことが描かれる場面である。花散里巻では光源氏と麗景殿女御との贈答で終わり、花散里と光源氏との逢瀬の場面は採録しないにもかかわらず、なぜ、関屋巻では夫亡き後の空蟬の様子を選び取るのか。『十帖源氏』【5】の場面において、空蟬が尼になっていることをここで指し示しておかなければならない物語上の必然性はないように思われるのである。

五　梗概化の継承

このように『十帖源氏』花散里・関屋巻の本文を見てみると、単に和歌をすべて選び取り、物語のダイジェスト化を計ったかに見えるが、それだけではない別の制作意図があるように思える。一つには、現実的な描写を中心に描いているのではないかということである。花散里巻の冒頭【A】の賢木巻から続く光源氏の憂悶、【B】の花散里の長年の煩悶、【G】の麗景殿女御と昔語りする場面などが削除されているからである。つまり、登場人物たちの長年の憂悶の情は省略されているのである。さらに無跋無刊記本の傍線部「かのほい所」という場面で、「おほしやりつるもしるく」と、読み手が本来は光源氏と花散里とのことを想像する叙述が『十帖源氏』では削除されている。つまり、今も光源氏が忘れずにいる麗景殿女御邸の花散里に会いに出かける途中で、中川の宿の女と贈答し、麗景殿女御と贈答して終わる、という現在の光源氏の姿を明確に浮かび上がらせる風雅な巻に終始して『十帖源氏』の花散里巻は終わっているということになろう。

二つには、『源氏物語』における和歌（全七九四首、玉鬘巻一首欠）をすべて掲出してはいるものの、和歌の並び立てが非常に形式的に見える点である。例えば、花散里巻について、中西氏(16)は、「四首目の歌の後に描かれている麗景殿女御の妹君である花散里との逢瀬を十帖源氏もおさな源氏も言及していないのは原作と乖離した省略と言えよう」と指摘する。花散里巻において、『十帖源氏』の本文は光源氏と花散里の姉である麗景殿女御との贈答歌で唐突に終止符を打つ。和歌がないからという理由で、巻名となっている花散里の登場場面を削除するというのはやはり不自然に感じられるのである。

藤原定家以来、源氏歌集というものがあり、和歌をより理解するために連歌が生まれ、梗概書が作られるようになっていった。その長い一連の流れの中に立圃作の『十帖源氏』がある。

代表的な歌物語の一つである『伊勢物語』[17]第七十八段では、「山科の禅師の親王おはします、その山科の宮に」とあり、和歌の説明だけではなく、人物の説明も見える。それが歌物語の本質であるとすれば、『十帖源氏』は和歌の説明として必要な箇所のみを抜き出し、人物の説明を省略していることとなってしまう。

第二節の表に示したように、『十帖源氏』において、和歌で終わる十九巻（空蟬、夕顔、若紫、末摘花、紅葉賀、花宴、葵、花散里、薄雲、朝顔、藤袴、真木柱、梅枝、若菜上、夕霧、幻、宿木、東屋、蜻蛉）のうち、十二巻（夕顔、末摘花、紅葉賀、葵、薄雲、朝顔、藤袴、真木柱、梅枝、若菜上、夕霧、東屋）は、例えば、和歌をすべて抜き出したとする梗概書の一つである『源氏大鏡』[18]の類と比較してみると、やはり和歌で終わっている。『十帖源氏』十九巻のうちの七巻（空蟬、若紫、花宴、花散里、幻、宿木、蜻蛉）は、『源氏大鏡』ではその後に後文があるので、『十帖源氏』は『源氏大鏡』の和歌で終わる形式を一層推し進めたもののように見えるが、『十帖源氏』において和歌の後に後文のある巻のうちの十巻（明石、澪標、絵合、松風、玉鬘、胡蝶、蛍、行幸、椎本、手習）は、『源氏大鏡』では和歌で終わっているのである。つまり、和歌で終わる巻が、『十帖源氏』は十九巻、『源氏大鏡』は二十二巻（夕顔、末摘花、紅葉賀、葵、明石、澪標、絵合、松風、薄雲、朝顔、玉鬘、胡蝶、蛍、行幸、藤袴、真木柱、梅枝、若菜上、夕霧、椎本、東屋、手習）と、巻の出入りはあるものの、共に二十巻前後の巻を和歌で締めくくっているという点では変わりはない。よって、『十帖源氏』の文体は、『源氏大鏡』などに代表される『源氏物語』の梗概書の文体を継承しているということなのではないだろうか。吉田氏[19]によれば、『十帖源氏』の序文は『河海抄』巻第一料簡や『源氏大鏡』三類序などをそのまま抄出して引用しており、『十帖源氏』の本文内容もほぼ同様な文献資料を活用して成ったものではないかと推測している。

こうした『十帖源氏』の本文傾向は、室町期成立とされる『源氏大鏡』『源氏小鏡』などの梗概書の先駆けとされる天理大学附属天理図書館蔵『源氏古鏡』にも見られるものである。『源氏古鏡』の特色として、田坂憲二氏[20]は以下の特色三点を指摘している。

（1）源語中の和歌の存する箇所に力点が置かれ、和歌の少ない部分は物語の展開上重要な記述を含んでいても言及されることが少ないということ

（2）源語本文の一部がそのままの形で、或いは簡略化された形で示され、梗概を述べることに終始するのみで、引歌や難義語句の注・人物考証と言った注釈的言辞が全く付加されていないということ

（3）源語の本文それ自体を梗概本に相応しいような説明的な平易な文章に書き改めるのではなく、必要な本文を、原典からほぼそのままの形で借用して繋ぎ合せて行くということ

つまり、梗概化において、『源氏古鏡』の時代から、和歌のある箇所に重点が置かれ、物語の内容上必須の本文であっても和歌がない箇所であれば省略しており、その省略した本文の連結は説明的に文章を改訂せず、なるべく原文をそのままに繋ぎ合わせる形式をとっていることがわかる。

こうしたことを考えると、巻末を和歌で締めくくる方法といい、和歌のない場面は物語展開上、重要であっても省略される傾向といい、原文をそのまま繋ぎ合わせたことによる違和感といい、『十帖源氏』の本文構造は、鎌倉・室町期に成立したとされるさまざまな『源氏物語』梗概書の定型に共通して見られる傾向であると考えられる。つまり、『十帖源氏』は『源氏物語』の梗概書の正統な後継者と言うべきものであり、それ以上でもそれ以下でもないということになろう。

六　おわりに——立圃の制作意図——

それでは、『十帖源氏』は従来の『源氏物語』の梗概書の枠から踏み出す点はないのであろうか。『十帖源氏』の挿絵に関しても重要ではあるが、それは第二章で述べたので繰り返さない。ここでは、俳諧師立圃という立場に注目してみたい。木村三四吾氏(21)によれば、「貞徳の最高足立圃は、俳諧を連歌に接近せしめることによって、前期俳諧からぬけ出ようとした」と言い、

発句に譬喩見立の法をとるのは貞門俳諧の一般であり、連歌に俳言を加えるというのも、もちろん他門に共通したものであるが、発想法にまで真句の―連歌の心をかることを主張するところに立圃の特色がある。発想句作りまで連歌に近付くとき、その句の姿は、当然詞より心に重心がおかれねばならない。

と述べている。つまり、立圃が俳諧を連歌の詞に留まらず、連歌を詠む心、その発想方法にまで近づけて詠むべきであるとしたことは、立圃にとっての俳諧というものを知る上で重要なことであると思われる。

連歌とは和歌の五・七・五と七・七の音節を複数の者が連作する形式のことであり、その連歌を付合とも言う。寺本直彦氏(22)によれば、その付合において詞や物に関係があり、付合の有力な契機となるような詞を指して寄合と呼ぶ。そこから、和歌を詠むための必読書の一つであった『源氏物語』を簡単に理解するために、端的に連歌の資料として、『源氏物語』の中から寄合として適当な詞を選んだ「源氏寄合」が発生するに至ったと述べる。源氏寄合として知られるものを挙げれば、『源氏古鏡』『光源氏一部連歌寄合』『光源氏巻名歌』『源氏大鏡』『源氏小鏡』『源氏綱目』などである。寺本氏によれば、『光源氏一部連歌寄合』をはじめとして、室町期以降多くの源氏寄合が行われ、それは近

世における俳諧の付合にも及んでいると言う。このことは、第三篇の第二章でも触れた『源氏小鏡』が近世において何度も再版されていることからも窺えよう。

連歌師たちは『源氏物語』の詞を連歌の付合として重視していたのであるが、立圃はそれを俳諧の資料として見ていたのではないだろうか。『十帖源氏』にはそうした傾向が見られるのである。つまり、『十帖源氏』は、俳諧に用いやすい言葉を採録したものとは言えないであろうか。

吉田氏[23]は著書において、『俳諧口五十句魚鳥寄 奥五十句草木寄』を挙げている。『俳諧口五十句魚鳥寄 奥五十句草木寄』（山本唯一氏蔵[24]）は、奥書に「明心居士」の名が見えることから、松永貞徳が立圃（親重）の独吟俳諧に批判を加えたものであることがわかる。吉田氏も指摘しているように、『源氏物語』に関わる地名を読み込んだ和歌を掲げており、『源氏物語』への立圃の関心の高さを示唆している。

つる　野ゝ宮を守つるハ鼻たれて
たら　咳気したらん嵯峨の山賤
くしら　わひしさや関寺辺のすミくじら
はまち　名月を見るや近江の浜ちかミ
ひは　源氏さうしに日ハをくりけん
かぢ　貴僧のかちをするわらハやみ
しのぶ　北山でちと見初しを忍ぶ草
いね　稲をいたゝくふりもしほらし

「かぢ」「しのぶ」は若紫巻を連想させると吉田氏は指摘する。確かに「忍ふ草」という表現は夕顔巻に登場し、これは『十帖源氏』夕顔巻においても省略されずに残されている表現である。

十五日の月いざよふ程に、かろらかに打のせ給へば、右近ぞのりける。其わたりちかき、なにがしの院におはして、あづかりめし出る。あれたる門のしのぶ草、霧もふかく露けきに、御袖もいたうぬれにけり。源

いにしへも　かくやは人の　まどひけん
我またしらぬ　しのゝめのみち

〈夕〉山のはの　こゝろもしらで　ゆく月は
うはのそらにて　影やたえなん

和歌中の歌語でもなく、直後の和歌に直接関わるわけでもないが、「あれたる門のしのぶ草」という表現が『十帖源氏』には残されているのである。

また、『十帖源氏』花散里巻に登場する「ほとゝきす」や「さみたれのそら」という言葉は、「立圃自筆寛文元年林鐘奥書」(25)という新出の立圃の俳諧集にも散見される。

一七五　小柴など引かこひてすませ給へるを、
卯月の比、とぶらひたてまつりけるに、

山ほと、ぎす折りしがほなる聲して
たびく行めぐりければ、　立圃
ほとゝぎすとふやしげきのかくれ里

一九五　染色の花や五月のひかりへに
五月雨の晴間や沖の小人嶋

一七五番目の「小柴」は若紫巻を連想させ、「山ほと、ぎす」「ほとゝぎす」「とふや」「かくれ里」は花散里巻を連想させる。一九五番目の「五月雨の晴間」は、花散里巻の「さみたれのそら（五月雨の空）」を思い起こさせる。檀上正孝氏(26)によれば、この新出資料は「野々口立圃年譜(27)」に記載がないものの、天理大学附属天理図書館が所蔵する『野々口立圃集(28)』の一部と合致しているという。

また、「野々口立圃年譜」によれば、立圃が入道するのは寛永十四年（一六三七）、立圃が四十三歳のときである（前章末「野々口立圃略年譜」参照）。『十帖源氏』の成立は、それから十七年後の承応三年（一六五四）頃とされ、立圃の晩年である。入道後の立圃であればこそ、懸想されても空蟬がそれに靡くことなく出家するという道徳的な見解を示す関屋巻の本文箇所が、『十帖源氏』に残されたとも考えられる。仮にそう考えると、和歌が四首である花散里巻よりも和歌三首である関屋巻の本文量の多さに合点がいくのである。

このように、立圃は『十帖源氏』の本文において、『源氏物語』の登場人物の現実的な心情や行動に焦点を絞り、立圃自身の道徳的な観念を含み、俳諧の付合を選び取って繋ぎ合わせようとしたのではないか、という別の一側面が見えてくる。立圃はあえて『十帖源氏』の本文中に俳諧の心を忍び込ませ、独自性を発揮しようとしたのではないだろうか。そこには俳諧師としての立圃の姿が浮かび上がってくるのである。

注

（1）渡辺守邦氏「十帖源氏」（『日本古典文学大辞典』第三巻、岩波書店、一九八四年、二七七頁）を参照した。『日本古典文学大辞典』によれば、挿絵は一二九図とあるが、実見したところ、『十帖源氏』の挿絵は一三一図である。

（2）清水婦久子氏「『十帖源氏』『おさな源氏』と無刊記本『源氏物語』―若紫巻の本文―」（『青須我波良』第五十八号、二〇〇三年三月、二八頁）。

（3）今西祐一郎氏「江戸初期刊　無跋無刊記　整版本　源氏物語」解説（九州大学附属図書館編「九大コレクション貴重資料画像」）に拠る。

（4）湯浅佳子氏「立圃『おさな源氏』『十帖源氏』」（鈴木健一氏編『源氏物語の変奏曲―江戸の調べ―』三弥井書店、二〇〇三年）。

（5）中西健治氏「十帖源氏攷」（『立命館文学』第五八三号、二〇〇四年二月）。

（6）清水婦久子氏「『十帖源氏』『おさな源氏』の本文―歌書としての版本―」（『文学』第四巻第四号、二〇〇三年七月）。

（7）伊井春樹氏（『源氏物語注釈書・享受史事典』東京堂出版、二〇〇一年、三九七～三九九頁）によれば、「十帖源氏」と外題するものに大きく分けて三種類あり、一つは第三篇第三章に掲げた数種の伝来本が存在する万治四年（一六六一）版の『十帖源氏』であり、残りの二つは、国立国会図書館蔵本と後土御門院『十帖源氏』があると言う。国立国会図書館蔵本の序は『十帖源氏』や『おさな源氏』と異なり、立圃の自筆でもなく、途中からは『源氏大鏡』との近似性が見られるものの、その転写本ではないことから、立圃が『十帖源氏』や『おさな源氏』を作成する前に、『源氏大鏡』を用いて『源氏物語』のダイジェスト化を試みた草稿本ではないかと伊井氏は指摘する。後土御門院『十帖源氏』は、室町中期に成立したもので、玉鬘十帖の梗概書（残欠本）であり、和歌を一首欠く他、『源氏大鏡』と共通した形式を取るが、内容は異なるという。なお、後土御門院『十帖源氏』については寺本直彦氏論に詳しい（『源氏物語論考』風間書房、一九八九年、四三一～四六四頁、四八五～五〇三頁）。第三篇第三章では万治四年の刊記を持つ『十帖源氏』に関してのみ論じた。

（8）吉田幸一氏『絵入本源氏物語考』上（日本書誌学大系第五十三（一）、青裳堂書店、一九八七年）。

（9）『十帖源氏』「花散里」「関屋」の本文引用はすべて、吉田幸一氏編『十帖源氏　上・下』（古典文庫第五〇七・五一二冊、古典文庫、一九八九年）に収録された自筆版下本に拠る。専修大学図書館蔵『十帖源氏』（請求記号：A／九一三・三／N九五）も参照した。

（10）無跋無刊記本『源氏物語』「花散里」「関屋」の本文引用はすべて、今西祐一郎氏架蔵本、九州大学附属図書館蔵「九大コレクション貴重資料画像」（http://catalog.lib.kyushu-u.ac.jp/ja/search/browse/rare）に拠る。

（11）『松永本花鳥餘情』（『源氏物語古注集成』第一巻、桜楓社、一九七八年、九二頁）。『弄花抄』（『源氏物語古注集成』第八巻、桜楓社、一九八三年、六六頁）。『内閣文庫本　細流抄』（『源氏物語古注集成』第七巻、桜楓社、一九八〇年、一一二頁）。

（12）『角川古語大辞典 CD-ROM 版』（角川書店、二〇〇二年）。

（13）注（2）に同じ（二九頁）。

（14）『孟津抄　上』（『源氏物語古注集成』第四巻、桜楓社、一九八〇年、二六九頁）。『細流抄』は注（11）に同じ（一一三頁）。『岷江入楚　二』（『源氏物語古注集成』第十一巻、桜楓社、一九八〇年、六八八頁）。

（15）『紫明抄　河海抄』（角川書店、一九六八年）。『休聞抄』（『源氏物語古注集成』第二十二巻、おうふう、一九九五年）。

（16）注（5）に同じ（五四頁）。

（17）新編日本古典文学全集十二『竹取物語　伊勢物語　大和物語　平中物語』（小学館、一九九四年、一八〇頁）。

（18）『源氏大鏡』について、田坂憲二氏は「梗概書群の中で、梗概叙述の質の高さと、本文分量の多さ・詳細さからいっても最も重視すべきものが『源氏大鏡』である」と述べている（『源氏物語享受史論考』風間書房、二〇〇九年、四〇八頁）。

（19）注（8）吉田氏論「四　『十帖源氏』の序説と『源氏大鏡』などとの関係」（二四〇～二四四頁）に拠る。

（20）注（18）に同じ（三九〇～四〇七頁）。

（21）木村三四吾氏「野々口立圃」（『俳句講座二』俳人評伝上、明治書院、一九五八年、一二二～一二三頁）。

（22）寺本直彦氏（「前編第二章第五節　源氏寄合―その成立と性格―」『源氏物語受容史論考　正編』風間書房、一九七〇年、四六九～四七一頁）。

（23）注（8）に同じ（二一四～二一五頁）。

（24）山本唯一氏「貞徳・親重に関する一資料」（『元禄俳諧の位相』法蔵館、一九七一年）。

（25）檀上正孝氏「新出『立圃自筆　寛文元年林鐘奥書句文長巻』研究と資料」（『国文学攷』第一四一号、一九九四年三月）。

（26）注（25）に同じ。

（27）年譜は、米谷巌氏「野々口立圃年譜」（吉田幸一氏編『十帖源氏　下』古典文庫第五一二冊、古典文庫、一九八九年）に拠る。

（28）『野々口立圃集』（『天理図書館綿屋文庫俳書集成』第十三巻、八木書店、一九九六年）。

結

以上、『源氏物語』が鎌倉、室町、江戸時代の各時代の中で、どのように伝えられ、受けとめられ、継承されて来たか、ということについて論証した。

第一篇では「専修大学図書館所蔵本の文献学的研究」と題して、以下の内容を論じた。

第一章「伝冷泉為秀筆『源氏物語』桐壺巻本文の様相」では、専修大学図書館蔵為秀筆本の実態について考察した。まず、書誌や奥書から見ると、冷泉家の人々である藤原為家、吉田為経、冷泉為秀の関係性が推測された。為秀筆本は、藤原定家の所持本を同世代の為家経由で為経が借覧した為経本があり、その為経本を為秀が書写したもの、ということになろう。為秀筆本には『奥入』の影響が随所に見られ、為経の奥書を持つ、大島本、池田本、伏見天皇本などに近い本文であると言える。それはすなわち、三条西家本系統の本文より遠いということであり、定家本の面影を伝える重要な『源氏物語』の一伝本であることを証明している。冒頭に押された判読不明の印は書誌学者高木文氏のものであり、高木氏は紀州徳川家の南葵文庫におり、『源氏物語』の最重要資料である大島本などを直接見ていた人物でもある。その高木氏が為秀筆本を旧蔵していたことはとても重要なことであると考えられる。

第二章「伝藤原為家筆『源氏物語』古筆切試論」では、専修大学図書館蔵伝為家筆源氏物語切の書誌・書写年代・本文の性格について考察した。この古筆切は『源氏物語』総角巻本文の前半部「さ夜ころも」から「いとなを〳〵」

までを書き写したもので、薫と大君の贈答場面である。伝承筆者は為家であるが、他の為家筆の切と比較したところ、本断簡は別筆であると思われる。極札は朝倉茂入であるが、初代と二代の朝倉では極印が酷似しているため、どちらの朝倉であるかを特定することは難しいと言える。本断簡の仮名「し」の字母である「新」は、伝阿仏尼筆の切や伝慈鎮和尚筆の切にも散見される字母表記であった。いずれも動詞の活用語尾でありながら、切の行頭の表記に使用されているという共通項が見出された。つまり、「新」という字母表記が用いられた本断簡は、大ぶりで字形に特色のある表記を行頭に用いる、という変字意識のあった鎌倉時代に書写された可能性が考えられよう。本文には「御返には」という独自異文や、僅かながらに別本の影響が垣間見られるものの、「なれきとは」「こなたかなた」「いか、」「おほしわつらふ」という青表紙本の特徴的な表現を持つ。つまり、伝為家筆源氏物語切は、鎌倉時代の早い時期に書き写された可能性を持つ、LC本、首書源氏、絵入源氏、湖月抄などに近い本文であり、鎌倉時代に書写された『源氏物語』の本文の書写態度を探る上で貴重な古筆切の一つであると言えよう。

第三章「菊亭文庫蔵『源氏物語』抜書六帖考」では、専修大学図書館菊亭文庫蔵の専大本源氏抜書について考察した。専大本源氏抜書の書式の基本形は、まず最初に巻名を挙げて、次に最小三行から最大七行で、その巻から一項目の原文を抜き出している。項目の頭に数字「一」をつけ、原則として一巻一項目（浮舟巻のみ二項目）を袋綴本の丁の表面に書き抜き、丁の裏面は白紙である。和歌の部分をあえて抽出しようとする『源氏物語』の抜書形式ではなく、表面を使い、裏面を書写せずに紙のこよりで綴じた仮綴本と考えられる。専大本源氏抜書の本文立項の形式は『万水一露』と一致するため、成立は『万水一露』（版本）が成立した江戸時代初期、寛文三年（一六六三）以降に書写されたものと推定される。さらに、専大本源氏抜書の本文の選択基準は著名な画帖になりやすい場面であり、裏面を白紙にして後から絵を配することを想定したもののように思える。つまり、菊亭家、あるいはその周辺の依頼による画帖作成にあたっての試作課程（詞書と絵）を示す、草稿本の可能性が考えられる。抜書された本文の内容からは琵琶を家職とする菊亭家の特別な思いを窺い知ることもできるのである。

第二篇では「室町期における『源氏物語』本文の伝来と享受」と題して、以下の内容を論じた。

第一章「伝正徹筆『源氏物語』の伝来と奥書」では、正徹本の奥書から想定される書写の経緯について考察した。奥書から想定すると、書写経路は以下の通りとなった。正徹が諸本の『源氏物語』を読み合わせて、奥書を記した本【正徹自筆本】があり、定家自筆本を写したと思われる冷泉為相本と正徹自筆本を正徹が校合し、その旨を記した正徹の奥書を持つ本【嘉吉三年本】があり、この嘉吉三年本の葵巻は翌年読み書きで用いられている。さらに、秘本である嘉吉三年本を書写したいと所望する宗耆（香禅坊か）らに書き写させ、その旨を記した正徹の奥書と、桐壺巻三枚程度は正徹が書き写し、源氏談義にもこの本が使用されたという宗耆の奥書を持つ本【文安三年本】がある。そして、嘉吉三年本を再度書き写し、正徹が亡くなる直前に記した奥書を持つ自筆本【長禄三年本】がある。以上のことから、正徹本には、【正徹自筆本】から派生した【嘉吉三年本】【文安三年本】【長禄三年本】という転写本のあることがわかるのである。これらを基に、国文研本、慶應大本、書陵部本、京都女子大本、大青歴博本、徳本本の本文はどれにあたるのかを検証すると、以下の通りとなった。国文研本は【嘉吉三年本】の奥書を持つ【文安三年本】（正徹の夢浮橋巻の奥書なし）を転写したもの、慶應大本は国文研本をさらに転写したもの、書陵部本は徳本本をさらに転写したもの、京都女子大本は【嘉吉三年本】を【長禄三年本】に正徹が自ら転写したもの、大青歴博本は毛利家旧蔵本で、本文の筆は正徹自筆ではないが、奥書の筆跡は正徹自筆に近く、徳本本は【嘉吉三年本】の奥書を持つ【文安三年本】（正徹の夢浮橋巻の奥書あり）を転写したものか、となる。

第二章「正徹本の本文―国文研本・京都女子大本・慶應大本・書陵部本を中心に―」では、正徹本の本文四種（国文研本、慶應大本、書陵部本、京都女子大本）の比較検討を行った。桐壺巻においては、書陵部本は他の三種とは離れた本文であり、その次に京都女子大本も国文研本・慶應大本とは少し離れた本文であるということがわかった。また、他の四巻（花宴・花散里・澪標・絵合巻）について、三種（国文研本、慶應大本、書陵部本）を対校したところ、桐壺巻と同様に、書陵部本が一番孤立した本文であり、国文研本・慶應大本が比較的親近度がある本文であると言える。書陵部本は実際の本文表記においても孤立している。また、国文研本・慶應大本が校異数の差異においては最も本文校異が少ないことから、一番近い本文であると考えられるものの、さらに実際の本文の表記を比較検討してみると、国文研本と京都女子大本の本文の表記も近いことがわかった。そこで、国文研本と京都女子大本の校異箇所の本文表記を他の諸本と比較してみると、国文研本は池田本、伏見天皇本、穂久邇文庫本、高松宮本、尾州家本と共通する本文の多いことがわかる。つまり、国文研本は、大部分では京都女子大本と共通する本文を有していると言えるが、その一方で三条西家本や肖柏本ではない青表紙本に近い本文の表記も有していると言えよう。すなわち、この検証結果を考慮すれば、現状において、正徹本を他本と比較検討する際には、五十四帖揃の国文研本もしくは慶應大本のどちらかを対校させるべきであると考える。

第三章「大内家・毛利家周辺の源氏学―大庭賢兼を中心に―」では、大庭賢兼という武将に焦点を当て、賢兼周辺の『源氏物語』享受の実態を探った。大庭賢兼は桓武平氏・鎌倉氏の庶流である大庭氏を継ぐ人物であり、剃髪して大庭宗分とも称し、大内家・毛利家の防長の奉公人として活躍する中で、『源氏物語』作成にも大きく関与した人物である。飛鳥井家や三条西家などの源氏学を受け継いだ人々と深く交流した大内家には、宗碩や正広などの連歌師たちが数多く出入りしていた。すなわち、賢兼の周辺には良質の多種多様な『源氏物語』やその他の文芸作品が存在し、賢兼筆本に見えるさまざまな校合跡は、賢兼が大内家、毛利家家臣であればこそ成立した精密な作業の実態を示唆していると言える。

第四章「大庭賢兼筆『源氏物語』本文の様相」では、賢兼が書写したとされる『源氏物語』の奥書や書誌、校合された正徹本桐壺巻との比較検討を行った。賢兼筆本は、桐壺巻の奥書によれば、永禄十年（一五六七）六月一日に正徹本と校合していることから、永禄十年にはすでに成立していたと考えられる。賢兼筆本の本文を『源氏物語』諸本と比較すると、日大三条西家本、次いで書陵部三条西家本に近いことから、賢兼筆本は三条西家本系統の本文であることがわかる。正徹本に関わる賢兼筆本の桐壺巻の奥書には「定家本」「長禄三年」の記載がある。これは京都女子大本の奥書に一致し、それ以外の正徹本の奥書には見られない記載であることから、賢兼筆本が校合した正徹本は京都女子大本に近い本文である可能性が考えられる。さらに、賢兼筆本の桐壺巻における傍記箇所と正徹本本文（国文研本・慶應大本・書陵部本・京都女子大本）の傍記箇所とを比較すると、〈濁点〉の箇所は書陵部本や国文研本の濁点と共通する箇所が多いが、〈傍記〉に関しては京都女子大本の傍記方法と共通項の多い校訂方法が見られた。つまり、賢兼が賢兼筆本の校合に用いた正徹本は京都女子大本に近い本文であった可能性が高いと考えられるのである。以上、第二篇の第一章から第四章までをふまえ、正徹本の伝来過程を想定してみると、次のようになる。

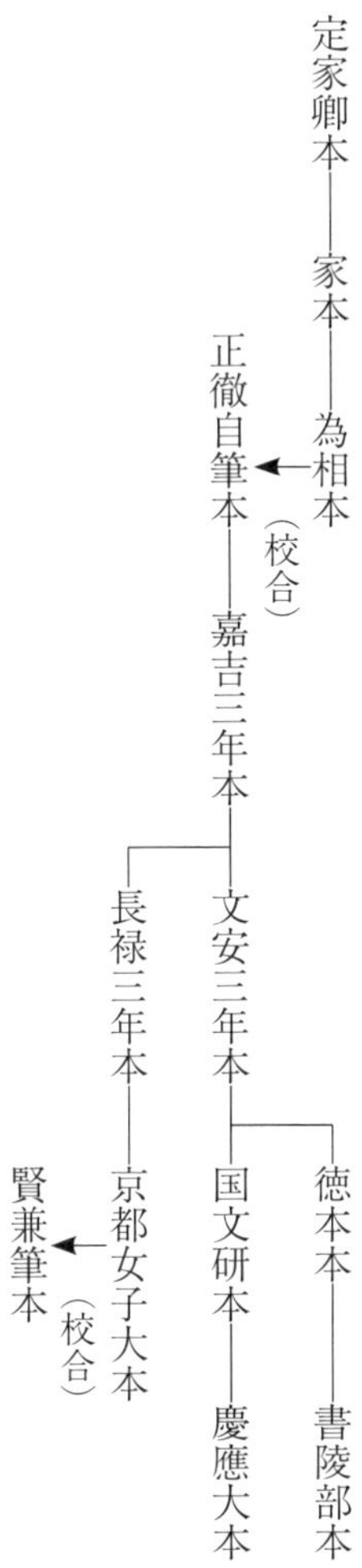

第五章「米国議会図書館蔵『源氏物語』の本文―麗子本対校五辻諸仲筆本の出現―」では、LC本と五辻諸仲筆本との書誌形態や本文との関わりについて指摘し、LC本の実態を考察した。LC本は、昭和初期、渡部栄氏が見て以

来行方不明であった諸仲真筆本そのものである可能性が高い。従一位麗子本との関係で『源氏物語』研究史上に姿を現した伝本が、約八十年の歳月を経て、その存在が明らかになったということになる。写本の伝流史、『源氏物語』研究史の双方の観点において、重要な問題提起をするものとなろう。LC本と諸仲本は、本文の漢字仮名表記の差異や異文、書誌による半丁ごとの行数など、多少の違いが見受けられる。しかし、本の大きさ、表紙、折紙の酷似、独自の共通異文三十例から考えれば、諸仲本とLC本は同一のものであろうと思われる。LC本と諸仲本は『源氏物語』諸写本からひどく孤立した本文、言い換えれば、極めて酷似した本文である。つまり、LC本は、渡部氏が麗子本と対校した五辻諸仲真筆本そのものである可能性の高い本文であり、LC本は諸仲本を通して、麗子本を探る一つの手立てとなる可能性も秘めた本文であると言えよう。

第三篇では「近世初期における『源氏物語』享受」と題して、以下の内容を論じた。

第一章「専修大学図書館蔵『源氏物語画帖』の詞書とその制作背景」では、専大本源氏物語画帖を中心として、詞書伝称筆者の動向から成立時期や制作背景の可能性を提示した。専大本の詞書本文は大島本や日大三条西家本に近い青表紙本である。道晃法親王・飛鳥井雅章・中院通茂・日野弘資ら堂上公家十名による寄合書であり、和歌的・文化的な要素が強い。詞書筆者の筆跡は、真筆と思われる画帖類の筆跡との比較を行うと、真筆と思える筆跡が数多く見られた。専大本の極札に見える詞書筆者十名は、同時期（一六六五〜一六七九年頃）のさまざまな画帖制作に関与しており、その蓋然性は高い。こうした堂上の公家たちを結びつけ、専大本の制作の仲介をした人物として、鳳林承章の存在が浮かび上がってくる。承章は中院通茂や日野弘資などの後水尾院歌壇の公家たちと行動を共にしており、地下人である野々口立圃とも俳諧を通じて交流していた。承章と立圃が仲介役を担った歌仙絵には福山藩水野家依頼の例があり、この歌仙絵の染筆は専大本の詞書筆者の一人である道晃法親王によるものである。こうした詞書筆者十名と承章、承章と立圃、立圃と水野家、立圃を介しての承章と水野家の流れを考えると、その先に、堂上公家十名による詞書と、立圃の挿絵がモチーフとされた専大本の作成があったのではないかと推測される。そしてそれは、推測の域を出ないが、寛文十年（一六七〇）、水野勝貞女の鶴姫が勧修寺経慶へお輿入れする際の婚礼調度の一つではなかったかという制作背景をも想起させるのである。専大本は、後水尾院や承章周辺の公家・武家・町人という幅広い文人たちの繋がりを浮かび上がらせ、江戸初期の源氏絵制作の実態を明らかにするものである。

第二章「『源氏物語画帖』の絵における俳画師野々口立圃の影響」では、専大本の絵の図様選択から、江戸初期の源氏絵享受の流れについて考察した。専大本の図様は、ほぼ『十帖源氏』の挿絵が踏襲されたと言ってよいであろう。絵師は不明だが、『十帖源氏』の挿絵を粉本として、立圃の俳諧的な面白みのある画風と、狩野派の流れを汲む岩佐派風の「豊頬長頤」と言われる相貌表現や手足の先を跳ね上げる描筆表現が巧みに援用された独自の趣がある。蛍・若菜下巻②の二つの絵については、蛍巻の図様は『源氏鬢鏡』（万治三年上方版）・『源氏小鏡』（無刊記江戸版中本）の図様に近く、若菜下巻②は九曜文庫本、個人蔵本、勝友源氏の構図と近似している。これらはいずれも江戸時代初期に作成された作品群であることから、専大本の成立は、『十帖源氏』や『源氏鬢鏡』が成立した一六六一年以降に制作された可能性が考えられ、これは第三篇第一章の成立年代における見解とも一致する。さらに、『十帖源氏』の挿絵にはない独自の図様である若菜下②巻には、女楽の場面が選ばれ、武家の女性の嗜みとして必要不可欠な「琴」が描かれている。すなわちそこには、祝事や権威が暗示され、近世初期源氏絵の特徴が見えるのである。地下人立圃の絵のモチーフと堂上公家の詞書という組み合わせを持つ専大本は、江戸初期文芸の柔軟さや『源氏物語』享受の実情を示す貴重な資料の一つであると言えよう。

第三章「野々口立圃作『十帖源氏』の本文構造」では、『十帖源氏』花散里・関屋巻を中心として、本文の様相を探った。『十帖源氏』は単に和歌をすべて選び取り、ダイジェスト化を計ったかに見える。しかし、『十帖源氏』花散里・関屋巻の本文をつぶさに見ていくと、立圃の別の制作意図が浮かび上がってくるのである。一つには、現実的な描写を中心に描いているのではないか、ということである。登場人物たちの長年の憂悶の情は省略され、花散里巻の冒頭において、賢木巻から続く光源氏の憂悶、花散里の長年の煩悶、麗景殿女御と昔語りする場面などが削除されていることからも明らかである。つまり、現在の光源氏の姿を明確に浮かび上がらせる風雅な巻に終始して花散里巻は終わっている。二つには、連歌師が『源氏物語』の詞を連歌の付合として重視していたように、立圃は俳諧の資料として『源氏物語』を見ていたのではないだろうか、ということである。定家以来、和歌をより理解するために連歌が生まれ、梗概書が作られるようになり、その長い長い流れの枝葉の先に『十帖源氏』がある。つまり、『十帖源氏』は『源氏物語』の梗概書の正統な後継者というべきものであり、連歌の付合という枠を超え、俳諧に用いやすい言葉を散りばめたものと考えられる。そこには俳諧師としての立圃の姿が見え、『十帖源氏』の新たな本文構造の一側面が浮かび上がってくるのである。

以上、第一篇から第三篇において、『源氏物語』が書写された平安時代以降、鎌倉、室町、江戸期において、『源氏物語』に関わる写本・注釈書・抜書・古筆切・版本・絵画などについて、先行研究をふまえつつ、発展的に考察した。冷泉家の人々（俊成、定家、為家、為相、為秀、為尹）と吉田家（葉室家）の人々（為経、顕広（俊成））、冷泉家に出入りしていた為秀の弟子である今川了俊・正徹、正徹・宗祇を含めた三条西家と大内家・毛利家、三条西家より細川幽斎、八条宮智仁親王を通して古今伝授を受けた後水尾院、その後水尾院歌壇に関わる鳳林承章、松永貞徳門下である俳諧師野々口立圃について追究してみた。するとそこには、「定家―為家―為相―為秀―了俊―正徹―宗祇―実隆―公条―実枝―幽斎―貞徳―立圃」という源氏学派の伝流と享受の一端が要所々々に見え隠れしているように思われるのである。そして、さらには派生的に、西園寺家三代藤原実宗女（為家の母）の支流である菊亭家へ、宗祇から大内政弘を通じて大庭賢兼へ、三条西実隆・公条から五辻諸仲へ、という『源氏物語』に関わる文芸享受の実態が浮き彫りとなってくる。

『源氏物語』の享受史の歴史は長く、広い。現存する『源氏物語』の写本・注釈・絵画資料などの中には、十分に位置づけがされていないものが極めて多く存在する。まだ調査されていないもの、究明されていないものを一つ一つ調べて、適切な場所に位置づけていくことは、日本の文化史を考えることにもなる。本書は小さいながらもその一つの試みをしたものである。

初出一覧（初出原題及び発表・掲載誌）

本書所収にあたり、各論考は改題の上、全面的に補筆修正を施している。特に、第二篇第五章、第三篇第一章・第二章に関しては、博士論文提出後の口頭発表やその際にご教示を賜った内容をふまえて、大幅に加筆補訂している。本書の素稿となったものを記しておく。

序　本書の構成と研究史概観　　書き下ろし

第一篇　専修大学図書館所蔵本の文献学的研究

第一章　伝冷泉為秀筆『源氏物語』桐壺巻本文の様相

「『源氏物語』正徹本の本文系統一―専修大学図書館所蔵『源氏物語』（為秀筆本）に及ぶ冷泉家の書写経路―」（『専修国文』第九十二号、二〇一三年一月所収）の一部抜粋。

第二章　伝藤原為家筆『源氏物語』古筆切試論

「専修大学図書館蔵伝為家筆『源氏物語切』試論」（『専修国文』第九十五号、二〇一四年九月所収）。

第三章　菊亭文庫蔵『源氏物語』抜書六帖考

「菊亭文庫蔵『源氏物語古注断簡』考」（『専修国文』第九十四号、二〇一四年一月所収）。

第二篇　室町期における『源氏物語』本文の伝来と享受

第一章　伝正徹筆『源氏物語』の伝来と奥書

「正徹本の所在」（『日本古典籍における【表記情報学】の基盤構築に関する研究』第Ⅰ号、国文学研究資料館・今西祐一郎氏編、二〇一二年三月所収）。

第二章　正徹本の本文――国文研本・京都女子大本・慶應大本・書陵部本を中心に――

「『源氏物語』正徹本の本文系統一――専修大学図書館所蔵『源氏物語』（為秀筆本）に及ぶ冷泉家の書写経路――」（『専修国文』第九十二号、二〇一三年一月所収）の一部抜粋。「『源氏物語』正徹本の本文系統二――慶應大本・書陵部本・天理大本を中心に――」（『源氏物語本文のデータ化と新提言』第Ⅲ号、國學院大學・豊島秀範氏編、二〇一四年三月所収）。

第三章　大内家・毛利家周辺の源氏学――大庭賢兼を中心に――

第四章　大庭賢兼筆『源氏物語』本文の様相

第三章・第四章は、「『源氏物語』正徹本の伝来過程――大庭賢兼の文事との関わり――」と題した、二〇一三年度中古文学会春季大会（於学習院女子大学、二〇一三年六月九日）における口頭発表を基とする。

第五章　米国議会図書館蔵『源氏物語』の本文――麗子本対校五辻諸仲筆本の出現――

「米国議会図書館蔵『源氏物語』について――麗子本対校諸仲筆本の出現――」（科学研究費補助金基盤研究（C）二〇一四――一七年「源氏物語の新たな本文関係資料の整理とデータ化及び新提言に向けての共同研究」（研究代表者　豊島秀範氏）の二〇一四年度成果報告書、國學院大學・豊島秀範氏編、二〇一五年三月所収）。

第三篇　近世初期における『源氏物語』享受

第一章　専修大学図書館蔵『源氏物語画帖』の詞書とその制作背景

「鳳林承章サロンにおける江戸初期の文人たち―専修大学図書館所蔵『源氏物語画帖』を中心として―」と題した、二〇一四年度日本近世文学会秋季大会（於日本大学、二〇一四年十一月二十二日）における口頭発表を基とする。

第二章　『源氏物語画帖』の絵における俳画師野々口立圃の影響

「専修大学図書館蔵『源氏物語画帖』考　A study on Illustrated albums of The Tale of Genji by Senshu University Library collections」と題した、国際会議「Japanese Civilization: Tokens and Manifestations」（於日本美術技術博物館（ポーランド・クラクフ）、二〇一三年十一月十五日）における口頭発表を基とする。

第三章　野々口立圃作『十帖源氏』の本文構造

「『十帖源氏』試論」（『源氏物語本文の研究』國學院大學・豊島秀範氏編、二〇一一年三月所収）。

結　書き下ろし

あとがき

本書は、平成二十六年度博士学位論文「源氏物語の伝来と享受の研究」と題して専修大学に提出し、小山利彦専修大学名誉教授のご指導のもと、主査田坂憲二慶應義塾大学教授、副査板坂則子専修大学教授、副査斎藤達哉専修大学教授の審査を経て、博士（文学、甲第五十六号）を拝受したものを礎としている。なお、本書の出版に際しては平成二十六年度専修大学大学院課程博士論文刊行助成を戴いた。各篇で論じたように、専修大学図書館所蔵資料（蜂須賀家本や菊亭文庫本など）との出会いがあり、色々なことがわかっていく中で研究の幅が広がった。その幸運を噛みしめると共に、出会った専修大学図書館及び専修大学関係者の方々への感謝の念は尽きない。深く御礼を申し上げる。

思い起こせば、私は今日まで多くの学恩に出会い、先生方の温かい励ましと大きなご助力に支えられながら、何とかここまでやって来られたように思う。

専修大学大学院では、副査をして戴いた斎藤先生よりご専門である国語学的な見地からのご教示を数多く戴いた。また、専修大学図書館所蔵の『源氏物語画帖』を研究対象とするにあたり、近世がご専門の板坂先生にも懇切丁寧なご指導を賜り、小山先生がご退官となった後も、一層懇切な指導を引き受けて下さった。心より感謝申し上げる。

『源氏物語画帖』の研究成果は、ポーランドの国際会議「Japanese Civilization: Tokens and Manifestations」が、アンジェイ・ワイダ監督の発意によってクラクフに設立された日本美術技術博物館（Muzeum Sztuki i Techniki Japońskiej Manggha）において催された際、小山先生のご推薦により、「専修大学図書館蔵『源氏物語画帖』考」（二〇一三年十一月）と題して発表するという大変貴重な経験に繋がっている。

国文学研究資料館時代には、科学研究費補助金基盤研究（B）二〇〇三―〇五年「外国語による日本文学研究文献のデータベース化に関する調査研究」（研究代表者伊藤鉄也先生）、同基盤研究（A）二〇〇六―〇九年「日本文学の国際的共同研究基盤の構築に関する調査研究」（研究代表者伊井春樹先生）、同基盤研究（A）二〇一〇―一四年「日本古典籍における【表記情報学】の基盤構築に関する研究」（研究代表者今西祐一郎先生）に研究員として参加し、世界における日本文学の国際的な位置や『源氏物語』写本の漢字仮名表記に関する研究について勉強させて戴いた。それらは、第四回インド国際日本文学研究集会「『源氏物語』にみる女性たちの夢のあとさき」（於国際交流基金ニューデリー日本文化センター、二〇〇九年三月）と題した研究発表、イギリスの国際研究集会「横断する日本文学―日本文学の国際的研究の展望― Japanese literature - Travering Cultures: The prospects for the international study of Japanese literature」（於ケンブリッジ大学ロビンソンカレッジ（Robinson College-University of Cambridge）、二〇〇九年九月）の respondent、『源氏物語』正徹本の本文研究へと繋がる。科研以外でも、人間文化研究機構の人間文化研究連携共同推進事業「平成二十二・二十三年度「海外に移出した仮名写本の緊急調査」」（研究代表者高田智和先生）では、米国議会図書館（Library of Congress）における『源氏物語』写本のアメリカ現地調査員の一人として参加させて戴き、現存最古の色紙形の源氏絵とされるハーバード大学アーサー・M・サックラー美術館（Arthur M. Sackler Museum, Harvard University Art Museums）蔵『源氏物語画帖』（土佐光信筆）を閲覧する機会にも恵まれた。若輩者の私に、第一線の研究現状や大変貴重な原資料に触れさせて下さった諸先生方、各所蔵機関の皆様に心から御礼を申し上げたい。

國學院大學時代には、宮崎莊平先生、針本正行先生、豊島秀範先生、秋澤亙先生に『源氏物語』『紫式部日記』『紫式部集』『狭衣物語』などをご指導戴き、研究への門を開いて戴いた。心より御礼を申し上げる。また、科学研究費補助金基盤研究（A）二〇〇七―一〇年「源氏物語の研究支援体制の組織化と本文関係資料の再検討及び新提言のための共同研究」（研究代表者豊島秀範先生）では研究支援者として、イタリアの国際集会「『源氏物語』における櫛の呪力 Il potere magico del pettine nel *Genji Monogatari*」（於ヴェネツィア（カ・フォスカリ）大学（Università Ca' Foscari Venezia）、二〇〇八年九月）と題した研究発表、吉川史料館（岩国市）をはじめとする『源氏物語』の貴重な写本群に触れさせて戴いた。この科研の研究会において、ご講演に来られた小山先生とお会いする機会にも恵まれ、専修大学図書館所蔵の貴重資料の存在を知り、それが今日へと繋がっている。

こうした本文や源氏絵の研究成果、国際集会への参加などを通して、博士論文の内容が『源氏物語』の伝来や享受に関わるものとして纏まってくるに及び、小山先生のご采配により、田坂先生に主査をして戴くこととなる。田坂先生には『源氏物語』の文献学や享受史を基礎からご指導賜り、博士論文の完成へと力強く導いて戴いた。また、主査が学外の先生であったため、専修大学内における研究や学務に関することを含めて、あらゆる面で大変お世話になった板坂先生にも改めて深謝申し上げる。そして、博士号の取得、本書の刊行へと辿り着くことができたのは、至らないことの多い私を常に温かく励まし、見守り続けて下さった前掲の諸先学を嚆矢とする多くの方々のご示教によるものである。格別の御礼を申し上げたい。

最後に、本書の出版にあたり、御快諾を頂き、御配慮を賜った武蔵野書院の前田智彦院主、懇切丁寧な編集作業をして戴いた梶原幸恵氏に心より御礼を申し上げる。

平成二十七年　白侘助の開く頃に

菅原郁子

索引

一　本書の序・本論・結（各篇・各章・各節のタイトルや見出しは除外）を対象として、「Ⅰ　人名索引」、「Ⅱ　現代人名索引」、「Ⅲ　書名索引」、「Ⅳ　事項索引」に分けて配列する。

一　略称や別称を含めて類似した表現や表記のものは一括し、必要に応じて［　］内に注記した。

一　「Ⅰ　人名索引」は、明治期以前の歴史上の人物を対象とする。名前で立項し、読みは字音とする（天皇・女性などは慣用の読みに従う）。氏は（　）内に記す。

一　「Ⅱ　現代人名索引」は、明治期以降に活躍した人物を対象とする。姓名で立項し、読みは慣用とする。

一　「Ⅲ　書名索引」は、古典作品、史料、研究書（系図・目録を含む）ともに『　』の類は付けない。

一　「Ⅳ　事項索引」は、本書において重要な項目と思われるものを立項する。具体的には、『源氏物語』の登場人物名、『源氏物語』の巻名、『源氏物語』の伝本名、家名や流派、『源氏物語』の画帖・絵詞・古筆断簡・抜書、主要な文庫、所蔵機関、蔵書印、古書店などである。伝本の略称は（　）で示し、本書の凡例に準ずる。

Ⅰ　人名索引……………346
Ⅱ　現代人名索引………351
Ⅲ　書名索引……………353
Ⅳ　事項索引……………358

I 人名索引

【あ行】

阿仏尼…35 50 54 60 61 64 66
為尹（冷泉）…4 5 9 13 41 334
為家（藤原）…5 23 41-44 48 53-55 65 66 327 328 334
為経（吉田、藤原）…4 5 33 37 40-44 48 49 51 271 327 334
為兼（京極）…43 91
為広（冷泉）→［冷泉宗清］…13 155 160 170 178
為時（藤原）…41 131
為秀（冷泉）…4 5 13 23 33 34 39-41 44 45 48 49 52 67 103 327 334
為相（冷泉、藤原）…4 11 13 23 33 41 49 52 104 108-113 115-117 122 171 334
為輔（藤原）…41
為邦（冷泉）…4 5 9 41
為房（藤原）…41
為隆（藤原）…41
雲松院…271
永閑（能登）…79
永福門院［伏見天皇中宮、西園寺実兼女］…7
右衛門督局［源時経女］…92 93
大宮姫…153 160 162 164

【か行】

雅教（飛鳥井）…159 160
雅喬（白川）…256
覚恕法親王［曼殊院］…5
家康（徳川）…257 265
雅康（飛鳥井）…160
華山（渡辺）…277 278
雅章（飛鳥井）…17 246-250 252-254 256 257 260 264 265 271 273 332
雅親（飛鳥井）…106 130
雅信（源）…191
和子［東福門院］…257
雅正（藤原）…41
亀山院…5 42
雅庸（飛鳥井）…256
桓武天皇…149 150
基音（園）…271
義教（足利）…10 121
基経（藤原）…41
輝元（毛利）…159 162 166
義興（大内）…12 151-153 160 162
基時（持明院）…17 246 247 251-254 265 271 273
義俊法親王［実相院］…5
義親（野々口）…17
基輔（持明院）…271
義政（足利）…10 106 130
義詮（足利）…4
義長（大内）…11 152 162
基福（園）…271
凞房（清閑寺）…17 246-248 250 252-254 257 265 271 273
教弘（大内）…158-162 165
共綱（清閑寺）…271
京極北政所→［源麗子］…16 192
堯然法親王…256 257 260
清姫［飛鳥井雅直女］…254
義隆（大内）…12 151 152 158 160 162 165
具起（岩倉）…256 257 260 261
矩景（大庭）…148 149 151 163
具慶（住吉）…248 249 267
国子［新広義門院］…271
具平親王…191
景家（藤原、平）…148 149
景義（大庭、平）…148-151
経慶（勧修寺）…261 263 266 271 333
経継（藤原）…271
景経（藤原）…149
経顕（勧修寺）…271
景兼（大庭）…148-150

経広（勧修寺）［勧修寺俊直］…260 261 264 271
景史（大庭）…149
景秀（大庭）…149
景宗（大庭）…150 151
景重（大庭）…149
経俊（藤原）…271
景春（大庭）…149
景俊（大庭）…149
景尚（大庭）…149
景親（大庭）…149 150
景成（鎌倉、平）…148-151
景正（平）［景政、鎌倉権五郎］…149-151
景正［万里之助］…149
景村（大庭、平）…149-152
景宅（大庭）…149
景忠（大庭）…149
経長（藤原）…271
経房（吉田、藤原）…41
景房（大庭）…148-150
景明（大庭）…150 151
慶融…41 108 110 112 117
源右衛門（井狩）…6 53
兼季（菊亭、今出川）…6 7 23 69 91-93 98
兼家（藤原）…41
元経（吉川）…162
元景（大庭）…148 149 151
賢兼（大庭、平）→［大庭宗分］…9 11 12 14 27 147-155 157 159 160 162-164 166 169 170-172 178 183 184 330 335
顕広（葉室）→［藤原俊成］…41 42
兼載（猪苗代）…13
賢子（藤原）…41
妍子（藤原）［藤原道長女］…22
元氏（吉川）…162
元就（毛利）…11-13 27 147 152-154 160-164 184
元春（毛利、吉川）…162
元稹…93
元長（吉川）…159 161 162
彦兵衛（吉田）［吉田秀元］…270
兼輔（藤原）…41
兼与（猪苗代）…17
顕頼（葉室）…41 42
顕隆（葉室）…41 42
兼良（一条）…6 11 23 26 53 66 116 125 185
公遠（四辻）…278
光起（土佐）…248
光吉（土佐）…255 267
広家（吉川）…159 161 162
興経（吉川）…162
光慶（日野）…271
公顕（西園寺）…7 92
光賢（烏丸）…271
弘賢（陶）…162
行源…271
康元（松平）…265
弘護（陶）…13 153 162
光行（源）…16
光高（前田）…265
光広（烏丸）→［特進藤］…4 17 39 40 259 271 274 275 278
光厳天皇…91 188 189
弘資（日野）…17 246-249 252-258 264-267 269 271 273 332
興就（陶）…153 255
公順（三条西）…195
綱昌（松平）…254
公条（三条西）…195 196 212 334
行成（藤原）…252
興盛（内藤）…12 13
弘正（冷泉）…13 162
弘世（大内）…13 162
広正（吉川）…159 161 162 166
光成（土佐）…289
弘詮（陶）…14 147 153-155 157 159 160 172
香禅坊…111 113 123 329

公相（西園寺）…7
光長（九条）…41
公直（今出川）…7
公敦（三条）…158
高藤（藤原）…41 271 258
孝道（藤原）…92
行能（世尊寺）…54 61 65
興豊（多々良、冷泉）…13 153 160 162
光豊（勧修寺）…260 271
興房（陶）…162
光房（藤原）…41 42
弘房（陶）…162
高望（平）…149
光明皇后…5 6
光雄（烏丸）…271 289
公頼（三条）…158
広頼（吉見）…162
後光厳院…5 6 53
後西院…256
後嵯峨院…7 42 43
後白河院…5
後崇光院→［貞成親王］…7
後醍醐天皇…92 99
国経（吉川）…162
後土御門院…324
護道（内藤）…12 13 153 164 170 184
後花園院…5
後深草天皇…91 99
後伏見院…7
後水尾院…18 19 256-261 264 269 332-334
後村上天皇…99
御陽成天皇［後陽成院］…51 255 258 271

【さ行】

前子（近衛）［中和門院］…257 259 271 278
資胤（中御門）…271
治右衛門（中嶋）…260 262 278 279 298
資凞（中御門）…17 246-249 252-254 257 265 271 273
資経（吉田）…41 42 271
資慶（烏丸）…256 257 271
時経（源）…92
資行（柳原）…271
資康（日野、裏松）…271
時光（日野）…271
持孝…161
師実（藤原）…16 191
資勝（日野）…257 271
師宣（菱川）…295
師長（藤原）…92 99
持長（多々良、陶）…155-158 162 165
慈鎮…60 64 67
実兼（西園寺）…6 7 69 92
実香（三条）…158
実氏（西園寺）…7
実枝（三条西）…257 334
実種（今出川）…9 25
実条（三条西）…256
実宗（藤原）女…334
実隆（三条西）［逍遙院、尭空］…14 155 157 158 187 191-193 195 196 212 255 334
氏保（中御門）［清閑寺共房］…271
師輔（藤原）…41
資房（藤原）…271
師房（源）…16 191
資名（日野）…271
資明（柳原）…271
就景（大庭）…149 151
周桂…158
秀郷（藤原）…12
重光（日野）…271
秀次（豊臣）…56
秀信（狩野）…248
秀忠（徳川）…255 265
重頼（松江）…17 297
俊光（日野）…271
俊昌（坊城）…260 271

春正（山本）…273 274 286
俊成（藤原）→［葉室顕広］…41 42 130 334
俊忠（藤原）…41
俊定（藤原）…271
春卜（大岡）…293
勝慶（水野）［水野勝種］…271
勝俊（水野）…18 260 271 279 298
昭乗（松花堂）…278
承章（鳳林）…18-20 29 258 261-263 266 271 277-279 298 299 332-334
勝信（水野）［水野内記］…262 263 271 299
勝信（水野）…263 298
勝岑（水野）…271
定暹…131
勝成（水野）…260 271 279 298
貞成（大内、多々良）…162
常則（飛鳥井）…247
常智（藤井）…6 53
尚通（近衛）…13 157 160
勝貞（水野）［日向守］…260 262 266 271 279 298 333
紹巴（里村）…19 259 269
肖柏（牡丹花）…13
聖武天皇…5 6
勝友（岩佐）…282 289 294
如慶（住吉）…96 249 252
諸仲（五辻、源）…9 14 187 188 191-193 196 212 214 335
嗣良（藪）…259 278
資廉（柳原）…17 246 247 252-254 265 271 273
二郎左衛門（川崎）［川崎方孝］…18 299
信尹（近衛）…255 256 259 278
心敬…10
親行（源）…16 159 166
親綱（藤原）女…42
親重（野々口）→［野々口立圃］…17
信尋（近衛）…256 259 271 278
親長（甘露寺）…51
信房（鈴村）…298
信量（大炊御門）…40
崇光院…91 92
朱雀天皇…51
晴右（勧修寺）…271
盛遠（内藤）…12
盛賀（内藤）…12
正賀（内藤）…13
晴賢（陶）［陶隆房］…158 162 165
盛見（大内）…162
正広（日比）…10 159-162 165 330
政弘（大内）…12 13 153 158-162 166 335
清泰院大姫…265
清長（高辻、菅原）…188 190
盛長（大内）…162
盛貞（内藤）…12
正徹…5 9 10 13 25 103 106 108-118 120-124 126 127 129-131 145 158-161 169 171 173 329 334
生白（野々口）［野々口鏡山］…299
晴豊（勧修寺）…19 258 271
盛房（大内）…162
正頼（吉見）…12 153 160 162
雪信（清原）…248
前久（近衛）…278
宣孝（藤原）…41
宣順（中御門）…271
宗永（田村）［田村建顕］…249 267
宗耆…108 110 114 117 122 123 172 173 329
宗祇…13 104 153 334
宗賢（小嶋）…298
宗清（冷泉）→［冷泉為広］…13 154 155 160 170 178
宗砌…10
宗碩（月村斎）…13 14 79 116 147 153-155 158 159 161 162 172 330
宗尊親王…255
宗達（俵屋）…20 277-279
宗長…104

宗哲…104
宗分（大庭）→［大庭賢兼］…12 27 147 152-154 161-163 170 184 330
宗牧…158
尊子（藤原）［藤原道長女、麗子母、源師房室］…16 191
尊朝法親王［青蓮院］…17 274 275

【た行】

醍醐天皇［延喜帝］…86
武子［大内政弘女］…161
竹姫［毛利輝元女］…159 161 162 166
探幽（狩野）［狩野守信］…17 248 260 262 277-279
智蘊…120 127
智仁親王［八条宮］…334
忠家（藤原）…41
仲兼（五辻）…191
忠光（柳原）…271
忠政（田中）…265
忠総（石川）…255
忠通（村岡、平）…148-152
忠平（藤原）…39
長家（藤原）…41
長興（黒田）…18 297
長算…106 130 131
長次郎…255
長成（高辻、菅原）…188 190
朝頼（藤原）…41
長良（藤原）…41
通夏（久世）…271
通躬（中院）…271
通純（中院）…271
通勝（中院）…257 271
通村（中院）…255 256 257 271
通福（愛宕）…17 246 247 252-254 265 271 273
通茂（中院）…17 246-249 252-258 264-266 271 273 332 333
靏姫［水野勝慶姉、水野勝貞女］…263 264 266 271 333
津和野局…162
定家（藤原）…4 10 33 37 41 42 48 56 59 60 67 103 105 317 327 334
定経（吉田）…41
貞嗣（藤原）…278
定資（藤原）…271
定嗣（葉室、藤原）…42
貞成親王→［後崇光院］…7
貞徳（松永）…17 18 21 79 83 274 275 297 302 321 334
定方（藤原）…41
等運…158
道晃法親王［聖護院、照高院］…17 246-250 252-257 260-265 271 273 278 279 298 332
冬嗣（藤原）…41
道周法親王［聖護院］…51
道増…157 160
道長（藤原）…16 22 41 191
時姫（藤原）…41
特進藤→［烏丸光広］…39 40

【な行】

能圓（梅林、北野）…19 29 259 269

【は行】

白居易［白楽天］…86
播磨局［藤原孝道女］…92
晴子（勧修寺）［新上東門院］…19 258 271
春子（高田）…41
範遠（藤原）…278
範季（藤原）…278
伴氏（藤原）…41
伏見院…7
抱一（酒井）…277 293
豊光（烏丸）…271
方長（甘露寺）…17 246 247 251-254 265 267 268 271 273

【ま行】

真夏（日野）…271
妙玖［吉川国経女、毛利元就室］…162
民部卿局…54 61 66

村上天皇…16 191
紫式部…41 99 131 301
明子（源）…41
名村（飛鳥部）女…41
茂入（朝倉）…6 53 56-58 64 66 328

【や行】

幽斎（細川）…334
祐春（中臣）…57
又兵衛（岩佐）…289 294
陽光院…271

【ら行】

利基（藤原）…41
隆元（毛利）…162
隆康（陶）…162
隆長（藤原）…271
立圃（野々口）→［野々口親重］…17-21 29 245 253 258-261 263 266 268 270 273-279 282 284 286 288 291-293 297-299 301 302 309 310 320-324 326 332-334
隆方（藤原）…41
隆満（陶）…155 157 162
隆祐（藤原）…250
了栄（古筆）…57
良基（二条）…4
良空…93
良経（後京極）［九条良経］…54 61
了佐（古筆）…56
了俊（今川）…4 5 9 103 120 334
良恕法親王［曼殊院］…5
了信（古筆）…289 290
了仲（古筆）…14 187-190 192
了伴（古筆）…56 188 214
良房（藤原）…41
良門（藤原）…41
琳聖太子…162
霊元天皇…271
麗子（源）→［従一位麗子、京極北政所］…16 22 191 192

Ⅱ　現代人名索引

【あ行】

青野春水…270
赤松俊秀…269 293
秋山虔…100 295
阿美古理恵…282 284 294
阿部秋生…21 22
有川武彦…145
飯島恵子…24
伊井春樹…11 13 14 26 27 98 116 126 163 172 173 184 324
井黒佳穂子…17 29 240 245 266 279 286 292
池田亀鑑…8 11 12 25 27 45 153 164
池田利夫…67 215
石川真弘…29 277 293
石田穰二…26 49 50
井田太郎…294
伊東英一…213
伊藤鉄也…11 15 26 28 116 125 126 140 146 213 215
稲賀敬二…161 166
稲田利徳…11 23 25 26 106 115 116 120 121 126 127 129 130 145 172 173 185
井上周一郎…24
井上宗雄…13 23 27 44 49 52 99 149 159 160 163 166 172 184
猪熊夏樹…130 145
猪熊信男…130 145
今西祐一郎…20 30 301 324 325
岩佐美代子…99
岩坪健…296
海野圭介…268
遠藤和夫…158 165
大内英範…50
大島貴子…24
大津有一…157 159-161 268
大味久五郎…167
尾形仂…299

小川寿一…130 145
小高敏郎…29 258 269 278 293

【か行】

片桐洋一…127 266
加藤洋介…11 26 116 125 126 140 146 166
金子元臣…10
川上貢…7 24
川瀬一馬…127 193 194 215
神田久義…15 28 213
北小路健→［渡部榮］…15 28 192 215
木村三四吾…29 277 293 298 299 320 326
久曾神昇…66
雲英末雄…29
久保木秀夫…11 26 50 106 116 125 126 172 185
古賀克彦…9 25
小杉榲邨…277
小林強…66
駒井重格…22
小松茂美…66 267
兒山敬一…25
小山利彦…6 23 28 53 65 214
近藤清石…26 163
今野真二…59 60 67

【さ行】

斎藤達哉…5 14 15 23 27 28 58-60 66 132 133 146 187 196 213 214
酒井宇吉…24
榊原悟…95 100 248 267 268 295
佐々木孝浩…125
佐々木忠慧…52
島崎藤村…16
島津忠夫…26
清水婦久子…20 30 279 282 294 296 301 302 324
鈴木健一…30 268 324
相馬永胤…3 22
相馬万里子…99
反町茂雄…8 25

【た行】

高垣幸恵…267
高木蒼梧…29
高木文…4 35 36 50 327
高田智和…14 27 28 187 196 213 214
高梨素子…23
高橋亨…248 267 270 295
田口榮一…100 295
田坂憲二…8 25 160 164 318 325
田尻稲次郎…3 22
田中圭子…9 25
田中とみ…50
田中登…54 65 66
田中幸江…9 25
玉井幸助…15 215
玉上琢彌…99
檀上正孝…323 326
辻英子…29 267
寺本直彦…11 26 115 126 268 320 324 326
徳川頼倫…50
徳本正俊…10 114
豊永聡美…99
豊島秀範…15 28 213

【な行】

中田武司…5 23 34 38 40 44-46 49 50
中西健治…21 30 302 317 324
中野幸一…290
中原まり…213
中村健太郎…56 66
七海兵吉…8
七海吉郎…8
西下経一…164
西野強…6 23 53 65
西本寮子…14 27 159 161 163 164 166 172 184
能登朝次…15 215
野村八良…10 25 113 126
野村充利…98

【は行】
PIPHER.Y.清代…213
橋本政宣…23 98
蜂須賀喜心…130
原田史子…165
日向一雅…214
姫野敦子…9 25
広田二郎…8 69
福田百合子…149 151 163
福原紗綾香…24
藤原隆景…25
古屋幸太郎…8 11 24-26

【ま行】
松田武夫…8 69
松原茂…247 267 268
松原三夫→［三浦三夫］…25 130 145
松丸実…8
三浦三夫→［松原三夫］…25 130 145
三坂圭治…26 163
宮崎半兵衛…130
村口四郎…8 24 25
室伏信助…215
目賀田種太郎…22
メリッサ・マコーミック［McCormick, Melissa.］…164 268
森繁夫…66 214
母利司朗…29

【や行】
安井久善…42 51
安田篤生…277 293
矢田勉…58 67
柳井滋…12 26 153 164
柳瀬万里…269
山岸徳平…15 215
山田孝雄…99
山本唯一…297 321 326
山本陽子…282 294
湯浅佳子…20 30 302 324
横谷一子…19 29 269
横山重…293
吉澤義則…10 26 105 106 114-116 120 125 126
吉田幸一…20 29 268 282 286 288 293-295 299 305 318 321 325 326
米谷巌…29 268 293 299 326
米原正義…12-14 27 158 161 163 165 167 172 184

【ら行】
劉洋…7 24

【わ行】
若杉準治…267
和田秀作…14 27 152 163 166
渡辺憲司…267
渡部榮→［北小路健］…15 16 28 165 188 191-198 202 204 208 212-215 227 331 332
渡部精元…15 192
渡部守邦…28 324

Ⅲ　書名索引

【あ行】
阿仏尼本　はゝき木…49 50
家隆卿百番自歌合…121
和泉市久保惣記念美術館源氏物語手鑑研究…267 295
伊勢物語…10 13 19 120-122 127 147 157 160 161 252 318
伊勢物語絵巻絵本大成　研究篇…268
伊勢物語口伝抄…157 158 161
伊勢物語古注釈書コレクション…127
伊勢物語古注釈の研究…165 268 269
石清水臨時祭之記…44
一葉抄…14 79 98 147 154 155 161 170
浮世絵師伝…259 269 274 276 293
うたのちから―古今集・新古今集の世界―…51
詠歌一体…56
絵入源氏（絵入）…20 52 61-65 198 240-245 265 273

274 280 286 290 292 295 302 328
絵入本源氏物語考…29 292 295 325
江戸のやまと絵―住吉如慶・具慶― 展示図録…295
犬子集…18 297
画本手鑑…18 19 275 277 293
絵本年表…288 295
王朝文学を彩る軌跡…214
大内氏実録…11 26 148-150 155 157 160 163 165 167
大内殿家中覚書…152 164
大内殿有名衆…152 164
大阪青山短期大学所蔵品図録…52 125 126
奥入…5 37-40 48 327
おさな源氏…18 30 282 286 294 299 301 310 324

【か行】

海路東上紀行…298
河海抄…14 16 79 93 98 147 148 154 155 161 170 244 310 318
雅楽事典…98
隔蓂記…18-20 29 30 258-262 264 269 278 279 293 298 299
画工便覧…18 275
首書源氏物語（首書）…11 52 61-65 140 198 328
歌人叢攷 正徹以後…145
花鳥余情…6 14 23 53 65 79 98 147 148 154 155 161 170 309 325
角川古語大辞典…325
狩野派 探幽・守景・一蝶…267
鎌倉期の宸筆と名筆―皇室の文庫から…99
歌論歌学集成…23
歌論集 能楽論集…26
寛永文化のネットワーク『隔蓂記』の世界…29 269
寛政重修諸家譜…151 163 167 270
鑑定筆記…277 299
寛文比俳諧宗匠并素人名誉人…17
菊亭文庫目録…9 25 69 71 98
菊葉和歌集…7 24
木曽街道図絵…16
木曽路文献の旅…16 215
旧華族家史料所在調査報告書…24
休息歌仙…19 297
究百集…9 25
休聞抄…79 98 310 325
行尊僧正集…59
京都大学附属図書館六十年史…24
玉英堂稀覯本書目…5 23
玉葉和歌集…43
御遊抄…39 51
帰洛紀行…297
近世歌学集成…268
近世堂上歌壇の研究…268
近世堂上和歌論集…267
近世防長諸家系図綜覧…167
公規公記…9 25
公卿補任…23 34 40 42 44 45 49 51 117 127 214 269
公家事典…23 98
草戸記…18 260 298
九条殿御記…38 39 51
杭全神社宝物撰…268
群書類従…268 270
系図纂要…150 151 163 167 270 293
源氏一滴集…10 121
源氏大鏡…318 320 324 325
源氏綱目…320
源氏小鏡…18 286 288 292 295 318 320 333
源氏釈…79 93 98 99 215
源氏随攷…26 106 114 125
源氏談義…45
源氏鬟鏡…18 280 286 288 291 292 295 298 333
源氏古鏡…319 320
源氏物語…3-6 8-24 26-30 33 35 40 48-50 53 54 56 58 59 65-67 69-71 79 80 84 86 88 93-95 97 99 100 103 106 115 116 121-123 126 130 131 140 143 145-148 152-155 158-165 169 172 173 183-185 187 188 191 196-198 212-215 239 253 257 259 265 273 279 280 288 290-292 298 301 302 305 311 317-321 323-325 327-335

源氏物語絵詞―翻刻と解説―…266
源氏物語聞書…245
源氏物語享受史論考…25 325
源氏物語研究叢書…214 215
源氏物語研究と資料…25
源氏物語湖月抄→［湖月抄］…20 52 62-65 79 98 131 145 197 198 302 328
源氏物語古注釈集成…98 99
源氏物語古注釈大成…98
源氏物語古注集成…325
源氏物語古本集…67
源氏物語索引…98
源氏物語事典［事典］…5 33 103 104 118 125 126 160
源氏物語従一位麗子本之研究…16 28 165 191 197 208 214 215
源氏物語受容史論考　正編…26 126 326
源氏物語資料影印集成…98
源氏物語　千年のかがやき…294
源氏物語大成［大成］…5 8 10 11 33 46 67 82 83 103 104 107 115 118 125 126 130 133 172 197 302
源氏物語断簡集成…56 66
源氏物語注釈書・享受史事典…98 324
源氏物語とその享受　研究と資料…296
源氏物語の音楽…99
源氏物語の研究　成立と伝流…166
源氏物語の始発―桐壺巻論集…26 125 185
源氏物語の世界―王朝文化への憧憬―…296
源氏物語の文献学的研究序説…67
源氏物語の変奏曲―江戸の調べ―…30 324
源氏物語の本文…21
源氏物語版本の研究…30 294
源氏物語本文の研究…215
源氏物語（明融本）Ⅱ…26
源氏物語律調論…16 215
源氏物語論考…324
源氏物語論とその研究世界…26 126 163 184
原中最秘抄…14 147 154 155 161 170
顕伝名明録…214 269
元禄俳諧の位相…326
元禄文学の流れ…269
豪華源氏絵の世界　源氏物語［豪華源氏絵］…95 100 289 295
講座日本美術史…267
講座平安文学論究…269
古今和歌集…159 161
国語文字・表記史の研究…67
国史大系…22 23 49 51 66 127 163 214 269 270
国史大辞典…22 26
国書人名辞典…23 28 29 49 98 269
国文学研究史…25 126
湖月抄（湖月）→［源氏物語湖月抄］…20 52 61-65 79 98 131 145 197 198 302 328
後嵯峨院御歌合［九月十三日百三十番歌合］…42 43
古事記…131
故実拾要…7 23
故実叢書…23 51
滑稽太平記…18 297
古典籍展観大入札目録：創立五十周年記念…106 115 126
近衛大納言集…59
古筆学大成…56 66
古筆鑑定と極印…66 214
古筆切集　浄照坊蔵…67
古筆切提要…66
古筆手鑑　篇二　蓬左・霜のふり葉・八雲…267
古筆流儀分…214
後法成寺関白記…27
小松茂美著作集…267
後水尾院勅点諸卿和歌…256 264 269
古文書の面白さ…28 215

【さ行】

在外日本重要絵巻集成…29 267

細流抄…79 98 309 325
実隆公記…164 191 196 214 268
三五要録…99
私家集大成…164
師説自見集…120
十訓抄…24
紙魚の昔がたり…8 11 24 25
紫明抄…79 98 244
紫明抄　河海抄…99 325
拾遺愚草…105
拾遺和歌集…245
拾芥抄…42 51
週刊絵巻で楽しむ源氏物語…294 296
重刻正字畫引十體千字文綱目…56
十帖源氏…17 18 20 21 29 30 240 245-247 253 254 259 268 273-275 277 279 280 282 284 286 288 291-294 296 298 299 301-305 309-311 316-326 333 334
十二枝句合…19 276 293
秋風和歌集…15 188
春霞集→［元就卿詠草］…12 13 147 152 159 160 164
俊成九十賀記…121
春夢草…13
松下集…158 160 166
正徹の研究　中世歌人研究…26 126 145 185
正徹物語…5 10 26
正徹論…25
紹巴抄…19
逍遙院殿御奥書源氏之御本筆者目録［逍遙院筆者目録］…157-159 165
諸家伝…214 268
職原抄…40 51
続古今和歌集…7 56
続後拾遺和歌集…51
続後撰和歌集…42 43 56 158 161
続後撰和歌集・為家歌学…52 66
史料纂集…51
新古今和歌集…40
新続古今和歌集…10
新撰菟玖波集…13 164
新勅撰和歌集…22
新訂日本中世住宅の研究…24
新版　日本文学大年表…51
新編荷田春満全集…51
新編国歌大観…51
新編蔵書印譜…105 125
水原抄…25
資勝卿記…257
姓氏家系大辞典…149-151 163
清泰公諸器帳…265
聖廟法楽千句…13
全国特殊コレクション要覧…24
戦国武士と文芸の研究…27 163 184
草根集…10 115 129 131 145 158 160 165 173
増訂新編蔵書印譜…105 125
宗分歌集…12 161
増補諸家知譜拙記…214 268 270
増補防長人物誌…152 163
続群書類従…167 214
続史愚抄…7 24
続史料大成…126
続々群書類従…51
続本朝通鑑…7 24
そらつぶて…297
尊卑分脉…23 28 40 49 51 66 98 149 151 163 214 270

【た行】

大日本古記録…51
大日本史料…39 50 51 167
啄木御伝授記…92 99
竹取物語　伊勢物語　大和物語　平中物語…325
為家集…56
丹鶴叢書…145 165
千鳥抄…154 155 161 170
中世歌壇史の研究　南北朝期…23 49 99
中世歌壇史の研究　室町後期…163 166

中世の天皇と音楽…99
勅撰作者部類…51
追善九百韵…18 297
筑紫紀行…297
徒然草…10 92 99 120 121 122 127
定家自筆本 奥入…50
貞徳永代記…297
貞門俳諧集…295
テキストとイメージの交響―物語性の構築をみる―…29 266 292
天理大学図書館稀書目録…27 153 164 169 184
天理図書館善本叢書…51
唐代詩選…99
徳川実紀…257 258 269
徳川美術館展 尾張徳川家の至宝…270
徳川黎明会叢書…251
図書寮典籍解題文学篇…125

【な行】

なぐさめ草…10
何船百韻…13 153
なにわ・大阪文化遺産学叢書…268
難波の別…17 297 298
日本音楽大事典…98
日本絵画論大系…293
日本家紋総監…266
日本紀略…39 50
日本古典文学大辞典…24 26 29 324
日本史総合年表…51
日本書誌學之研究…127 215
日本書流全史…191 214
日本人名大事典…145
日本大学蔵 源氏物語…215
日本俳書大系…293
日本の伝統色…98
日本屏風絵集成…294
日本文様図鑑…49
野々口立圃集…323 326

【は行】

俳諧家譜…276 293
俳諧口五十句魚鳥奥五十句草木…297 321
俳諧作法…18 298
俳諧人名辞典…29
俳諧発句帳…18 297
俳画のながれ りゅうほからばしょうへ…29 293 299
俳句講座…29 293 299 326
俳文学大辞典…29
俳林良材集…17 297
萩藩閥閲録…151 163
萩藩閥閲録別巻…163
蜂須賀家旧蔵本目録…24
八代集全註…51
はなひ草…18 297
花園天皇宸記…92
花見之記…261
葉室中納言藤定嗣卿記…51
藩史大事典…270
万水一露…9 20 30 79-83 97 98 302 328
光源氏一部連歌寄合…320
光源氏巻名歌…320
尚通公記…12
一人口決…92 99
批評集成・源氏物語…295
広島県史…270
備後國鞆之浦観音堂之縁起…260 299
福山市史…270
伏見宮旧蔵楽書集成…99
文机談…92
文机談全注釈…99
平家物語…19 149
丙申紀行…298
碧山日録…114 126
宝治二年院百首とその研究…42 51
宝治百首…42 43
防長風土注進案…165

保寧日記抄…155 156
本朝皇胤紹運録…268 270
本朝通鑑…24
本文研究 考証・情報・資料…66

【ま行】

枕草子…85 98
水野記…263 264 270
明星抄…79 98
岷江入楚…79 98 245 257 309 310 325
紫式部日記…21
名家伝記資料集成…269
明翰鈔…214
孟津抄…79 98 309 310 325
毛利元就と地域社会…27 166
元氏長慶集…100
元就卿詠草［贈従三位元就卿御詠草］↓［春霞集］…12 152 160 164
物語絵―〈ことば〉と〈かたち〉―…294
諸仲蔵人奏慶記…191 214
文様の事典…49

【や行】

康富記…145
山口県史…165
遊女 その歴史と哀歓…16 215
夜明け前…16
葉黄記…42 51
吉田中納言為経卿記…43 51
夜の寝覚…6 53

【ら行】

落書露顕…4
歴名土代…155 156 165
立圃追悼集…17 297 299
類字源語抄…154 155 161 170
歴代残闕日記…51
弄花抄…14 79 98 147 154 155 161 170 309 325

【わ行】

和歌懐紙集成…191 214
和歌大辞典…49
和歌文学講座…27 163 184
和漢書畫古筆鑑定家印譜（慶應三年版）…57 58
和漢書畫古筆鑑定家系譜並印章（天保七年版）…56-58 188 214
和漢朗詠抄…188-190 214

Ⅳ 事項索引

【あ行】

愛知県立大学長久手キャンパス図書館…21 295
葵巻…19 104 107 117 119 122 133 196 246 259 303 318 329
青表紙本…4 5 10 33 37 45 46 61 65 79 82 83 104 108 110 112 113-115 117 122 154 169 174 175 197 328 330 332
明石巻…13 15 104 133 164 241 243 244 246 303 318
明石の君…86-89 289 290
明石の入道…86 88
明石の中宮［明石の女御］…89 288-290
総角巻…5 53 54 59-61 64 105 132 246 279 280 303 327
朝顔（槿）巻…13 15 131 132 164 240 241 244 246 296 303 318
飛鳥井家…159 161 162 330
飛鳥井流↓［栄雅流］…252
東屋巻…105 132 169 170 172 184 194 246 303 318
阿里莫本（阿）…11 52 82 116 198
阿波國文庫…120 127
飯島本（飯）…61 62 64 198 201 205 207 208
池田本（池）…45-49 52 61 62 64 82 143 144 175 197-211 327 330
和泉市久保惣記念美術館…267
和泉屋…106
伊勢物語講釈…256-258 268
板橋区立美術館…248
一条朝…99
一誠堂書店…24
五辻諸仲本［諸仲本］…14-16 192-195 197-213 215

-235 331 332
出光美術館…21 294 296
出光美勝友五十四帖屏風→［勝友源氏］…95 96 282 284 289 290 292 294 296
井上書店…24
今出川家…6 7 69
今治市河野美術館→［河野信一記念文化館］…44 83 130
岩佐派…17 20 282 284 333
浮舟…77-79 95
浮舟巻…9 15 69-71 76 77 81-83 94-97 105 132 240 242 246 303 328
宇治市歴史資料館…296
氏信五十四帖屏風…95 96
薄雲巻…13 66 87 132 164 246 303 318
空蝉…315 316 323
空蝉巻…5 33 105 107 115 117-120 133 240 241 243 246 296 302 303 318
梅枝巻…105 132 240 242 244 246 279 280 303 318
絵合巻…88 133-136 144 239 241 243-246 303 318 330
栄雅流→［飛鳥井流］…249 250
永青文庫本扇面…95 96
MOA美術館…249
LC本（LC）→［米国議会図書館本］…14-16 27 28 61-65 187-189 191 193 194 196-213 215-
235 328 331 332
延喜・天暦［醍醐・村上朝］…99
大君［宇治の姫君］…54 64 74 78 84 86 89 280 284 328
大君［玉鬘腹の姫君］…73
大内家［大内氏］…11-14 147 148 152-154 158-162 164 166 255 330 334
大内家本→［陶家本、持長本］（吉青）…61 62 64 155 157-160 164 165 175 177 181 182
大阪青山歴史文学博物館…10 126
大阪青山歴史文学博物館蔵本→［毛利家旧蔵蜻蛉巻、大青歴博本］…10 11 103 104 106 107 115 118 120 124 125 170 329
大阪女子大本源氏絵詞…245 246 280
大島本（大）…46 48-50 52 60 62-64 82 83 153 160 164 175 198 240-245 265 327 332
大寺縁起絵巻…248 251
大庭氏…11 149 151 154 162 330
大宮…86
少女巻…66 87 132 194 246 303
朧月夜…310
折紙…15 188-190 193 195-197
折本…6 239
女一の宮…91
女楽…289 290 292 295 333
女三の宮…89 289 290
恩頼堂文庫…8 145

【か行】

懐風弄月文庫…40
薫…54 64 77 78 84-86 90 91 95 280 328
篝火巻…18 105 132 194 246 286 294 298 303
嘉吉三年本…116 121 123 124 130 329 331
柿衛文庫…29 297
蜻蛉巻…9 15 69-72 77 78 81-83 91 94 96 97 103-107 115 124 132 194 241 243 246 303 318
勧修寺家…258 264 265
柏木…280
柏木巻…28 132 194 196 240 243-246 247 279 280 303
賢兼筆本［加賀前司入道宗分奥書本］…12-14 147 148 153-155 157 159-162 164 169 170 172-184 330 331
勝友源氏→［出光美勝友五十四帖屏風］…282 284 289 290 292 294 296 333
金子元臣氏蔵本［金子本］…10 11 103 104 115 125
狩野派…17 20 273 279 282 296 333
河内本…16 20 45 46 61 79 130 159 166 197 203 302 310
桓武平氏…11 149 150 151
菊亭家…6 8 9 24 25 69 91-93 96 97 328 329 334 335
菊亭文庫…4 6 8 9 23-25 69 97 328
紀州徳川家…327

紀州徳川家旧蔵本…50
北野天満宮…19
吉川家…159 167
吉川家本（吉河）…99 159 161 166
吉川史料館（岩国市）…21 155 164 165 167
休息歌仙…19 29
九大古活字本（九大）…52 198 201 210
旧団家伊年印五十四帖屏風…95
京極北政所本→［従一位麗子本、麗子本］…16 191
京都女子大学図書館…21 125 126 145 146 184
京都女子大学図書館吉澤文庫蔵本［京都女子大本］（京徹）…10 11 46 52 103-107 114-116 118-126 129 132-146 170 173-176 178-184 198 244 329-331
京都大学附属図書館…8 24 269
京博本光吉画帖［京博本］…95 246 247 255 256 267 282 284 294 295
玉英堂…5 23 53
清原雪信源氏画帖…289
御物本（御）…52 61-64 198 201
御物探幽五十四帖屏風…95 96 289
桐壺巻…4 5 11 13 19 23 26 28 34 40 49 58 67 103-110 112-120 122-125 131-136 144 147 154 157 159-161 169 170 172-175 183 185 193 194 196 197 213 215 239-241 244-246 255 259 274 294 301 303 329-331
桐壺院…88 89
極印…56 58 64 66 189 328
極札…6 55-58 64 106 107 192 193 195
琴韻書声裏是吾家…105
金閣寺［鹿苑寺］…18 19
琴山…56 106
宮内庁三の丸尚蔵館…99
宮内庁書陵部…8 10 21 45 126 145 184
宮内庁書陵部蔵本［書陵部本］（書徹）…10 11 103 104 107 118-120 123-126 129 132-140 144-146 170 172 173 175-184 198 329-331
国冬本（国）…52 82 177 198 200 201 208 209 211 212
久保惣本光吉画帖［久保惣本］…95 96 245 246 255-257 282 284 289
雲隠…40
九曜文庫本源氏画帖…289 290 292 296 333
蔵人少将…73 90
慶應義塾図書館…21 125 126 145 184
慶應義塾図書館蔵本［慶應大本］（慶徹）…10 11 46 52 103-105 107 117-126 129 132-140 144 145 170 172 173 175-184 198 329-331
敬義堂…6
芸大粉本…95 96
源氏絵詞書伝承筆者一覧…248
源氏絵帖別場面一覧…296
源氏抜書［専大本源氏抜書］…6 9 69 71 72 79 80 82-84 93-97 328
源氏物語画帖［専大本源氏画帖］…17 19 20 28 239 240 245-248 252-261 263-266 270 271 273 274 279 280 282 284 286 288-292 332 333
源氏物語講釈…13 116 147 153 155 159 161 172
源氏物語四季賀絵巻［MOA本］…249 250
源氏寄合…320
見真斎図書記…105
源典侍…86
河野信一記念文化館→［今治市河野美術館］…44 52 83 130
紅梅巻…132 194 246 303
広隆寺…249
古今伝授…256-258 260 261 268 334
国文学研究資料館…21 40 66 98 105 125 126 145 146 184
国文学研究資料館蔵本［国文研本］（国徹）…10 11 46 52 61-64 103-105 107 116-126 129 132-145 170 173 175-184 198 329-331
国宝源氏物語絵巻［徳川本国宝源氏絵巻］…73-75 95
国立国語研究所…21 27 28 213
国立国会図書館…24 120 121 145 324

国立大学法人九州大学附属図書館…21 30 324 325
個人蔵五十四帖屏風…95 96 289
個人蔵如慶画帖…96
個人蔵屏風貼交色紙…95
個人蔵本源氏屏風［個人蔵本］…290 292 296 333
個人蔵色紙…95
五注集成…157 161
胡蝶巻…15 132 194 246 303 318
国会図書館本…58
古筆切…5 53 54 56 65 66 327 334
古筆手鑑…5 23 53 65
後水尾院歌壇…257 258 266 334
後水尾院歌壇主要事項年表…268
古森…36

【さ行】

西園寺家…6 7 69 92 278 334
賢木巻…19 66 104 105 107 131 133 194 241 243-246 259 302 303 310 316 317 334
早蕨巻…105 132 169 170 172 184 194 246 302 303
三十六歌仙画帖…248-251
三条殿流→［逍遙院流］…191
三条西家…19 161 162 191 330 334
三条西家本…11 20 26 46 49 60 80 125 140 143 144 146 183 245 302 327 330 331
サントリー美術館…100 267 295
サントリー本…95 96 289
椎本巻…15 105 132 194 246 303 304 318
CB本源氏物語歌絵扇面画帖…95 96 295
CB本源氏物語絵巻…251
賜架書屋…35 49 50
時代不同歌合画帖…248 250
四天王寺大学図書館…145
持明院統…92 99
持明院流…251 252
従一位麗子本→［京極北政所本、麗子本］…16 28 188 191 192 215
十二枝句合…29 299
重要美術品…4 22
相国寺…19
少将の尼君…86 91
少将命婦…86
正徹本…9-11 13 26 41 60 103 104 107 113 116 118 120 122-126 129 131-135 140 144 146-148 155 159-161 169 170 172 173 175 177-179 182-185 329-331
聖徳太子絵伝…249 250
浄土寺本扇面…95 96
肖柏本（肖）…11 46 52 61-64 82 140-144 175 177 181 182 198 199 330
逍遙院流→［三条殿流］…191 214
書陵部三条西家本（書）…46 52 61-64 141-143 175 181-183 198 331
白峯神宮…130
神宮文庫…8
新三十六歌仙画帖…248-252 267
陶家本→［大内家本、持長本］…158
陶氏…12 165
末摘花巻…19 105 107 117 119 133 194 246 259 303 318
朱雀院…89
鈴虫巻…11 130 132 140 194 240 242 244 246 303
須磨巻…13 15 19 28 105 107 115 118-120 133 164 194 240 242 245-247 259 302 303
住吉派…96 100 273 295
清華家…6 24 69
静嘉堂文庫…5 8 33 120 121 127 214 248
関屋巻…105 132 160 194 241 243-246 261 303 304 311 315 316 323 325 334
世尊寺流…253
専修大学図書館…3-6 8 9 21-25 28 33 49 51 53 58 65 67 69 97 188 189 214 239 293 295 325 327
専修大学図書館蔵本［専修大学図書館貴重典籍］…53 327
宗清本［冷泉宗清本］…13 147 148 153 159-161 170 178
相馬・田尻記念文庫…3

尊経閣文庫…100

【た行】

大英本…95 96 248-250 254 267
大覚寺統…92
大正大本（大正）…52 181 198
大徳寺龍光院…270
孝親筆本（孝親）…198
高松宮本（高）…52 82 143 144 198 203 207 330
滝川市郷土館…8
薫物故書…9 25
竹河巻…9 15 66 69-72 80 82 83 90 94 95 97 132 194 246 303
太宰府天満宮…18
玉鬘…73 90 264 286 292
玉鬘巻…15 105 132 194 239-241 244 246 255 264 303 304 317 318
為相本［冷泉為相本］…11 26 114 116 117 122 123 125 130 185 329 331
為経本…48 49 327
為秀筆本［為経奥書本］（為秀）…4 5 23 33-38 40 41 44-50 58 67 175 177 198 206 207 327
断簡［専大本古筆切］…5 6 23 26 53 56-61 64-66 185 328
短冊手鑑…6 53
千歳文庫…121 127
釣玄斎…188-190
長禄三年本…118 121 123 124 329 331
鶴見大学図書館…65 66
定家筆本［定家卿本、定家本］…37 44 48 49 108 110 113 114 122 171 173 174 327 329 331
定家様…59
貞門七俳仙…17
手習巻…9 69 71 72 78 82 83 91 94 96 97 105 132 194 246 303 318
輝正…36
伝阿仏尼筆の切［総角巻］…54 60 61 64 66 328
伝阿仏尼筆本（仏）［桐壺巻］…52 198 200 201 203 204 208 211 212 215
伝阿仏尼筆本［帚木巻］…35 36 50
伝後京極良経筆の切［総角巻］…54 61 65
伝慈鎮和尚筆の切［薄雲巻］…60 64 67 328
伝慈鎮筆本（慈）［桐壺巻］…52 198-200 208 215
伝世尊寺行能筆の切［総角巻］…54 61 65
伝民部卿局筆の切［総角巻］…54 61 66
天理大学附属天理図書館…6 12 21 27 53 115 116 130 163 169 184 261 318 323
桃園文庫…12 26 153 170
東京国立博物館…8 21 24 252 267 268
東京大学史料編纂所…8 50 51
東京都立中央図書館…8 21 295
堂上…191 258 262 266 268 269 274 291 292 332
頭中将［内大臣］…87 280
東博本徒然草画帖［東博本］…247 248 251-254 264 267
東福寺…10 114 115 120 129
東洋大学附属図書館（白山図書館）…21 35 49 50
言経本…82
徳川美術館…73-75 249 265
徳川本源氏画帖［光則本］…249 250 261
徳本正俊旧蔵本［徳本本］…10 11 103-105 107 113-116 118-120 122-126 170 172 329 331
常夏巻…105 132 194 246 303
土佐派…19 96 273 296

【な行】

内閣文庫…8
中院家…257
中院流…249 250 252
中の君［宇治の姫君］…54 74 75 78 84 86 89 284
中の君［紅梅大納言の姫君］…86
中の君［玉鬘腹の姫君］…73
七海本…8 25
南葵文庫…4 35 50 327
匂宮［三の宮］…75 77 85 86 89 93 95 280

匂宮巻…132 194 240 242-244 246 279 280 302 303
日大三条西家本（三）…46 52 61-64 175 177 181-183 196 198 211 240-245 265 331 332
女房三十六人歌合画帖…248-251 267
根津美術館…249
根津本源氏画帖［根津本］…249 250
野分巻…15 105 132 194 240 241 244 246 294 302 303

【は行】

ハーバード大学サックラー美術館…153 164 255 268 295
ハーバード本源氏画帖［ハーバード本］…153 164 255 268 284 295
ハイドコレクション…106
白鶴本…95 96
柏林社書店…8 11 24 26
橋姫巻…9 69-71 73 74 80 83 84 89-91 94 95 97 105 132 194 246 284 294 303
蜂須賀家…24 25
蜂須賀家旧蔵本…4 8 24 25 69 188 214
八の宮…54 86 89 90
初音巻…13 19 20 105 132 164 194 240 241 244 246 259 303 304
花散里…308-311 316 317 334
花散里巻…19 58-60 66 131-136 144 194 246 259 296 302-305 308-311 316-318 322 323 325 330 334
花宴巻…19 67 105 107 117 133-136 144 194 241 243 244 246 259 303 318 330
帚木巻…5 33 35 50 107 117 119 133 194 196 239 240 243 244 246 255 302 303 316
光源氏…15 87-89 98 188 247 274 288 290 308-311 315-317 334
尾州家本（尾）…45 46 52 58-61 143 144 174 197 198 207 330
筆跡伝称筆者名一覧…248
日野三部抄…249
日野流…249 252
平瀬本…58 60
琵琶…6 9 69 74 75 83-93 97-99 284 290 328
琵琶引［琵琶行］…86
福禅寺…299
福山藩…18 260 270 332
武家伝奏…257 258
藤岡家本扇面…95 289
藤壺…310
藤裏葉巻…28 132 194 195 213 239 246 255 303
藤袴（蘭）巻…105 132 194 246 303 318
伏見天皇本（伏）…46 49 52 58 60 143 144 175 198 327 330
藤原北家閑院流…6 69
藤原北家高藤流…258
仏地院［三井寺、園城寺］…106 130 131 161
フリア本光則白描画帖…95
文安三年本…121 123 124 130 329 331
米国議会図書館［Library of Congress］…14 21 27 28 187 214
米国議会図書館本→［LC本］…28 61-64 187 213 214 331
別本…61 64 65 79 82 83
豊頬長頤…284 333
蓬左文庫本（蓬）…61-64 67
墨跡彙考…5 6 23 51 53 56-58 65
穂久邇文庫本（穂）…46 52 61-64 143 144 175 198 201 330
保坂本（保）…52 61 181 182 198
蛍巻…15 105 132 194 246 279 286 288 292 295 303 318 333
蛍兵部卿宮…86 88

【ま行】

真木柱巻…66 105 132 194 240 241 243 246 282 284 294 295 303 318
松風巻…132 194 239 240 242 246 303 318
幻巻…132 194 240 242 244 246 302 303 318
澪標巻…15 104 105 132-136 144 194 246 303 318 330
御法巻…13 132 164 194 246 303
MIHO MUSEUM…21 248 267
MIHO MUSEUM本［旧茶道文化研

具慶絵巻」…95 96 247 248 254 267
宮の御方…86 88
行幸巻…15 132 194 246 303 318
明泉寺…298
明融本（明）…11 26 46 52 175 178 198
麦生本（麦）…52 82 180 198
無跋無刊記本…20 21 30 301 302 304 305 309-311 316 324 325
村口書房…8 24 25 69
紫の上…288 290
毛利家［毛利氏］…11-14 27 147 148 152-154 159-163 330 334
毛利家旧蔵蜻蛉巻→［大阪青山歴史文学博物館蔵本］…11 106 107 115 124 329
持長本→［大内家本、陶家本］…158
紅葉賀巻…6 11 19 53 105 107 116 132 133 194 239-242 244 246 255 259 264 303 318

【や行】

宿木巻…9 13 66 69-71 74 75 80 83-85 89-91 93 95-97 105 132 164 194 246 279 280 303 318
夕顔巻…107 117 119 133 194 196 240-243 246 303 318 321 322
夕霧…73 86 247 290 291
夕霧巻…13 132 164 194 246 247 296 303 318
夢浮橋巻…104 105 107 115 117-120 122-124 131 132 155 157 160 166 191 194 239 246 255 294 301-303 329
陽明文庫本（陽）…52 58 60 61 64 198 200 201 203 204 208 211 212
横川僧都…91
横笛巻…132 194 246 303 304
横山本…46
吉田本…8 25
蓬生巻…13 105 132 164 194 246 303

【ら行】

麗景殿女御…308 310 311 316 317 334
麗子本（麗子）→［京極北政所本、従一位麗子本］…16 191-193 195 197-205 207-213 215-235 331 332
冷泉家…5 13 48
冷泉家時雨亭文庫…15 44 52 66 188
冷泉帝…89
零本…5 34 105-107 124 132 133

【わ行】

若菜下巻…132 194 239 246 247 255 264 279 286 288-290 292 296 303 333
若菜上巻…66 88 89 132 194 240 242 243 246 303 318
若紫巻…19 66 107 117 133 194 246 259 303 318 322 323 324
早稲田大学図書館…21 29 293 296 299
早稲田大学図書館九曜文庫…289

著者紹介

菅原郁子（すがわら・いくこ）

1978年　東京都生まれ。
2008年　國學院大學大学院文学研究科博士課程後期単位取得満期退学。
2015年　専修大学大学院文学研究科博士課程後期修了。博士（文学）。

人間文化研究機構国文学研究資料館プロジェクト研究員を経て、現在、専修大学人文科学研究所特別研究員、清泉女子大学非常勤講師他。
本書所収論文の他、「英訳からみた「若紫」の藤壺と光源氏の逢瀬」（『日本文学研究ジャーナル Japanese literature research journal』第1号、伊井春樹氏編、国文学研究資料館、2007年3月）、「末松謙澄が英訳源氏で刈り込んだもの—若紫巻の場合—」（『日本文学研究ジャーナル Japanese literature research journal』第4号、伊井春樹氏編、国文学研究資料館、2010年3月）、「藤壺の造型—尊子内親王の系譜との関わり—」（『王朝文学を彩る軌跡』武蔵野書院、2014年）などがある。

源氏物語の伝来と享受の研究

2016年2月25日 初版第1刷発行

著　　者：菅原郁子
発 行 者：前田智彦
発 行 所：武蔵野書院
〒101-0054
東京都千代田区神田錦町3-11 電話 03-3291-4859　FAX 03-3291-4839
装　　幀：武蔵野書院装幀室
印　　刷：三美印刷㈱
製　　本：㈲佐久間紙工製本所

ISBN 978-4-8386-0294-0　Printed in Japan